에세이

맹자

全圭鎬 編譯

明文堂

《에세이 맹자(孟子)》를 내면서

충남 부여군 내산의 두메산골에서 태어나서, 어려서 서숙書塾에서 사서삼경四書三經을 배우고 모년暮年에 성대 유학대학원을 필업한 필자가 2015년에 《에세이 논어》를 출간하고 2년 뒤인 금년에 《에세이 맹자》를 탈고하였다.

그러나 감히 성인聖人의 말씀에 손을 댄다는 것이 두렵기 그지없다. 자고로 '성인聖人의 말씀은 한 자도 더할 수가 없고 한 자도 뺄 수가 없다.'고 하였는데, 그러나 맹자께서도 '성인聖人도 세상과 더불어 추구한다.'고 했으니, 이 말씀을 의지하고 감히 현대인이 읽고 배우기에 알맞은 말씀 155장章을 뽑아서 해설을 붙이고 그 아래에 에세이를 붙여서 읽는 사람이 이해함에 어려움이 없도록 하였으니, 요즘은 우리 유학儒學이 쇠잔하여 숨쉬기도 어려운 형편이나, 그러나 우리나라의 국민적 사상은 아직도 유학의 사상에 근본해서 생활하고 있다고 봐야 한다. 그러므로 되도록 쉽게 풀고 알기 쉽게 쓰려다 보니 산삭刪削을 많이 하였다. 이는 오르지 유학을 알지 못하는 사람을 가르치기 위한 하나의 편법임을 알리며, 좀 더 충실히 공부하려는 자는 산삭하지 않은 책을 구입하여 공부하기 바란다.

요즘의 세상을 서세동점西勢東漸의 시대라 한다. 그러므로 모든 사람들이 서양의 학문은 무조건 좋아하고 우리의 유학儒學은 배우지도 않고 그냥 피상적으로 생각하기를, '고루하다'고 하니, 서글픈 일이 아닐 수 없다. 다행인 것은 요즘의 대세가, 정년퇴임한 많은 사람들이 우리의 유학儒學을 공부하러 성균관대 유학대학원을 위시한 각 유명대학원에 입학하여 체계적으로 공부를 한다는 것이다.

유학儒學의 도道는 '중용中庸의 도道'이고, '인의仁義'의 도道이니, 이는 천리天理를 따라 선善하게 살라는 도학道學인 것이다. 이렇게 살 때에 공자의 말씀처럼 '여경餘慶'이 자신에게 찾아온다는 것이니, 착하게 살면서 복을 받을 수 있으니, 이보다 더 좋은 학문이 어디에 있겠는가!

이 책은 중·고등, 대학생이 무리 없이 읽을 수 있도록 설명을 붙이고 음을 달고 주註를 붙였다. 부디 이 책을 읽고 우리 유학儒學을 바르게 이해함은 물론 우리 동양의 학문이 이렇게 우수하다는 것을 알아서 이 학문을 궁구하고, 또한 학문의 말씀대로 실천하는 한국인이 많아지기를 고대해 본다. 그렇게 되면 충효忠孝하고 효제孝悌하는 인사가 많아져서, 자연히 강상綱常이 서고 인륜人倫이 행해지는 신실信實한 사회가 될 것을 의심하지 않는다.

2016년 7월 26일
순성재循性齋에서
홍산鴻山 전규호全圭鎬는 지識하다.

차례

에세이 맹자 孟子

양혜왕장구상梁惠王章句上

1 孟子見梁惠王하신대 王曰 叟不遠千里而來하시니 亦
맹자견양혜왕　　　왕왈　수불원천리이래　　　역

將有以利吾國乎잇가 孟子對曰 王은 何必曰利잇고
장유이리오국호　　　맹자대왈　왕은　하필왈리

亦有仁義而已矣이니다.
역유인의이이의

〖해설〗 맹자께서 양혜왕을 보신대, 왕이 말하기를 '선생이 천리를 멀게
여기지 않고 오셨으니, 또한 앞으로 우리나라를 이롭게 할 수 있
겠습니까!' 맹자께서 대답하시기를, '왕께서는 어찌 반드시 이로
운 것만 찾으십니까! 또한 인의仁義가 있을 뿐입니다.' 고 하였다.

에세이

양혜왕 35년에 혜왕이 자신을 낮추고 폐백을 후하게 하여 어진 사
람을 초청하자 맹자가 양나라에 이르렀다고 《사기史記》에 말하였다.

《삼국지연의》에 보면, 유비가 제갈량을 찾아가서 도와달라고 삼고초려三顧草廬했다는 것은 누구나 다 알 것이다.

옛적에는 제왕이 자기 나라를 잘 다스리기 위해서 현자賢者를 모시고 정치를 하였으니, 양나라의 혜왕도 이런 마음으로 현자를 모시려고 폐백을 후厚하게 하고 어진 선비를 초빙하니, 맹자께서 이 말씀을 듣고 양나라에 간 것이다.

우리의 이씨 조선도 이와 비슷한 제도가 있었으니, 학덕이 많으면서 시골에 묻혀 사는 선비를 추천하는 제도가 있었으니, 많은 선비들이 추천을 받아서 벼슬길에 나갔다.

맹자께서 양혜왕을 만나니, 왕이 대뜸 하는 말씀, '어떻게 하면 우리 양나라를 이롭게 할 수 있습니까!' 하니, 맹자의 말씀, '왕은 왜 이利만 찾습니까! 또한 인의仁義라는 것이 있습니다.' 고 하여, 맹자의 인의仁義의 학문이 여기에서부터 펼쳐진다.

사람들은 대체적으로 말하기를 '맹자는 의리학義理學이라' 고 하니, 이는 공자의 인仁을 맹자가 인의仁義로 풀어서 설명했기에 이렇게 부르는 것이다.

梁 : 양나라 양 惠 : 은혜 혜 叟 : 늙은이 수 將 : 장차 장

2 王曰何以利吾國고 하시면 大夫曰何以利吾家오 하며
　　왕왈하이리오국　　　　　　대부왈하이리오가

士庶人曰何以利吾身고 하여 上下交征利면 而國危
사서인왈하이리오신　　　　　상하교정리　　이국위

矣리이다. 萬乘之國에 弑其君者는 必千乘之家요 千
의　　　　만승지국　시기군자　필천승지가　　천

乘之國에 弑其君者는 必百乘之家니 萬取千焉하며
승지국　시기군자　필백승지가　　만취천언

千取百焉이 不爲不多矣언마는 苟爲後義而先利면
천취백언　불위불다의　　　　구위후의이선리

不奪하야는 不饜이니이다. 未有仁而遺其親者也이고
불탈　　　불염　　　　　미유인이유기친자야

未有義而後其君者也이니 王은 亦曰仁義而已矣니
미유의이후기군자야　　　왕　　역왈인의이이의

何必曰利잇고.
하 필 왈 리

【해설】 왕께서 어떻게 하면 내 나라를 이롭게 할까 하시면, 대부들은 어떻게 하면 내 집안을 이롭게 할까 하며, 선비와 일반인들은 어떻게 하면 내 몸을 이롭게 할까 하여, 윗사람과 아랫사람이 서로 이利를 취한다면 나라가 위태로울 것입니다. 만승萬乘의 나라에 그 군주를 시해하는 자는 반드시 천승千乘을 가진 공경公卿의 집안이오, 천승千乘의 나라에 그 군주를 시해하는 자는 반드시 백승百乘을 가진 대부의 집안이니, 만승萬乘에 천승千乘을 취하며 천승에 백승百乘을 취하는 것이 많지 않은 것은 아니지만, 만일 의義를 뒤로 하고 이익을 앞에 하고 빼앗지 않으면 만족해하지 않습니다. 인仁하고 그 어버이를 버리는 자 있지 않고 의義롭고 그 인군을 뒤로 하는 자 있지 않으니, 왕께서는 또한 인의를 말씀하실 따름이니, 어찌 반드시 이利를 말씀하십니까!

　맹자는 대문장가이고 대웅변가이다. 그래서 옛적에 선인들이 '맹자 7권을 배운 사람은 말 못하는 사람이 없다.' 라고 했다. 그리고 맹자는 임기응변이 탁월한 현자이니, 당시 백성의 생사여탈권을 가진 군주 앞에서 당당하게 왕의 비리와 실정, 그리고 그 대안을 말씀하였으니, 이는 호연지기浩然之氣가 없는 자는 그렇게 하지 못한다.

　나라의 정점에 있는 왕이 이利만 취하려고 하면, 그 밑에 있는 공경과 대부와 선비와 백성들이 모두 이익을 취하려고 할 것이니, 이렇게 되면 반드시 나라는 망하게 되고, 그리고 왕의 밑에 있는 공경은 그 위에 있는 왕위를 찬탈하려고 할 것이고, 대부들은 공경의 자리를 빼앗으려고 할 것이니, 이렇게 되면 나라 안의 모든 사람들이 서로 다투려고 할 것이니, 이렇게 나라를 다스리는 것보다는 왕께서 인의仁義를 말하고 인의仁義로운 행동을 한다면, 나라는 자연히 싸우는 일이 없어져서 태평한 나라가 되고, 그리고 모든 백성이 싸우지 않고 열심히 일할 것이니, 자연히 부국강병富國强兵의 나라가 된다고 설파한 말씀이다.

征 : 칠 정　乘 : 탈 승　弒 : 죽일 시　饜 : 물릴 염　遺 : 끼칠 유

3 孟子曰 不違農時면 穀不可勝食也며 數罟를 不入
맹자왈 불위농시 곡불가승식야 촉고 불입

洿池면 魚鼈을 不可勝食也며 斧斤을 以時入山林이
오지 어별 불가승식야 부근 이시입산림

면 材木을 不可勝用也니 穀與魚鼈을 不可勝食하며
재목 불가승용야 곡여어별 불가승식

材木을 不可勝用이면 是는 使民養生喪死에 無憾也
재목 불가승용 시 사민양생상사 무감야

니 養生喪死에 無憾이 王道之始也니이다.
양생상사 무감 왕도지시야

【해설】 맹자께서 말씀하기를, "농사철을 놓치지 않게 하면 곡식을 다 먹
을 수 없으며, 촘촘한 그물을 웅덩이와 연못에 넣지 않으면 고기
와 자라를 다 먹을 수 없으며, 도끼와 자귀를 때에 따라 산림에 들
어가게 하면 재목을 다 쓸 수 없을 것입니다. 곡식과 고기와 자라
를 다 먹을 수 없으며, 재목을 다 쓸 수 없으면 이는 백성으로 하
여금 산 사람을 봉양하고 죽은 사람을 장례함에 유감이 없게 하는
것이니, 산 사람을 봉양하고 죽은 사람을 장례함에 유감이 없게
하는 것이 왕도王道의 시작입니다." 고 하였다.

● 에세이

이 문장에서 우리가 잘 사용하는 '오십 보 백보'라는 말씀이 나
온다. 이곳에 옮겨보면 "맹자께서 대답하였다. '왕께서는 싸우기를
좋아하시니, 청컨대 전투함을 가지고 비유하겠습니다. 둥둥 북을
쳐서 병기와 칼날이 이미 접하거든 갑옷을 버리고 병기를 질질 끌
고 패주하되, 혹은 백보를 도망한 뒤에 멈추며, 혹은 50보를 도망한

뒤에 멈춥니다. 그리고 50보를 패주한 사람이 100보 패주한 자를 비웃으니 어떻습니까!'" 하니, 왕이 말씀했다. '불가不可하니, 다만 백보를 패주하지 않았을 뿐이지, 이 또한 패주한 것입니다.'고 하니, 맹자께서 말씀했다. "왕께서 만일 이것을 아신다면 백성들이 이웃나라보다 많아지기를 바라지 마소서.(孟子對曰 王好戰 請以戰喩 塡然鼓 之兵刃旣接 棄甲曳兵而走 或百步而後止 或五十步而後 止以 五十步笑百步 則何如 曰不可 直不百步耳 是亦走也 曰王如知此 則 無望民之多於鄰國也.)"고 했다.

이 문장은 왕정王政의 기본을 말씀하였으니, 백성들이 농사를 지을 때에는 농사를 짓게 하고, 고기를 잡을 때에도 작은 고기는 남겨두어서 나중에 잡아먹을 수 있도록 하며, 집을 짓거나 땔 나무를 하려고 할 적에는 산에 들어가서 재목과 나무를 할 수 있도록 한다면, 백성들이 기본적인 생활을 할 수 있고, 또한 상사喪事에는 후하게 장례를 할 수가 있는 것이니, 이렇게 하는 것이 왕도王道의 시작이라고 한 것이다.

예나 지금이나 국가를 다스리면서 '이것은 안 된다. 저것도 안 된다.'고 하면서 규제하는 법을 만들어서 이것도 못하고 저것도 못하게 하는데, 이는 백성들이 국가에 대하여 원망이 쌓이게 하는 것으로, 절대로 해서는 안 되는 것이다.

違 : 어길 위 勝 : 이길 승 數 : 빽빽할 촉 罟 : 그물 고 洿 : 구덩이 오 鼈 : 자라 별
斧 : 도끼 부 憾 : 한할 감

4 孟子曰 五畝之宅에 樹之以桑이면 五十者可以衣帛
　　　맹자왈 오묘지택　수지이상　　오십자가이의백

矣며 雞豚狗彘之畜을 無失其時면 七十者可以食肉
의　계 돈 구 체 지 축　무 실 기 시　칠 십 자 가 이 식 육

矣며 百畝之田을 勿奪其時면 八口之家可以無饑矣
의　백 묘 지 전　물 탈 기 시　팔 구 지 가 가 이 무 기 의

며 謹庠序之敎하여 申之以孝悌之義면 頒白者不負
　　근 상 서 지 교　　신 지 이 효 제 지 의　　반 백 자 불 부

戴於道路矣리니 老者衣帛食肉하며 黎民이 不飢不
대 어 도 로 의 리니　노 자 의 백 식 육　　여 민　　불 기 불

寒이오 然而不王者 未之有也니이다.
한　　　연 이 불 왕 자　미 지 유 야

〖해설〗 맹자께서 말씀하였다. "오묘五畝의 집 가장자리에 뽕나무를 심으
면 50세가 된 사람이 비단옷을 입을 수 있으며, 닭과 돼지와 개와
큰 돼지를 사육함에 실기하지 않게 한다면 70세 노인이 고기를
먹을 수 있으며, 오묘五畝의 밭을 그때를 뺏기지 않으면 여덟 식구
의 집안이 주림이 없을 것이며, 상서庠序(학교)의 가르침을 삼가서
효제孝悌의 의리로써 펼친다면 머리가 흰 노인이 길에서 짐을 지
고 다니지 않을 것이니, 늙은 자가 비단옷과 고기를 먹으며 백성
이 주리지 않고 추위에 떨지 않게 하고 그렇게 하고서도 왕 노릇
하지 못하는 자는 있지 않습니다."고 하였다.

●에세이

이 문장은 맹자께서 제齊나라 선왕宣王을 만나서 대화한 문장의
마지막 구절이다. 당시 전국시대에는 제왕의 나라는 없고 많은 제
후국들이 우후죽순처럼 일어나서 서로 패권을 잡으려고 노력하던

시대이다.

다시 말해서 우리나라는 하나의 나라에 한 왕이 나와서 다스렸지만, 중국은 땅이 넓은 대륙인지라 말 그대로 군웅이 할거하는 곳이고, 그리고 하나의 제국이 탄생하면, 논공행상을 하여 공이 있는 신하들에게 땅을 떼어주는〈封土〉제도가 있었으니, 제선왕의 제나라도 주나라 무왕이 강태공을 식읍으로 봉한 나라이다.

당시 제 선왕이 천하를 통일하고픈 대욕大欲이 있음을 간파하고, 맹자께서 '지금 선왕의 입장에서 대욕大欲을 꿈꾸는 것은 나무가 있는 산에 가서 물고기를 잡으려는 것과 같습니다.(緣木求魚)'고 하고, 본문의 문장대로 백성들이 아무 걱정없이 농사를 지어서 가족을 부양하고 뽕나무를 심어서 옷을 해 입고 가축을 사육하여 노부모님께 고기 음식을 올리며 학교에서는 효제孝悌와 의리義理의 교육을 펼친다면, 이렇게 하고도 패왕이 되지 않는 사람이 없다는 말씀이다.

畝 : 이랑 묘　樹 : 심을 수　豚 : 돼지 돈　彘 : 돼지 체　饑 : 주릴 기　頒 : 나눌 반
黎 : 검을 려

양혜왕장구하梁惠王章句下

5 他日에 見於王曰 王嘗語莊子以好樂이라 하니 有諸
　　타일　　견어왕왈　왕상어장자이호악　　　　　유제

잇가 王變乎色曰 寡人이 非能好先王之樂也라 直好
　　　왕변호색왈　과인　비능호선왕지악야　　직호

世俗之樂耳로소이다. 曰王之好樂이 甚하면 則齊其庶
세속지악이　　　　　왈왕지호악　심　　　즉제기서

幾乎인저 今之樂이 由(猶)古之樂也니이다. 曰可得聞
기호　　금지악이　유　　고지악야　　　　왈가득문

乎잇가 曰獨樂樂과 與人樂樂이 孰樂이니잇고 曰不若
호　　왈독악락　여인악락　숙락　　　　왈불약

與人이니이다. 曰與少樂樂과 與衆樂樂이 孰樂이니잇고
여인　　　　왈여소악락　여중악락　숙락

曰不若與衆이니이다. 孟子曰 今王이 與百姓同樂하시
왈불약여중　　　　맹자왈금왕　여백성동락

면 則王矣리이다.
　즉왕의

〔해설〕 타일에 맹자께서 왕을 뵙고 말씀하셨다. "왕께서 일찍이 장자〈莊

暴〉에게 음악을 좋아한다고 말씀하셨다 하오니, 그런 일이 있습니까!" 왕이 얼굴빛을 변하고 말씀하였다. "과인은 선왕의 음악을 좋아하는 것이 아니라 다만 세속의 음악을 좋아할 뿐입니다."고 하니, 맹자께서 말씀하셨다. "왕께서 음악을 좋아하심이 많으시면 제나라는 거의 다스려질 것입니다. 지금 음악이 옛 음악과 같습니다."고 하니, 왕께서 말하기를, "얻어 들을 수 있습니까?" 고 하니, 맹자께서 말씀하기를, "홀로 음악을 즐김과 다른 사람과 같이 음악을 즐김이 어느 것이 더 즐겁습니까?" 고 하니, 왕께서 대답하기를, "남과 더불어 즐김만 같지 못합니다." 고 하니, 맹자께서 말씀하기를, "적은 사람과 음악을 즐김과 많은 사람과 음악을 즐김이 어느 것이 더 즐겁습니까!" 고 하니, 왕께서 말하기를, "많은 사람과 더불어 하는 것 같지 못합니다." 고 하였다. 마지막으로 맹자께서 말씀하기를, "지금 왕께서 백성과 더불어 즐거워하신다면 (중국 천하의) 왕 노릇을 할 수 있을 겁니다." 고 하였다.

●에세이

이 문장의 핵심은 왕이 음악을 즐긴다는 것이고, 이 말을 들은 맹자는 왕께 묻기를 '음악을 즐기는 것은 나라를 잘 다스리는 것과 맞닿아 있는데, 그렇다면 왕께서 홀로 음악을 즐기는 것보다는 백성과 같이 음악을 즐겨야 백성들이 왕의 하는 일에 협조하게 되어서 중국 천하의 왕이 될 수 있다.' 고 말하는 것이다.

당시 왕조시대에는 오늘날의 민주시대와 달라서 국가 전체가 모두 제왕의 소유이고 그 외의 물건은 모두 제왕에게 부속된 물건이니, 토지는 물론이고 사람도 모두 제왕에게 부속된 것이니, 제왕의 말 한 마디에 사람의 목숨이 달려있었으므로 맹자의 '여민동락與民同樂'은 매우 획기적인 말씀이었다.

그러나 중국이라는 거대한 땅에는 여러 명의 제후諸侯들이 왕王을 참칭僭稱[1]하며 서로 패권을 다투고 있었으므로, 많은 제후들이 현사賢士를 초빙하여 그의 조언을 받아서 제패함의 패권을 노리고 있었다. 이 문장의 주인공인 제선왕도 그중의 한 사람으로 천하의 현사를 초빙하였으므로, 맹자는 제나라에 가서 제 선왕을 만났던 것이다.

이에 제 선왕은 '어떻게 하면 부국강병을 하여 천하를 제패할 수 있는가!'를 물었고, 맹자는 '인의仁義를 가지고 정치를 하면 천하를 제패할 수 있다.'고 대답하였으니, 여기에서 나온 인의仁義는 공자의 인仁을 한 단계 발전시킨 말씀으로, 인仁은 춘풍春風과 같은 따뜻한 사랑이라면, 의義는 가을 서리와 같이 서슬 파란 칼날이니, 의義는 결단력과 같은 맺고 끊는 힘을 말한다.
사람이 이 세상을 살아가는 데는 사랑만 있어서는 안 되는 것이고, 결단을 내릴 때에는 반드시 칼로 자르듯이 결정을 내려야 하니,

---

1 참칭僭稱 : 분수分數에 맞지 않게 스스로 황제皇帝나 왕王이라고 일컬음.

지도자는 이 두 가지를 모두 갖추어야 한다는 것이다. 그리고 왕이 음악을 좋아하는 것은 선한 마음의 발로이니, 이 음악을 혼자 즐기지 말고 백성과 함께 즐긴다면 백성들이 왕의 하는 일에 적극 성원을 하게 되므로, 이를 힘입어서 천하를 제패할 수 있다는 것이다.

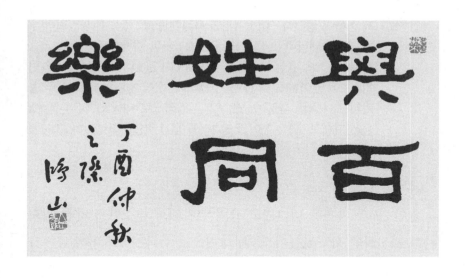

兽 : 일찍 상　莊 : 씩씩할 장　變 : 변할 변　寡 : 적을 과　直 : 다만 직

6 齊宣王問曰 交鄰國이 有道乎잇가 孟子對曰 有惟
제 선 왕 문 왈　교 린 국　　유 도 호　　　맹 자 대 왈　유 유

仁者라야 爲能以大事小하나니 是故로 湯事葛하고 文
인 자　　　위 능 이 대 사 소　　　　시 고　　탕 사 갈　　　문

王事昆夷하시니이다. 惟智者라야 爲能以小事大하나니
왕 사 곤 이　　　　　　　유 지 자　　　위 능 이 소 사 대

故로 太王事獯鬻하고 句踐事吳하니이다. 以大事小
고　　태 왕 사 훈 육　　　구 천 사 오　　　　　이 대 사 소

者는 樂天者也요 以小事大者는 畏天者也니 樂天者
자　　낙 천 자 야　　이 소 사 대 자　　외 천 자 야　　낙 천 자

는 保天下하고 畏天者는 保其國이니이다.
　　보 천 하　　　외 천 자　　보 기 국

【해설】 제 선왕이 물었다. "이웃나라와 사귐에 도道가 있습니까!"고 하니,
맹자께서 대답하였다. "오직 인자仁者만이 대국을 가지고 소국을
섬길 수 있습니다. 그러므로 탕왕湯王이 갈葛나라를 섬기시고 문
왕文王이 곤이昆夷를 섬기신 것입니다. 오직 지자智者만이 소국을
가지고 대국을 섬길 수 있습니다. 그러므로 태왕太王이 훈육獯鬻
을 섬기시고 구천句踐이 오吳나라를 섬긴 것입니다."고 하였다.

●에세이

인인仁人의 마음은 너그럽고 크며 인자해서 대소와 강약을 비교
하고 계산하는 사사로움이 없다. 그러므로 소국小國이 비록 공손하
지 않더라도 내가 그들을 사랑하는 마음에 스스로 그만둘 수 없는
것이고, 지혜로운 자는 의리에 밝고 시세時勢를 안다. 그러므로 강
대국에게 침략과 모욕을 당한다 하더라도 내가 그들을 섬기는 예를
더더욱 폐할 수는 없는 것이다.

역사는 반복되는 것이니, 옛날의 역사가 오늘에 있고, 오늘의 역사가 후대에 다시 있게 되는 것이니, 그래서 현명한 사람은 역사서를 읽어야 하는 것이다.

본문의 탕왕과 문왕은 인자仁者이므로, 대국의 왕으로 훈육獯鬻(狄人)과 곤이昆夷를 섬기었고, 태왕太王과 구천句踐은 지자智者이므로, 소국으로 대국을 섬기었던 것이다.

이에 대국의 왕으로써 소국을 섬기는 자는 천리天理를 즐거워하는 자이고, 소국의 왕으로써 대국을 섬기는 자는 천리天理를 두려워하는 자니, 천리를 즐거워하는 자는 천하를 보전하고, 천리를 두려워하는 자는 자기 나라를 보전한다고 맹자는 제 선왕께 말하니, 선왕은 "참으로 좋은 말씀입니다."고 말한다.

천리天理의 돌아감을 잘 알아서 착한 마음을 가지고 백성을 잘 다스리는 자는 천하를 보전한다고 하였으니, 요즘 교황이 미국의 뉴욕을 방문하니 뉴욕의 시민들이 열광하고, 전에 교황이 우리나라에 왔을 때에도 사람들이 모두 교황을 보려고 열광하였던 것을 생각하면, 이는 교황이 아무런 사심 없이 사람들을 대하기에 열광하는 것으로, 만약 지금의 대통령이 아무런 사심 없이 인자한 마음으로 정치를 한다면 국민들은 무조건 그 대통령을 따를 것이다.

鄰:이웃 린　葛:칡 갈　昆:맏 곤　獯:오랑캐 훈　鬻:팔 육　踐:밟을 천

7 王曰王政을 可得聞與잇가 孟子對曰 昔者文王之治
岐也에 耕者를 九一하며 仕者를 世祿하며 關市를 譏
而不征하며 澤梁을 無禁하며 罪人을 不孥하시니 老而
無妻曰鰥이요 老而無夫曰寡요 老而無子曰獨이요
幼而無父曰孤니 此四者는 天下之窮民而無告者어
늘 文王이 發政施仁하시되 必先斯四者하시니 詩云哿
矣富人이러니와 哀此煢獨이라 하니이다.

〔해설〕 왕이 말하기를, "왕정王政을 얻어 들을 수 있겠습니까!" 맹자께서
말씀하였다. "옛적에 문왕이 기주岐周를 다스릴 적에 경작하는 자
들에게 9분의 1의 세금을 받았으며, 벼슬하는 자에게는 대대로
녹을 주었으며, 관문關門과 시장을 기찰하기만 하고 세금을 징수
하지 않았으며, 죄인을 처벌하되 처자妻子에게까지 미치지 않게
하였습니다. 늙어서 아내가 없는 것을 환鰥(홀아비)이라 하고, 늙어
서 남편이 없는 것을 과寡(과부)라 하고, 늙어서 자식이 없는 것을
독獨(무의탁자)이라 하고, 어려서 부모가 없는 것을 고孤(고아)라 하
니, 이 네 가지는 천하의 곤궁한 백성으로서 하소연할 곳이 없는
자들입니다. 문왕은 왕정을 펴고 인仁을 베푸시되 반드시 이 네
사람들을 먼저 하셨습니다. 《시경詩經》에 이르기를 '부자들은 괜
찮거니와 이 곤궁한 이가 가엾다.' 하였습니다." 고 하였다.

제나라 선왕이 왕정王政을 맹자께 물으니, 맹자는 옛적 주周의 문왕의 고사를 들어서 대답한 문장이다.

이 문장의 핵심은 문왕이 정치를 하면서 환과고독鰥寡孤獨[2]을 먼저 보살피었고, 그리고 일을 즐길 때에는 백성과 함께 즐겼으므로 (與民同樂) 백성들이 왕을 원망하지 않았다는 것이다.

또한 정전법井田法[3]을 시행하였으니, 밭을 정井자와 같이 9등분하여 농사를 짓게 하되, 가운데의 밭은 공전公田이라 하고, 가의 밭은 사전私田이라 하니, 사전私田은 각자 농사를 짓고, 공전公田은 사전을 가진 자 8명이 함께 농사를 지어서 이를 세금으로 내게 하였으니, 이를 정전법이라 하는 것이다.

그리고 관문關門과 시장은 관리하기만 하고 세금을 걷지 않았으므로, 백성들의 원성이 없었다는 말씀을 제 선왕께 말씀하여 백성의 세금을 덜어주는 것이 왕정의 시작이라는 것을 은근히 말씀한 것이다.

《예기》 단궁 하檀弓下에는 "공자가 제자들과 태산泰山을 지나가

---

2 환과고독鰥寡孤獨 : 홀아비, 과부, 고아, 늙어서 자식 없는 사람을 이르는 말.
3 정전법井田法 : 고대 중국의 하夏, 은殷, 주周에서 실시된 토지 제도. 토지를 '정井' 자 모양으로 아홉 등분하여 주위의 여덟 구역은 사전私田으로 하고, 중앙의 한 구역을 공전公田으로 하여 이곳의 수확은 조세로 바치게 한 제도이다.

다가 어떤 아낙네가 묘墓 옆에서 통곡하고 있는 것을 보고는 어찌
된 영문인지 물었더니, '예전에 시아버지와 남편을 호랑이가 잡아
먹었는데 이제는 아들까지 잡아먹었다.' 고 하였으므로, 공자가 '그
렇다면 왜 이곳을 떠나지 않느냐.' 고 묻자, '여기는 가혹한 정사가
없어서 그렇다.' 고 대답하니, 공자가 제자들에게 "너희들은 기억해
두어라. 가혹한 정사는 맹호보다도 사나운 것이니라.(小子聽之 苛
政猛於虎.)"라고 하였으니, 이는 가혹한 세금이 얼마나 무서운 지를
단적으로 보여주는 일화이니, 세금정책을 잘 해야만 왕정을 할 수
있다고 한 말씀이다.

關 : 관계할 관 譏 : 기찰할 기 孥 : 처자식 노 鰥 : 홀아비 환 寡 : 과부 과 苛 : 가
할 가 煢 : 외로울 경

8 齊宣王이 問曰 湯放桀하시고 武王伐紂라 하니 有諸잇
제선왕 문왈 탕방걸 무왕벌주 유저

가 孟子對曰 於傳에 有之하니이다. 王曰 臣弑其君이
맹자대왈 어전 유지 왕왈 신시기군

可乎잇가 曰賊仁者를 謂之賊이요 賊義者를 謂之殘이
가호 왈적인자 위지적 적의자 위지잔

요 殘賊之人을 謂之一夫니 聞誅一夫紂矣요 未聞弑
잔적지인 위지일부 문주일부주의 미문시

君也니이다.
군 야

〖해설〗 제 선왕이 말하기를 "탕왕湯王이 걸왕桀王을 내치고 무왕武王이 주
왕紂王을 정벌했다고 하니, 그러한 일이 있습니까!" 맹자께서 대답
하시기를, "전傳에 있습니다." (제선왕이 물었다) "신하가 그 군주
를 시해함이 옳습니까!" 맹자께서 대답하길 "인仁을 해치는 자를
적賊이라 이르고, 의義를 해치는 자를 잔殘이라 이르며, 잔적殘賊한
사람을 일부一夫라 이르니, 일부一夫인 주紂를 베었다는 말은 들었
고, 군주를 시해했다는 말은 듣지 못하였습니다." 고 하였다.

● 에세이

본문의 전문前文에 보면, 제 선왕이 묻기를, '탕왕湯王이 걸왕桀王
을 내쫓고, 무왕이 주왕紂王을 정벌하였다고 하니, 그런 일이 있습
니까!' 하니, 맹자께서 말씀하시기를, '전傳(書經)에 보면 그런 일이
있습니다.' 고 하였다. 이에 선왕이 '신하가 그 임금을 시해함이 가
可한 일입니까!' 하고 말한데 대하여, 맹자께서 '필부匹夫를 죽였다
는 말은 들었어도 군주를 죽였다는 말은 듣지 못했습니다.' 고 하여,

천하의 제왕인 주왕紂王을 하나의 필부로 격하하여 말씀함으로, 아무리 지위가 높은 군주라도 행위가 좋지 않으면 필부에 지나지 않는다는 것을 확연히 보여주었다.

제왕이 모든 백성의 생사여탈권을 가지고 있는 전국시대에 맹자의 이 말씀은 신선한 충격을 준다. 군자는 '지인용智仁勇'을 갖추어야 한다고 하는데, 진정 맹자의 이 말씀은 용기백배한 군자의 말씀이라고 할만하다.

맹자가 이렇게 군주를 일개 필부라고 했기 때문에 역대 왕조에서는 〔맹자〕가 금기서가 되어서 읽히지 않았는데, 송나라 정명도, 정이천 형제가 《맹자》를 유학의 사서四書에 포함시키면서 비로소 경서經書로 대접받기 시작하였다.

유가儒家에서의 맹자는 학이지지學而知之한 사람으로 가장 높은 경지에 든 철인이니, 맹자의 호연지기浩然之氣는 맹자가 얼마나 자연과 부합했는가를 여실히 보여주는 용어이다. 요즘 사람들은 산이나 바다 같은 곳에 가서 '야호!' 하면서 호연지기를 말하지만, 호연지기는 그런 기운이 아니다. 가만히 앉아있어도 바람이 나와서 주위의 사람을 편안하게 하고 상쾌하게 하는 기운을 말하는 것이다.

弑:죽일 시 賊:도적 적 殘:잔악할 잔 誅:목 벨 주

공손추장구상公孫丑章句上

9 孟子曰 以齊王이 由(猶)反手也니라.
맹 자 왈 이 제 왕 유 반 수 야

〖해설〗 맹자께서 말씀하였다. "제나라를 가지고 왕 노릇함은 손을 뒤집는 것과 같다."고 하였다.

● 에세이

　공자께서는 "만일 나를 등용해주는 자가 있으면 1년만 정치를 하더라도 좋아질 것이니, 3년이면 이루어짐(平天下)이 있을 것이다. (子曰 苟有用我者 期月而已 可也 三年有成.)"고 하였는데, 맹자는 본문에서, "제나라를 가지고 왕 노릇함은 손을 뒤집는 것과 같다." 고 하였으니, 그렇다면 맹자가 공자보다 능력이 낮다는 것인가! 아니다. 이는 공자께서 살던 춘추시대와 맹자께서 살던 전국시대라는 시대적 배경이 다르기 때문에 생긴 시일의 간격이라고 봐야 한다.

즉 춘추시대는 주周나라에서 선정善政한 은혜를 아는 백성이 많아서 백성의 마음을 얻는데 3년이라는 세월이 필요했으나, 맹자께서 살던 전국시대는 이미 주周나라를 잊은 지 오래되어서 맹자께서 "제나라를 가지고 왕 노릇함은 손을 뒤집는 것과 같다."고 말씀한 것이다.

우리의 유학은 "왕도정치王道政治"를 구현하는 것인데, 전국시대의 오패의 왕들은 패도정치覇道政治를 하여 천하의 제1인자가 된 것이었다. 그러면 왕도와 패도는 어떤 것인가! 일례로, 패도는 수렵하여 사슴을 잡는데 포수를 사슴이 달아나는 길목에 먼저 가서 지키게 하고, 뒤에서 사슴을 그 포수가 있는 곳으로 몰아서 그곳에 사슴이 오면 활을 쏘아서 잡는 식의 정치를 말하고, 왕도정치는 비록 사슴을 잡지 못할지언정 길목을 지키지는 않고, 사슴의 뒤를 쫓아가서 활을 쏘아서 사슴을 잡는 것과 같은 정치를 말하니, 왕도정치는 결코 사슴을 잡지 못하더라도 길목을 지키는 편법을 쓰지는 않는다는 것이니, 본문의 맹자는 왕도정치를 하여 천하를 통일하는 것이 '반수反手'와 같다는 것이다.

由 : 같을 유, 경유할 유   反 : 돌이킬 반

10 公孫丑問曰 夫子加齊之卿相하사 得行道焉하시면
공 손 추 문 왈 부 자 가 제 지 경 상   득 행 도 언

雖由此霸王이라도 不異矣리니 如此則動心이릿가 否
수 유 차 패 왕   불 이 의   여 차 즉 동 심   부

乎잇가 孟子曰 否라 我는 四十이라 不動心호라.
호   맹 자 왈 부   아   사 십   부 동 심

【해설】 공손추가 물었다. "부자께서 제나라의 경상卿相에 오르시어 도道
를 행할 수 있게 되신다면 비록 이를 말미암아 패자霸者와 왕자王
者가 되더라도 이상할 것이 없겠습니다. 이와 같다면 마음을 움직
이겠습니까?" 맹자께서 말씀하시었다. "아니다. 나는 40세가 되
었다. 마음을 움직이지 않노라."고 하였다.

● 에세이

공자께서는 "40세에 의혹되지 않는다. 四十而不惑"고 하였는데,
이를 맹자는 "나는 40세이다. 마음을 움직이지 않는다. 四十而不動
心"고 하였으니, 이 말씀은 지금도 인구人口에 회자되는 아주 유명
한 말씀이다.

공자께서는 사람이 세상에 태어나서 "열다섯이 되면 학문에 뜻
을 두고, 20세에 관冠을 쓰고, 30세에 자립自立하고, 40세에 의혹되
지 않고[不惑], 50세에 천명天命을 알고, 60세에 누가 나에게 무슨
말을 해도 귀에 거슬리지 않고[耳順], 70세에 내가 하고 싶은 대로
행동해도 법도에 어긋나지 않는다."고 하였으니, 이것이 학문하는

사람이 세상을 살아가는 단계이다.

　그래서 맹자께서도 '나는 40세가 되었으니, 세상에서 아무리 좋은 직위를 준다 해도 마음을 움직이지 않는다.'고 말씀한 것이다.

　사람의 나이 40이 되면, 자신이 이 세상에서 어떤 일을 하며 살아야겠다는 확신이 설 때이므로, 마음이 요동하지 않고 자기가 할 일을 차분하게 한다는 말씀이니, 일례로 '나는 봉사를 하면서 살겠다.' 또는 '나는 학문을 연구하여 세상에 유익함을 주겠다.' 또는 '나는 정치를 잘하여 세상 사람들이 아무 걱정 없이 잘 살게 하겠다.'고 하는 등 각자 자신이 앞으로 살아갈 목표가 잘 세워졌으므로, 다른 일에 마음을 움직이지 않고 오직 이 일에 정진하여 세상에 유익을 주겠다는 의지의 부동심不動心인 것이다.

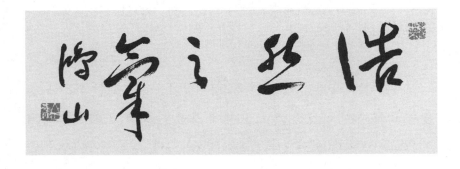

卿 : 벼슬 경　霸 : 으뜸 패　否 : 아니 부

11 敢問夫子는 惡乎長이니잇고 曰我는 知言하며 我는
　　감 문 부 자　　오 호 장　　　　　　왈 아　　지 언　　　 아

善養吾浩然之氣하노라 敢問何謂浩然之氣니잇고
선 양 오 호 연 지 기　　　　　　감 문 하 위 호 연 지 기

曰難言也라.
왈 난 언 야

【해설】 공손추가 말하였다. "감히 묻겠습니다. 부자夫子께서는 어디에 장
　　　　점이 있습니까?" 맹자께서 말씀하셨다. "나는 말을 알며, 나는 나
　　　　의 호연지기浩然之氣를 잘 기르노라."고 하니, 공손추가 "감히 묻
　　　　겠습니다. 무엇을 호연지기라고 합니까?"고 하니, 맹자께서 "말
　　　　하기 어렵다."고 하였다.

● 에세이

　'호연지기浩然之氣'를 설명하는 것은 맹자께서도 어렵다고 하였
는데, 필자가 어찌 확연히 알아들을 수 있도록 설명을 할 수 있겠는
가!

　하지만 맹자의 말씀을 종합해 보면, 호연지기는 체내에 있는 기氣
를 잘 길러서 얻어진 것이다. 대체로 인체를 기르는 것은 둘이니, 하
나는 육체를 기르는 것으로 좋은 음식을 먹고 좋은 공기를 마시며,
좋은 물을 먹되 절대로 과식해서는 안 되며, 반대로 배를 너무 채우
지 않는 것도 안 되는 것이고, 그리고 적당한 운동을 하여 근육의 힘
을 길러야 건강한 사람이 되는 것이고, 둘째는 기氣를 기르는 것인
데, 기氣에도 여러 가지 기가 있으니, 열거하면 노기怒氣, 객기客氣,

독기毒氣, 사기邪氣, 신기神氣, 요기妖氣, 용기勇氣, 의기意氣, 의기義氣, 원기元氣, 재기才氣, 정기精氣, 정기正氣, 천기天氣, 심기心氣, 향기香氣, 혈기血氣, 호기豪氣, 화기和氣, 활기活氣 등 많은 기가 있다.

그러나 이곳의 호연한 기운은 인의仁義에 기반하고 다년간 수양하여 얻어진 바른 기운이 아닐까 생각하는데, 이런 기운은 봄바람과 같아서 세상을 훈훈하게 만들고 사람을 편안하게 만드는 요술방망이 같은 기운이라는 생각이 든다.

전에 필자의 스승 서암 김희진 선생께서는 평생 이타利他의 생활을 하셨는데, 무엇인가 하면, 충남 부여군 은산면 곡부에 서숙書塾을 열고 평생동안 무료로 후학을 가르치셨다. 필자가 찾아뵙고 대화를 하면, 선생님 쪽에서 사람을 편안하게 하는 바람이 필자를 향해 오는 것을 느꼈으니, 필자는 이러한 기운을 '호연지기'라 생각한다.

이런 기운이 몸에 꽉 채워 있으면 마음은 담대해져서 불굴의 용기가 생기는 것이니, 조나라의 인상여가 '화씨벽和氏璧'을 가지고 진秦나라 소양왕과 대화하면서 의기가 조금도 위축되지 않았으니, 이런 것이 호연한 기운이 아니겠는가 하고 생각한다. 사실 맹자께서도 말로 하기 어렵다고 하셨으니, 필자가 또 무슨 말을 할 수가 있겠는가!

惡 : 어찌 오 浩 : 클 호 難 : 어려울 난

12 何謂知言이니잇고 曰詖辭에 知其所蔽하며 淫辭에
하 위 지 언　　　왈 피 사　　지 기 소 폐　　　음 사

知其所陷하며 邪辭에 知其所離하며 遁辭에 知其所
지 기 소 함　　　사 사　　지 기 소 리　　　둔 사　　지 기 소

窮이니 生於其心하여 害於其政하며 發於其政하여
궁　　　생 어 기 심　　　해 어 기 정　　　발 어 기 정

害於其事하나니 聖人復起하사도 必從吾言矣시리라.
해 어 기 사　　　성 인 부 기　　　필 종 오 언 의

〖해설〗 (공손추가 말하였다.) "무엇을 지언知言이라 합니까!" 맹자께서 말
씀하셨다. "편벽된 말에 그 가린 바를 알며, 방탕한 말에 빠져 있
는 바를 알며, 부정한 말에 괴리된 바를 알며, 도피하는 말에 (논리
가) 궁함을 알 수 있으니, 마음에서 생겨나와 정사政事에 해를 끼
치며 그 정사에 발로되어 그 일에 해를 끼치나니, 성인聖人이 다시
나오셔도 반드시 내 말을 따르실 것이다."고 하였다.

● 에세이

　사람의 말은 마음에서 나오니, 그 마음이 정리正理에 밝고, 그리
고 가림이 없으며 그런 뒤에 그 말이 평정平正하고 통달해서 병통이
없게 된다. 그런데 도통道通한 사람은 편벽된 말을 들으면 그 가려
진 바를 알고, 음탕한 말을 들으면 그곳에 빠질 바를 알며, 사벽邪僻
한 말을 들으면 그곳을 떠날 바를 알며, 도피하는 말을 들으면 그 궁
한 바를 아나니, 말이 그 마음에서 나와서 정사政事를 해치고 그 정
사에서 발로되어서 그 일을 해치는 것이니, 이 말씀은 성인聖人께서
다시 나와도 기필코 나의 말을 따르리라는 것이니, 확신에 찬 말씀

33

이다.

《동의보감東醫寶鑑》에 보면, 어의御醫 허준이 어떤 병에 대하여 처방을 내고, "이 처방은 귀신이라도 바꿀 수가 없다."고 한 곳이 몇 곳이 있으니, 이는 의사가 처방을 내놓고서, 반드시 병이 나을 것이라는 확신에서 이런 말을 한 것이니, 맹자의 본문 말씀과 일맥상통한다고 해야 할 것이다.

성인聖人을 논의하면, 유가儒家에서는 무소부지無所不知(알지 못하는 것이 없는 것)한 사람을 지칭하고, 기독교에서는 예수를 위해 순교한 사람을 성인聖人이라고 한다. 결론적으로 말해서 그 지목하는 바가 천양지차天壤之差가 있다고 봐야 한다. 이는 동양과 서양의 견해 차이로, 동양의 성인聖人이 훨씬 고高하다고 해야 할 것이다. 맹자는 이러한 무소부지한 성인聖人을 말하는 것이다.

謂 : 이를 위　詖 : 편벽될 피　蔽 : 가릴 폐　淫 : 음탕할 음　陷 : 빠질 함　邪 : 간사할 사　離 : 떠날 리　遁 : 달아날 둔　窮 : 궁할 궁　聖 : 성인 성　復 : 다시 부　起 : 일어날 기

13 宋人이 有閔其苗之不長而揠之者러니 芒芒然歸하
송 인　유민기묘지부장이알지자　　망망연귀

여 謂其人曰 今日에 病矣라 予助苗長矣로라 하여늘
위 기 인 왈 금 일　병 의　여조묘장의

其子趨而往視之하니 苗則稿矣러라. 天下之不助苗
기 자 추 이 왕 시 지　묘 즉 고 의　　천 하 지 불 조 적

長者寡矣니 以爲無益而舍之者는 不耘苗者也요 助
장 자 과 의　이 위 무 익 이 사 지 자　불 운 적 자 야　조

之長者는 揠苗者也니 非徒無益이라 而又害之니라.
지 장 자　알 묘 자 야　비 도 무 익　　이 우 해 지

【해설】 (맹자께서 말씀했다.) "송宋나라 사람 중에 벼 이삭이 자라지 못함
을 안타깝게 여겨 모두 손으로 뽑아놓고, 그 뒤에 일어날 것을 모
르고 돌아와서 가족에게 말하기를, '오늘 나는 매우 피곤하다. 내
가 벼 이삭이 자라도록 도왔다.' 고 하므로, 그 아들이 달려가서 보
았더니, 벼 이삭은 말라있었다. 천하 사람들 중에 벼 이삭이 자라
도록 억지로 조장助長하지 않는 자가 적으니, 유익함이 없다 해서
버려두는 자는, 비유하면 벼를 김매지 않은 자이고, 억지로 조장
하는 자는 벼 이삭을 뽑아놓는 자이니, 이는 유익함이 없을 뿐만
아니라 도리어 해치는 것이다." 고 하였다.

● 에세이

이 문장은 맹자께서 호연지기를 설명하면서 고사故事를 들어서
말씀한 내용인데, 오늘날의 사람들에게도 딱 들어맞는 말씀 같아서
구절을 뽑아서 썼다.

필자가 속해있는 서예계의 서예인들이 공부하고 성장해가는 과

정에 대하여 말을 하면(다른 업계도 매한가지임), 공부는 익지 않았는데 출세하고픈 마음이 앞서서 공모전의 심사위원에게 자신을 뽑아달라고 뇌물을 주어서 일찌감치 초대작가가 되는 사람이 부지기수로 많다. 부탁을 할 때는 반드시 금전이 오가는 것은 어느 분야나 매일반 아닌가.

이렇게 서예의 術술은 익지 않았는데 초대작가가 되었으니, 주위에서 휘호揮毫를 부탁해도 글씨를 써 줄 수가 없는 것이다. 왜냐면 아직 글씨가 익지 않아서 그 글씨를 내놓으면 망신을 당할 것은 불문가지이기 때문이다.

그리고 이제는 초대작가가 되었으니, 어깨에 힘이 들어가서, 내가 모르는 것도 남에게 문의할 수가 없는 것이다. 그리고 주위에 있는 사람들도 초대작가인 그에게 '당신의 글씨는 무엇이 잘못 되었어! 그걸 고쳐야 하네.' 라고 말하기가 어려운 것이다.

그러므로 교만이 와서 서예 연마를 하지 않고 남들도 잘못을 지적해주지 않으니, 자연히 그는 서예가의 인생을 일찌감치 망치고 마는 것이다.

이는 위 본문에서 송인宋人이 남의 벼 이삭은 다 나왔는데, 내 논의 벼 이삭은 나오지 않았으므로, 자신이 일일이 벼 이삭을 뽑아준 것과 다를 것이 없는 것이다.

호연지기는 의義가 몸에 집적集積되어서 생긴 것인데, 고자告子는 의義가 밖에 있다고 하니, 맹자는 이를 틀렸다고 말씀한 것이다.

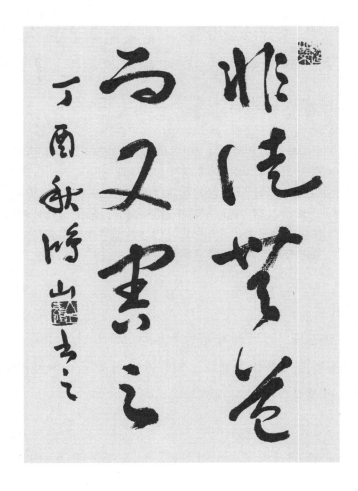

閔 : 민망할 민　苗 : 싹 묘　揠 : 뽑을 알　芒 : 아득할 망　歸 : 돌아갈 귀　病 : 병들 병
助 : 도울 조　趨 : 쫓을 추　視 : 볼 시　槁 : 마를 고　寡 : 적을 과　益 : 더할 익　舍 : 버
릴 사　耘 : 김맬 운　徒 : 한갓 도　害 : 해로울 해

14 有若曰 豈惟民哉리오 麒麟之於走獸와 鳳凰之於
유약왈 기유민재 기린지어주수 봉황지어

飛鳥와 泰山之於丘垤과 河海之於行潦에 類也며
비조 태산지어구질 하해지어행료 류야

聖人之於民에 亦類也시니 出於其類하며 拔乎其萃
성인지어민 역류야 출어기류 발호기췌

나 自生民以來로 未有盛於孔子也시니라.
자생민이래 미유성어공자야

〖해설〗 유약有若[4]이 말하였다. "어찌 백성(사람) 뿐이겠는가! 달리는 짐승
중의 기린과, 나는 새에 대한 봉황새와, 언덕과 개미 둑과의 태산
과, 길바닥에 고인 장마 물과의 하해河海와 똑같은 것이며, 일반
백성 중의 성인聖人도 이와 같은 것이다. 종류 중에서 빼어나며,
모인 것에서 높이 솟아났으나 민생이 있는 이래로 공자보다 더 훌
륭한 분은 있지 않다."고 하였다.

●에세이

이 문장은 맹자께서 제자 공손추와 주고받은 말씀이다. 유사 이
래로 훌륭한 현자들을 차례로 논의하면서 이를 공자와 비유하였으
니, 공자의 훌륭함을 잘 표현한 말씀이다.

4 유약有若 : 공자의 제자로서 공문십철 중 한 사람이다. 증자(증삼) 및 민자건(민손) 등
몇몇과 함께 자字가 아닌 자子로 불렸던 것으로 보아 공문에서의 비중을 엿볼 수 있다.
공자 사후에 공자의 모습을 닮았다고 해서 공자처럼 섬기려는 이들이 있었을 정도로
공자 사후에 가장 존경받는 제자 중 한 명이었다. 사람됨이 강직하고 박학다식했으며,
옛사람들의 학문을 공부하는 것을 좋아했다고 한다. 사후에 송 진종 대중상부大中祥符
2년인 1009년에 평음후平陰侯에 추봉되었다.

달려 다니는 짐승과 기린[5]과의 비유, 날아다니는 새와 봉황[6]과의 비유, 조그만 언덕과 태산과의 비유, 작은 웅덩이에 있는 물과 하해河海와의 비유를 들면서, 공자를 기린, 봉황, 태산, 하해에 비유한 것이니, 사람이 이 세상에 산 이래로 공자보다 성대한 사람은 없다고 유약有若의 말을 들어서 맹자께서 말씀한 것이다.

공자의 생애를 정리하면, 공자孔子(B.C. 551-479)는 노魯나라 양공 22년 창평향昌平鄉 추읍陬邑에서 태어났다. 그의 선조는 송나라 공족公族이었다. 공자의 시대는 주周나라 왕실이 쇠미하여 예禮·악樂은 행해지지 않았고, 『시詩』·『서書』도 많이 흩어졌다. 그래서 공자는 하夏·은殷·주周 삼대의 예禮(제도)를 추적하였으며, 『서경書經』을 정리하였다. 그전에는 『시詩』가 3,000여 편이었는데, 공자는 그 중에서 중복된 것을 빼고, 예절과 의리를 북돋기에 도움 될 것만 취하여 정리했다. 이렇게 정리한 『시』305편에 대해 공자는 모두 현악에 맞추어 노래 부를 수 있었는데,「소韶」·「무武」·「아」·「송」의 음률에 맞추려고 노력하였다. 이로부터 예·악이 밝혀져 왕도王道가 갖추어지고 육예六藝가 확립되었다. 공자는 말년에 『역易』을 좋아하여「단」·「계사」·「상」·「설괘」·「문언」 등을 편찬하였다. 책을 묶은 가죽 끈이 3번이나 닳아 끊어질(韋編三絶) 정도로 『역易』을 읽

---

5 기린은 성인이 나온 세상에서나 출생하는 동물로 표현된 신령한 동물이다.
6 봉황도 성인이 나온 세상에서나 출생하는 동물로 표현된 신령한 동물이다.

었다.

공자는 『시詩』·『서書』·『예禮』·『악樂』으로 제자들을 가르쳤고, 그 수가 3,000명에 달하였다. 그중 72명은 육예에 통달했다. 또 그는 사관의 기록을 바탕으로 『춘추春秋』를 지었는데, 이것은 노魯 은공부터 시작하여 애공 14년까지의 12공公에 걸쳤다. 『춘추』는 노나라를 중심으로 주나라를 가깝게 여기며, 3대의 예악의 근본정신을 운용하였다. 그 문장은 간결하지만 함축성은 광대하다. 이로써 최고 통치자의 실정에 대한 비난과 배척의 대의명분을 모든 후세의 성왕들은 일제히 춘추에 준거하기 시작했다. 『춘추』의 대의大義가 행해질 때 천하의 난신적자亂臣賊子는 두려울 수밖에 없었다. 공자는 73세의 나이로 애공 16년 4월 기축일에 세상을 떠났다.(『사기史記』「공자세가孔子世家」) (서울대학교 철학사상 연구소 자료)

사람이
이 세상에 태어나
어떻게 살아야 하나

돈을 많이 벌어야 하나
공부를 많이 해야 하나
착하게 살아야 하나
악하게 살아야 하나

그러나 제일의 삶은
덕을 쌓는 것이니
천인 만인에게
많은 덕을 쌓아야 한다.
공자처럼
맹자처럼

若 : 같을 약   豈 : 어찌 기   惟 : 오직 유   哉 : 이끼 재   麒 : 기린 기   麟 : 기린 린   走 :
달아날 주   獸 : 짐승 수   鳳 : 봉황 봉   凰 : 봉황 황   飛 : 날 비   鳥 : 새 조   泰 : 클 태
丘 : 언덕 구   垤 : 개미둑 질   潦 : 큰비 료   類 : 같을 류   聖 : 성인 성   拔 : 뺄 발   萃 :
모을 췌   盛 : 성할 성

15 孟子曰 以力假仁者는 霸니 霸必有大國이요 以德
맹자왈 이력가인자 패 패필유대국 이덕

行仁者는 王이니 王不待大라 湯以七十里하시고 文
행인자 왕 왕부대대 탕이칠십리 문

王以百里하시니라. 以力服人者는 非心服也라 力不
왕이백리 이력복인자 비심복야 역불

贍也오 以德服人者는 中心이 悅而誠服也니 如七
섬야 이덕복인자 중심 열이성복야 여칠

十子之服孔子也라. 詩云 自西自東하며 自南自北
십자지복공자야 시운 자서자동 자남자북

이 無思不服이라 하니 此之謂也니라.
무사불복 차지위야

【해설】 맹자께서 말씀하셨다. "힘으로써 인仁의 행위를 빌린 자는 패자霸
者이니, 패자霸者는 반드시 대국大國을 소유하여야 하고, 덕德으로
써 인仁을 행하는 자는 왕자王者니, 왕자王者는 대국大國을 필요로
하지 않는다. 탕왕湯王은 70리를 가지고 하셨고, 문왕文王은 백리
百里를 가지고 하셨다. 힘으로써 남을 복종시키는 자는 (상대방이)
진심으로 복종하는 것이 아니라 힘이 부족해서이고, 덕으로써 남
을 복종시키는 자는 중심中心으로 기뻐하여 진실로 복종함이니,
70인의 제자가 공자에게 심복함과 같은 것이다. 《시경詩經》에 이
르기를, '서쪽에서, 동쪽에서, 남쪽에서, 북쪽에서 복종하지 않는
이가 없다.' 고 하였으니, 이것을 말한 것이다." 고 하였다.

● 에세이

맹자께서 말씀한 패자霸者와 왕자王者를 구분할 줄 알아야 한다.
패자霸者는 춘추시대에 오패五霸가 있으니, 제환공齊桓公, 진문공晉
文公, 초장왕楚莊王, 오왕吳王 합려闔閭, 월왕越王 구천勾踐이다. 이들

은 힘으로서 춘추시대 제후들을 굴복시킨 사람들이고, 왕자王者는 은殷나라의 탕왕湯王과 주周나라의 무왕武王 같은 왕들을 말하니, 이들은 덕德으로 천하를 열복悅服하게 한 사람들이다.

공자와 맹자의 학문은 정치와 부합하는데, 이는 정치를 잘하여 백성들이 마음 놓고 편안하게 살게 하려는 뜻이 그 안에 깔려있다고 봐야 한다. 그래서 공자의 학문은 왕자王者는 할지언정 패자覇者는 절대로 하지 않는다는 것이다. 그리고 이런 패자覇者의 유류類를 대단히 경멸했다.

왕자王者와 패자覇者를 수렵狩獵의 비유로 말하면, '사냥을 하면서 사슴의 뒤를 쫓아가며 활을 쏘아 짐승을 잡는 것을 왕자王者의 도道에 비유하고, 미리 사슴이 올 지점을 포수에게 지키게 하고, 뒤에서 사슴을 그 지점으로 몰아서 그 지점에서 활을 쏘아서 짐승을 잡는 것을 패자覇者의 도道'라 한다.

공자의 문도들은 왕도王道를 행하다가 중도에 그만둘지언정 패도覇道는 절대로 하지 않는다. 왜냐면 목을 지켜서 짐승을 잡는 식의 유는 덕인德人으로서 할 일이 아니라는 것이다.

그러므로 은殷의 탕왕湯王과 주周의 무왕武王 이 덕으로서 천하를 통일하였으므로, 맹자는 이를 대단하게 여겨서 이곳에 말씀한 것이다.

假:빌 가 覇:으뜸 패 德:큰 덕 待:기다릴 대 湯:끓을 탕 服:복종할 복 贍: 넉넉할 섬 悅:기쁠 열 誠:진실로 성, 정성 성

16 禍福이 無不自己求之者니라 詩云 永言配命이 自
求多福이라 하며 太甲曰 天作孽은 猶可違어니와 自
作孽은 不可活이라 하니 此之謂也니라.

〔해설〕 화禍와 복福이 자기로부터 구하지 않음이 없느니라. 《시경詩經》에
서 이르기를 "길이 천명天命에 배합하기를 생각함이 스스로 많은
복을 구하는 것이다."고 하고, 《태갑太甲》에서 이르기를, "하늘이
지은 재앙은 오히려 피할 수 있으나 스스로 지은 재앙은 살 길이
없다."고 하니, 이를 이른 것이다.

●에세이

사람은 누구나 복을 받기를 원하고 화를 당하는 것을 싫어한다.
그러나 화복禍福이 자기의 행위의 여하에서 오는 것은 알지 못한다.
위 본문에서 맹자는 "화禍와 복福이 자기로부터 구하지 않음이 없
느니라."고 하였는데, 《시경》에서 "평생토록 천명天命에 순응하는
것이 스스로 복을 구하는 것이다."고 하였고, 《서경書經》의 태갑편
에서는 "하늘이 만든 재앙은 가히 피할 수 있으나 스스로 만든 재앙
에 있어서는 피할 방도가 없다."고 하였으니, 이는 모두 맹자의 말
씀과 부합하는 말씀인 것이다.

요즘 학교에서는 이렇게 복을 받는 길은 가르치지 않고, 그저 머

리를 뱅글뱅글 돌려서 무엇을 창작해서 이를 팔아서 많은 돈을 버는 것만을 가르친다. 그런데 이 창작이 혹 남에게 해가 되고, 혹은 국가와 사회에 위해가 된다면, 이는 엄청 많은 죄를 짓는 행위와 부합한다.

이렇게 남에게 죄를 지으면서 돈을 벌면 당장은 돈을 버니 좋을지 모르지만, 일단 죄를 짓는 행위이므로 천명天命을 위배한 행위가 되어서 이런 행위가 쌓이면 그 뒤에는 반드시 화가 찾아온다. 만약 본인이 받지 않으면 자식에게 옮기기도 하니, 우리는 자신의 자녀를 위해서도 죄를 짓지 말고 천명天命에 부합하는 삶을 살아야 한다.

禍 : 재앙 화 福 : 복 복 求 : 구할 구 配 : 짝 배 命 : 목숨 명 太 : 클 태 孽 : 재앙 얼 猶 : 오히려 유 違 : 피할 위 活 : 살 활 謂 : 이를 위

17 孟子曰 尊賢使能하며 俊傑在位면 則天下之士ㅣ
　　맹자왈　존현사능　　준걸재위　　즉천하지사

皆悅而願立於其朝矣리라.
개 열 이 원 립 어 기 조 의

〖해설〗 맹자께서 말씀하시기를, "현자賢者를 높이고 재능이 있는 자를 부
　　　　려서 준걸俊傑[7]들이 지위에 있으면 천하의 선비가 모두 기뻐하여
　　　　그 조정에서 벼슬하기를 원할 것이다."고 하였다.

에세이

　이는 국가를 운영하는 대원칙이다. 대통령이 된 자는 어진 현자
賢者를 존중하며 재주와 덕德이 뛰어난 자를 국가의 요직에 앉힌다
면, 천하의 어진 선비들이 모두 그 조정에 들어와서 벼슬하기를 원
한다는 말씀이다.

　우리 동양의 고대에 은殷나라의 탕왕湯王은 이윤伊尹을 초빙하여
정치를 하여 천하를 통일하였고, 주周나라의 문왕文王은 강태공을
초빙하여 정치를 잘하여 아들인 무왕 때에 천하를 통일하였으며,
한漢나라의 고조高祖는 장자방張子房을 초빙하여 정치를 하여 천하
에 둘도 없는 용맹을 가진 사람 항우項羽를 꺾고 천하를 통일하여
빛나는 한漢의 문화를 이룩했다.

　이렇게 정치를 잘 하려면 어진 현사賢士를 초빙하여 문의하면서

---

7 준걸俊傑 : 재덕才德이 대중보다 뛰어난 사람.

정치를 해야 하는 것인데, 우리의 박○○ 대통령은 자신이 수족처럼 부리는 장관과 수석비서관들의 대면보고를 받지 않고 항상 서면으로 보고를 받았다고 하니, 이는 현사를 무시하는 행위로 있어서는 안 될 일이 실제로 벌어진 것이다. 그러므로 말년에 탄핵이 되고 또한 검찰의 수사를 받고 재판을 받는 영어圄圄의 몸이 된 것이다.

그러므로 정치인은 인문학에 밝아야 한다는 것이다. 역사라는 것은 항상 반복된다고 한다. 그렇기에 역사서를 많이 읽어서 역사에 해박한 지식을 함유하면 옛적 선현들의 전전긍긍戰戰兢兢[8]하고 임심이박臨深履薄[9]하는 조심함을 배우게 되므로, 이런 사람의 앞길은 절대로 실패가 따르지 않는 것이다.

尊 : 높을 존 賢 : 어질 현 使 : 부릴 사 能 : 능할 능 俊 : 준걸 준 傑 : 준걸 걸 悅 :
기쁠 열 願 : 원할 원 朝 : 조정 조

---

8 전전긍긍戰戰兢兢 : 1.매우 두려워하여 벌벌 떨며 조심함. 2.《시경詩經》의 소아小雅에서 나온 말이다.

9 임심이박臨深履薄 : 조심스러운 마음으로 매사를 신중히 처리하는 것을 말한다. 《시경詩經》 소아小雅 〈소민小旻〉에 "전전긍긍하여 심연에 임하듯 얇은 얼음을 밟듯한다.(戰戰兢兢, 如臨深淵, 如履薄氷.)" 라고 하였다.

18 惻隱之心은 仁之端也요 羞惡之心은 義之端也요
측은지심   인지단야   수오지심   의지단야

辭讓之心은 禮之端也요 是非之心은 智之端也니라.
사양지심   예지단야   시비지심   지지단야

人之有是四端也는 猶其有四體也니 有是四端而
인지유시사단야   유기유사체야   유시사단이

自謂不能者는 自賊者也요 謂其君不能者는 賊其
자위불능자   자적자야   위기군불능자   적기

君者也니라.
군자야

〔해설〕 측은하게 여기는 마음은 인仁의 단서이고, 수오羞惡(부끄러워함)하
는 마음은 의義의 단서이며, 사양하는 마음은 예禮의 단서이고, 시
비是非를 따지는 마음은 지智의 단서이다. 사람이 이 사단四端을
가지고 있음은 사체四體를 가지고 있는 것과 같으니, 이 사단四端
을 가지고 있으면서도 인의仁義를 행할 수 없다고 말하는 자는 자
신을 해치는 자이고, 자기의 군주君主가 인의仁義를 행할 수 없다
고 말하는 자는 군주를 해치는 것이다.

●에세이

　이 말씀은 맹자의 그 유명한 사단론이다. 맹자는 이를 말씀하면
서 "사람은 모두 사람을 차마 해하지 못하는 인심仁心을 가지고 있
다.(人皆有不忍人之心.)"고 하면서, 어떤 갓난이가 기어가서 우물
에 떨어지니, 이를 본 사람이 즉시 그 우물에 들어가서 그 갓난이를
구해준다는 것이다. 이런 마음을 우리 인간은 모두 가지고 있으니,
이런 마음이 곧 측은지심惻隱之心이라는 것이다.

1년에는 4계절이 있고, 인체에는 사체四體가 있으며, 방위에는 사방이 있고, 오행五行에서 중앙을 의미하는 토土를 빼면 사행四行이 되는데 이 사행四行이 본문의 사단四端과 부합하는데, 맹자는 사단四端과 인의예지仁義禮智의 사행四行에 적용하여 말씀한 것으로 보인다.

여하튼 간에 사단설은 인의예지仁義禮智에 이은 하나의 학설로 맹자께서 최초로 말씀했다는데 큰 의미가 있다고 봐야 한다.

오행설로 보면 인仁은 동방이고, 의義는 서방이고, 예禮는 남방이고, 지智는 북방이다. 그러므로 서울의 사대문四大門에 동대문을 숭인지문崇仁之門이라 하고, 서대문을 돈의문敦義門이라 하며, 남대문을 숭례문崇禮門이라 하고, 북문을 홍지문弘智門이라 명명한 것이다.

여하 간에 사람의 몸 안에는 측은히 여기는 인仁의 마음이 있고, 부끄러워하는 의義의 마음이 있으며, 사양하는 마음인 예禮의 마음이 있고, 시비是非를 가리는 지智의 마음이 있는 것이다.

惻 : 슬플 측 隱 : 숨을 은 端 : 끝 단 羞 : 부끄러울 수 惡 : 미워할 오 辭 : 사양할 사 讓 : 사양 양 禮 : 예도 례 猶 : 같을 유 賊 : 도적 적 君 : 임금 군

19 孟子曰矢人이 豈不仁於函人哉리오마는 矢人은 唯
맹 자 왈 시 인　　　 기 불 인 어 함 인 재　　　　　　 시 인　 유

恐不傷人하고 函人은 唯恐傷人하나니 巫匠亦然하니
공 불 상 인　　　 함 인 은　 유 공 상 인　　　　 무 장 역 연

故로 術不可不愼也니라. 孔子曰里仁이 爲美하니 擇
고　 술 불 가 불 신 야　　　 공 자 왈 리 인 이　 위 미 하니　택

不處仁이면 焉得智리오 하시니 夫仁은 天之尊爵也며
불 처 인　　　 언 득 지　　　　　　 부 인 은　 천 지 존 작 야

人之安宅也어늘 莫之禦而不仁하니 是는 不智也니라.
인 지 안 택 야　　 막 지 어 이 불 인　　　 시 는　 부 지 야

〖해설〗 맹자께서 말씀하시기를, "화살 만드는 사람이 어찌 갑옷 만드는
사람보다 인仁하지 못하겠는가! 화살 만드는 사람은 오직 사람을
상하지 못할까 두려워하고, 갑옷 만드는 사람은 오직 사람을 상할
까 두려워하나니, 무당과 관 만드는 사람도 또한 그러하니, 그러
므로 기술을(선택함에) 삼가지 않으면 안 되는 것이다. 공자께서
말씀하시기를, '마을에 인후仁厚한 풍습 있는 것이 아름다우니,
사람이 살 곳을 가리되 인仁에 처하지 않는다면 어찌 지혜로울 수
있겠는가!'고 하시니, 인仁은 하늘의 높은 벼슬이며 사람의 편안
한 집이거늘, 막는 이가 없는데도 인仁하지 못하니, 이는 지혜롭
지 못한 것이다."고 하였다.

● 에세이

　화살을 만드는 사람은 이 화살이 사람의 몸에 잘 파고들어서 그
사람이 쓰러지지 않을까를 두려워하고, 갑옷을 만드는 사람은 항상
그 갑옷에 화살이 박히는 것을 두려워하며, 무당은 병자를 살리지
못함을 걱정하고, 관棺을 만드는 사람은 사람이 많이 죽어야 그 관

이 많이 팔리므로 사람이 많이 죽기를 기다리는 것이다.

그러므로 공자께서도 '마을에 인후仁厚한 풍습이 있는 것이 아름다운 것이니, 사는 곳을 고르되, 인仁한 곳에 살지 않는다면 어찌 지혜롭다 하겠는가!'고 하시었다.

인仁은 천지가 만물을 생生하게 하는 마음으로서 가장 먼저 얻어야 하는 마음이고 겸하여 원형이정元亨利貞[10]을 통솔한다. 원元이라는 것은 선善의 으뜸이기 때문에 이를 '높은 벼슬이다' 라고 하였고, 이것이 사람에 있어서는 본심 전체의 덕이 되어 천리天理와 자연의 편안함이 있고 인욕人慾에 빠지는 위태로움이 없으니, 사람은 마땅히 항상 그 가운데에 있을 것이요, 잠시라도 떠나서는 안 되는 것이다. 그러므로 인仁에 사는 것을 막는 이가 없는데도 인仁하지 못하니, 이런 것을 불인不仁하다 하는 것이다.

사람은 마땅히 사는 곳을 잘 가려서 살아야 한다. 그러므로 맹자 어머니의 그 유명한 '맹모삼천孟母三遷'[11]이 있는 것이다.

10 원형리정元亨利貞 : 1.《주역周易》에서 말하는 천도天道의 네 가지 덕德. 2.사물의 근본 원리나 도리. 3.원元은 봄에 속하여 만물의 시초로 인仁이 되고, 형亨은 여름에 속하여 만물이 자라나 예禮가 되고, 이利는 가을에 속하여 만물이 이루어져 의義가 되고, 정貞은 겨울에 속하여 만물이 거두어져 지智가 된다는 이론이다

11 맹모삼천孟母三遷 : 1.맹자의 어머니가 맹자를 잘 가르치기 위하여 세 번 이사한 일. 2.한漢나라 유향劉向이 편찬한 《열녀전列女傳》에 나오는 말로, 처음에 묘지 근처에 살았더니 맹자가 장사葬事 지내는 흉내를 내므로 시전市廛 가까이로 이사를 했는데, 이번에는 물건을 사서 파는 흉내를 내므로 다시 서당書堂 가까이로 이사를 했더니 예의범절을 흉내내므로 그곳에 거처를 정했다고 한다

이는 사람뿐만이 아니고 초목草木도 매일반이니, 자갈이나 바위 위에 자리를 잡으면 잘 자라지도 못할뿐더러 가물면 비를 걱정하고 또한 거름기가 없기에 잘 자라지도 못한다. 그러므로 사람은 예부터 살 곳을 선택할 때에 반드시 배산임수背山臨水[12]한 곳을 선택하여 집을 짓고 살라고 하였던 것이다.

矢:살 시 豈:어찌 기 函:갑옷 함 唯:오직 유 恐:두려울 공 傷:상할 상 巫 :무당 무 匠:장인 장 術:재주 술 愼:삼갈 신 擇:가릴 택 處:처할 처 焉: 어찌 언 智:지혜 지 尊:높을 존 爵:벼슬 작 禦:막을 어

12 배산임수背山臨水:산을 뒤에 두고 물을 앞에 대하고 있는 땅의 형세.

20 孟子曰 子路는 人告之以有過則喜하니라. 禹는 聞
맹자왈 자로 인고지이유과즉희 우 문

善言則拜러시다. 大舜은 有大焉하시니 善與人同하사
선언즉배 대순 유대언 선여인동

舍己從人하시며 樂取於人하여 以爲善이러시다. 自耕
사기종인 낙취어인 이위선 자경

稼陶漁로 以至爲帝히 無非取於人者러시다. 取諸
가도어 이지위제 무비취어인자 취제

人以爲善이 是與人爲善者也라. 故로 君子莫大乎
인이위선 시여인위선자야 고 군자막대호

與人爲善이니라.
여인위선

〔해설〕 맹자께서 말씀하시기를, "자로子路는 어떤 사람이 그에게 과실이
있다고 말해주면 기뻐하였고, 우禹임금은 착한 말을 들으면 절하
였으며, 대순大舜은 이보다 더 위대함이 있으시니, 착함을 남과 함
께 하사 나를 버리고 남을 따르시며 남에게서 취하여 선善을 함을
기뻐하시었다. 밭 갈고 곡식을 심으며, 질그릇을 굽고 고기 잡을
때부터 제왕이 되기까지 남에게서 취하지 않음이 없으셨다. 남에
게서 취하여 선善을 행함은, 이것이 남이 선善을 하도록 도와주는
것이다. 그러므로 군자는 남이 선善을 하도록 도와주는 것보다 훌
륭함이 없는 것이다."고 하였다.

● 에세이

자로子路는 공자의 제자로, '자로부미子路負米'라 하여, 쌀을 백
리 밖에서 지고 와서 부모님을 봉양했다는 유명한 고사故事가 있고,
그리고 우禹임금은 하夏나라의 제왕인데, 요堯임금 때 9년의 홍수에

치수治水를 잘한 것으로 유명한 사람이니, 이 우禹는 남이 착한 말을 하는 것을 들으면 찾아가서 절을 했다고 하며, 순舜은 이보다 더 위대하니, 남과 함께 착한 일을 하였고, 또한 남이 착한 일을 할 수 있도록 도와주었다는 것이다.

단순히 나만 홀로 착한 일을 하는 것보다는 남과 더불어 같이 착한 일을 하였으니, 이렇게 많은 사람이 모두 남과 같이 착한 일을 하게 되면, 이 세상 사람들이 모두 착하게 되기 때문에 '대순大舜'이라 칭하고 더욱 위대하다고 하였던 것이다.

공자께서는 순舜을 대효大孝로 호칭하면서, "덕으로는 성인聖人이 되고 높은 지위로는 천자天子이며, 부유함으로는 천하의 재물을 보유하였으며, 종묘에서 그에게 제향을 올리고, 그리고 자손이 보존한다."고 하면서 대덕大德을 가진 사람은 반드시 "그 지위를 얻고 그 봉록을 얻으며 그 이름을 얻고 그 장수함을 얻는다."고 하였고, 맹자께서도 순舜을 '대순大舜'이라 칭하여 존숭함을 나타내었으니, 얼마나 훌륭한 제왕인가를 알 수가 있다. 그런데 이 대순大舜이 우리와 혈통이 똑같은 동이東夷의 사람이라는 것이다.

告 : 고할 고 過 : 허물 과 喜 : 기쁠 희 禹 : 우임금 우 聞 : 들을 문 善 : 착할 선
拜 : 절 배 舍 : 놀 사 從 : 따를 종 樂 : 즐길 락 取 : 취할 취 耕 : 갈 경 稼 : 심을
가 陶 : 질그릇 도 漁 : 고기 잡을 어 帝 : 임금 제 與 : 도울 여

공손추장구하公孫丑章句下

21 孟子ㅣ曰 天時不如地利요 地利不如人和니라.
맹 자 왈 천 시 불 여 지 리　　 지 리 불 여 인 화

〖해설〗 맹자께서 말씀하시기를, "천시天時가 지리地利만 못하고 지리地利
가 인화人和만 못하다." 고 하였다.

● 에세이

　"3리 되는 성城과 7리 되는 외성外城을 포위하여 공격하여도 이
기지 못하는 경우가 있다. 포위하여 공격하면 반드시 천시天時를 얻
을 때가 있으련마는 그런데도 이기지 못함은 천시天時가 지리만 못
하기 때문이고, 성城이 높지 않은 것도 아니며, 연못이 깊지 않은 것
도 아니며, 병기와 갑옷이 견고하고 예리하지 않은 것도 아니며, 쌀
과 곡식이 많지 않은 것도 아니지만 이것을 버리고 떠나가니, 이는

지리地利가 인화人和만 못한 것이다."고 맹자는 부연 설명을 하였다.

천시天時는 무엇인가 하면 '그날 간지干支의 고허孤虛와 왕상旺相' 같은 것을 말하니, 고허孤虛는 계절이나 일진에 도와줌이 없는 것이고, 왕상旺相은 왕성한 기운이 도와줌을 뜻한다.

아무리 좋은 해, 좋은 달, 좋은 날을 골라서 공격해도 성곽이 견고하면 빼앗지 못하는 것이고, 아무리 지리적으로 견고해도 인화人和하지 못하면 그 성을 지키지 못한다는 맹자의 말씀이다.

우리가 살아가는 이 세상은 모두 수리數理로 되어있다고 한다. 그렇기에 수리적으로 좋은 때가 있고 좋은 시가 있으며, 반대로 나쁜 때가 있고 나쁜 날이 있으니, 이를 잘 헤아려서 사업을 하고 세상을 살아가야 나에게 유익이 온다는 것이니,

《삼국지 연의》에 의하면, 위魏의 조조는 오吳의 손권과 촉蜀의 유비의 연합군과 적벽강에서 대 혈전을 벌였는데, 여기에서 화룡점정은 '동남풍'이다. 때는 겨울인지라 북서풍이 불었는데, 오吳의 주유의 수군이 화공火攻을 쓰려면 반드시 동남풍이 불어야만 하였는데, 이를 제갈량이 책임지고 불게 할 수 있다고 하였다.

마침 적벽의 아래 강물 위에서 전쟁이 벌어졌는데, 북서풍이 불다가 갑자기 동남풍으로 바뀌니, 주유는 화공을 써서 조조의 전선戰船을 모두 불살라서 승리로 장식한다.

이는 제갈량이 수리數理의 학문을 이용하여 북서풍을 동남풍으로 불게 한 전대미문의 사건이니, 선각자의 조그만 한 수가 세상의 판세를 뒤집는 하나의 사건이 되었는데, 맹자는 이런 이치를 위 본문에서 미리 간파하고 말씀한 것이다.

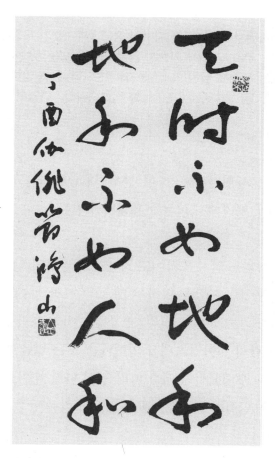

地:땅 지　利:이로울 리　和:화할 화

22 孟子ㅣ去齊하실새 充虞路問曰ㅣ夫子若有不豫色
　　　맹자　거제　　　　충우로문왈　　　부자약유불예색

然하시니이다. 前日에 虞聞諸夫子하니 曰君子는 不
연　　　　　　　전일　　우문제부자　　　　왈군자　　불

怨天하며 不尤人이라 하시니이다.
원천　　　불우인

【해설】 맹자께서 제齊나라를 떠나실 적에 충우充虞가 도중途中에서 물었
　　　　다. "부자夫子께서 기쁘지 않은 기색이 있는 듯하십니다. 지난날
　　　　제가 부자께 듣자오니, '군자君子는 하늘을 원망하지 않으며, 사
　　　　람(남)을 허물하지 않는다.' 고 하셨습니다." 하였다.

● 에세이

　"군자君子는 불원천不怨天하며 불우인不尤人이라." 의 말씀은 공
자의 말씀인데, 맹자께서 이를 인용해서 사람들을 가르친 것이다.

　좋은 시운時運을 얻지 못하여도 하늘을 원망하지 않고, 사람에게
부합하지 못하여도 사람을 탓하지 않으며, 다만 아래로 인간의 일
을 배워서 자연스럽게 위로 천리天理를 통달하는 것만 아는 것이니,
이는 단지 사람이 살아가는데서 일어나는 모든 일을 자기 몸에 돌
이키고 스스로 수련해서 순서를 따라 점점 나갈 뿐이요, 남과 매우
특이하게 하여 알아줌을 이루려함이 없어야 함을 말씀한 것이다.

　사람이 세상에서 공부를 많이 하면, 자연스럽게 사람들이 알아주

天怨尤

는 것이다. 그러나 이를 알아주지 못하는 경우도 있으니, 이렇게 되면 화가 치밀어서 자칫 하늘을 원망하고 남을 탓하는 일이 많은 것을 필자도 많이 경험했다. 그러나 이는 시운時運이 맞지 않는 것이니, 하늘을 원망하고 남을 탓한들 무엇하랴!

그러므로 《논어》의 가장 첫머리에 "남이 알아주지 않되 나는 원망하지 않으면 군자君子가 아니겠는가! 인부지이불온 불역군자호(人不知而不慍 不亦君子乎.)"고 하여, 이런 사람을 진정한 군자라고 부자夫子께서는 말씀하신 것이다.

齊 : 제나라 제　充 : 채울 충　虞 : 근심 우　若 : 같을 약　豫 : 미리 예　色 : 빛 색　聞 : 들을 문　諸 : 모두 제　怨 : 원망할 원　尤 : 허물 우

등문공장구상滕文公章句上

23 滕文公이 爲世子에 將之楚할새 過宋而見孟子한대
   등 문 공   위 세 자   장 지 초   과 송 이 견 맹 자

孟子道性善하시되 言必稱堯舜이러시다. 世子自楚
맹 자 도 성 선   언 필 칭 요 순   세 자 자 초

反하여 復見孟子하신대 孟子曰世子는 疑吾言乎잇가
반   부 견 맹 자   맹 자 왈 세 자   의 오 언 호

夫道는 一而已矣니이다.
부 도   일 이 이 의

〖해설〗 등문공이 세자로 있을 때에 장차 초楚나라로 가기 위하여 송宋나
   라를 지나다가 맹자를 만나 뵈었다. 맹자께서 성품의 착함을 말씀
   하시되, 말씀마다 반드시 요순堯舜을 일컬으셨다. 세자가 초楚나
   라에서 돌아와 다시 맹자를 뵙자, 맹자께서 말씀하기를, "세자는
   내 말을 의심하십니까! 도道는 하나일 뿐입니다." 고 하였다

에세이

사람의 성품이 본래 착하다는 말은 맹자께서 처음으로 하신 말씀이다. 그런데 이 성선설性善說을 말씀하시면서 언제나 요순堯舜을 일컬었는데, 요순은 지금으로부터 약 5000년 전에 중국을 통치하던 제왕이다.

유자儒者의 추구하는 학문의 궁극적인 목표가 요순이니, 이 요순이 다스리던 세상이 피안彼岸의 세상이다. 요순께서 너무 정치를 잘하셔서 그 밑에 살던 백성들은 아무런 근심 걱정 없이 살았다는 이야기가 유가儒家의 경서에 많이 전해지고 있다.

도道는 길을 말하니, 즉 사람이 가야할 길을 말하고, 그리고 사람이 가야할 길이 하나일 뿐이라는 것이다.

사람이 이 세상에 처음으로 나올 때의 마음은 착한 마음이니, 이 착한 마음을 죽을 때까지 유지해야 하는 것이니, 이 길이 하나일 뿐이라는 것이다. 요순은 착한 마음을 처음부터 끝까지 유지하면서 세상을 다스렸기 때문에 백성들의 불평이 없었던 것이니, 이런 착한 마음은 천리天理와 맞닿아 있어서 지극히 공평하고 털끝만큼의 사사로움이 없는 것이다.

국가를 영위하는 자는 반드시 지공무사至公無私한 사람이어야 한다. 만약 조그만 사사로움이 있으면 사리私利로 흘러서 필경에는 백성들의 원성이 쌓이게 되는 것이다. 그러므로 국가를 다스리는 사람은 대인大人이어야 하고 군자君子이어야 하는 것이다. 대인과 군자는 지공무사하여 오직 국가와 국민들만을 위해서 일을 하기 때문에 국민들의 원성이 쌓이지 않는 것이다. 이 세상에는 이러한 지공무사한 도道가 하나일 뿐이라는 것이다.

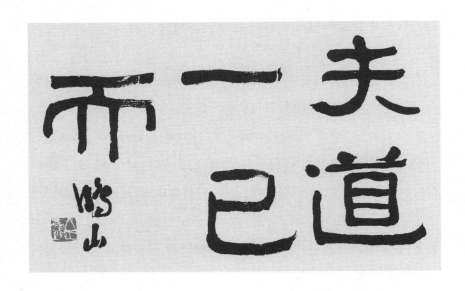

滕:등나라 등 世:인간 세 將:장차 장 楚:초나라 초 過:지날 과 宋:송나라 송
道:길 도 性:성품 성 善:착할 선 稱:일컬을 칭 堯:요임금 요 舜:순임금 순
疑:의심 의

24 君子之德은 風也요 小人之德은 草也니 草上之風
　　군자지덕　　풍야　　소인지덕　　초야　　초상지풍

이면 必偃이라 하니라.
　　필언

〖해설〗 군자君子의 덕은 바람이고, 소인의 덕은 풀이니, 풀 위에 바람이
더하면 풀은 반드시 눕는다.

●에세이

　이 문장은 등문공이 부왕父王의 상喪을 당하여 맹자께 상례喪禮를
문의하는 과정에서, 맹자께서 공자의 말씀을 인용하여 말씀한 것이
니, 예부터 지금까지 인구에 회자되는 문장이다. 오늘날 우리나라
에도 '풀이 눕는다.' 라는 김수영의 유명한 시가 있다. 아래에 김수
영의 시를 게재한다.

　풀이 눕는다.

　비를 몰아오는 동풍에 나부껴

　풀은 눕고 드디어 울었다.

　날이 흐려서 더 울다가 다시 누웠다.

　풀이 눕는다.

　바람보다도 더 빨리 눕는다.

　바람보다도 더 빨리 울고

　바람보다도 먼저 일어난다.

63

날이 흐리고 풀이 눕는다.
발목까지 발밑까지 눕는다.
바람보다 늦게 누워도
바람보다 먼저 일어나고
바람보다 늦게 울어도
바람보다 먼저 웃는다.
날이 흐리고 풀뿌리가 눕는다.

　군자의 덕은 바람이고, 소인의 덕은 풀이니, 군자가 위에서 정치를 잘하면 소인은 따라온다는 말씀이다. 위에 있는 군자가 솔선수범하여 행동거지를 잘해야 백성들이 이를 본받아서 따라오는 것이고, 그러므로 앞에서 이끄는 군자와 뒤에서 따르는 소인이 하나가 되어야 나라가 좋은 쪽으로 발전함을 말씀한 것이다.

德 : 큰 덕　風 : 바람 풍　草 : 풀 초　偃 : 누울 언

25 滕文公이 問爲國한대 孟子曰民事는 不可緩也니
등문공   문위국   맹자왈민사   불가완야

詩云晝爾于茅하고 宵爾索綯하며 亟其乘屋이오사
시운주이우모   소이삭도   극기승옥

其始播百穀이라 하니이다. 民之爲道也ㅣ有恒産者
기시파백곡   민지위도야   유항산자

는 有恒心이요 無恒産者는 無恒心이니 苟無恒心이
유항심   무항산자   무항심   구무항심

면 放辟邪侈를 無不爲己니 及陷乎罪然後에 從而
방벽사치   무불위기   급함호죄연후   종이

刑之면 是ㅣ罔民也니 焉有仁人在位하여 罔民을
형지   시   망민야   언유인인재위   망민

而可爲也리오 是故로 賢君이 必恭儉하여 禮下하며
이가위야   시고   현군   필공검   예하

取於民이 有制이다.
취어민   유제

〖해설〗 등문공이 나라 다스림을 묻자, 맹자께서 말씀하시기를, "백성의 일(농사)은 늦출 수가 없으니, 《시경詩經》에서 이르기를, '낮이 되면 띠(풀)를 베어오고 밤이 되면 새끼를 꼬아서 빨리 그 지붕에 올라가서 지붕을 이어야 (다음 해에) 비로소 백곡을 파종할 수 있다.' 고 하였습니다. 백성들이 살아가는 방법은 떳떳한 재산(恒産)이 있는 자는 떳떳한 마음(恒心)이 있고 떳떳한 재산이 없는 자는 떳떳한 마음이 없으니, 만일 떳떳한 마음이 없으면 방벽放辟[13]하고 사치邪侈[14]함을 하지 않음이 없을 것입니다. 급기야 죄에 빠진 그런 뒤에 따라서 그들을 형벌한다면 이는 백성을 그물질하는 것입니다. 어찌 인인仁人이 지위에 있으면서 백성을 그물질함을 하

---

13 방벽放辟 : 아무 거리낌 없이 제멋대로 함.

14 사치邪侈 : 간사하고 사치스러움.

겠습니까! 이러므로 현군賢君은 반드시 공손하고 검소하여 아랫 사람을 예우하며, 백성들에게 취함이 제한이 있는 것입니다."고 하였다.

에세이

아버지 등정공이 죽으니, 아들 등문공이 왕이 되어서 맹자께 나라 다스리는 방법을 물었다. 그러므로 이때의 등문공은 젊은 사람임을 알 수가 있다. 본문은 맹자의 그 유명한 항산恒産과 항심恒心을 논하는 장章이다.

사람이 살아가는 데는 의식주衣食住가 필요한 것이니, 낮에는 띠

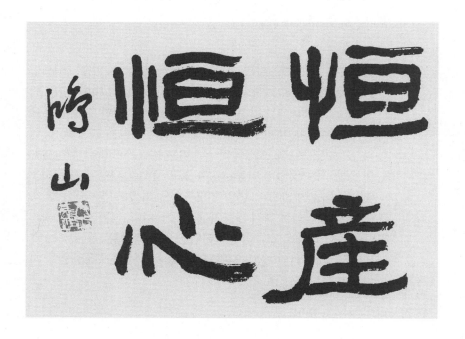

를 베어오고 밤이면 새끼를 꼬아서 주거住居하는 집에 이엉을 덮어야, 다음 해 봄에 백곡을 파종하여 먹고(食) 산다는 것이다.

사람들이 살아가는 방법에는 항산恒産이 있는 자는 항심恒心이 있고 항산恒産이 없는 자는 항심恒心도 없으니, 만일 항심이 없으면 방벽放辟하고 사치邪侈하게 되며, 이렇게 되면 죄악에 빠지게 되고 이어서 형벌을 받게 되니, 이렇게 되는 것은 위정자가 백성을 죄에 빠뜨리고 그 죄인을 그물질하는 것이나 다름이 없는 것이니, 인인仁人이 정치를 할 때에는 절대로 백성을 죄에 빠뜨리고, 그리고 그 죄인을 그물질하는 일은 없어야 한다는 말씀이다.

이렇기 때문에 현군賢君은 반드시 공손하고 검소하며 아랫사람을 예로 대접하고, 그리고 백성에게 취하는 것을 제한을 두고 취한다는 말씀이다.

爲:다스릴 위 國:나라 국 緩:늦을 완 晝:낮 주 于:취할 우 茅:띠 모 宵:밤 소 索:새끼줄 삭 綯:새끼 꼴 도 亟:빠를 극 乘:오를 승 屋:집 옥 始:비로소 시 播:뿌릴 파 穀:곡식 곡 恒:떳떳할 항 産:날 산 苟:만일 구 放:내칠 방 辟:허물 벽 邪:간사 사 侈:사치 치 陷:빠질 함 罪:허물 죄 刑:형벌 형 罔:그물 망 儉:검소할 검 制:제한할 제

26 設爲庠序學校하여 以敎之하니 庠者는 養也요 校者
　　　설 위 상 서 학 교　　　이 교 지　　　상 자　　양 야　　교 자

는 敎也요 序者는 射也라. 夏曰校요 殷曰序요 周曰
　교 야　　서 자　　사 야　　하 왈 교　　은 왈 서　　주 왈

庠이요 學則三代共之하니 皆所以明人倫也라. 人倫
상　　학 즉 삼 대 공 지　　개 소 이 명 인 륜 야　　인 륜

이 明於上이면 小民이 親於下이니다. 有王者起면 必
　명 어 상　　소 민　　친 어 하　　　유 왕 자 기　　필

來取法하리니 是爲王者師也니이다.
래 취 법　　　시 위 왕 자 사 야

【해설】 상庠·서序·학學·교校를 설치하여 백성들을 가르쳤으니, 상庠
　　　은 봉양한다는 뜻이고, 교校는 가르친다는 뜻이며, 서序는 활쏘기
　　　를 익힌다는 뜻입니다. 하夏나라는 교校라 하였고, 은殷나라는 서
　　　序라 하였으며, 주周나라는 상庠이라 하였고, 학學(太學)은 삼대三代
　　　가 이름을 같이 하였으니, 이는 모두 인륜人倫을 밝힌다는 것이었
　　　습니다. 인륜이 위에서 밝으면 소민小民들이 아래에서 친해집니
　　　다. 왕자王者가 나오면 반드시 와서 법을 취할 것이니, 이는 왕자
　　　王者의 스승이 되는 것입니다.

● 에세이

계속하여 맹자께서 등문공을 가르치는 말씀이다.

이곳에서는 옛적에 하夏·은殷·주周 삼대三代의 나라에서 백성
을 가르치던 일을 말씀하였는데, 부모를 봉양하는 것, 학문을 가르
치는 것, 활쏘기를 익히는 것 등 다양한 학문을 가르침을 말씀하면
서, 이 교육은 모두가 인륜人倫[15]을 밝히는데 있다고 말씀하고 있다.

인륜이라는 것은 사람과 사람 사이에 지켜야 할 도리로서, 즉 삼 강三綱과 오륜五倫[16]을 말하니, 부자 간에는 친밀해야 하고 군신君臣 간에는 의리가 있어야 하며, 부부간에는 분별이 있어야 하고, 어른 과 어린이 사이에는 차서次序가 있어야 하며 벗과 벗 사이에는 신실 한 믿음이 있어야 한다.

위정자가 위에서 인륜을 잘 행하면서 나라를 다스리면 아래에 있 는 백성들은 자연히 위정자를 잘 따르는 것이다. 만일 위정자가 자 신은 인륜을 지키지 않고 무질서하게 살면서 아래에 있는 백성들에 게만 인륜을 잘 지키라고 하면, 당장 '위정자 자신은 인륜을 지켜 행하지 않으면서 왜 우리들만 인륜을 지키라 하는가!'고 반문하면 서 인륜을 지키지 않을 것은 명확관화明確觀火한 것이다.

그러므로 '윗물이 맑아야 아랫물도 맑다.' 라는 우리의 속담도 다 이를 말씀한 것이다.

設 : 베풀 설 庠 : 학교 상 序 : 학교 서 養 : 기를 양 射 : 쏠 사 夏 : 나라 이름 하 殷 : 은나라 은 周 : 주나라 주 親 : 친할 친 起 : 일어날 기 取 : 취할 취 師 : 스승 사

15 인륜人倫 : 사람으로서 지켜야 할 순서라는 뜻으로, 임금과 신하, 부모와 자식, 남편 과 아내, 어른과 아랫사람, 벗과 벗 사이에 지켜야 할 도리를 이르는 말.

16 삼강오륜 : 유교 도덕의 기본 덕목인 삼강과 오륜을 아울러 이르는 말. 삼강은 군위 신강君爲臣綱, 부위자강父爲子綱, 부위부강夫爲婦綱이고, 오륜은 부자유친父子有親, 군 신유의君臣有義, 장유유서長幼有序, 부부유별夫婦有別, 붕우유신朋友有信이다.

27 當堯之時하여 天下猶未平하여 洪水橫流하여 氾濫
　　　당요지시　　　천하유미평　　　홍수횡류　　　범람

於天下하여 草木暢茂하며 禽獸繁殖이라 五穀不登
어천하　　　초목창무　　　금수번식　　　오곡불등

하며 禽獸偪人하여 獸蹄鳥跡之道가 交於中國이어늘
　　　금수핍인　　　수제조적지도　　　교어중국

堯獨憂之하사 擧舜而敷治焉하시니 舜이 使益掌火
요독우지　　　거순이부치언　　　순　　사익장화

하신대 益이 烈山澤而焚之하여 禽獸逃匿이어늘 禹疏
　　　익　　열산택이분지　　　금수도닉　　　우소

九河하며 瀹濟漯而注諸海하시며 決汝漢하며 排淮
구하　　　약제탑이주제해　　　결여한　　　배회

泗而注之江하시니 然後에 中國이 可得而食也하니
사이주지강　　　연후　　중국　가득이식야

當是時也하여 禹八年於外에 三過其門而不入하시
당시시야　　　우팔년어외　　　삼과기문이불입

니 雖欲耕이나 得乎아.
　　수욕경　　　득호

[해설] 요堯임금의 때를 당하여 천하가 아직도 평정되지 않아서 홍수가
멋대로 흘러 천하에 범람하여 초목이 무성하고 금수禽獸가 번성하
였다. 오곡이 익지 않으며 금수禽獸가 사람을 핍박하여, 새와 짐승
의 발자국이 중국에 교차하거늘, 요堯임금이 홀로 이를 걱정하사
순舜을 들어서 다스리게 하시니, 순舜이 익益으로 하여금 불을 맡
게 하였는데, 익益이 산택山澤에 불을 질러 태우자 금수禽獸가 도망
하여 숨었다. 우禹가 구하九河를 통하게 하며 제수濟水와 탑수漯水
를 소통하여 바다에 주입하며 여수汝水와 한수漢水를 뚫으며 회수
淮水와 사수泗水를 배수하여 강으로 주입하니, 그런 뒤에 중국이
곡식을 심어 먹고 살 수가 있었다. 이때를 당하여 우禹는 8년 동안
밖에 있으면서 세 번이나 집의 문 앞을 지나면서도 들어가지 못하

였으니, 비록 밭을 갈고자 하나, 그럴 겨를이 있었겠는가!

●에세이

진량陳良의 문도인 진상陳相은 허행許行의 말을 전하여, 백성들과 함께 나란히 밭을 갈아 그 소출로 밥을 해 먹고 아침밥과 저녁밥을 손수 지어 먹으면서 백성을 다스리는 것을 어진 군주의 이상이라고 제시했다. 위정자爲政者도 서민들과 똑같이 노동을 해야 한다는 뜻에서였다. 하지만 맹자는 위정자는 정치를 맡아야 하므로 모든 일을 스스로 해나갈 수는 없다고 보았다. 그래서 연쇄적인 질문을 통해 진상陳相이 스스로 '허행이 농사는 직접 짓지만 모자 짜는 일은 농사일에 방해가 되어 하지 못한다.'는 점을 확인하게 만들었다. 이에 맹자가 본문과 같이 말씀하면서 허행의 말이 옳지 않음을 설파한 말씀이다.

즉 공부를 많이 한 사대부士大夫는 위에 앉아서 백성을 다스리고 백성들은 밑에서 농사를 지으면서 국가의 시책에 적극 협력해야 국가가 잘 운영되는 것이지, 한 사람이 농사도 짓고 베도 짜고 나무도 하고 국가도 다스릴 수는 없다는 것이다.

본문에서 가장 중요한 부분은 '우禹는 8년 동안 밖에서 9년 동안 내리는 홍수를 다스리면서 세 번이나 자기 집의 문 앞을 지나면서도 들어가지 못하였다.(禹八年於外 三過其門而不入.)'는 내용이니, 9

년의 홍수에 물이 지상에 꽉 차서 사람들이 살 수가 없고 또한 홍수에 떠내려가는 사람들이 부지기수이므로, 이를 잘 다스리기 위해서 8년 동안 자기 집 앞을 세 번이나 지나가면서 그 집에 들어가지 못했다는 것이다. 너무나 위급한 상황인데, 한가히 집에 들어가면, 그 시간에 많은 백성들이 물에 빠져 죽으므로, 위급한 상황에 대처하기 위해서 8년 동안 한 번도 자기의 집에 들어가지 못했다는 것이다.

이야기를 하다 보니, 2014년 4월에 일어난 세월호 사건이 생각난다. 이 사건을 위에서 언급한 우禹와 같이 위급하게 대했다면 뒤에 이런저런 말들이 없었을 것이다. 그러나 우리의 대통령인 박○○는 전혀 위급함을 인지하지 못하고 너무도 안이하게 대처했기 때문에 단원고 학생을 포함한 304명이 죽거나 실종되었던 것이다.

만약 전쟁이 일어났는데, 세월호 사건처럼 안이하게 대처한다면 얼마나 많은 희생자가 나올지 모를 일이다. 그러므로 위급한 상황이 발생하면 위정자는 정말 신을 거꾸로 신고라도 나와서 진두지휘해야 하는 것이다.

當:당할 당 堯:요임금 요 猶:아직 유 橫:옆으로 횡 氾:범할 범 濫:범람할 람 暢:통할 창 茂:무성할 무 禽:새 금 獸:짐승 수 繁:번성할 번 殖:번식할 식 穀:곡식 곡 登:익을 등 偪:핍박할 핍 蹄:발굽 제 跡:자취 적 憂:근심 우 舜:순임금 순 敷:펼 부 使:부릴 사 益:더할 익 掌:맡을 장 烈:불 지를 렬 焚:태울 분 逃:도망할 도 匿:숨길 닉 禹:우임금 우 疏:소통할 소 瀹:소통할 약 濟:건널 제 漯:물 이름 탑 注:물댈 주 決:터놓을 결 排:배수할 배 淮:회수 회 泗:사수 사

28 后稷이 教民稼穡하여 樹藝五穀한대 五穀熟而民人
　　　후직　교민가색　　　수예오곡　　　오곡숙이민인

育이라 人之有道也에 飽食煖衣하여 逸居而無敎면
육　　　인지유도야　　　포식난의　　　일거이무교

則近於禽獸일새 聖人이 有憂之하사 使契爲司徒하
즉근어금수　　　성인　유우지　　　사설위사도

여 敎以人倫하시니 父子有親하며 君臣有義하며 夫
　　교이인륜　　　부자유친　　　군신유의　　　부

婦有別하며 長幼有序하며 朋友有信이니라. 放勳曰
부유별　　　장유유서　　　붕우유신　　　　　방훈왈

勞之來之하며 匡之直之하며 輔之翼之하여 使自得
노지래지　　　광지직지　　　보지익지　　　사자득

之하고 又從而振德之라 하시니 聖人之憂民이 如此
지　　　우종이진덕지　　　　　성인지우민　　　여차

하시니 而暇耕乎아.
　　　이가경호

〔해설〕 후직后稷[17]이 백성들에게 가색稼穡함을 가르쳐서 오곡을 심고 가
꾸게 하였는데, 오곡이 익어서 인민이 잘 길러졌는지라 사람에게
는 살아가는 도리가 있는데, 배불리 먹고 따뜻이 옷을 입어서 편
안히 살기만 하고 가르치지 않으면 금수禽獸와 가까워진다. 성인
聖人께서 이를 걱정하사 설契[18]을 사도司徒[19]로 삼아서 인륜을 가

17 후직后稷: 1.중국 주周나라의 시조始祖로 여기는 전설상의 인물. 2.성은 희姬, 이름은
기棄이다. 3.어머니가 거인巨人의 발자국을 밟고 잉태하였다 하며, 세 번이나 내다
버렸으나 그때마다 구조되었다고 한다.

18 설契: 설契(卨)은 상나라의 시조로 여겨지는 전설로 전해지는 인물이다. 자설子契이
라고도 한다. 사마천 사기에 의하면 유융씨有娀氏의 딸이자 제곡의 차비인 간적이
수영을 하고 있을 때, 제비의 알을 먹어서 태어났다. 또 요의 시대에 태어났다고도
한다.

19 사도司徒: 중국 주周나라 때, 호구戶口, 전토田土, 재화財貨, 교육을 맡아보던 벼슬.

르치게 하였으니, 부자 간에는 친함이 있으며 군신 간에는 의리가 있으며, 부부간에는 분별이 있으며, 장유長幼 간에는 차서가 있으며 붕우朋友간에는 믿음이 있는 것이다. 방훈放勳[20]이 말씀하기를, '(수고로운 자를) 위로하고 (찾아오는 자를) 오게 하며 (간사함을) 바로잡아주고 (굽은 것을) 펴주며 도와서 (세워주고) (날개가 되어 행하게) 도와주어 스스로 본성本性을 얻게 하고 또 따라서 진작하고 은혜를 베풀어 준다.' 고 하였으니, 성인이 백성을 걱정함이 이와 같으니 어느 겨를에 밭을 갈겠는가!

에세이

이는 상문上文을 이어서 맹자께서 진상陳相에게 하시는 말씀이다. 본문의 후직后稷, 설契 등의 인물은 요堯의 신하들이니, 후직은 농경의 일을 맡아서 주周의 시조가 되었고, 설契은 교육을 맡은 신하이다.

오륜에는 부자 간에는 끈끈한 정, 즉 친근함이 있고, 군신 간에는 의리義理가 있어야 함을 말했으니, 임금이 나를 들어서 써주었으니 나 역시 그 임금을 위해서 충성을 다해야 한다는 말씀이고, 부부간에는 분별함이 있다는 말은, 남편은 힘이 센 남자이므로 밖에 나가서 일을 해서 가족을 부양하고 아내는 연약한 여인이므로 집안에서

---

20 방훈放勳 : 공功이 크다는 뜻으로, 요堯 임금을 예찬한 말인데 요 임금의 별칭으로 쓰이기도 한다. 《서경》〈우서虞書 요전堯典〉의 "요 임금을 상고하건대, 바로 방훈이니, 공경하고 밝고 문채가 빛나고 생각이 깊고 자연스러우며, 진실로 공손하고 능히 겸양하여 광채가 사표에 입혀지고 상하에 이르렀다.〔曰若稽古帝堯, 曰放勳, 欽明文思安安, 允恭克讓, 光被四表, 格于上下.〕"라는 대목에 나온다.

자식을 낳아서 키우고 길쌈을 하여 가족의 옷을 담당하니, 이렇게 남편과 아내의 일이 구별이 된다는 말이며, 어른과 어린이는 나이의 차이가 있으므로, 어린이는 어른을 공경하고 어른은 어린이를 사랑으로 대해야 하니, 이에는 차서次序가 따르는 것이고, 벗과 벗 사이에는 신의信義가 가장 중요하다는 것이니, 만약 벗이 신의가 없으면 그 벗을 버리고 사귀지 않는 것이 붕우朋友 간의 정도인 것이다.

　또한 요임금의 말씀을 들어서 제왕이 할 일을 낱낱이 열거했는데, '굽은 자는 펴주고, 간사한 자는 곧게 도와주며, 또 도와서 세워주고 날개가 되어 행하게 하는 등 할 일이 태산 같이 많은데, 어느 겨를에 밭을 갈고 씨를 뿌리겠는가!'고 하면서 각자 직위에 따라 할 일이 있다는 것을 역설한 것이다. 여기에서 오륜을 말씀한 것은 사람이 살아가는 것 중에서 오륜을 지키는 것이 제일 중요함을 말씀한 것이다.

后：임금 후　稷：피 직　稼：심을 가　穡：거둘 색　藝：번식할 예　熟：익을 숙　育：기를 육　飽：배부를 포　煖：따뜻할 난　逸：편안 일　契：이름 설　匡：바를 광　輔：도울 보　翼：도울 익　振：진작할 진

등문공장구하滕文公章句下

29 景春曰 公孫衍, 張儀는 豈不誠大丈夫哉리오 一怒
경춘왈 공손연 장의 기불성대장부재 일노

而諸侯懼하고 安居而天下熄하나이다. 孟子 ㅣ 曰是
이제후구 안거이천하식 맹자 왈시

焉得爲大丈夫乎리오 子未學禮乎아 丈夫之冠也에
언득위대장부호 자미학례호 장부지관야

父命之하고 女子之嫁也에 母命之하나니 往에 送之
부명지 여자지가야 모명지 왕 송지

門할새 戒之曰往之女家에 必敬必戒하여 無違夫子
문 계지왈왕지녀가 필경필계 무위부자

라 하니 以順爲正者는 妾婦之道也니라. 居天下之廣
이순위정자 첩부지도야 거천하지광

居하며 立天下之正位하며 行天下之大道하여 得志
거 입천하지정위 행천하지대도 득지

하여는 與民由之하고 不得志하여는 獨行其道하여 富
여민유지 부득지 독행기도 부

貴不能淫하며 貧賤不能移하며 威武不能屈이 此之
귀불능음 빈천불능이 위무불능굴 차지

謂大丈夫니라.
위 대 장 부

〖해설〗 경춘景春이 말했다. "공손연公孫衍[21]과 장의張儀[22]는 어찌 진실로 대장부가 아니리오. 한 번 노怒함에 제후들이 두려워하고 편안히 거居함에 천하가 잠잠합니다."고 하니, 맹자께서 말씀하기를, "이 어찌 대장부라 할 수 있겠는가! 그대는 예禮를 배우지 않았는가? 장부丈夫(남자)가 관례冠禮할 때에 아버지가 명命(훈계)하고 여자가 시집갈 때에 어머니가 명命하나니, 시집감에 문에서 전송할 적에 경계하여 말하기를, '네 집에 가서 반드시 공경하고 반드시 경계해서 남편을 어기지 말라.'고 하나니, 순종함으로 정도를 삼는 것은 첩부妾婦의 도道이다.

천하의 넓은 집(仁)에 거처하며, 천하의 바른 자리(禮)에 서며, 천하의 대도大道(義)를 행하여 뜻을 얻으면 백성과 함께 도道를 행하고,

21 공손연公孫衍 : 전국 시대 위魏나라 음진陰晉 사람. 종횡가縱橫家를 대표하는 인물이다. 서수犀首로도 불린다. 처음에 진秦나라의 대량조大良造가 되어 제齊나라와 위魏나라를 설득하여 조趙나라를 공격하도록 해 소진蘇秦의 종약縱約을 깨뜨렸다. 나중에 위나라로 들어가 상相이 되었다. 위양왕魏襄王 원년 각국이 진秦나라에게 대항해 연합하자는 합종책合縱策을 올려 장의張儀의 연횡책에 맞섰다. 한편 진나라의 후방을 습격해 승리를 거두었다. 5국에서 유세하여 초楚나라와 한韓나라, 월越나라, 연燕나라, 위나라 등의 승상丞相에 임명되었다.

22 장의張儀 : 전국 시대 위魏나라 사람. 소진蘇秦과 함께 귀곡자鬼谷子를 사사하면서 종횡술縱橫術을 배웠다. 한때 화씨지벽和氏之璧을 훔친 도둑으로 몰려 초죽음이 되기도 했다. 진秦나라 혜문왕惠文王 9년 진나라에 들어가 재상이 되었다. 연횡책連橫策을 써서 진나라가 하서河西와 상군上郡, 하동河東 등지를 차지하게 했다. 혜왕 경원更元 2년 제齊나라, 초楚나라의 대신들과 교상嚙桑에서 만났다. 다음 해 위나라 또한 연횡을 실행해 혜시惠施를 쫓아내고 그를 재상으로 맞았다. 3년 뒤 위나라가 합종合縱을 써서 공손연公孫衍을 재상으로 임용하자 진나라로 돌아왔다. 진나라는 연횡책으로 인해 영토도 넓어졌고 강대국이 되었다. 이 공으로 무신군武信君에 봉해졌다. 진무왕秦武王 때 진나라를 떠나 위나라로 가서 재상이 되었지만 얼마 뒤 죽었다.

뜻을 얻지 못하면 홀로 그 도道를 행하여 부귀가 마음을 방탕하게 못하며, 빈천이 절개를 옮겨놓지 못하며, 위의威儀가 지조를 굽히게 할 수 없는 것, 이를 대장부라 이르는 것이다.” 고 하였다.

●에세이

공손연과 장의는 전국시대에 합종연횡의 대표적인 사람들이다. 당시 합종설[23]과 연횡설[24]로 서로 대립하였으므로, 이를 주장하는 공손연과 장의는 각국의 제후를 자기 마음대로 움직였기에, 당시 제후들이 이들의 한 마디 말에 벌벌 떠는 지경에 이르게 되었으므로, 경춘이 이를 맹자께 말하면서 진정한 대장부는 이들이라고 말한 것이다.

그런데 맹자는 사람을 평하는 기준이 달랐으니, 경춘은 갑병甲兵을 움직이는 힘을 가진 사람을 대장부로 지칭한 반면, 맹자는 인륜을 앞세워 말을 했으니, 여자는 시집을 가서 시부모님을 공손히 봉양하고, 남편에 순종하고 화합하는 것을 제일로 삼고, 남자는 천하의 넓은 집에 살고 천하의 바른 지위에 서며, 천하의 대도大道를 행하면서 자신의 뜻을 얻어서는 백성과 함께 도道(인의仁義의 도道)를

---

23 합종설 : 서쪽의 강국인 진秦나라에 대항하기 위하여 남북으로 있던 한韓, 위魏, 조趙, 연燕, 제齊, 초楚의 여섯 나라가 동맹하여야 한다는 것이다.

24 연횡설 : 중국 전국 시대, 진秦나라를 중심으로 동서東西의 여섯 나라를 연합하려 한 장의張儀의 정책.

행하고 뜻을 얻지 못하면 홀로 그 도道를 행하며 부귀富貴하게 되어
도 음탕함에 이르지 않고, 빈천貧賤하여도 자신의 절개를 옮기지 않
으며, 거대한 위협에도 자신의 뜻을 굽히지 않는 것을 대장부大丈夫
로 여겼던 것이다.

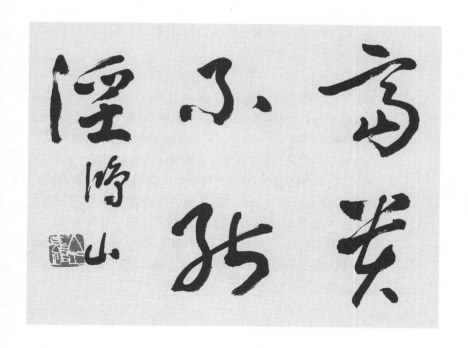

景：클 경　衍：넘칠 연　儀：거동 의　怒：성낼 노　懼：두려울 구　熄：꺼질 식　嫁：
시집갈 가　戒：경계 계　違：어길 위　順：따를 순　妾：첩 첩　淫：음탕할 음　賤：
천할 천　威：위엄 위　武：호반 무　屈：굽힐 굴

30 湯이 始征을 自葛載하사 十一征而無敵於天下하니
탕　시정　자갈재　　십일정이무적어천하

東面而征에 西夷怨하며 南面而征에 北狄怨하여 曰
동면이정　서이원　　남면이정　북적원　　왈

奚爲後我오 하여 民之望之가 若大旱之望雨也하여
해위후아　　　민지망지가　약대한지망우야

歸市者弗止하며 芸者不變이어늘 誅其君弔其民하신
귀시자부지　　운자불변이어늘　주기군조기민

대 如時雨降이라. 民大悅하니 書曰徯我后하노니 后
　여시우강　　민대열　서왈혜아후　　후

來하시면 其無罰아 하니라.
래　　　기무벌

〖해설〗 탕왕湯王이 첫 번째 정벌을 갈葛나라로부터 시작하여 11개국을
정벌하였는데, 천하에 대적할 이가 없었으니, 동쪽을 향하여 정벌
하면 서쪽의 오랑캐가 원망하며, 남쪽을 향하여 정벌하면 북쪽의
오랑캐가 원망하여 말하기를, '어찌하여 우리를 뒤에 정벌하는
가!'고 하여, 백성들이 (탕왕의 정벌) 바라기를 큰 가뭄에 비를 바
라듯이 하여, 시장에 돌아가는 자들이 발길을 멈추지 않았으며,
김매는 자들이 동요하지 않았다. 탕왕이 그 군주를 정벌하고 그
백성을 위문하자, 단비가 내리듯이 크게 기뻐하였다. 《서경書經》
에 이르기를, '우리 임금을 기다리니, 우리 임금이 오시면 형벌이
없으시겠지?'고 하였다.

●에세이

　탕왕湯王은 은殷나라를 개창한 임금이니, 동이東夷인이라고 한
다. 당시 하夏나라의 걸왕桀王[25]이 황음무도荒淫無道하여 탕왕이 도

탄에 빠진 백성들을 구제하기 위하여 의기義氣를 들고 정벌하였으니, 동쪽을 치면 남쪽의 백성들이 '왜 우리를 정벌하지 않느냐!'고 하고, 남쪽을 치면 북쪽에서 '왜 우리를 치지 않느냐!'고 해서, 동서남북의 백성들이 '어서 우리를 정벌하여 무도한 걸왕의 치하에 벗어나게 해 달라고 애원하였다.'고 하니, 당시 의기를 든 탕왕의 인기가 하늘을 찌른 것이다.

지금 북한을 보면 딱 걸주桀紂의 시대와 같은 것 같다. 탈북하여 자유 대한을 찾은 사람들의 이야기를 종합해 보면, 현재 북한은 사람이 살만한 곳이 못된다. 왜냐면 부부끼리도 서로 감시하게 하고 직장에서도 감시자를 두어서 인민들의 동작 하나하나를 감시하면서 행여 체제를 비판하는 말을 하면 정치범 수용수로 보내어서 평생 그곳에서 어려운 노동에 시달리게 한다니, 이게 어디 사람이 살만한 곳인가?

그래서 일반 국민들은 정치 지도자를 잘 만나야 행복하게 산다는

---

25 걸왕桀王 : 성은 사姒이고, 씨氏는 하후夏后, 이름은 계癸, 이계履癸, 시호는 걸桀이다. 역사서에서는 하걸夏桀로 일컬어진다. 하夏나라의 마지막 군주君主로 제발帝發의 아들이다. 재위 기간은 약 B.C. 1652년부터 B.C. 1600년까지였다. 역사상 유명한 폭군暴君으로, 문무를 겸비했지만 황음무도荒淫無道하여 제후들과 백성들의 원성이 자자했다. 이에 말희妹喜와 상商나라의 대신인 이윤伊尹이 은밀히 계책을 짜서 하夏나라를 멸망시켰다.

것이다. 일례로, 대한민국의 박정희 대통령과 필리핀의 마르코스 대통령은 모두 독재자였지만, 박정희는 경제를 일으켜서 국민들이 잘 살게 만든 반면에, 필리핀의 마르코스는 경제를 일으키지 못하여 아직까지도 필리핀 국민들은 가난으로 고생을 많이 한다. 그리고 학생들이 필리핀에서 제일가는 대학인 마닐라대학을 나와도 마땅히 취직할 기업이 없다는 것이다. 그렇기에 지금으로부터 3400년 전에도 훌륭한 군주를 만나기 위해서 탕왕을 기다리기를 가뭄에 비를 기다리듯이 하였다는 것이다.

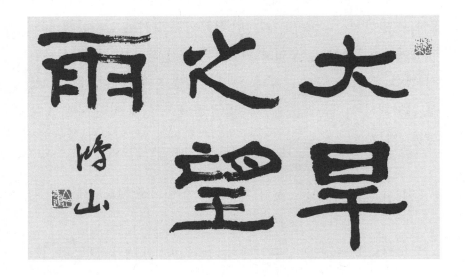

湯:탕임금 탕 征:칠 정 葛:칡 갈 載:비로소 재 敵:대적 적 怨:원망할 원 狄:오랑캐 적 奚:어찌 해 旱:가물 한 歸:돌아갈 귀 芸:김맬 운 變:변할 변 誅:벨 주 弔:위문할 조 降:내릴 강 悅:기쁠 열 徯:기다릴 혜 罰:형벌 벌

31 公都子ㅣ 曰 外人이 皆稱夫子好辯하나니 敢問何
공 도 자 왈 외 인 개 칭 부 자 호 변 감 문 하

也잇고 孟子曰 予豈好辯哉리오 予不得已也로라. 天
야 맹 자 왈 여 기 호 변 재 여 부 득 이 야 천

下之生이 久矣니 一治一亂이니라 當堯之時하여 水
하 지 생 구 의 일 치 일 란 당 요 지 시 수

逆行하여 汎濫於國하여 蛇龍이 居之하니 民無所定
역 행 범 람 어 국 사 룡 거 지 민 무 소 정

하여 下者는 爲巢하고 上者는 爲營窟하니 書曰洚水
하 자 위 소 상 자 위 영 굴 서 왈 홍 수

警余라 하니 洚水者는 洪水也니라. 使禹治之어시늘
경 여 홍 수 자 홍 수 야 사 우 치 지

禹掘地而注之海하시고 驅蛇龍而放之菹하신대 水
우 굴 지 이 주 지 해 구 사 룡 이 방 지 저 수

由地中行하니 江淮河漢이 是也라. 險阻旣遠하며 鳥
유 지 중 행 강 회 하 한 시 야 험 조 기 원 조

獸之害人者消하니 然後에 人得平土而居之하니라.
수 지 해 인 자 소 연 후 인 득 평 토 이 거 지

〚해설〛 공도자公都子가 물었다. "외인外人들이 모두 부자夫子(선생)더러 변
론하기를 좋아한다고 칭하니, 감히 묻겠습니다. 어째서입니까?"
맹자께서 말씀하셨다. "내 어찌 변론하기를 좋아하겠는가. 나는
부득이해서이다. 천하에 인간이 살아온 지가 오래 되었는데, 한
번은 다스려지고 한 번은 혼란하였다. 요임금의 때를 당하여 물이
역류하여 중국에 범람하여 뱀과 용이 사니, 사람들이 안전하게 살
곳이 없어 낮은 지역에 사는 자들은 둥지를 만들었고, 높은 지역
에 사는 자들은 굴을 파고 살았다. 《서경書經》에 이르기를, '홍수
洚水가 나를 경계하였다.'고 하였으니, 홍수洚水는 홍수洪水이다.
우禹를 시켜서 홍수를 다스리게 하시니, 우禹가 땅을 파서 바다로
주입시키고 뱀과 용을 몰아내어 수초가 우거진 곳으로 추방하자,

물이 지중地中을 따라 행하게 되었으니, 강江, 회淮, 하河, 한漢이 이것이다. 험조險阻함이 이미 멀어지며, 사람을 해치는 새와 짐승들이 사라진 뒤에야 사람들이 평지平地를 얻어 살게 되었다."고 하였다.

에세이

맹자는 원래 달변가이다. 그렇기에 공도자가 "외인外人들이 모두 부자夫子(선생)더러 변론하기를 좋아한다고 칭하니, 감히 묻겠습니다."라고 하니, 맹자께서는 '내가 말을 하고 싶어서 하는 것이 아니고 부득이해서 하는 것이다.' 라고 하면서, 자고로 이 세상의 역사는 일치一治 일란一亂하면서 내려왔다고 말씀하면서 옛적의 예를 들었는데, 본문은 요堯임금 때의 일이다.

요堯, 순舜, 우禹가 같은 시대의 사람들이니, 이때가 정치를 가장 잘한 시기로 공자와 맹자가 말하는 왕도정치는 이 시절, 즉 요순의 시대처럼 국민이 편안하게 아무런 걱정 없는 세상을 만든다는 것이다.

우禹임금 이후에 걸桀이라는 임금이 나와서 학정虐政을 하였기 때문에 일란一亂의 시대가 도래했고, 은殷나라의 성탕成湯이 나와서 왕도정치를 하였으므로 또다시 일치一治의 시대가 도래했으며, 은殷나라 말에 주紂라는 임금이 나와서 주지육림酒池肉林에서 술과 계집을 끼고 문란한 정치를 했으므로, 또 일란一亂의 시대가 되었으며, 주周나라의 문왕, 무왕, 주공 등의 성인聖人이 나와서 왕도정치를 하였으므로 또 일치一治의 시대가 도래하였다.

이후 춘추시대에는 주周의 왕이 주권을 상실하고 오패五覇가 나와서 정치를 하였으며, 이때에 공자께서 나와서 성인의 학문을 설파하여, 사람이 사람답게 사는 세상에서 삼강三綱과 오륜五倫을 지키며 인의仁義로운 삶을 살아야 한다고 역설하였던 것이다.

맹자는 공자가 서거한 뒤 100여 년 만에 나타난 성인으로, 이때는 이미 공자의 학문이 사라지고 양주楊朱와 노장老莊의 학문이 득세하므로, 다시 성인의 학문으로 돌이키기 위해서 부득이하게 변론을 하면서 유학儒學을 지켰던 것이다.

都 : 도읍 도 稱 : 일컬을 칭 辯 : 말씀 변 敢 : 감히 감 豈 : 어찌 기 亂 : 어지러울 란 逆 : 거스릴 역 汎 : 뜰 범 濫 : 넘칠 람 蛇 : 뱀 사 龍 : 용 룡 巢 : 깃들일 소 營 : 경영 영 窟 : 굴 굴 洚 : 넘칠 홍 警 : 경계할 경 掘 : 팔 굴 注 : 물댈 주 驅 : 몰 구 菹 : 절임 저 淮 : 회수 회 險 : 험할 험 阻 : 막을 조 獸 : 짐승 수 消 : 사라질 소

32 世衰道微하여 邪說暴行이 有作하여 臣弑其君者有
세 쇠 도 미   사 설 포 행   유 작   신 시 기 군 자 유

之하며 子弑其父者有之하니라. 孔子懼하사 作春秋하
지   자 시 기 부 자 유 지   공 자 구   작 춘 추

시니 春秋는 天子之事也라 是故로 孔子曰知我者도
     춘 추   천 자 지 사 야   시 고   공 자 왈 지 아 자

其惟春秋乎며 罪我者도 其惟春秋乎인저 하시니라.
기 유 춘 추 호   죄 아 자   기 유 춘 추 호

〖해설〗 세상이 쇠하고 도道가 미약해져서 사악한 학설과 포악한 행동이
일어나 신하로서 군주를 시해하는 자가 있으며, 자식으로서 아버
지를 시해하는 자가 있었다. 공자孔子께서 이를 두려워하여《춘추
春秋》를 지으시니,《춘추春秋》는 천자天子가 하는 일이다. 이 때문
에 공자께서 말씀하시기를, '나를 알아주는 것도 오직《춘추春秋》
이며 나를 죄주는 것도 오직《춘추春秋》이다.'고 하셨다.

● 에세이

문왕과 무왕, 그리고 주공 등 성인들이 통치한 주周나라가 평왕平
王 때에 이르러서 수도를 낙양으로 옮기고 동주東周의 시대를 열었
으니, 이때를 동주시대라 하고 그 이전의 시대를 서주西周의 시대라
한다.

유왕이 포사라는 절세미인을 만났는데, 이 포사가 웃지를 않아서
유왕이 포사의 웃는 모습을 보려고 여러 가지로 힘썼지만 한 번도
웃지를 않았다. 하루는 봉화가 잘못 올라가서 인근의 제후들이 주
周의 위급함을 보위保衛하려고 군사를 이끌고 왔는데, 이를 본 포사

가 처음으로 웃음을 보였다. 이에 유왕은 포사의 웃는 모습을 보려고 거짓으로 봉화를 올리게 해서 인근의 제후들이 군대를 이끌고 황급히 달려오게 하였고, 이를 본 포사는 또 활짝 웃었다고 한다.

정작 견융이 주周를 침범하니, 봉화를 올려서 위급함을 인근의 제후국에 알렸지만, 여러 번 속은 제후들은 또 거짓으로 봉화를 올린 줄 알고 군사를 이끌고 찾아오지 않았으므로, 유왕幽王은 견융에게 잡혀서 죽고, 그 아들 평왕이 보위에 올라서 수도를 낙양으로 옮겼던 것이다.

이후로 세상은 쇠하고 도道는 미약해져서 사악한 학설과 포학한 행동이 일어나서 신하가 그 군주를 시해하고 아들이 그 아비를 시해하는 일이 일어나서 공자께서 이를 두려워해서 《춘추春秋》를 지으셨으니, 춘추는 천자의 일을 기록하는 것이기에 공자께서 "나를 알아주는 자도 춘추이고, 나를 죄주는 것도 춘추일 것이라."고 하였다.

衰 : 쇠할 쇠 微 : 미약할 미 邪 : 간사 사 暴 : 사나울 포 弑 : 죽일 시 懼 : 두려울 구 罪 : 허물 죄

33 聖王이 不作하여 諸侯放恣하며 處士橫議하여 楊朱

墨翟之言이 盈天下하여 天下之言이 不歸楊則歸

墨하니 楊氏는 爲我하니 是無君也요 墨氏는 兼愛하

니 是無父也니 無父無君은 是禽獸也니라. 公明儀

曰 庖有肥肉하며 廐有肥馬하고 民有飢色하며 野有

餓莩면 此는 率獸而食人也라 하니 楊墨之道不息하

고 孔子之道不著하리니 是는 邪說誣民하여 充塞仁

義也니 仁義充塞이면 則率獸食人하다가 人將相食

하리라. 吾爲此懼하여 閑先聖之道하여 距楊墨하며 放

淫辭하여 邪說者不得作케 하노니 作於其心하여 害

於其事하며 作於其事하여 害於其政하나니 聖人復

起사도 不易吾言矣리라.

〖해설〗 성왕聖王이 나오지 아니하여 제후諸侯가 방자하며 선비들이 멋대
로 논의하여 양주楊朱[26]와 묵적墨翟[27]의 말이 천하에 가득하여 천

---

26 양주楊朱 : 1.[인명] 중국 전국 시대의 학자(?B.C. 440~?B.C. 360). 2.노자 사상의 일
단을 이은 염세적 인생관으로 자기중심적인 쾌락주의를 주장하였다.

27 묵적墨翟 : 1.[인명] 중국 전국 시대의 사상가. 2.유가儒家의 인仁을 차별이 있는 것이
라 비판하고 보편적 사랑인 겸애兼愛를 주장하였다.

하의 말이 양주에 돌아가지 않으면 묵적에게 돌아갔다. 양씨는 나를 위하니, 이는 군주가 없는 것이고, 묵씨는 똑같이 사랑하니 이는 아버지가 없는 것이니, 아버지가 없고 군주가 없으면 이는 금수禽獸이다.

공명의公明儀가 말하기를, '(임금의) 푸줏간에 살진 고기가 있고, 마구간에 살진 고기가 있는데도 백성들에게 굶주린 기색이 있으며, 들에는 굶어죽은 시체가 있다면 이는 짐승을 내몰아 사람을 잡아먹게 하는 것이다.' 고 하였다. 양주 · 묵적의 도道가 종식되지 않으면 공자의 도가 드러나지 못할 것이니, 이는 부정한 학설이 백성을 속여서 인의仁義의 정도를 꽉 막는 것이다. 인의가 꽉 막히면 짐승을 내몰아 사람을 잡아먹게 하다가 사람들이 장차 서로 잡아먹게 될 것이다.

나는 이를 두려워하여 선성先聖의 도道를 보호하여 양묵楊墨을 막으며, 부정한 말을 추방하여 부정한 학설이 나오지 못하게 하는 것이다. (부정한 학설은) 그 마음에서 나와 그 일을 해치며, 일에서 나와 정사政事에 해를 끼치니, 성인聖人께서 다시 나오셔도 내 말을 바꾸지 않으실 것이다.

● 에세이

본문은 32문을 이은 맹자의 말씀이다.

공자께서 서거하신 뒤 약 100여 년이 되어서 맹자가 태어났으니, 이때에 양주楊朱와 묵적墨翟이 나와서, 양주는 '나를 위해 살아야 한다.' 고 하고, 묵적은 '똑같이 사랑해야 한다.' 고 하므로, 당시의 여론이 모두 양주와 묵적에게 돌아가므로, 이렇게 되면 성인聖人(공자)의 도道가 없어질 것을 염려하여 양주와 묵적의 이론을 '무부無

父·무군無君'의 이론으로 치부하고, 이는 예의가 없는 금수禽獸의
이론이라고 반박한 내용이다.

맹자께서는 양묵楊墨의 이론이 세상에 만연함을 두려워하여 양
묵을 쳐서 막고 부정한 말을 추방하여 다시는 부정한 학설이 나오
지 못하게 하면서 스스로 말씀하기를, '성인께서 다시 이 세상에 나
오셔도 나의 이 말씀을 바꾸지 않을 것이다.'고 하면서 맹자 자신의
행위가 정당함을 분명하게 밝히고 있다.

우리나라의 성호星湖 선생께서도 맹자에 대하여 '정도正道를 보
위하고 이단異端을 물리친 맹자의 공로는 우禹임금의 아래에 있지
않다.(衛正道闢異端, 孟氏之功不在於禹下.)'고 하였으니, 우禹는 9
년의 홍수로 천하의 백성들이 모두 물에 빠져죽게 된 것을 치수治水
를 잘하여 모든 백성을 구제하였고, 맹자는 성인聖人의 학문이 이단
의 학설에 묻히는 것을 막았으니, 두 사람의 공의 우열을 가리는 것
이 어리석은 것이 아닌가 하고 필자는 생각한다.

恣 : 방자할 자 翟 : 꿩 적 盈 : 찰 영 禽 : 새 금 獸 : 짐승 수 庖 : 푸줏간 포 肥 : 살
찔 비 廐 : 마구 구 飢 : 주릴 기 野 : 들 야 餓 : 굶주릴 아 莩 : 굶어죽을 표 率 :
거느릴 솔 著 : 나타날 저 誣 : 속일 무 塞 : 막힐 색 閑 : 보호할 한 距 : 막을 거
淫 : 음탕할 음 害 : 해칠 해

34 昔者에 禹抑洪水而天下平하고 周公兼夷狄驅猛
석자　　우억홍수이천하평　　　　주공겸이적구맹

獸而百姓寧하고 孔子成春秋而亂臣賊子懼하니라.
수이백성녕　　　공자성춘추이란신적자구

詩云 戎狄是膺하니 荊舒是懲하여 則莫我敢承이라
시운 융적시응　　　형서시징　　　즉막아감승

하니 無父無君은 是周公所膺也니라. 我亦欲正人心
무부무군　　시주공소응야　　　아역욕정인심

하여 息邪說하며 距詖行하며 放淫辭하여 以承三聖
식사설　　　거피행　　　방음사　　　이승삼성

者로니 豈好辯哉리오 予不得已也니라. 能言距楊墨
자　　　기호변재　　　여부득이야　　　능언거양묵

者는 聖人之徒也니라.
자　　성인지도야

〔해설〕 옛적에 우禹가 홍수를 억제하자 천하가 평안해졌고, 주공周公이
이적夷狄을 겸병兼竝하고 맹수를 몰아내자 백성들이 편안해졌고,
공자께서 《춘추春秋》를 완성하자 난신적자亂臣賊子들이 두려워하
였다. 《시경詩經》에서 이르기를, '이적夷狄을 징벌하니 형서荊舒[28]
가 다스려져서 나를 감히 당할 자 없다.'고 하니, 아버지가 없고
군주가 없는 것은 주공께서도 응징하신 바이다.
나 또한 인심人心을 바로잡으려 해서 사설邪說을 종식시키며, 잘
못된 행실을 막으며, 음탕한 말을 추방하여 세 성인聖人을 계승하
려고 하는 것이니, 어찌 변론을 좋아하겠는가! 나는 부득이해서이
다. 능히 양묵楊墨을 막는 것을 말하는 자는 성인의 무리이다.

28 형서荊舒 : 춘추 시대의 두 나라 초楚와 서舒를 말하는데,《시경》〈비궁閟宮〉에 "융적
을 응징하고 형서를 징계하네.(戎狄是膺, 荊舒是懲.)"라고 한 구절에서 나왔다. 여기
서는 오랑캐 나라를 말하는데, 성인의 바른 학문을 따르지 않고 이단의 학문을 주장
하는 무리를 뜻한다.

　우禹와 주공周公과 공자는 모두 위대한 일을 하신 성인들이시다. 맹자는 이 세 성인의 학문을 후세에 길이길이 계승하기 위해서 양주와 묵적의 무부無父·무군無君의 학설을 막고, 당시 사회에 만연한 사설邪說을 종식시키고 치우친 행위를 막으며, 음탕한 말을 추방하려고 노력하다 보니 변론을 많이 하는 것이니, 이는 부득이不得已해서라는 것이다.

　군주君主시대에는 백성의 생사여탈의 권력이 모두 군주에게 있으므로, 만일 군주에게 잘못 보이면 자칫 목숨이 위태롭다. 그리고 불행하게 불민不敏한 군주를 만나면 사리판단이 어두워서 바른말 하는 현신賢臣을 귀양을 보내거나 죽이는 경우가 비일비재하였다. 그래서 공자께서 《춘추春秋》를 저술하여 내놓았으니, 《춘추春秋》는 군주의 행위를 정의의 잣대로 낱낱이 기록하여 잘잘못을 가린 책이므로, 군주들이 이 《춘추春秋》 때문에 비행을 저지르지 않았다고 한다.

　우리들의 조상들도 모두 군주시대에 살았는데, 이들이 절대 권력을 가진 군주들의 치하에서 살아남을 수 있었던 것은 모두 《춘추春秋》가 군주를 견제했기 때문이다. 그러므로 우리 조상들은 모두 《춘추春秋》의 덕을 본 사람들이고, 지금 내가 이 세상에 존재하는 것도 어찌 보면《춘추春秋》가 있었기 때문이 아닌가! 하고 생각한다.

抑 : 억제할 억 夷 : 오랑캐 이 狄 : 오랑캐 적 驅 : 몰 구 猛 : 사나울 맹 亂 : 어지
러운 란 賊 : 도적 적 戎 : 오랑캐 융 膺 : 응징할 응 荊 : 가시 형 舒 : 펼 서 懲 :
징계할 징 詖 : 편벽될 피 辯 : 말씀 변

이루장구상離婁章句上

35 孟子曰 離婁之明과 公輸子之巧로도 不以規矩면
맹 자 왈　이 루 지 명　　공 수 자 지 교　　불 이 규 구

不能成方員(圓)이요 師曠之聰으로도 不以六律이면
불 능 성 방 원　　　　사 광 지 총 으로도　　불 이 육 률

不能正五音이요 堯舜之道로도 不以仁政이면 不能
불 능 정 오 음　　요 순 지 도　　불 이 인 정　　불 능

平治天下니라.
평 치 천 하

〖해설〗 맹자께서 말씀하시기를, "이루離婁의 밝은 눈과 공수자公輸子의
솜씨로도 규구規矩[29]를 쓰지 않으면 방형과 원형을 이루지 못하
고, 사광師曠의 귀밝음으로도 육률六律[30]을 쓰지 않으면 능히 오음
五音을 바로잡지 못하고, 요순堯舜의 도道로도 인정仁政을 쓰지 않

---

29 규구規矩 : 1. 목수가 사용하는 컴퍼스, 자, 수평기水平器, 먹줄을 통틀어 이르는 말.
2. 지름이나 선의 거리를 재는 도구.

30 육률六律 : 1. [음악] 십이율十二律 중 양성陽聲에 속하는 여섯 가지 소리. 2. 황종黃鐘,
태주太簇, 고선姑洗, 유빈蕤賓, 이칙夷則, 무역無射이 이에 해당한다.

으면 능히 청하를 평치할 수가 없느니라.”고 하였다.

● 에세이

본문의 가장 중요한 핵
심의 내용은 '요순堯舜의
도道로도 인정仁政을 쓰
지 않으면 능히 천하를
평치할 수가 없느니라.'
의 말씀이니, 그러면 인
정仁政이 무엇이냐이다.
즉 인仁한 정치를 말하니,
인仁은 천리天理를 따르
는 순리를 말하니, 즉 순
리順理로서 일을 하고, 역
리逆理로서 하지 않는 것
을 말한다.

일례로, 봄에는 밭을
갈고 씨앗을 뿌려야 가을
에 알곡을 수확하는데,
'언제 가을까지 기다려
서 알곡을 거두는가?' 하

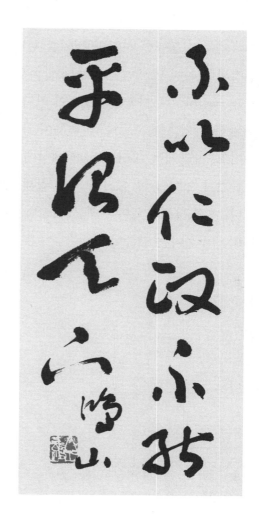

고 봄에 씨를 뿌리지 않으면 가을에 알곡을 거두지 못함으로 창고에 비축한 곡식이 없어서 이후에는 자연히 굶게 되는 것이니, 이러한 천리를 거슬리는 행위는 인정仁政이라 할 수가 없는 것이다.

아무리 훌륭한 사람이 정치를 한다 해도 인정仁政, 즉 사랑으로 정치를 하지 않으면 백성들에게 아무런 이득이 없다는 것이니, 이는 공평하고 무사無私하게 해야 한다는 말과도 일맥상통한다. 하늘에 뜬 해가 세상 곳곳을 비춰듯이 그러한 정치를 해야 한다는 말씀이고, 하늘에서 내리는 비가 세상에 고르게 내려서 세상에 고르게 습기가 있어야 그 습기에 의해서 새 생명이 고르게 성장하는 것이니, 이런 것을 인仁이라 하는 것이니, 즉 인仁을 기본으로 한 정치가 되어야 한다는 말씀이다.

離 : 떠날 리 婁 : 별 이름 루 輸 : 보낼 수 巧 : 공교할 교 規 : 법도 규 矩 : 법 구
曠 : 밝을 광 聰 : 귀 밝을 총 律 : 음률 률

36 孟子曰 三代之得天下也는 以仁이요 其失天下也
　　　맹자왈　삼대지득천하야　　이인　　기실천하야

는 以不仁이니라. 國之所以廢興存亡者도 亦然하니
　이불인　　　　국지소이폐흥존망자　　역연

라. 天子不仁이면 不保四海하고 諸侯不仁이면 不保
　　천자불인　　불보사해　　제후불인　　불보

社稷하고 卿大夫不仁이면 不保宗廟하고 士庶人不
사직　　　경대부불인　　불보종묘　　사서인불

仁이면 不保四體니라. 今惡死亡而樂不仁하나니 是
인　　불보사체　　금오사망이요불인　　시

猶惡醉而强酒니라.
유오취이강주

〖해설〗 맹자께서 말씀하기를, "삼대三代가 천하를 얻은 것은 인정仁政으
로서 한 것이고, 천하를 잃은 것은 인정仁政으로서 하지 않은 것이
다. 나라가 폐廢하고, 흥하고, 보존하고, 망하는 것도 또한 그러하
다. 천자天子가 인仁하지 않으면 사해四海를 보전하지 못하고, 제
후諸侯가 인仁하지 않으면 사직社稷을 보전하지 못하고, 경대부卿
大夫가 인仁하지 않으면 종묘宗廟를 보전하지 못하고, 사서인士庶
人이 인仁하지 않으면 사체四體를 보전하지 못하느니라. 오늘날에
죽고 망하는 것을 싫어하면서도 불인不仁을 좋아하니, 이는 취하
는 것을 싫어하면서도 억지로 술을 마시는 것과 같다." 고 하였다.

●에세이

　본문에서는 사람이 인仁을 기본으로 하여 살아야 한다는 것을 역
설한 말씀이니, 이곳의 인仁이 곧 공자께서 말씀한 인仁이다. 즉 인仁
은 씨앗을 말하는 것으로 씨앗에는 생명이라는 것이 있으니, 이 생명

으로 말미암아 이 세상이 계속적으로 유지되고 발전하는 것이다.

만약 이 세상에 씨앗의 생명이 없다면 사람은 자식을 낳을 수가 없을 것이고, 초목은 다시 자라지 않을 것이니, 그렇게 되면 죽은 세상이 되어서 생명이 없는 세상이 될 것이다. 그러므로 인仁이 이렇게 중요한 것이다.

인仁은 곧 생명인 동시에 사랑인 것이니, 햇볕과 같은 것이고, 공기와 같은 것이다. 이 세상에 공기가 없으면 살 수가 없고, 햇볕이 없으면 얼어붙어서 생명이 발붙이지 못할 것이니, 그렇기에 인仁이 중요한 것이다.

부모가 자식을 사랑하는 것이 인仁이고, 금수禽獸가 새끼를 잘 돌보는 것이 곧 사랑이고 인仁인 것이다. 그러므로 위정자는 이 인仁을 가지고 정치를 해야 나라도 보전하고 자기 자신도 보전하는 것이다. 만약 이를 어기면 망하게 되는 것이다.

廢 : 폐할 폐 興 : 일 흥 社 : 두레 사 稷 : 피 직 卿 : 벼슬 경 廟 : 사당 묘 惡 : 싫어할 오 樂 : 좋아할 요 醉 : 술 취할 취 强 : 억지로 강

37 孟子曰 愛人不親이어든 反其仁하고 治人不治어든
　　　맹자왈　애인불친　　　　　반기인　　　　치인불치
反其智하고 禮人不答이어든 反其敬이니라. 行有不
반기지　　　예인부답　　　　반기경　　　　　　행유부
得者어든 皆反求諸己니 其身正而天下歸之니라.
득자　　　개반구제기　　　기신정이천하귀지

〖해설〗 맹자께서 말씀하기를, "사람(남)을 사랑해도 친해지지 않거든 그
　　　　인仁을 돌이켜보고, 사람을 다스려도 다스려지지 않거든 그 지智
　　　　를 돌이켜보고, 사람에게 예禮로 대해도 답례하지 않거든 그 경敬
　　　　함을 돌이켜보아야 한다. 행하고도 얻지 못함이 있거든 모두 자신
　　　　에게 돌이켜 찾아야 하니, 자신이 바루어지면 천하가 돌아오는 것
　　　　이다."고 하였다.

●에세이

　남을 사랑하되 중심의 마음으로 사랑이 안 되거든 자신의 마음속
에 있는 인仁을 돌이켜보고, 남을 다스리되 잘 다스려지지 않거든
자신의 지혜를 돌이켜보며, 남을 예로 대했는데 그 사람이 답례하
지 않거든 자신의 공경하는 마음을 돌이켜보아야 한다.

　일을 하여도 얻으려는 것을 얻지 못함이 있거든 모두 자신에게
돌이켜서 찾아야 하니, 자신을 바르게 세워야 천하가 돌아온다는
것이다.

　수년 전에 천주교 김수환 추기경이 '내 탓이요.' 라는 표어를 모든
천주교인들에게 주지시킨 일이 있는데, 이는 남의 탓으로 돌리지 말

고 나의 탓으로 돌리라는 말씀인 듯하다. 이 '내 탓이요.' 라는 표어
가 본문의 반구제기反求諸己와 똑같은 말씀이니, 아마도 김수환 추
기경이 맹자에서 그 힌트를 구하지 않았는가 하고 생각해 본다.

　내가 바르게 서야 자신의 자식에게도 말발이 서고, 남에게도 말
발이 서며, 혹 위정자爲政者라면 자신을 바르게 세우고 국민들에게
바르게 잘 살라고 해야 그 국민들이 그의 말을 따르는 것이고, 그리
고 위정자의 말은 명확관화明確觀火해야 한다. 만약 말이 명확하지
못하면 국민은 의구심을 품고 따라 움직이지 않는 것이다.
　그리고 위정자는 국민들이 따르지 않거든 나(위정자)를 돌이켜
보아서 그 해답을 나에게서 찾아야 하는 것이다. 결코 궤변을 늘어
놓거나 조삼모사朝三暮四하면서 계속 남의 탓으로 돌리면 안 되는
것이다.

親 : 친할 친　反 : 돌이킬 반　智 : 지혜 지　禮 : 예도 예　答 : 대답 답　求 : 구할 구
歸 : 돌아갈 귀

38 有孺子歌曰 滄浪之水清兮어든 可以濯我纓이요
유유자가왈 창랑지수청혜 가이탁아영

滄浪之水濁兮어든 可以濯我足이라 하여늘 孔子曰
창랑지수탁혜 가이탁아족 공자왈

小子아 聽之하라. 清斯濯纓이요 濁斯濯足矣로소니
소자 청지 청사탁영 탁사탁족의

自取之也라 하시니라. 夫人必自侮然後에 人侮之하며
자취지야 부인필자모연후 인모지

家必自毀而後에 人毀之하며 國必自伐而後에 人
가필자훼이후 인훼지 국필자벌이후 인

伐之하나니라. 太甲曰 天作孽은 猶可違어니와 自作
벌지 태갑왈 천작얼 유가위 자작

孽은 不可活이라 하니 此之謂也니라.
얼 불가활 차지위야

〔해설〕 어린이들이 노래하기를, '창랑의 물이 맑거든 나의 (소중한) 갓끈
을 빨 것이고, 창랑의 물이 흐리거든 나의 발을 씻겠다.' 고 하였
다. 공자께서 말씀하기를, '소자들아 저 노래를 들어보라「물이
맑거든 갓끈을 빨고 물이 흐리거든 발을 씻는다.」고 하니, 이는 물
이 스스로 취하는 것이다' 고 하니, 사람은 반드시 스스로 업신여
긴 뒤에 남들이 그를 업신여기며, 집안은 반드시 스스로 패가敗家
한 뒤에 남들이 그를 패가敗家하며, 나라는 반드시 스스로 공격한
뒤에 남들이 공격하는 것이다. 《태갑》에서 이르기를, '하늘이 만
든 재앙은 오히려 피할 수 있거니와 스스로 만든 재앙은 (피하여)
살 수가 없다' 고 하였으니, 이것을 말한 것이다.

● 에세이

옛적에 아희들이 노래하기를, '물이 맑으면 갓끈을 씻고 물이 탁

하면 발을 씻는다.' 고 하니, 공자께서 말씀하시기를, '이는 물이 스스로 취한 것이다.' 고 하였다.

이는 맑은 물이 되어 있으면 사람이 가장 귀하게 여기는 갓에 달린 갓끈을 빨고, 물이 흐리면 사람의 제일 아래에 있는 발을 씻는다는 것인데, 이를 물이 스스로 취한 것이라는 것이다.

그러므로 맹자는 이를 인용하여 '내가 나를 업신여긴 그런 뒤에 남들이 나를 업신여기고, 가정 역시 스스로 훼손한 그런 뒤에 남들이 훼손하며, 나라도 스스로 나를 친 뒤에 남들이 공격한다.' 고 하였다.

여기에 더하여 《태갑太甲》을 인용하였으니, '하늘이 만든 재앙은 오히려 피할 수 있거니와 스스로 만든 재앙은 피하여 살 수가 없다.' 고 하였으니, 이곳에서 '스스로 만든 재앙이 무엇인가!' 이다.

그러면 무엇이 사람에게 복이 되고 재앙이 되는 것인가! 《주역》의 곤괘 문언에 '덕을 많이 쌓은 집안에는 반드시 남은 경사가 있고 불선不善함을 많이 쌓은 집안에는 반드시 남은 재앙이 있다.(積善之家 必有餘慶 積不善之家 必有餘殃.)' 고 하였으니, 덕은 많이 쌓을수록 좋고 불선不善은 많이 쌓을수록 재앙이 오는 것이니, 악함을 많이 쌓는 것이 즉 '스스로 만든 재앙' 이 되는 것이다.

孺 : 젖먹이 유 歌 : 노래 가 滄 : 푸를 창 浪 : 물결 랑 濯 : 씻을 탁 纓 : 갓끈 영 濁 : 흐릴 탁 聽 : 들을 청 侮 : 업신여길 모 毁 : 헐 훼 伐 : 칠 벌 孽 : 재앙 얼 違 : 피할 위 活 : 살 활

39 孟子曰 桀紂之失天下也는 失其民也니 失其民者
맹자왈 걸주지실천하야 실기민야 실기민자

는 失其心也라. 得天下有道하니 得其民이면 斯得天
실기심야 득천하유도 득기민 사득천

下矣리라. 得其民有道하니 得其心이면 斯得民矣리라.
하의 득기민유도 득기심 사득민의

得其心有道하니 所欲을 與之聚之요 所惡를 勿施爾
득기심유도 소욕 여지취지 소오 물시이

也니라. 民之歸仁也는 猶水之就下하며 獸之走壙
야 민지귀인야 유수지취하 수지주광

也니라.
야

〔해설〕 맹자께서 말씀하기를, "걸桀과 주紂가 천하를 잃은 것은 그 백성
을 잃었기 때문이니, 그 백성을 잃었다는 것은 그 마음을 잃은 것
이다. 천하를 얻음에 길이 있으니, 그 백성의 마음을 얻으면 천하
를 얻는 것이리라. 그 백성을 얻음에 길이 있으니 그 마음을 얻으
면 이는 백성을 얻은 것이리라. 그 마음을 얻음에 길이 있으니 원
하는 바를 주어서 모이게 하고, 싫어하는 바를 베풀지 말라. 백성
이 인자仁者에게 돌아감은 물이 아래로 내려가며 짐승이 들로 달
아나는 것과 같다.

故로 爲淵敺魚者는 獺也요 爲叢敺雀者는 鸇也요
고 위연구어자 달야 위총구작자 전야

爲湯武敺民者는 桀與紂也니라. 今天下之君이 有
위탕무구민자 걸여주야 금천하지군 유

好仁者면 則諸侯皆爲之敺矣리니 雖欲無王이아 不
호인자 칙제후개위지구의 수욕무왕 불

可得已니라. 今之欲王者는 猶七年之病에 求三年
가 득 이　　　금 지 욕 왕 자　　유 칠 년 지 병　　구 삼 년

之艾也니 苟爲不畜이면 終身不得하리니 苟不志於
지 애 야　　구 위 불 축　　　　종 신 부 득　　　　구 부 지 어

仁이면 終身憂辱하여 以陷於死亡하리라. 詩云 其何
인　　　종 신 우 욕　　　　이 함 어 사 망　　　　시 운 기 하

能淑이리오 載胥及溺이라 하니 此之謂也니라.
능 숙　　　　재 서 급 닉　　　　　차 지 위 야

【해설】 그러므로 깊은 물을 위해 고기를 모는 자는 수달이고, 무성한 숲
을 위해 새를 모는 자는 새매이고, 탕무湯武를 위해 백성을 몬 자
는 걸桀과 주紂니라. 오늘날 천하의 군주 중에 인仁을 좋아하는 자
가 있으면 제후들이 그를 위하여 (백성을) 몰아줄 것이니, 비록 왕
을 하지 않으려 하더라도 그렇게 될 수는 없다. 오늘날 왕이 되려
고 하는 자는 7년 된 병에 3년 묵은 약쑥을 구하는 것과 같으니,
만일 (지금 약쑥을 뜯어) 저축해 두지 않으면 종신토록 얻지 못할
것이다. (이와 매한가지로) 만일 인정仁政에 뜻을 두지 않으면 종
신토록 치욕을 받아 사망함에 이를 것이다. 《시경》에서 말하기를,
'어찌 능히 선善할 수 있으리오. 곧 서로 빠짐에 미친다.' 고 하였
으니, 이것을 말한 것이다." 고 하였다.

● 에세이

　백성의 마음을 잃은 군주는 그 직위도 잃는다는 말씀이니, 오늘
날 박○○ 전 대통령의 일을 보는 듯이 말한 것 같다.

　인자仁者에게는 백성의 마음쏠림이 물이 아래로 흐르는 것과 같
고 짐승이 들로 내달리는 것과 같다는 것이니, 문재인 대통령이 선
거를 통하여 국민의 많은 표를 얻은 것과 일맥상통한다. 그러나 대

통령이 되었다고 해서 안심하고 폭정을 하면 다시 국민의 마음은 물이 아래로 흐르는 것과 같이 이반되고 마는 것이니, 항상 근신하고 경성警醒하면서 정치를 해야 하는 것이다.

만일 지금 대통령이 되려는 사람이 있으면 7년 된 병에 3년 된 약쑥을 구하는 것과 같으니, 이는 미리미리 준비하여야 소기所期의 목적을 이룰 수 있다는 말씀이니, 사람이 하려는 것 중에서 가장 중요한 자리는 대통령이 되는 것이니, 그러면 왜 대통령이 되려는 것인가! 권세를 얻으려고! 아님 부자가 되려고! 그렇게 하는 것인가!

맹자의 대답은 천하의 왕이 되어서 정치를 잘하여 사해四海의 모든 백성들이 편안하게 잘 사는 사회를 만들려는 것이라는 것이다.

聚:모을 취 施:베풀 시 壙:들 광 敺:몰 구 獺:수달 달 鸇:새매 전 艾:쑥 애 辱:욕될 욕 陷:빠질 함 淑:착할 숙 溺:빠질 닉

40 孟子曰 自暴者는 不可與有言也요 自棄者는 不可
　　　맹자왈 자포자 　불가여유언야 　자기자 　불가

與有爲也니 言非禮義를 謂之自暴也요 吾身不能
여유위야 　언비례의 　위지자포야 　오신불능

居仁由義를 謂之自棄也니라. 仁은 人之安宅也요
거인유의 　위지자기야 　인 　인지안택야

義는 人之正路也라. 曠安宅而弗居하며 舍正路而
의 　인지정로야 　광안택이불거 　사정로이

不由하나니 哀哉라.
불유 　애재

〖해설〗 맹자께서 말씀하시기를, "스스로 해치는 자는 더불어 말할 수가
　　　없고, 스스로 버리는 자는 더불어 일할 수 없느니, 말하면서 예의
　　　禮義를 훼손하는 것을 자포自暴라 이르고, 내 몸이 인仁에 거居하
　　　려 하면서 의義를 따르지 않는 것을 자기自棄라 이른다. 인仁은 사
　　　람의 편안한 집이고, 의義는 사람의 바른길이다. 편안한 집을 비
　　　워두고 살지 않으며 바른길을 버리고 경유하지 않으니, 슬프다."

● 에세이

　본문은 사람이 인의仁義의 안에 살아야 하는데, 나태함에 빠져서
인의仁義에 이르지 못하고 자포자기自暴自棄하는 것을 말씀한 말씀
이다.

　일례로, 인仁은 편안한 집이고 의義는 사람의 바른길이다. 그러므
로 사람이 인仁의 안에 살면 편안한 것인데, 그러나 살지를 않고 바
른길을 버리고 경유하지를 않으니, 이를 보고 맹자는 슬픈 일이라
개탄을 하였다.

사람은 몸 안에 천리天理(仁)를 보전하고 살아야 하는데, 이를 막고 들어오지 못하게 하며, 행위를 할 때에는 의義를 생각하여 반드시 의로운 행위를 해야 하는 것이다. 만약 이완용처럼 나라를 팔아먹으면서 자신의 살 길만 찾는 것은 의義로운 행위가 아니므로 오늘날 그를 역적으로 매도하는 것이고, 안중근은 비록 사람을 죽였을지라도 우리 대한의 독립을 위해서 한 일이기에 그의 한 일 안에 의義가 있으므로 오늘도 그를 추앙하는 것이다.

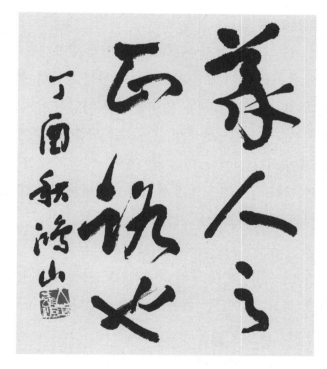

暴 : 해칠 포　棄 : 버릴 기　居 : 살 거　曠 : 빌 광　舍 : 버릴 사

41 孟子曰 道在邇而求諸遠하며 事在易而求諸難하나
맹 자 왈 도 재 이 이 구 제 원   사 재 이 이 구 제 난

니 人人이 親其親하며 長其長이면 而天下平하리라.
인 인   친 기 친   장 기 장   이 천 하 평

〖해설〗 맹자께서 말씀하기를, "도道가 가까운 곳에 있는데도 먼 곳에서
구하며, 일이 쉬운 데 있는데도 어려운 데서 찾는다. 사람마다 각
기 그 어버이를 친히 하고 그 어른을 어른으로 섬기면 천하가 스
스로 태평해질 것이다."

● 에세이

도道는 무엇인가? 사람으로 사람답게 살아가는 길을 말한다. 사
람답게 사는 것이 아닌 것은 도道가 아닌 것이니, 폭력을 써서 돈을
번다거나 사기를 쳐서 돈을 버는 것은 사람이 가는 길이 아니고, 남
을 속이거나 무고誣告하여 없는 죄를 뒤집어씌우는 것도 사람이 가
는 도가 아닌 것이니, 이런 것은 모두 죄가 되는 것이고, 불선不善이
되는 것이니, 이러한 죄가 쌓이면 자신에게 화가 내리는 것이니, 이
런 화는 피하려고 해도 피할 수가 없다고 하였다.

도道는 가까운 데에 있고 구하기도 쉬운 것이니, 즉 그 어버이를
친히 하고 그 어른을 어른으로 잘 섬긴다면 천하가 태평해진다는
것이다.

만약 어버이를 친하게 여기지 않고 어른을 존경하지 않으면 서로

간에 이견이 노출되어서 다투게 되므로 평화가 오지 않는다.

오늘날은 장수長壽의 시대이므로 나이가 많은 어른들이 아주 많다. 그래서 어른들로 인해서 일이 발생하는 경우가 왕왕 있는데, 이는 어른들이 조심해서 젊은이를 사랑으로 이해하고 아량으로 품어야 하는 것이다. 물론 젊은이들도 어른을 이해하고 존경하는 마음을 가져야 함은 물론이다.

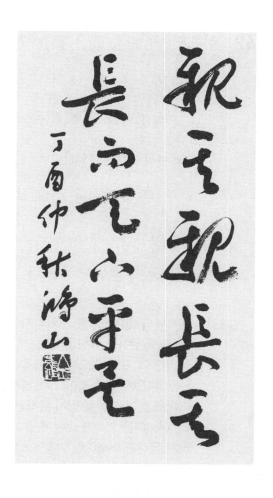

邇 : 가까울 이　遠 : 멀 원　易 : 쉬울 이　難 : 어려울 란　親 : 어버이 친　長 : 어른 장

42 孟子曰 居下位而不獲於上이면 民不可得而治也
리라. 獲於上有道하니 不信於友면 弗獲於上矣리라.
信於友有道하니 事親弗悅이면 弗信於友矣리라. 悅
親有道하니 反身不誠이면 不悅於親矣리라. 誠身有
道하니 不明乎善이면 不誠其身矣리라. 是故로 誠者
는 天之道也요 思誠者는 人之道也니라. 至誠而不
動者 未之有也니 不誠이면 未有能動者也니라.

〖해설〗 맹자께서 말씀하기를, "아래 지위에 있으면서 윗사람에게 (신임을) 얻지 못하면 백성을 다스리지 못할 것이다. 윗사람에게 신임을 얻는데 길이 있으니, 벗에게 믿음을 받지 못하면 윗사람에게 (신임을) 얻지 못할 것이다. 벗에게 믿음을 받는데 길이 있으니, 어버이를 섬겨 기쁨을 받지 못하면 벗에게 믿음을 받지 못할 것이다. 어버이를 기쁘게 하는데 길이 있으니, 몸을 돌이켜보아 성실하지 못하면 어버이께 기쁨을 받지 못할 것이다. 몸을 성실히 하는데 길이 있으니, 선善을 밝게 알지 못하면 그 몸을 성실히 하지 못할 것이다. 이러므로 성실하게 함은 하늘의 도道이고, 성실히 할 것을 생각함은 사람의 도이니라. 지극히 성실히 하고서 (남을) 감동시키지 못하는 자는 있지 않으니, 성실하지 못하면 능히 남을 감동시키지 못한다." 고 하였다.

　본문은 성誠자를 설명한 말씀이니, 언제나 성경誠敬이 따라 다닌다.

　정명도程明道의 〈식인편識仁篇〉이라는 유명한 글에 보면, "학자는 먼저 인仁을 알아야 한다. 인이라는 것은 혼연渾然히 만물과 한 몸을 이루는 것이니, 의義와 예禮와 지智와 신信도 모두 인仁인 것이다. 이 도리를 알고서 성경誠敬의 태도를 가지고 보존하기만 하면 되니, 방비하며 점검할 것도 없고, 고심하며 탐색할 것도 없다. 마음 속의 성경의 태도가 해태懈怠하다면 외물外物의 유혹을 방비해야 하겠지만, 마음이 해태懈怠하지 않다면 방비할 것이 뭐가 있겠는가. 이 도리를 터득하지 못했다면 고심하며 탐색해야 하겠지만, 성경誠敬의 자세로 이 도리를 오래도록 보존하면 절로 밝아질 것이니, 고심하며 탐색할 것이 뭐가 있겠는가.(學者須先識仁 仁者渾然與物同體 義禮智信皆仁也 識得此理 以誠敬存之而已 不須防檢 不須窮索 若心懈則有防 心苟不懈 何防之有 理有未得 故須窮索 存久自明 安待窮索.)"《二程遺書 卷2上》

　정이程頤가 부주涪州로 귀양 가는데 풍랑이 심하여 배가 전복되려 하는데, 정이만은 유독 평상시와 같았다. 언덕에 정박하여 나뭇꾼이 "목숨을 버릴 각오를 해서 그런 것인가, 아니면 이치를 통하여 달관해서 그런 것인가?(舍去如斯, 達去如斯?)"라고 묻자, 정이가

"마음에 성경誠敬을 지녔기 때문이다."라고 답하자, 늙은이가 "마음에 성경誠敬을 지닌 것도 진실로 좋은 일이지만, 무심無心만 못하다."라고 하였다. 《伊洛淵源錄 卷4》

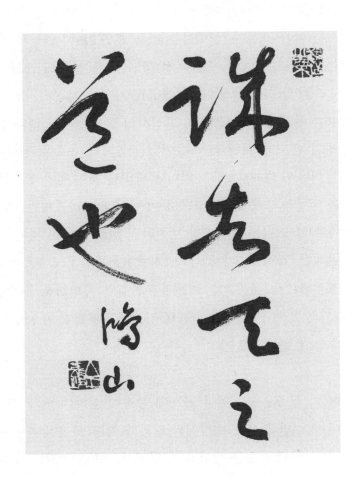

獲 : 얻을 획 悅 : 기쁠 열 誠 : 정성 성

43 孟子曰 伯夷辟(避)紂하여 居北海之濱이러니 聞文
王作하고 興曰盍歸乎來리오 吾聞西伯은 善養老者
라 하며 太公辟紂하여 居東海之濱이러니 聞文王作하고
興曰盍歸乎來리오 吾聞西伯은 善養老者라 하니라. 二
老者는 天下之大老也而歸之하니 是는 天下之父歸
之也라 天下之父歸之어니 其子焉往이리오 諸侯有
行文王之政者면 七年之內에 必爲政於天下矣리라.

〖해설〗 맹자께서 말씀하기를, "백이伯夷[31]가 주왕紂王을 피하여 북해의
물가에 살더니, 문왕文王이 일어났다는 말을 듣고 흥기興起하여
말하기를, '어찌 돌아가지 않겠는가? 나는 들으니, 서백西伯(문왕)
은 늙은이를 잘 봉양한다.'고 하였고, 태공太公이 주왕을 피하여
동해의 물가에 살더니, 문왕이 일어났다는 말을 듣고 흥기하여 말
하기를, '어찌 돌아가지 않겠는가? 나는 들으니, 서백西伯(문왕)은
늙은이를 잘 봉양한다.'고 하였다.
　두 노인들은 천하의 대로大老인데 문왕에게 돌아갔으니, 이는 천
하의 아버지가 문왕에게 돌아간 것이다. 천하의 아버지가 돌아갔
으니, 그 자제들이 어디로 가겠는가?

---

31 백이伯夷 : 1. [인명] 중국 은殷나라 때의 충신(?~?). 2. 이름은 윤允이고 자는 공신公信
　이다. 3. 주나라 무왕이 은나라의 주왕을 치려고 했을 때, 아우인 숙제叔齊와 함께 간
　하였으나 받아들여지지 않자, 주나라의 곡식을 먹는 것을 부끄럽게 생각하여 동생
　제齊와 함께 수양산首陽山에 들어가 평생을 숨어살다가 굶어 죽었다고 전해진다.

제후가 능히 문왕의 정사를 행하는 자가 있다면 7년 이내에 반드시 천하에서 정사를 할 것이다."고 하였다.

●에세이

은殷의 끝 왕인 주왕紂王이 학정을 함에 백이伯夷는 북해의 물가에서 살았는데, 인왕仁王인 문왕이 일어났다는 소식을 듣고 흥기興起가 되어서 말하기를, '내가 어찌 문왕에게 돌아가지 않겠는가! 들으니 문왕은 늙은이를 잘 봉양한다.' 고 하였고, 태공은 주왕紂王을 피하여 동해의 물가에 숨어 살더니, 문왕이 일어났다는 소식을 듣고 흥기하여 말하기를, '내가 어찌 문왕에게 돌아가지 않겠는가! 들으니 문왕은 늙은이를 잘 봉양한다.' 고 하였다.

백이와 태공은 천하를 대표하는 늙은이라. 이들이 문왕에게 돌아갔으니, 그의 자식이 되는 젊은이들도 따라서 문왕에게 돌아갈 것이니, 이는 천하가 문왕에게 돌아감을 의미한다.

맹자가 사는 시대는 전국시대로 군웅이 할거하던 시대이니, 이때에 제후들이 문왕의 정치를 하면 7년 이내에 반드시 천하의 사람들이 모두 그에게 돌아간다는 말씀이다. 천하의 사람들이 돌아간다는 것은 천하의 제왕이 된다는 말과 통한다.

伯 : 맏 백　夷 : 오랑캐 이　辟 : 피할 피　濱 : 물가 빈　興 : 일 흥　盍 : 어찌 않을 합
歸 : 돌아갈 귀　養 : 봉양할 양　紂 : 왕 이름 주　侯 : 제후 후　政 : 정사 정

44 孟子曰 存乎人者ㅣ莫良於眸子하니 眸子不能掩
맹 자 왈 존 호 인 자 막 량 어 모 자 모 자 불 능 엄

其惡하나니 胸中正이면 則眸子瞭焉하고 胸中不正이
기 악 흉 중 정 즉 모 자 료 언 흉 중 불 정

면 則眸子眊焉이니라. 聽其言也요 觀其眸子면 人焉
즉 모 자 모 언 청 기 언 야 관 기 모 자 인 언

廋哉리요.
수 재

【해설】 맹자께서 말씀하기를, "사람에게 보존되어 있는 것(神氣)은 눈동자
보다 더 좋은 것이 없으니, 눈동자는 그의 악惡을 가리지 못한다.
가슴속이 바르면 눈동자가 밝고, 가슴속이 바르지 못하면 눈동자
가 흐리다. 그의 말을 들어보고 그의 눈동자를 관찰한다면 사람들
이 어떻게 (자신을) 숨기겠는가!"고 하였다.

● 에세이

필자의 손녀가 아주 아기였을 적에 눈동자가 유난히 검고 빛이
나서 아내에게 말하기를, '저 아이가 어서 커서 공부하는 것을 봤으
면 좋겠다.'고 하였는데, 그 아이가 올해에 초등학교 1학년이다. 이
제 6월이니, 아직 공부의 잘잘못을 확인하기는 이르다.

맹자께서도 '사람의 신기神氣를 보는 것은 눈동자보다 더 좋은
곳이 없고, 마음이 바르면 눈동자가 밝고, 마음이 바르지 못하면 눈
동자가 흐리다.'고 하였다.

그러므로 그의 말을 들어보고 그의 눈동자를 관찰한다면 어떻게
자신을 숨기겠는가! 하고 반문하였다.

본문의 말씀은 관상觀相적 차원의 말씀이니, 한의韓醫의 환자 진단에서도 '관형찰색觀形察色'이라는 병을 진찰하는 방법이 있으니, 즉 내부의 병이 외부로 표출되는 것이기에, 외부의 피부의 색상과 몸의 형체 등을 관찰하면 금

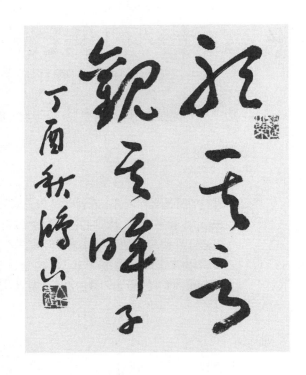

방 무슨 병에 걸렸는지 아님 병이 없는 사람인지를 알 수가 있다는 것이다.

본문에서 맹자께서 하시고자 한 말씀은 '마음이 바르면 눈동자가 대단히 맑다.'라는 것이니, 바른 마음을 가지고 바르게 살아야 한다는 것을 말씀한 것이다.

眸:눈동자 모 掩:가릴 엄 胸:가슴 흉 瞭:밝을 료 眊:흐릴 모 聽:들을 청
廋:숨길 수

45 淳于髡曰 男女授受不親이 禮與잇가 孟子曰 禮也
순 우 곤 왈 남 녀 수 수 불 친   예 여   맹 자 왈 예 야

니라. 曰嫂溺則援之以手乎잇가 曰嫂溺不援이면 是
     왈 수 닉 즉 원 지 이 수 호   왈 수 닉 불 원   시

는 豺狼也니 男女授受不親은 禮也요 嫂溺이어든 援
  시 랑 야 남 녀 수 수 불 친 은 예 야   수 닉   원

之以手者는 權也니라. 曰今天下溺矣어늘 夫子之不
지 이 수 자   권 야   왈 금 천 하 닉 의   부 자 지 불

援은 何也잇가 曰天下溺이어든 援之以道요 嫂溺이어
원   하 야   왈 천 하 닉   원 지 이 도   수 닉

든 援之以手니 子欲手援天下乎아.
  원 지 이 수   자 욕 수 원 천 하 호

[해설] 순우곤淳于髡[32]이 말하기를, '남녀 간에 주고받기를 친히 하지 않
는 것이 예禮입니까?' 고 묻자, 맹자께서 '예이다.' 고 대답하였다.
'제수弟嫂가 우물에 빠지면 손으로써 구원해야 합니까?' 하고 묻
자, 대답하기를, '제수가 물에 빠졌는데도 구원하지 않는다면, 이
는 시랑豺狼(승냥이)이니, 남녀男女 간에 주고받기를 친히 하지 않
음은 예이고, 제수가 물에 빠졌으면 손으로써 구원함은 권도權道
이다.' 고 하였다.
　(순우곤)이 말하기를, '지금 천하가 도탄에 빠졌는데, 부자께서 구
원하지 않음은 어째서입니까?' 고 하니, (맹자께서) 말씀하기를,
'천하가 도탄에 빠지거든 도道로써 구원하고, 제수가 물에 빠지거
든 손으로써 구원하는 것이니, 자네는 손으로 천하를 구원하고자
하는가!' 고 하였다.

---

32 순우곤淳于髡 : 제齊나라의 변사辯士이다.

●에세이

옛날에는 예禮를 상당히 중요시 했으니, '남녀가 7세가 되면 동석同席하지 않는다.' 고 하였으니, 이는 남녀 간에 생기는 사사로운 정을 사전에 차단한 것이다. 다시 말해서 정식으로 부부의 인연을 맺고 정을 통해야 한다는 것이니, 부부가 아닌 사이에 손을 잡으면 자칫 사적인 감정이 생겨서 남녀관계가 문란해지는 것을 막으려는 조치였을 것이다.

순우곤이 묻기를 '예禮로 보면 제수의 손을 잡으면 안 되는데, 그렇다면 제수가 우물에 빠져서 죽을 지경인데도 손을 뻗어서 구원하면 안 되는 것입니까?' 고 하니, 맹자께서 '사람이 죽는데 구원하지 않음은 시랑豺狼같은 짐승이나 하는 일이고, 사람이면 반드시 손을 뻗어서 구원을 해야 하는 것이다. 아무리 제수라 해도 우선 손을 뻗어서 구원을 해야 하니, 이는 권도權道이다.' 라고 말씀했다.

그러자 순우곤이 말했다. '지금 천하가 도탄에 빠졌는데, 선생님은 어찌하여 구원하지 않습니까?' 고 하니, 맹자께서 '천하가 도탄에 빠지거든 도道로써 구원하고, 제수가 우물에 빠지거든 손으로써 구원하는 것인데, 그대는 손으로 천하를 구원하라 하는가?' 하면서 반문하였다. 다시 말하면, 도탄에 빠진 천하를 구원하는 것은, 우선 왕이 예로써 도와달라고 요청을 해야 그 왕과 같이 천하를 구원할 수가 있다는 말씀이다.

淳:순박할 순 髡:머리 깎을 곤 授:줄 수 嫂:형수 수 溺:빠질 닉 援:구원할
원 豺:시랑 시 狼:사나울 랑 權:권도 권

46 公孫丑曰 君子之不敎子는 何也잇고 孟子曰 勢不
공 손 추 왈 군 자 지 불 교 자 하 야 맹 자 왈 세 불

行也니라. 敎者는 必以正이니 以正不行이어든 繼之
행 야 교 자 필 이 정 이 정 불 행 계 지

以怒하고 繼之以怒면 則反夷矣니 夫子敎我以正하
이 노 계 지 이 노 즉 반 이 의 부 자 교 아 이 정

시되 夫子도 未出於正也라 하면 則是父子相夷也니
부 자 미 출 어 정 야 하면 즉 시 부 자 상 이 야

父子相夷면 則惡矣니라. 古者에 易子而敎之하니라
부 자 상 이 즉 악 의 고 자 역 자 이 교 지

父子之間은 不責善이니 責善則離하나니 離則不祥
부 자 지 간 불 책 선 책 선 즉 리 이 즉 불 상

이 莫大焉이니라.
막 대 언

〔해설〕 공손추公孫丑가 말했다. "군자가 (직접) 아들을 가르치지 않음은
어째서입니까?'고 하니, 맹자께서 말씀하기를, "교세敎勢가 행해
지지 않기 때문이다. 가르치는 자는 반드시 올바른 길로써 하는
데, 올바른 길로써 가르쳐서 행해지지 않으면 노怒함이 뒤따르고,
노함이 뒤따르면 도리어 (자식의 마음을) 상하게 된다. (자식이 생
각하기를) '부자夫子(아버지)께서 나를 바른길로 가르치지만, 아버
지도 (행실이) 바른 길에서 나오지 못하신다.'고 하면, 이는 부자
간에 서로 (의를) 상하는 것이니, 부자 간에 서로 상함은 좋지 않은
것이다.

옛적에 아들을 서로 바꾸어서 가르쳤었으니, 부자 간에는 선善으
로 책망하지 않는 것이니, 선善으로 책망하면 (정이) 떨어지게 된
다. 정이 떨어지면 불상不祥(나쁨)함이 이보다 더 큼이 없는 것이
다."고 하였다.

●에세이

지금은 학교에서 모든 학생을 가르치지만, 지금으로부터 60년 전만 해도 시골에는 서당書堂이라는 사립의 학당學堂이 있어서 그곳에서 훈장님께 사서삼경四書三經을 배웠다. 필자도 이 서당에서 사서삼경을 배운 사람 중의 한 사람이다.

이때에도 자신의 자식은 자신이 직접 가르치지 않고 다른 서당에 입학시켜서 다른 훈장님이 담당하여 가르치게 하였다. 왜냐면 자신의 자식에게 공부를 가르쳤는데, 잘 따르지 못하면 아버지인 선생은 곧 화를 내게 되니, 화를 내면서 자기 자식을 가르치기가 매우 어렵기 때문이다.

지금으로부터 약 2400년 전 맹자께서 활동하시던 때에도 자기의 자식은 직접 가르치지 않은 모양이다. 공손추가 '왜 자신의 자식은 직접 가르치지 않습니까?'고 하니, 맹자께서 '가르치는 것은 올바른 길로 가라고 가르치는 것인데, 자식이 올바른 길로 가지 않으면 아버지는 격노하게 되므로 자식과 아버지 간에 의가 상하기 때문이다.'라고 하였다.

붕우朋友 간에는 책선責善[33]이 도道이지만, 부자 간에는 책선責善하면 안 된다는 것이다. 왜냐면 붕우朋友 간에는 책선責善하여 그 벗

---

33 책선責善 : 바르고 어진 일을 하도록 벗끼리 서로 권함.

이 듣지 않으면 단교斷交하면 그만이지만, 부자의 사이는 천륜天倫으로 이어졌기에 끊으려 해도 끊을 수가 없으므로 책선責善하면 안 된다는 것이다.

그러므로 옛적에도 자식을 서로 바꾸어서 가르쳤다는 것이다.

丑 : 이름 추 勢 : 형세 세 繼 : 이을 계 怒 : 성낼 노 夷 : 상할 이 責 : 꾸짖을 책
離 : 떠날 리 祥 : 상서 상

47 孟子ㅣ日事孰爲大오 事親이 爲大하니라 守孰爲大
오 守身이 爲大하니라. 不失其身而能事其親者를 吾
聞之矣요 失其身而能事其親者를 吾未之聞也로라.
孰不爲事리오마는 事親이 事之本也오 孰不爲守리오
마는 守身이 守之本也니라.

〖해설〗 맹자께서 말씀하기를, "섬기는 일 중에 무엇이 가장 큼이 되는가?
어버이를 섬김이 큼이 된다. 지키는 일 중에 무엇이 가장 큼이 되
는가? 몸(지조)을 지킴이 큼이 된다. 몸의 지조를 잃지 않고서 그
어버이를 잘 섬긴 자를 내가 들었고, 몸을 잃고서 그 어버이를 잘
섬긴 자는 들어보지 못하였다. (섬기는 일 중에) 무엇인들 섬김이
되지 않겠는가마는 어버이를 섬김이 섬김의 근본이요, (지키는 일
중에) 무엇인들 지킴이 되지 않겠는가마는 몸을 지킴이 지킴의 근
본이다.

曾子養曾晳하시되 必有酒肉이러시니 將徹할새 必請
所與하시며 問有餘어든 必日有라 하시다. 曾晳死어늘
曾元養曾子하되 必有酒肉하더니 將徹할새 不請所
與하며 問有餘어시든 日亡矣라 하니 將以復進也라.

此所謂養口體者也니 若曾子면 則可謂養志也니라.
차 소 위 양 구 체 자 야   약 중 자   즉 가 위 양 지 야

事親을 若曾子者可也니라.
사 친   약 중 자 자 가 야

〖해설〗 증자께서 증석曾晳을 봉양하시되, 반드시 술과 고기가 있더니 장
차 밥상을 치울 적에 (증자는) 반드시 '누구에게 주시겠습니까.'
고 하고 청하였으며, (증석이) '남은 것이 있으냐?' 하고 물으면,
반드시 '있습니다.' 고 하고, 대답하였다. 증석이 죽거늘, 증원曾元
이 증자를 봉양하였는데, (밥상에) 반드시 술과 고기가 있었다. 그
러나 밥상을 치울 적에 (증원은) '누구에게 주시겠습니까?' 하고
청하지 않았으며, (증자가) '남은 것이 있느냐?' 하고 물으시면, 반
드시 '없습니다.' 고 하고 대답하였으니, 이는 그 음식을 다시 올
리려고 해서이다. 이것은 이른바 '입과 몸만을 봉양한다.' 는 것이
니, 증자와 같이하면 '뜻을 봉양한다.' 라고 이를 만하다. 어버이
섬김을 증자와 같이 하는 것이 좋으니라." 하였다.

●에세이

섬기는 일 중에 무엇이 가장 큰 것인가! 맹자는 어버이를 섬기는
것이 가장 큰 것이라 하였고, 지키는 일 중에 무엇이 가장 큰 것인
가! 맹자는 자신의 지조를 지키는 것이 가장 큰 것이라고 말씀했다.

어버이를 섬기는 일이 즉 효도인데, 하문下文의 증자는 공자께서
도 알아주는 효자로, 아버지 증석을 섬기면서 항상 술과 고기를 올
렸는데, 증자가 '이 음식을 누구와 같이 잡수시겠습니까?' 물어보

았고, 또한 아버지 증석이 '남은 음식이 있느냐?' 고 물으면 비록 남은 음식이 없더라도 '있습니다.' 고 대답하고, 음식을 마련하여 올렸다고 하니, 이런 효도를 '양지養志' 라 해서 어버이의 마음을 기쁘게 하는 효도라 하였고, 증석이 죽은 뒤에, 증자의 아들 증원은 증자를 섬기면서 '남은 음식이 있느냐?' 고 하고 증자가 물으면, 남은 음식이 있어도 '없습니다.' 고 대답하였으니, 이는 맛있는 음식을 아버지 증자께만 올리려는 효심에서이니, 이런 효도를 '양체養體' 라한다.

필자의 15대조인 쌍암雙巖 전엽全燁공께서 증자와 같은 효도를 하였으므로 선조 조정에서 정려를 내리었으니, 그 내용을 실록에서 보면 "옥천沃川에 거주하는 생원生員 전엽全燁은 '천성이 순근純謹하여 사람을 성심으로 대접하고 어버이를 효성으로 섬겼다. 그의 아비인 목사牧使 전팽령이 치사致仕한 뒤로 빈궁하여 끼니도 자주 어려워지자, 전엽이 힘을 다해 봉양하여 맛있는 음식을 적극 마련하였고 그 음식이 남으면 반드시 아비가 주고 싶어 하는 사람에게 주고자 하였다. 혼정신성昏定晨省[저녁에는 잠자리를 보아 드리고 아침에는 문안을 드린다는 뜻으로, 자식이 아침저녁으로 부모의 안부를 물어서 살핌을 이르는 말]하여 슬하를 떠나지 않고 항상 옆에서 모시는 것을 임무로 삼았으며 사환仕宦에는 뜻이 없었다. 기유년己酉年에 아비의 명령을 어기기 어려워 향시鄕試에 장원壯元하였으나 관직을 얻는 것에 급급하지 아니하여 회시會試에 응시하지 않았으니, 이는 혼정신성을 빠뜨릴까 염려해서인 탓이다. 평소 오가는 빈객이 아비를 방문하면 몸소 반찬을 마련하여 마음을 기쁘게 하였고, 병을 간호할 적에는 잠시도 곁을 떠나지 않고 약은 반드시 먼저 맛보았으며 옷에는 띠를 풀지 않았다. 대고大故를 당하여서는 치상治喪의 절차를 일체 『가례家禮』를 따랐고, 복복을 마친 뒤에도 출고반면出告反面[나갈 때는 부모님께 반드시 출처를 알리고 돌아오면 반드시 얼굴을 뵈어 안전함을 알려 드린다는 뜻으로, 밖에 나갔다 오거나 들어올 때 부모님께 반드시 알려야 함을 이르는 말로 출필고반필면出必告反必面의 준말]을 언제나 평소와 같이 하였다. 계모를 섬기는 데 한결같이 지성으로 하였고 족친 중에 빈궁하여 오갈 데 없는 이를 가엾게 여기어 구제해 주곤 하였다. 5촌질 되는 사람의 부처夫妻를 10년 가까이 데리고 있었는가 하면 논밭까지 넉넉히 주어 생계를 개척하게 하였고, 또 조카 두 사람이 몹시 빈궁하자 논밭을 주어 경작하게 하였으므로 향당鄕黨이 그 효우孝友를 일컫고 여리閭里가 그 행의에 탄복하였다. 이에 문려門閭에 정표를 하고 벼슬로 포상하였다." 이에 관한 내용이 『조선왕조실록 선조실록』『조선환여승람朝鮮寰輿勝覽』과 『상산지常山誌』 등에도 기록되어 전한다.

孰 : 누구 숙 晢 : 밝을 석 徹 : 거둘 철

48 孟子ㅣ曰人不足與適也며 政不足(與)間也라. 惟
맹자　 왈인불족여적야　 정부족　　 간야　　유

大人이아 爲能格君心之非니 君仁이면 莫不仁이요
대인　　 위능격군심지비　 군인　　 막불인

君義면 莫不義요 君正이면 莫不正이니 一正君而國
군의　 막불의　 군정　　 막부정　　 일정군이국

定矣니라.
정의

〔해설〕 맹자께서 말씀하기를, "(등용한) 인물을 군주와 더불어 (일일이
다) 허물(지적)할 수 없으며, (잘못된) 정사를 (일일이 다) 흠잡을 수
는 없다. 오직 대인大人이어야 군주의 나쁜 마음을 바로잡을 수 있
으니, 군주가 인仁해지면 (모든 일이) 인仁하지 않음이 없고, 군주
가 의義로워지면 (모든 일이) 의롭지 않음이 없고, 군주가 바르게
되면 (모든 일이) 바르지 않음이 없으니, 한번 군주의 마음을 바루
면 나라가 안정된다."고 하였다.

● 에세이

　한번 등용하여 쓰는 사람이라면 그 사람의 행위를 일일이 들추어
서 지적할 수는 없고, 또한 그 사람이 한 일을 일일이 흠잡으면 안
된다는 말씀이다.

　중요한 것은 군주가 인仁한 사람이 되도록 간諫해야 하고, 또한
군주가 의義로운 사람이 되도록 권해야 한다는 것이다.

　만약 군주가 인仁한 마음을 가지고 정치를 한다면 그 하는 일이
인仁하지 않을 수 없고, 또한 군주가 의義로운 사람이 되면 하는 일

마다 의롭지 않을 수 없다는 말씀이다. 그러므로 한번 군주를 바르게 만든다면 이후의 국사는 안정이 된다는 말씀이다.

이러므로 군주의 옆에 인의仁義로운 사람이 많으면 그 군주는 자연히 인의仁義로운 사람이 될 것이고, 군주의 옆에 간신배가 많다면 그 군주도 간신의 꾐에 빠져서 어느새 간사한 군주가 되어있을 것이다.

지난 일이지만 박ㅇㅇ 대통령이 처음부터 대면보고를 받지 않고 서면보고를 받는다고 했을 때에, 주위의 비서관이나 장관들이 대면보고를 받아야 한다고 강력히 주장했다면, 오늘과 같이 탄핵이 되고, 그리고 구속이 되어서 재판을 받지는 않을 것이다. 참으로 안타까운 일이다.

옛적 조선에서 벼슬한 선비들은 임금의 비행을 보면 기탄없이 상소문을 올려서 시정을 요구하였고, 만약 임금이 이 상소문을 보고도 시정하지 않으면 그 상소문을 올린 신하는 미련 없이 벼슬을 그만 두고 낙향하여 내려갔던 것이다.

適 : 허물 적 間 : 흠잡을 간 格 : 바를 격 定 : 정할 정

49 孟子謂樂正子ㅣ曰子之從於子敖來는 徒餔啜也
맹 자 위 악 정 자   왈 자 지 종 어 자 오 래   도 포 철 야

로다. 我不意子學古之道而以餔啜也호라.
아 불 의 자 학 고 지 도 이 이 포 철 야

〖해설〗 맹자께서 악정자樂正子[34]에게 말씀하시기를, "자네가 자오子敖[35]
를 따라 (제齊나라에) 온 것은 한갓 먹고 마시는 것 때문이네. 나는
자네가 옛 도道를 배워서 먹고 마시는 것에 쓰리라고는 생각하지
못하였네."고 하였다.

에세이

수년 전에 필자가 곡부曲阜의 공묘孔廟에 참배하고 이곳에서 50
여 리 떨어진 추성鄒城에 있는 맹묘孟廟에 참배를 하였는데, 공묘에
는 5성聖 12철哲 72현이 배향이 되고 이하 역대의 현자賢者들이 배
향된데 반하여 맹묘에는 맹자 외에 악정자樂正子 한 분만 배향이 된
것을 보고 상당히 놀란 적이 있었다. 《맹자》에 나오는 맹자의 제자
인 공손추나 만장 같은 사람들은 학덕學德이 맹묘에 배향될 수는 없
는 인물이었던 것 같다.

---

34 악정자樂正子 : 맹자의 제자로, 이름은 극克이다. 제왕齊王의 총신寵臣인 왕환王驩을
따라 맹자에게 오자, 맹자가 "그대가 자오를 따라온 것은 한갓 먹고 마시기 위한 것
이다. 나는 그대가 고인의 도를 배웠으면서 먹고 마시는 것을 힘쓰리라고는 생각하
지 못했다.(子之從於子敖來, 徒餔啜也. 我不意子學古之道而以餔啜也.)"라고 질책하
였다. 자오는 왕환의 자이다.《孟子 離婁上》
35 자오子敖 : 제齊의 총신寵臣이니, 왕환王驩의 자字이다.

學古之道

　악정자樂正子가 제齊나라에 온 것은 요즘 말로 이야기하면 무슨 물건을 팔아서 이익을 남기려고 온 듯하다. 그렇기에 맹자께서는 사랑하는 제자에게 '자네는 옛적 공자孔子의 도道를 배우고 어찌하여 하찮은 이익을 남기려고 이곳에 왔는가?'고 하고 책망하였던 것이다.

　공자의 유학은 요순으로부터 시작하여 우禹, 탕湯, 문무文武 주공周公을 이어서 내려오니, 이 도道는 인仁으로 천하를 잘 다스려서 천하의 백성이 아무걱정 없이 사는 세상을 만드는데 있으니, 이 세상에서 가장 거대한 사업 중의 한 가지라 말할 수가 있다.

樂:풍류 악　敖:놀 오　餔:먹을 포　啜:마실 철

50 孟子ㅣ曰不孝有三하니 無後爲大하니라. 舜不告而
　　　맹자　왈불효유삼　　　무후위대　　　　　순불고이

娶는 爲無後也시니 君子以爲猶告也라 하시니라.
취　　위무후야　　　군자이위유고야

〖해설〗 맹자께서 말씀하시기를, "불효不孝가 세 가지가 있으니, (그중에)
후손이 없는 것이 가장 크다. 순舜이 (부모님께) 아뢰지 않고 장가
든 것은 무후無後할까 염려해서이니, 군자君子가 '아뢴 것과 같
다.' 고 말하였다." 고 하니라.

● 에세이

맹자께서 말씀한 불효의 세 가지는 '부모의 뜻에 아첨하고 곡진
히 따라서 어버이를 불의不義에 빠뜨림이 첫째이고, 집이 가난하고
어버이가 늙었는데도 녹사祿仕(녹을 받기 위한 벼슬)를 하지 않음이
둘째이고, 장가 들지 않아 자식이 없어서 선조의 제사를 끊음이 셋
째이다.' 라고 했는데, 이 셋 중에 무후無後가 제일 크다고 하였다.

양평군 용문에 있는 용문사에 가면 1000년 묵은 은행나무가 있
는데, 이 은행나무는 1000살이 되었는데도 불구하고 지금도 계속하
여 꽃을 피우고 열매를 맺는다. 이는 무엇을 말하는가! 이 세상의
이치가 이 세상에 살면서는 반드시 꽃을 피우고 열매를 맺어야 한
다는 것을 가르쳐주는 것 아닌가!
이렇게 이 세상의 모든 금수禽獸와 초목草木이 모두 새끼를 낳아

서 키우고 꽃을 피워서 열매를 맺는다. 만약 이렇게 하지 않으면 이 세상은 금수禽獸도 없고 초목도 없는 황량한 세상이 되고 마는 것이고, 사람도 우주 속의 하나의 생명체인데, 이에서 뛰쳐나가서 자식을 낳지 않는다면, 이 세상은 사람이 없는 세상이 되고 말 것이니, 너무나 무서운 결과가 된다.

　그러므로 사람이 이 세상에 태어나서 계속 자식을 낳아야 이 세상도 유지되고 또한 선조님께 제사도 지내며, 그리고 자신을 이 세상에 있게 한 선조님들을 기억하지 않겠는가!

娶：장가들 취　猶：같을 유　告：고할 고

51 孟子ㅣ曰天下大悅而將歸己어늘 視天下悅而歸
　　　　 맹자　왈천하대열이장귀기　　　　시천하열이귀

己하되 猶草芥也는 惟舜이 爲然하시니 不得乎親이면
기　　 유초개야는　유순이　위연하시니　불득호친

不可以爲人이요 不順乎親이면 不可以爲子러시다.
불가이위인이요　불순호친이면　불가이위자

舜이 盡事親之道而瞽瞍底豫하니 瞽瞍底豫而天
순　 진사친지도이고수저예하니　고수저예이천

下化하며 瞽瞍底豫而天下之爲父子者定하니 此之
하화하며 고수저예이천하지위부자자정하니　차지

謂大孝니라.
위대효

〖해설〗 맹자께서 말씀하시기를, "천하 사람들이 크게 기뻐하면서 장차 자신에게 돌아오려고 하였는데, 천하 사람들이 기뻐하면서 자신에게 돌아옴을 보기를 초개草芥와 같이하신 것은 오직 순舜임금이 그러셨다. 어버이께 기쁨을 얻지 못하면 사람이 될 수가 없고, 어버이를 (도道에) 따르게 하지 못하면 자식이 될 수 없다고 여기셨다. 순임금이 어버이 섬기는 도리를 다함에 고수瞽瞍가 기쁨에 이르렀으니, 고수가 기쁨에 이름에 천하가 교화되었으며, 고수가 기쁨에 이름에 천하의 부자 간이 된 자들이 안정되었으니, 이것을 일러 대효大孝라 하는 것이다."고 하였다.

●에세이

　세상에 효자가 많지만 오직 순舜을 대효大孝라고 맹자는 말씀하였다. 왜 순舜을 대효大孝라고 하였는가! 원래 순의 아버지 고수瞽瞍는 작은 부인과 같이 살면서 틈만 나면 전실 아들인 순을 죽이려고 하였는데, 이럴 때마다 순은 지혜를 써서 살아났으니, 이는 즉 아버지를 살인자가 되지 않게 하려는 뜻이 있었고 자신도 살아서 할 일이 많았으므로 죽어서는 안 되는 것이다.

순의 아버지 고수瞽瞍는 너무 까칠한 아비로, 보통 사람이라면 부자 간에 불화가 극에 처했을 터이지만, 순은 천하의 제왕으로써 타의 모범이 되어야 하고 더욱이 어버이께 불순한 자가 어찌 천하를 다스릴 수가 있겠는가! 하고, 오직 부모님께 효도로 순종하였으므로 결국에는 아비 고수도 개과천선하여 좋은 아버지가 되었으니, 이는 모두가 순의 지극한 효도에 의한 것이었으니, 이는 단순한 아들로서의 효도를 넘어서서 천하의 모든 아들들에게 효도에 대한 커다란 교육이 되었으므로, 이를 맹자는 대효大孝라고 명명한 것이다.

일찍이 아비인 고수瞽瞍가 틈만 나면 아들 순을 죽이려고 하였는데, 그래도 자식은 어버이께 불순하면 안 된다는 것을 몸소 효도를 행함으로서 보여주었으니, 정말로 순舜은 성인聖人이고 성왕聖王이며 대효자이다.

芥 : 겨자 개 瞽 : 소경 고 瞍 : 소경 수 底 : 이를 저 豫 : 기쁠 예

이루장구하離婁章句下

52 孟子_{맹자}ㅣ曰_왈舜_순은 生於諸馮_{생어제풍}하사 遷於負夏_{천어부하}하사 卒於鳴_{졸어명}

條_조하시니 東夷之人也_{동이지인야}시니라. 文王_{문왕}은 生於岐周_{생어기주}하사 卒_졸

於畢郢_{어필영}하시니 西夷之人也_{서이지인야}시니라. 地之相去也千有_{지지상거야천유}

餘里_{여리}며 世之相後也千有餘歲_{세지상후야천유여세}로되 得志_{득지}하여 行乎中_{행호중}

國_국하시는 若合符節_{약합부절}하니라. 先聖後聖_{선성후성}이 其揆一也_{기규일야}니라.

【해설】 맹자께서 말씀하기를, "순舜은 제풍諸馮에서 태어나 부하負夏에
옮기셨다가 명조鳴條에서 별세하셨으니, 동이東夷의 사람이시다.
문왕文王은 기주岐周에서 태어나 필영畢郢에서 별세하셨으니, 서
이西夷의 사람이시다.
지역의 거리가 천여 리가 되며, 세대의 서로 떨어짐이 천여 년이
되지만, 뜻을 얻어 (도道를) 중국에 행함에 있어서는 부절符節을 합

한 듯이 똑같았다. 앞의 성인聖人과 뒤의 성인聖人이 그 헤아려봄
이 똑같다.”고 하였다.

에세이

필자는 《맹자》에서 이 구절을 좋아한다. 순임금이 중국 고대의
제왕이고 그리고 대효大孝이신데, 이분이 우리와 같은 민족인 동이
東夷의 사람이라고 맹자께서 말씀했으니 의심의 여지가 없다.

중국 고대의 유명한 사람들은 대부분 산동성에서 출생하고 활동
한 사람들인데, 이 지역은 고대에는 고조선이 다스리던 땅이었다.
산동성은 우리가 사는 대한민국에서 서해를 사이에 두고 있는 아주
가까운 곳이다.

순舜이 제왕으로 있던 시대에서 천여 년 뒤에 문왕이 태어났으
니, 이 문왕은 서이西夷의 사람이시다. 문왕은 주周나라의 기틀을
다진 임금으로, 그의 아들 무왕武王이 중국을 통일하고 주周나라의
시대를 열었다.

순舜은 동이東夷에서 출생하였고, 문왕은 서이西夷에서 출생했으
니 거리로 보아도 천여 리가 넘는다. 그러나 이 두 성왕의 행적은 부
절符節을 맞춘 듯이 딱 들어맞는다는 맹자의 말씀이니, 이런 성왕聖
王들은 오직 백성들의 안녕을 위해 평생을 봉사한 사람들이다.

舜 : 순임금 순 馮 : 성 풍 遷 : 옮길 천 負 : 질 부 鳴 : 울 명 條 : 가지 조 岐 : 갈림
길 기 郢 : 땅이름 영 符 : 부절 부 揆 : 헤아릴 규

53 子産이 聽鄭國之政할새 以其乘輿로 濟人於溱洧러
　　자산　청정국지정　　　이기승여　　제인어진유

니 孟子ㅣ曰惠而不知爲政이로다. 歲十一月에 徒杠
　　맹자　왈혜이부지위정　　　세십일월　도강

成하며 十二月에 輿梁成하면 民未病涉也니라. 君子
성　　십이월　여량성　　　민미병섭야　　　군자

平其政이면 行辟人도 可也니 焉得人人而濟之리오
평기정　　　행벽인　가야　언득인인이제지

故로 爲政者每人而悅之면 日亦不足矣리라.
고　위정자매인이열지　일역부족의

〖해설〗 자산子産[36]이 정鄭나라의 정사를 다스릴 적에, 자기 수레로서 진
수溱水와 유수洧水에서 사람들을 건네주었다. 맹자께서 말씀하기
를, "은혜로운 일이나 그러나 정치를 하는 법을 알지 못하였도다.
11월에 도강徒杠[37]이 이루어지며, 12월에 여량輿梁이 이루어지면
백성들이 물 건너는 것을 괴롭게 여기지 않는다. 군자君子가 그 정
사政事를 공평히 한다면 출행할 때에 벽제辟除[38]하는 것도 좋으니,
어찌 사람마다 모두 건네줄 수 있겠는가? 그러므로 위정자가 매
양 사람마다 마음을 기쁘게 해주려 한다면 날마다 하여도 또한 부
족할 것이다."고 하였다.

●에세이

　자산子産이 정鄭나라의 대부로서 정치를 할 적에, 자기 수레를 가

36 자산子産 : 정鄭나라의 대부大夫이다. 이름은 공손교이다.
37 도강徒杠 : 도보徒步로 다니는 자를 통행하게 하는 것
38 벽제辟除 : 예전에, 지위가 높은 사람이 행차할 때, 벼슬아치의 집에서 사사로이 부리
　　는 하인이 일반 사람들의 통행을 금하는 일을 이르던 말.

지고 진수漆水와 유수洧水에서 사람들을 건네주니, 당시 사람들이 '자산이 정치를 잘한다.'고 하니, 맹자께서 말씀하기를, '이는 은혜를 주는 일이기는 하나 정치를 알지 못하는 사람이다.'고 하였으니, 당년 11월에 도강徒杠이 이루어지고 12월에 수레가 통행하게 되면 백성들이 물 건너는 것을 괴롭게 여기지 않는다는 것이다.

맹자의 말씀은, 정치하는 사람은 정치를 잘해서 백성들이 근심 걱정 없이 잘 살게 하면 되는 것이지, 그 수많은 사람들을 하나하나 물을 건네줄 수는 없다는 말씀이다.

일례로, 건너기가 힘든 강이 있으면 다리를 놓아주면 모두 편안히 다닐 수가 있는데, 어느 겨를에 수레를 가지고 한 사람 한 사람을 건네어주느냐는 것이다.

이렇게 한 사람 한 사람을 건네주다가는 해가 지도록 해도 오히려 다하지 못하다는 것이니, 정치는 이렇게 하는 것이 아니고, 그곳에 다리를 놓아주어야 한다는 것이니, 맹자는 정치의 근본을 말씀한 것이고, 자산은 수레를 타고 지나는 길에 물 때문에 걱정하는 사람을 자신의 수레에 태워서 건네주었다는 것이니, 이는 자혜로운 마음이다.

産 : 낳을 산 聽 : 다스릴 청 鄭 : 나라 정 乘 : 탈 승 輿 : 수레 여 溱 : 물 이름 진 洧 : 물 이름 유 惠 : 은혜 혜 杠 : 작은 다리 강 涉 : 건널 섭 辟 : 물리칠 벽 濟 : 건널 제

54 孟子告齊宣王曰 君之視臣이 如手足이면 則臣視
맹 자 고 제 선 왕 왈 군 지 시 신   여 수 족   즉 신 시

君을 如腹心하고 君之視臣이 如犬馬면 則臣視君을
군 여 복 심   군 지 시 신   여 견 마   즉 신 시 군

如國人하고 君之視臣이 如土芥면 則臣視君을 如
여 국 인   군 지 시 신   여 토 개   즉 신 시 군   여

寇讎니이다.
구 수

【해설】 맹자께서 제선왕께 아뢰기를, "군주가 신하 보기를 수족手足과 같
이 하면 신하가 군주 보기를 복심腹心(배와 심장)과 같이 여기고, 군
주가 신하 보기를 개와 말처럼 하면 신하가 군주 보기를 국인國人
(路人)과 같이 여기고, 군주가 신하 보기를 토개土芥[39]와 같이 하면
신하가 군주 보기를 원수와 같이 하는 것입니다." 고 하였다.

● 에세이

본문은 임금과 신하의 관계를 말씀한 내용이다.

임금이 신하를 보고 수족手足과 같이 생각하여 대우를 잘하면, 신
하는 임금 보기를 배와 심장 같이 여겨 잘 섬기는 것이고, 임금이 신
하 보기를 개와 말같이 생각하고 부려먹으려 한다면, 신하는 임금
보기를 길을 지나가는 사람과 같이 여기는 것이며, 만약 임금이 신
하 보기를 토개土芥같이 생각한다면, 신하는 임금 보기를 원수같이
한다는 것이다.

■
39 토개土芥 : 1. 흙과 쓰레기. 2. 하잘것없는 것을 비유적으로 이르는 말.

임금과 신하는 주객主客의 사이로 서로 필요한 존재인데, 신하의 생사여탈권을 쥔 임금이라도 그 신하가 없으면 나라를 다스리지 못하므로 신하는 없어서는 안 될 귀중한 존재이다. 그러므로 임금은 신하와 한 몸이 되어서 부국강병富國强兵의 나라를 만들려고 노력하고 또 노력해야 하는 것이다.

맹자께서 계시던 전국시대에는 제왕의 권한이 막강하여 왕 앞에서 함부로 말을 하면 언제 목이 달아날지 모른다. 그러나 맹자는 이러한 제왕 앞에서 조금도 움츠림이 없이 하고 싶은 말을 다 하였다고 할 수가 있다.

요즘 민주사회에서도 대통령 앞에서 자신의 할 말을 다 하는 비서관이나 장차관은 구경하기가 힘들고, 만약 그렇게 하고 싶은 말을 다하면, 이 사람은 이미 물러나온다는 각오가 되어 있어야 되는 것이다. 황차 맹자께서 계시던 전국시대이랴!

芥 : 겨자 개 寇 : 도적 구 讎 : 원수 수

55 孟子ㅣ曰君仁이면 莫不仁이요 君義면 莫不義니라.

〖해설〗 맹자께서 말씀하기를, "군주가 인仁하면 인仁하지 않음이 없고, 군주가 의義로우면 의롭지 않음이 없다."고 하였다.

● 에세이

군주시대에는 군주의 파워가 막강하므로, 군주가 먼저 인仁한 마음을 갖고 인仁한 정책을 써서 인仁하게 다스리면, 신하들과 백성들은 모두 군주의 인仁함을 이해하고 따라오게 될 것이고, 그리고 군주가 의義롭게 행위를 하면 신하와 백성들도 모두 군주를 본받아서 의義롭지 않을 수가 없을 것이다.

의롭다는 말은 가장 옳은 것을 말하는데, 곧 비굴하거나 아첨하거나 간사하거나 포학하거나 하지 않아야 하는 것이다.

우리들의 평상시의 행위에 있어서도 반드시 의義로워야 하는 것이다. 만약 의롭지 않고 비굴하게 아첨을 하여, 남보다 먼저 나가려고 해서도 안 되는 것이고, 남의 약점을 잡고 이를 이용하여 자신의 이익을 취하려고 해도 안 되는 것이다.

공자는 《논어》에서 인仁을 말했다면 맹자는 인仁에서 한 걸음 더 나가서 의義를 주장했으니, 즉 《맹자》는 의義의 학문이 된다.

56 孟子ㅣ曰中也養不中하며 才也養不才라. 故로 人
　　　맹자　왈중야양부중　　　재야양부재　　　고로　인

樂有賢父兄也니 如中也棄不中하며 才也棄不才면
요유현부형야　　여중야기부중　　　재야기부재

則賢不肖之相去가 其間이 不能以寸이니라.
칙현불초지상거가　기간이　불능이촌

〖해설〗 맹자께서 말씀하기를, "(도道)에 맞는 자가 맞지 않은 자를 기르며,
재주 있는 자가 재주 없는 자를 길러준다. 그러므로 사람들은 어진
부형이 있는 것을 좋아하는 것이다. 만일 (도道)에 맞는 자가 (도道)
에 맞지 않는 자를 버리며, 재주 있는 자가 재주 없는 자를 버린다
면, 현자賢者와 불초不肖한 자의 차이가 한 치도 못될 것이다.

● 에세이

중中이라는 것은 지나감도 없고 미치지 못함도 없는 것을 이른
것이고, 족히 훌륭한 일을 할 수 있는 것을 재才라 한다. 양양養은 함
육涵育하고 훈도薰陶하여 스스로 변화하기를 기다림을 이른다. 현賢
은 도道에 맞고 재주가 있는 자를 이른다.

어진 부형이 있음을 좋아하는 것은 마침내 자기를 이루어줄 수
있음을 좋아하는 것이다. 부형이 된 자가 만일 자제들이 어질지 못
하다 하여 마침내 대번에 끊어버리고 가르칠 수 없다고 여긴다면,
자신도 또한 중中에서 지나쳐서 재주가 없는 것이니, 그 거리의 간
격이 얼마나 되겠는가!

중中은 참으로 중요한 말이니, 사람이 세상을 살아가면서 언제나 중中을 지킨다면 하등의 문제가 생기지 않는다. 일례로 밥을 먹을 때에 배가 너무 부르지도, 배가 너무 고프지도 않은 상태를 유지해야 건강한 것이다. 자칫 너무 많이 먹어서 배가 너무 부르면 소화가 안 되어서 병이 생길 것이고, 밥을 너무 적게 먹어서 배를 채우지 않

는다면 영양이 부족해서 병이 생길 것이니, 이도 안 되는 것이다.

또한 농부가 작물을 기르는데, 거름을 너무 많이 주면 작물이 급격히 성장하여 바람이 불면 넘어져서 알곡을 맺지 못하는 것이고, 거름을 너무 적게 하면 영양이 빈약해서 꽃을 피우기조차 힘들 것이니, 여기에도 중中의 원리를 적용해야 많은 곡식을 수확할 수가 있는 것이니, 이 중中이라는 것은 이 세상 어디에도 꼭 필요한 이론이 되는 것이다.

棄:버릴 기　賢:어질 현　肖:같을 초

57 孟子 | 曰大人者는 不失其赤子之心者也니라.
맹자　　왈대인자　　불실기적자지심자야

〖해설〗 맹자께서 말씀하시기를, "대인大人이란 적자赤子(아기)의 마음을
잃지 않은 자이다."고 하였다.

● 에세이

　대인大人의 마음은 온갖 변화를 통달하고, 적자赤子의 마음은 순
일純一하여 거짓이 없을 뿐이다. 그러나 대인이 될 수 있는 까닭은
바로 물욕物慾에 유인을 당하지 않아서 순일무위純一無僞한 본연의
마음을 온전하게 함이 있기 때문이다. 그러므로 이를 확충하면, 모
르는 바가 없고 능하지 못한 바가 없어서 그 큼을 다할 수가 있는 것
이다.

　대인大人은 군자君子와 같이 쓰이는 사람을 말하니, 한마디로 말
해서 남을 위해서 사는 사람을 말한다. 다시 말하면, 국가와 사회를
위해서 순일純一하고 무사無私하게 사는 사람이니, 예를 든다면 이
순신 장군과 같이 조선의 백성들이 왜적에 어육이 되는 것을 막기
위해서 혼신을 다하다가 죽는 그런 경우에 해당한다고 말할 수가
있다
　고구려의 을지문덕 장군, 고려의 강감찬 장군과 유학자로서는 율
곡 선생, 퇴계 선생 등의 인물들을 꼽을 수가 있고, 이 외에도 수많

은 유학자들이 이에 해당하는 사람이 많은 것으로 안다.

　적자赤子란 아기를 말하니, 어린 아기가 무슨 욕심이 있겠는가? 아기는 아무런 사심이 없으니 천리天理가 그 몸에 들어있는 것이다. 그러므로 맹자께서 '적자赤子의 마음을 잃지 않은 자' 라고 한 것이다.

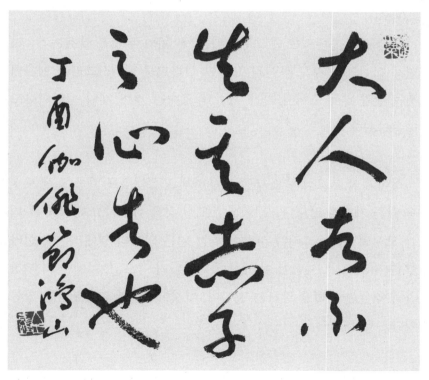

赤 : 붉을 적

58 孟子ㅣ曰養生者는 不足以當大事요 惟送死라야
맹자 왈양생자 불족이당대사 유송사

可以當大事니라.
가 이 당 대 사

〖해설〗 맹자께서 말씀하시기를, "산 자(부모)를 봉양하는 것은 대사大事
에 해당되지 않고, 오직 죽은 자를 장송葬送하는 것이라야 대사大
事에 해당된다."고 하셨다.

● 에세이

　요즘 사람들은 죽으면 그만이니, 죽은 자가 무엇을 알겠는가! 하
면서 살아계신 부모님을 잘 모셔야 한다고들 한다. 그러나 맹자께
서는 본문에서 죽어서 가는 사람을 보내는 것이 제일 큰일이라고
말씀하였다.

　살아계신 부모님은 오늘 좀 서운하게 모셨더라도 다음에 잘 모실
수 있는 기회가 많으니, 오늘 잘못 모신 것을 뉘우치고 내일에 좀 더
잘 모시면 된다. 그러나 사람이 죽는 일은 인생의 일대 대사건이라
할 수가 있으니, 사람이 이 세상에 나왔다가 죽으면, 이제는 이 세상
과의 영원한 이별을 말하는 것이니, 이것이 대사大事가 된다는 말씀
이다.

　사람이 살아가는 데는 예禮라는 것이 있으니, 이 예禮를 차리지

못하는 사람은 곧 짐승과 같은 사람이 되는 것이다. 짐승은 오직 힘이 세면 그 무리를 지배한다. 예라는 것은 애초에 있지 않으니, 이렇게 힘으로 지배되는 곳이, 즉 금수禽獸의 세상이다. 그러나 사람은 그렇지가 않으니, '인륜人倫'이라는 것

이 있어서 예를 차리지 못하면 사회에서 사람으로 취급을 받지 못한다.

일례로, 젊은이가 노인에게 막말을 하면서 대들고 욕하면, '장유유서長幼有序'의 윤리에 어긋나므로, 주위에서 그 젊은이를 나무라고 훈계하여 그렇게 노인에게 함부로 하지 말라고 하는 것이니, 황차 인생 일대의 대사건인 죽어서 장사지내는 일을 예의를 다하여 잘 치러야 하지 않겠는가?

養 : 봉양할 양 當 : 해당할 당 送 : 보낼 송 死 : 죽을 사

59 孟子ㅣ曰以善服人者는 未有能服人者也니 以善
養人然後에 能服天下하나니 天下不心服而王者는
未之有也니라.

〖해설〗 맹자께서 말씀하시기를, "선善으로써 남을 복종시키려 하는 자는
남을 (힘으로) 복종시키려 함이 있지 않으니, 선善으로써 사람을
기른 그런 뒤에야 천하를 복종시킬 수가 있는 것이다. 천하가 마
음으로 복종하지 않고서 왕을 하는 자는 있지 않으니라."고 하였
다.

● 에세이

선善으로써 남을 복종시키려 하는 것은, 위에 있는 자가 아랫사
람을 잘 타일러서 그 하는 일에 마음을 다하여 일하게 하는 것을 말
하니, 윗사람이 일을 시키니 억지로 하는 것이 아니고, 이 일은 내가
꼭 해야 할 일이기 때문에 마음으로 복종하여 일을 하는 것이다.

이렇게 마음으로 복종시키는 것은, 선善한 마음으로 사람을 길러
준다는 것을 그 일하는 사람이 알고, 이 일을 하는 것이 나에게 결국
이익이 온다는 것을 알기 때문에 복종하여 열심히 일을 하는 것이
다.

천하를 다스리는 왕도 이 이론을 벗어나지 않으니, 선善한 마음

으로 백성을 계도하면 백성도 충심으로 복종하여 왕의 말씀에 진심
으로 복종하는 것이니, 이렇게 정치를 하는 왕이나 대통령은 백성
과 국민들의 열렬한 지지를 받을 수가 있는 것이다.

　결국 내가 하는 일이 나를 돕는 일이라는 것을 알 때에 충심을 다
하여 복종하는 것이다. 조삼모사朝三暮四하는 행위로는 사람을 굴
복시킬 수가 없는 말씀이다.

服 : 복종할 복

60 徐子ㅣ曰仲尼亟稱於水曰 水哉水哉여 하시니 何
　　　서자　　왈중니극칭어수왈　수재수재　　　　　하

取於水也시니잇고 孟子ㅣ曰原泉이 混混하여 不舍
취어수야　　　　　맹자　왈원천이　혼혼하여　불사

晝夜하여 盈科而後進하여 放乎四海하나니 有本者
주야　　　영과이후진　　　　방호사해　　　유본자

如是라 是之取爾시니라.
여시　시지취이

『해설』 서자徐子가 물었다. "중니仲尼께서 자주 물을 칭찬하시어 '물이
　　　여! 물이여!' 하셨으니, 어찌하여 물을 취하셨습니까?" 고 하니, 맹
　　　자께서 대답하기를, "근원이 좋은 물이 혼혼混混[40]히 흘러서 밤낮
　　　을 그치지 않아서 구덩이에 가득 찬 뒤에 전진하여 사해四海에 이
　　　르나니, (학문에) 근본이 있는 자가 이와 같다. 이 때문에 취하신
　　　것이다." 고 하였다.

●에세이

　　서자徐子는 맹자의 제자이니, 공자께서 자주 '물이여! 물이여!'
하신 것을 맹자께 물으니, 맹자의 대답은, '근원이 좋은 물은 넘실
넘실 흘러서 주야를 그치지 않고 흐르며 구덩이가 있으면 그 구덩
이를 다 채운 그런 뒤에 또 흘러서 사해四海로 들어가니, 학문에도
근본이 있는 자는 이와 같기 때문에 이를 취하신 것이다.' 라고 말씀
했다.

40 혼혼混混 : 물이 용솟음쳐 나오는 모습이다.

공자께서 말씀한 본문이 이것이니, 공자께서 냇물 위에서 말씀하기를 '가는 것이 이와 같구나! 밤낮을 그치지 않는구나?(子在川上曰 逝者如斯夫 不舍晝夜.)'고 하였다.

필자가 성대 대학원에 다닐 적에 중국의 이구산에 갔는데, 그곳에는 공자의 부친인 숙량흘의 묘廟가 있고 맹자 어머니의 '맹모단기孟母斷機'라 쓴 기념비가 세워져 있었고, 그 아래에 정자가 세워져 있는데, 이곳에서 남쪽을 바라보면, 넓은 강물이 유유히 흐르고 있었으니, 공자는 이곳에서 그 강물을 바라보면서, 본문의 "가는 것이 이와 같구나! 밤낮을 그치지 않는구나!"고 하였다고 가이드가 말하였다. 그래서 그곳에서 기념으로 사진 한 장을 찍은 기억이 있다.

정자程子도 '만물정관개자득萬物靜觀皆自得(만물을 자세히 관찰하니, 모두 스스로 얻는 것이 있구나!)'고 하였는데, 사람은 자연의 이치를 탐구하면서 세상의 이치를 깨닫는 것이니, 격물치지格物致知가 이를 말한 것이다. 공자께서도 천상川上에서 물을 보시면서 그 흐르는 물에 천하의 이치가 들어있음을 보고 탄식하여 말씀한 것이다.

徐:성서 尼:중니 亟:자주극 稱:일컬을칭 混:용솟음칠혼 盈:찰영 科:구덩이과

61 孟子ㅣ曰人之所以異於禽獸者幾希하니 庶民은
去之하고 君子는 存之니라. 舜明於庶物하시며 察於
人倫하시니 由仁義行이라 非行仁義也시니라.

〖해설〗 맹자께서 말씀하시기를, "사람이 금수禽獸와 다른 것이 조금이니,
서민庶民(衆人)들은 이것을 버리고, 군자君子는 이것을 보존하느니
라. 순舜은 여러 사물의 이치에 밝으시며 인륜을 살피셨으니, 인
의仁義를 따라 행하신 것이고, 인의仁義를 행하려고 하신 것은 아
니었다."고 하였다.

●에세이

사람과 동물이 태어날 때에 똑같이 천지의 이理를 얻어 성性을 삼
았고, 똑같이 천지의 기氣를 얻어 형체를 삼았으니, 그 같지 않은 점
은, 오직 사람은 그 사이에서 형기形氣의 올바름을 얻어 본성本性을
온전히 보존할 수 있었으니, 이것이 조금 다를 뿐이다. 비록 조금 다
르다고 말하나 사람과 동물이 구분되는 바는 실로 여기에 있는 것
이다. 중인衆人들은 이를 알지 못하여 버리니, 이름은 비록 사람이
라 하나 실제는 금수禽獸와 다를 것이 없고, 군자君子는 이를 보존한
다. 이 때문에 전전긍긍하며 두려워하고 조심하여야 마침내 그 받
은 바의 올바름을 온전히 보존함이 있는 것이다.

순舜임금은 생이지지生而知之한 성인聖人이므로, 나면서부터 알았기에 행위 자체가 인륜이고, 그리고 인의仁義를 따라 행하신 것이니, 인의仁義를 행하려고 하면서 행하신 것은 아니라는 것이다. 즉 다시 말해서 순舜은 행위 자체가 인륜에 맞고 인의仁義의 행위가 되는 것이다.

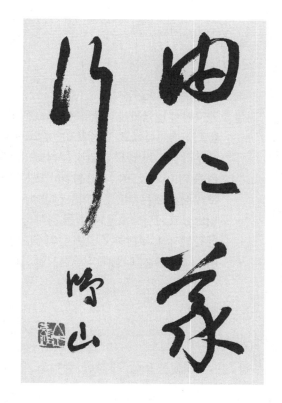

異:다를 이 禽:새 금 獸:짐승 수 幾:몇 기 希:드물 희 庶:여러 서 察:살필 찰

62 孟子ㅣ曰禹는 惡旨酒而好善言이러시다 湯은 執中
　　　 맹자　왈우　오지주이호선언　　　　탕　집중

하시며 立賢無方이러시다 文王은 視民如傷하시며 望
　　　 입현무방　　　　 문왕　 시민여상　　　 망

道而未之見이러시다 武王은 不泄邇하시며 不忘遠이
도이미지견　　　　 무왕　 불설이　　　　 불망원

러시다 周公은 思兼三王하사 以施四事하시되 其有不
　　　 주공　 사겸삼왕　　 이시사사　　　 기유불

合者어든 仰而思之하여 夜以繼日하사 幸而得之어든
합자　　 앙이사지　　　 야이계일　　 행이득지

坐以待旦이러시다.
좌이대단

〖해설〗 맹자께서 말씀하시기를, "우왕禹王은 맛있는 술을 싫어하고 선언
　　　　善言을 좋아하셨고, 탕왕湯王은 중도中道를 잡으시며, 현자賢者를
　　　　세우되 방소가 없으셨으며, 문왕文王은 백성 보기를 다친 사람 보
　　　　는 듯이 여기셨으며, 도道를 바라보시고도 보지 못한 듯이 여기셨
　　　　고, 무왕武王은 가까운 자를 친압하지 않으셨으며, 먼 자를 잊지
　　　　않으셨고, 주공周公은 세 왕을 겸하시어 네 가지 일을 시행할 것을
　　　　생각하시되, 부합하지 않는 것이 있으면 우러러 생각하여 밤으로
　　　　서 날을 이어서 다행히 터득하시면 그대로 앉아 날이 새기를 기다
　　　　리셨다."

● 에세이

　우왕禹王은 하夏왕조를 개창한 왕이고, 탕왕湯王은 은殷왕조를 개
창한 왕이시며, 문왕은 주周왕조의 터를 닦은 왕이시고, 무왕은 주
周왕조를 개창한 왕이시며, 주공은 문왕의 아들이고 무왕의 아우로

무왕을 도와 주周왕조의 개창을 도운 사람이고, 노나라에 봉封함을 받은 제후이다.

우禹의 하夏와 탕湯의 은殷과 문왕, 무왕, 주공의 주周를 삼대三代라 하며, 공자의 유학은 요순으로부터 시작하여 삼대三代를 이어서 완성된 학문이다.

위에 열거한 우禹, 탕湯, 문왕, 무왕, 주공은 모두 공평무사公平無私한 성인聖人이니, 이들은 모두 오직 백성들을 편안하게 잘 살게 하기 위해서 불철주야 노력한 사람들이다.

맹자께서는 각인의 장점을 열거하여 말씀했으나 실상 이들은 모두 못하시는 것이 없이 다 잘하시는 성인들이니, 특별히 장점을 들어서 이곳에 소개했을 뿐이다.

술에 대한 예화 한 가지 소개한다. 《전국책戰國策》에서 말하기를, "의적儀狄이 술을 만들자, 우왕禹王은 그 술을 마셔보고 맛있게 여기며 말씀하시기를, '후세에 반드시 술로써 나라를 망칠 자가 있을 것이다.' 하고는, 마침내 의적儀狄을 멀리 하고 맛있는 술을 끊었다."고 하였다.

惡 : 미워할 오 旨 : 맛 지 傷 : 상할 상 泄 : 친압할 설 邇 : 가까울 이 施 : 베풀 시
繼 : 이을 계

63 孟子ㅣ曰王者之迹이 熄而詩亡하니 詩亡然後에
춘추 春秋作하니라. 晉之乘과 楚之檮杌과 魯之春秋가 一
也니라. 其事則齊桓晉文이요 其文則史니 孔子ㅣ曰
其義則丘竊取之矣라 하시니라.

【해설】 맹자께서 말씀하시기를, "왕자王者의 자취가 종식됨에 시詩가 없
어졌으니, 시詩가 없어진 뒤에 《춘추春秋》가 나왔다. 진晉나라의
《승乘》과 초楚나라의 《도올檮杌》과 노魯나라의 《춘추春秋》가 하나
니라. 그 일은 제환공齊桓公·진문공晉文公의 일이요, 그 문체文體
는 사관史官의 문체文體이니, 공자께서 말씀하시기를, '그 뜻을 내
가 가만히 취했다.'"고 하였다.

● 에세이

　왕자王者의 자취가 종식되었다는 것은 주周의 평왕이 동쪽으로
천도遷都함에 정교政敎와 호령號令이 천하에 미치지 못함을 이른다.
시망詩亡은 시詩의 《서리편黍離篇》이 강등되어 국풍國風이 됨에 아
雅가 없어짐을 이른다. 《춘추春秋》는 노魯나라 사기史記의 이름이
니, 공자께서 그대로 인습하여 (일을) 기록하고 삭제하시되 노魯나
라 은공隱公 원년에 시작하니, 실로 평왕의 즉위 49년이다.

　《춘추春秋》는 일을 기록하는 자가 반드시 년도를 표시하여 사건

의 앞에 놓으니, 년에는 사시四時가 있기 때문에 번갈아 들어서 기록한 바의 책명으로 삼은 것이다. 옛적에 열국列國에 모두 사관史官이 있어서 당시의 일을 관장하여 기록하였다.

진晉나라의 《승乘》과 초楚나라의 《도올檮杌》과 노魯나라의 《춘추春秋》가 역사를 기록한 책으로는 한 가지라는 말씀이다.

윤씨尹氏의 말을 빌리면, "공자께서 '춘추'를 지으실 적에 또한 사관史官의 문체로서 당시의 일을 기재하였는데, 그 의의는 천하의 사정邪正을 결정하여 백왕百王의 대법大法으로 삼았음을 말씀한 것이다."고 하였다.

迹：자취 적　熄：꺼질 식　乘：탈 승　檮：악한 짐승 이름 도　杌：악한 짐승 이름
올　桓：푯말 환　竊：도적 절

64 孟子ㅣ曰君子之澤도 五世而斬이요 小人之澤도
　　　 맹자　　왈군자지택　　　오세이참　　　　소인지택

五世而斬이니라. 予未得爲孔子徒也나 予私淑諸人
오 세 이 참　　　　　여 미 득 위 공 자 도 야　　여 사 숙 제 인

也로라.
야

〖해설〗 맹자께서 말씀하시기를, "군자君子가 끼친 은택도 오세五世가 되
　　　　면 끊기고, 소인小人이 끼친 은택도 오세五世가 되면 끊기느니라.
　　　　나는 공자孔子의 문도門徒가 되지는 못하였으나, 나는 사람들에게
　　　　서 사사롭게 선善하게 하였노라." 고 하였다.

● 에세이

　택澤은 유풍遺風과 같은 말이다. 부자父子가 서로 계승하는 것을
일세一世라 하며, 30년을 일세一世라 한다.

　공자께서 별세한 뒤로부터 맹자가 양梁 땅에 계실 때에 이르기까
지 140여 년이었는데, 이 때는 맹자께서 이미 늙으셨으니, 그렇다면
맹자의 출생은 공자와 거리가 백 년이 못되는 것이다. 그러므로 맹
자께서 말씀하시기를, '내 비록 공자의 문하에서 친히 수업하지는
못하였으나 성인聖人(공자)의 유택遺澤이 아직 남아 있어서 오히려
그 학문을 전수한 자가 있었다. 그러므로 내가 공자의 도道를 사람
에게서 얻어들어서 사사로이 그 몸을 선善하게 할 수 있었다.' 고 한
것이다.

본문은 위 세 장章에서 순舜과 우왕禹王을 차례로 서술하고, 주공과 공자에 이른 것을 이어서 본문으로 끝을 맺었으니, 그 말씀은 비록 겸사謙辭이나 그 스스로 책임진 바의 중重함이 있고, 또한 사양할 수 없는 점을 말씀한 것이다.

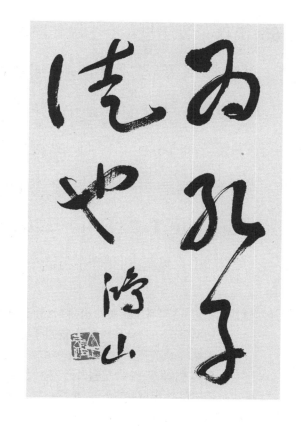

요즘도 학문의 계통이 좋아야 출세를 할 수가 있으니, 일례로 좋은 학교를 나와야 함은 물론이다. 체육과 예술, 그리고 음악도 좋은 선생을 사사師事해야 훌륭한 예능과 체육인, 그리고 음악인이 되는 것과 매일반이다.

澤 : 은택 택 斬 : 끊을 참, 벨 참

65 禹稷이 當平世하여 三過其門而不入하신대 孔子賢
우직 당평세 삼과기문이불입 공자현

之하시니라. 顔子當亂世하여 居於陋巷하사 一簞食와
지 안자당란세 거어루항 일단사

一瓢飮을 人不堪其憂어늘 顔子不改其樂하신대 孔
일표음 인불감기우 안자불개기악 공

子賢之하시니라. 孟子曰 禹稷顔回同道하니라 禹思
자현지 맹자왈 우직안회동도 우사

天下有溺者어든 由己溺之也하시며 稷思天下有飢
천하유닉자 유기닉지야 직사천하유기

者어든 由己飢之也하시니 是以로 如是其急也시니라.
자 유기기지야 시이 여시기급야

禹稷顔子易地則皆然이시리라.
우직안자역지즉개연

〔해설〕 우왕禹王과 후직后稷이 평세平世를 당하여 세 번 그 문 앞을 지나
면서도 들어가지 못하시자, 공자께서 그들을 어질게 여기셨다. 안
자顔子(顔回)가 난세亂世를 당하여 누추한 골목에서 거처하며 한 그
릇의 밥과 한 그릇의 음료로 사는 것을 다른 사람들은 그 근심을
감당하지 못하는데, 안자顔子는 그 즐거움이 변하지 않으니 공자
께서 그를 어질게 여기셨다.

맹자께서 말씀하기를, "우왕禹王과 후직后稷과 안회顔回는 도道가
같다. 우禹는 생각하기를, 천하에 물에 빠진 자가 있으면 마치 자
신이 그를 빠뜨린 것과 같이 여기시며, 후직后稷은 생각하기를, 천
하에 굶주리는 자가 있으면 마치 자신이 그를 굶주리게 한 것처럼
여겼으니, 이 때문에 이와 같이 급하게 하신 것이다. 우왕과 후직
과 안자가 처지를 바꾸면 다 그러하셨을 것이다." 고 하였다.

● 에세이

우禹와 후직后稷은 요순
시대의 신하들이니, 그러
므로 '화평한 시대를 당
하여'라고·한 것이고, '그
문을 세 번이나 지나면서
도 들어가지 않았다.' 는
말은 우禹를 가리킨 말씀
이니, 후직은 농업을 관장
하는 신하로 주周나라의
시조가 된다.

안자顏子는 공자의 제
자로, 천민이 사는 누항陋
巷에 살면서도 불편하게
생각하지 않고 한 그릇의
밥과 한 그릇의 음료를 마
시면서 즐거워하자 공자
께서 어질게 여겼으니, 맹
자께서 본문에서 하려는

요지는 우禹와 후직后稷, 안회顏回는 모두 현자賢者이므로, 이들이
시대와 일을 바꾸어서 당했더라도 똑같을 것이라는 말씀이다.

안자顔子가 난세亂世를 당했다는 말은, 안자는 춘추시대의 사람이니, 이때는 군웅이 할거하는 시대이므로 난세라 규정한 것이다.

우禹는 9년의 홍수를 다스리면서 촌각을 다투어 물에 빠져 죽는 사람이 많으므로, 이를 자신이 빠뜨려 죽이는 것 같이 생각하고 너무 위급하므로 세 번이나 자가 집 앞을 지나면서도 자신의 집에 들어가서 처자식을 보지 않았으니, 이를 공자께서 어질게 여기신 것이다.

오늘의 세상에도 현자는 많으니, 오늘에 당면한 어려운 일을 국민을 위해 풀어주는 자가 진정한 현자이다. 혹세무민하고 자주 말을 바꾸는 자는 국민을 현혹시키는 간사한 자이니, 국민은 이런 자를 조심해야 하는 것이다.

稷 : 피 직　過 : 지날 과　亂 : 어지러울 란　陋 : 더러울 루　巷 : 마을 항　簞 : 광주리 단　瓢 : 표주박 표　堪 : 견딜 감　溺 : 빠질 닉　飢 : 주릴 기

66 公都子曰匡章을 通國이 皆稱不孝焉이어늘 夫子與
공도자왈광장 통국 개칭불효언 부자여

之遊하시고 又從而禮貌之하시니 敢問何也잇고 孟子
지유 우종이례모지 감문하야 맹자

曰世俗所謂不孝者五니 惰其四肢하여 不顧父母之
왈세속소위불효자오 타기사지 불고부모지

養이 一不孝也요 博奕好飮酒하여 不顧父母之養이
양 일불효야 박혁호음주 불고부모지양

二不孝也요 好貨財하여 私妻子하여 不顧父母之養
이불효야 호화재 사처자 불고부모지양

이 三不孝也요 從耳目之欲하여 以爲父母戮이 四不
삼불효야 종이목지욕 이위부모륙 사불

孝也요 好勇鬪狠하여 以危父母가 五不孝也니 章子
효야 호용투한 이위부모 오불효야 장자

有一於是乎아 夫章子는 子父責善而不相遇也니
유일어시호 부장자 자부책선이불상우야

責善은 朋友之道也니 父子責善은 賊恩之大者니라.
책선 붕우지도야 부자책선 적은지대자

『해설』 공도자公都子가 말하기를, "광장匡章을 온 나라 사람들이 모두 '불
효한다.' 칭하거늘, 부자夫子께서 그와 더불어 교유하시고 또 따
라서 예우하시니, 감히 묻겠습니다. 어째서입니까?"

맹자께서 말씀하시기를, "세속에서 말하는 불효不孝라는 것이 다
섯이니, 그 사지四肢를 게으르게 하여 부모의 봉양을 돌보지 않음
이 첫 번째 불효이고, 장기 두고 바둑 두며 술을 좋아하여 부모의
봉양을 돌보지 않음이 두 번째 불효이고, 재물을 좋아하며 처자
를 사사로이 하여 부모의 봉양을 돌보지 않음이 세 번째 불효이
고, 귀와 눈의 욕구를 따라 해서 부모를 욕되게 함이 네 번째 불효
이고, 용맹을 좋아하고 사납게 싸워서 부모를 위태롭게 함이 다
섯 번째 불효이니, 장자章子가 이 중에 한 가지라도 있는가? 장자

章子는 부자 간에 책선責善하다가 서로 뜻이 맞지 못한 것이다. 책선責善은 붕우의 도道니, 부자 간에 책선責善함은 은혜를 해침이 큰 것이다."고 하였다.

에세이

본문은 옛적의 불효자 다섯 가지를 나열하였으니, 현대인은 이를 보고 부모님께 효도를 다해야 한다. 옛적에 농사를 짓고 살적에는 한 집에서 조손祖孫이 같이 살았으니, 가족이 평균 10명도 넘었었다. 필자가 어렸을 적에는 1950~1960년대이니, 이때는 용돈이라는 것은 거의 없는 형편이었고, 음식을 잘 장만하여 삼시 부모님께 공양하고, 겨울에는 부엌에 불을 때서 방을 따뜻하게 하여 부모님이 따뜻한 방에서 지내게 하고, 여름에는 모기장을 쳐서 모기에 물리지 않게 하는 것이 부모를 잘 모시는 하나의 전형이었다.

요즘은 산업이 발달한 나라가 되어서 각기 직장을 따라 집을 옮겨서 살므로, 조손祖孫이 같이 살 수 있는 형편이 아니다. 소위 핵가족화 되어서 부모님은 아직도 시골에 사시고 자식은 도회지에 살면서 1년에 몇 번씩 부모를 찾아가서 뵙는 것이 부모님을 모시는 하나의 방법이다.

행여 부모님이 병원에 입원이라도 하면, 간병看病을 해야 하므로 자식이 직접 간병하는 경우도 있지만 대다수는 간병인을 붙여서 간

병을 대신하도록 하는 것이 보통이다. 이렇게 시대가 변하고 효도
하는 방법도 변하였기에, 필자가 생각하기에는 현대인의 효도라는
것은 부모님을 생각하는 마음이 간절해서 하루라도 빨리 자주 찾아
가서 부모님을 뵈려는 마음이 있어야 한다는 것이다.

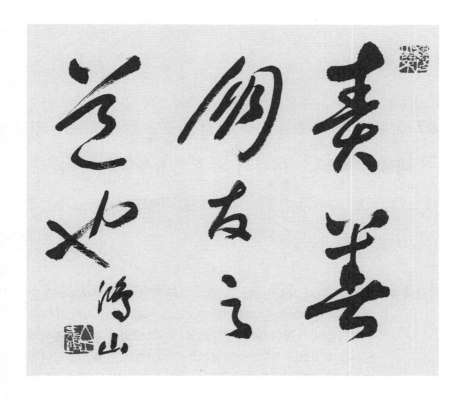

匡:바를 광 遊:놀 유 貌:모양 모 惰:게으를 타 肢:사지 지 顧:돌아볼 고
奕:바둑 혁 貨:재물 화 戮:욕될 륙 鬪:싸움 투 狠:사나울 한

만장장구상萬章章句上

67 帝使其子九男二女로 百官牛羊倉廩을 備하여 以
　　　제 사 기 자 구 남 이 녀　　백 관 우 양 창 름　　비　　이

事舜於畎畝之中하시니 天下之士多就之者어늘 帝
사 순 어 견 무 지 중　　천 하 지 사 다 취 지 자　　제

將胥天下而遷之焉이러시니 爲不順於父母라 如窮
장 서 천 하 이 천 지 언　　위 불 순 어 부 모　　여 궁

人無所歸러시다.
인 무 소 귀

〖해설〗 요堯임금께서 자식인 9남 2녀로 하여금 백관百官과 우양牛羊과 창
　　　 름倉廩을 갖추어서 순舜을 견묘畎畝의 가운데에서 섬기게 하시니,
　　　 천하의 선비가 찾아가는 자가 많았다. 이에 요임금이 장차 천하의
　　　 인심을 살펴보아 제위帝位를 물려주려 하셨는데, 순舜은 부모님께
　　　 순순順順하지 못하였기 때문에 궁한 사람이 돌아갈 데가 없는 것처럼
　　　 하였다.

天下之士悅之는 人之所之欲也어늘 而不足以解
천하지사열지　인지소지욕야　이부족이해

憂하시며 好色은 人之所欲이어늘 妻帝之二女하시되
우　호색　인지소욕　처제지이녀

而不足以解憂하시며 富는 人之所欲이어늘 富有天
이부족이해우　부　인지소욕　부유천

下하시되 而不足以解憂하시며 貴는 人之所欲이어늘
하　이부족이해우　귀　인지소욕

貴爲天子하시되 而不足以解憂하시니 人悅之와 好
귀위천자　이부족이해우　인열지　호

色과 富貴에 無足以解憂者요 惟順於父母라야 可
색　부귀　무족이해우자　유순어부모　가

以解憂러시다. 人이 少則慕父母하다가 知好色則慕
이해우　인　소즉모부모　지호색즉모

少艾하고 有妻子則慕妻子하고 仕則慕君하고 不得
소애　유처자즉모처자　사즉모군　부득

於君則熱中이니 大孝는 終身慕父母하나니 五十而
어군즉열중　대효　종신모부모　오십이

慕者를 予於大舜에 見之矣로라.
모자　여어대순　견지의

〖해설〗 천하의 선비가 좋아함은 사람들이 원하는 것인데도 족히 그 근심
을 풀지 못하셨으며, 아름다운 여색은 사람들이 원하는 것인데도
요임금의 두 딸로 아내로 삼았으나 족히 근심을 풀지 못하셨으며,
부富는 사람들이 원하는 것인데도 부富로 천하를 소유했으나 족
히 근심을 풀지 못하셨으며, 귀貴는 사람들이 원하는 것인데도 귀
貴로 천자天子가 되셨으나 족히 근심을 풀지 못하셨으니, 사람들
이 좋아함과 아름다운 여색과 부귀에 족히 근심을 풀지 못하였고,
오직 부모에게 순順하여야 근심을 풀 수가 있으셨다.
　사람들이 어릴 때에는 부모를 사모하다가 여색을 좋아할 줄 알면

젊고 예쁜 소녀를 사모하고, 처자를 두면 처자를 사모하고, 벼슬하면 군주를 사모하고, 군주에게 신임을 얻지 못하면 가슴속에 열병이 나는 것이니, 대효大孝는 종신토록 부모를 사모하나니, 쉰 살까지 부모를 사모하는 자를 대순大舜에게서 보았노라.

에세이

예로부터 지금까지 순舜임금처럼 모든 것을 얻은 사람은 없었다. 천하의 선비들이 찾아와서 좋아하고 요임금의 두 딸을 아내로 두었으며, 부자로는 천하를 소유하였고, 귀하기로는 천자가 되었으나 근심을 풀지 않았으니, 이는 부모님께 순順하게 따르지 못했기 때문이다. 그러므로 맹자는 순임금을 대효大孝로 호칭하였던 것이다.

원래 순임금의 아버지 고수瞽瞍는 작은 부인과 살면서 순舜을 대단히 싫어하여 수차례에 걸쳐 죽이려고까지 한 사람인데, 순舜은 이분이 부모이기 때문에, 자식은 부모님께 효도해야 하는 것이 인륜의 첫째이기 때문에 이를 지키려고 많은 노력을 하였다고 하며, 위에서 말한 것처럼 천자가 되었는데도 부모님이 순舜을 이해하고 좋아할 때까지 노력하여 마침내 그렇게 되었다는 것이다.

쉰 살이 되기까지 부모님을 사모한 사람을 맹자는 대순大舜에게서 보았다고 하면서 그냥 순舜이라 하지 않고 대순大舜이라 하였고, 그냥 효자孝子라 하지 않고 대효大孝라 하였으니, 맹자께서는 순舜을 엄청 많이 사모하였다고 봐야 한다.

순舜임금께서 효자의 모범이 되시고 또한 표본이 되셨으니, 유학의 기본은 효도인데, 이를 지금으로부터 약 5000년 전에 순舜께서 몸소 시행하셨으므로, 이 말 저 말로 핑계를 대는 불효자에게 효도해야 한다는 말을 자신있게 할 수 있도록 만든 사람이 대순大舜의 대효大孝가 아닌가 생각한다.

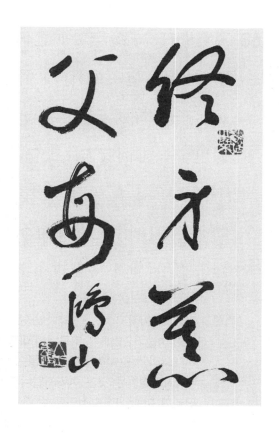

廩:창고 름 畎:두둑 견 畝:이랑 무 胥:볼 서 遷:옮길 천 慕:사모 모 熱:더울 열

68 萬章問曰 詩云 娶妻如之何오 必告父母라 하니 信
斯言也인댄 宜莫如舜이니 舜之不告而娶는 何也잇
고 孟子曰 告則不得娶하시리니 男女居室은 人之大
倫也니 如告則廢人之大倫하여 以懟父母라. 是以
不告也시니라 萬章曰 舜之不告而娶는 則吾旣得
聞命矣어니와 帝之妻舜而不告는 何也잇고 曰帝亦
知告焉이면 則不得妻也시니라.

【해설】 만장萬章이 묻기를, "《시경詩經》에 이르기를, '장가들려면 어떻게
해야 하는가? 반드시 부모님께 아뢰어야 한다.' 하였으니, 진실로
이대로라면 순舜만한 이가 없을 듯합니다. 순舜이 부모님께 아뢰
지 않고 장가든 것은 어째서입니까?" 맹자께서 말씀하기를, "부
모님께 아뢰었다면 장가들 수가 없었을 것이다. 남녀가 한 방에
거처함은 사람의 큰 윤리이니, 만일 부모님께 고하면 사람의 큰
윤리를 폐지하여 부모를 원망하게 되었을 것이다. 이 때문에 아뢰
지 않은 것이다."고 하니, 만장萬章이 말하기를, "순舜께서 아뢰지
않고 장가든 것은 제가 이미 가르침을 들었거니와 요堯임금께서
순舜에게 딸을 시집보내면서도 그 부모에게 말씀하지 않은 것은
어째서입니까?" 맹자께서 말씀하기를, "요堯임금 또한 고告하면
딸을 시집보낼 수 없음을 아셨기 때문이다."고 하였다.

에세이

《시경詩經》에 보면, '장가들려면 어떻게 해야 하는가? 반드시 부모님께 아뢰어야 한다.' 하였는데, 순舜이 요임금의 두 딸을 아내로 맞으면서 부모님께 고하지 않은 것은, 만약 고하였다면 부모님이 반드시 반대하였을 것이므로, 이렇게 되면 부모를 원망하게 되고, 그리고 남녀가 한 집에 사는 것은 인륜의 가장 큰 윤리인데, 이를 못하면 사람의 윤리가 폐廢하게 되므로 그랬다는 것이다.

'그렇다면 요堯임금은 어째서 고하지 않은 것입니까?' 하고 물으니, 맹자께서 말씀하기를, "요堯임금 또한 고告하면 딸을 시집보낼 수 없음을 아셨기 때문이다."고 하였다.

순舜의 아버지 고수瞽瞍는 세상에서 가장 까칠한 아버지로, 작은 부인을 얻어서 그 못된 부인의 말만을 믿었으니, 그 부인이 데리고 온 아들 상象과 온갖 나쁜 일은 다 했다고 봐야 한다. 그러나 순舜은 천륜으로 맺어진 아버지께서 바른길로 오시도록 갖은 노력을 다 기울이고 또 그렇게 되기를 기다리면서 원망을 하지 않았으니, 맹자께서는 순舜의 행위를 효의 모범으로 보았으므로, 이렇게 《맹자》라는 책에 상세히 기재하여 이 책을 보는 후세의 아들들에게 본받을 것을 요구하였던 것이다.

娶:장가들 취　廢:폐할 폐　懟:원망할 대

69 萬章曰舜_이 流共工於幽州_{하시고} 放驩兜于崇山_하
_{만 장 왈 순}　_{유 공 공 어 유 주}　　_{방 환 두 우 숭 산}

_{시고} 殺三苗于三危_{하시고} 殛鯀于羽山_{하사} 四罪_{하신}
　_{살 삼 묘 우 삼 위}　_{극 곤 우 우 산}　　_{사 죄}

_대 而天下咸服_은 誅不仁也_니 象_이 至不仁_{이어늘} 封
_{이 천 하 함 복}　_{주 불 인 야}　_상　_{지 불 인}　　_봉

之有庳_{하시니} 有庳之人_은 奚罪焉_고 仁人_도 固如是
_{지 유 비}　_{유 비 지 인}　_{해 죄 언}　_{인 인}　_{고 여 시}

乎_{잇가} 在他人則誅之_{하고} 在弟則封之_{온여} 曰仁人
_호　_{재 타 인 즉 주 지}　_{재 제 즉 봉 지}　_{왈 인 인}

之於弟也_에 不藏怒焉_{하며} 不宿怨焉_{이요} 親愛之而
_{지 어 제 야}　_{불 장 노 언}　_{불 숙 원 언}　_{친 애 지 이}

已矣_니 親之_{인댄} 欲其貴也_요 愛之_{인댄} 欲其富也_니
_{이 의}　_{친 지}　_{욕 기 귀 야}　_{애 지}　_{욕 기 부 야}

封之有庳_는 富貴之也_{시니} 身爲天子_요 弟爲匹夫_면
_{봉 지 유 비}　_{부 귀 지 야}　_{신 위 천 자}　_{제 위 필 부}

可謂親愛之乎_아.
_{가 위 친 애 지 호}

〖해설〗 만장萬章이 말하기를, "순舜이 공공共工을 유주幽州에 유배하시고,
환두驩兜를 숭산으로 추방하시고, 삼묘三苗를 삼위에서 죽이시고,
곤鯀을 우산에서 죽이시어 네 사람을 처벌하시자, 천하가 다 복종
하였으니, 이는 불인不仁한 자를 처벌하였기 때문입니다. 상象이
지극히 불인不仁하였는데도 그를 유비有庳에 봉해 주셨으니, 유비
의 백성들은 무슨 죄입니까? 인인仁人도 진실로 이와 같단 말입니
까? 타인에 있어서는 죽이고 동생에 있어서는 봉해주시는군요."
고 하니,
맹자께서 말씀하시기를, "인인仁人은 동생에 대하여 노여움을 감
추지 아니하며, 원망을 묵혀두지 아니하고, 그를 친애親愛할 뿐이
다. 그를 친히 한다면 그가 귀하게 되기를 바랄 것이요, 그를 사랑

한다면 그가 부富해지기를 바랄 것이니, 그를 유비에 봉하심은 그를 부귀하게 하신 것이다. 자신은 천자가 되고 아우는 필부가 된다면 아우를 친애했다 이를 수 있겠는가?"고 하였다.

敢問 或曰放者는 何謂也잇고 曰象이 不得有爲於
감 문   혹 왈 방 자   하 위 야   왈 상   부 득 유 위 어

其國하고 天子使吏로 治其國而納其貢稅焉이라. 故
기 국   천 자 사 리   치 기 국 이 납 기 공 세 언   고

로 謂之放이니 豈得暴彼民哉리오 雖然이나 欲常常
  위 지 방   기 득 폭 피 민 재   수 연   욕 상 상

而見之라 故로 源源而來하니 不及貢하여 以政接于
이 견 지   고   원 원 이 래   불 급 공   이 정 접 우

有庳라 하니 此之謂也니라.
유 비   차 지 위 야

[해설] "감히 묻습니다. 혹자들이 '추방했다'고 하는 것은 어째서입니까?" 맹자께서 말씀하시기를, "상象이 그 나라에서 정사를 하지 못하게 하고, 천자가 관리로 하여금 그 나라를 다스리게 하고 그 세금만을 받게 하였다. 그러므로 그를 '추방했다.' 하는 것이니, 어찌 저 백성들을 포악하게 할 수 있겠는가! 비록 그러나 항상 그를 만나보고자 하였으므로 끊임없이 오게 하였으니, '조공할 시기에 미치지 아니하여 정사로 유비의 군주를 접견했다.' 하였으니, 이것을 말한 것이다."고 하였다.

● 에세이

성인聖人인 순舜의 정치에 대하여 맹자의 제자인 만장萬章은 궁금

한 것이 많은 모양이다.

순순舜임금이 제왕이 되어서 제일 먼저 한 일은 사악四惡을 제거하는 일이었으니, '공공共工을 유주幽州에 유배하시고, 환두驩兜를 숭산으로 추방하시고, 삼묘三苗를 삼위에서 죽이시고, 곤鯀을 우산에서 죽이시어 네 사람을 처벌하시자 천하가 다 복종하였다.'고 하였는데, 정작 불인不仁한 아우 상象은 유비有庳에 봉하였으니, 만장의 생각에는 누구는 악하다고 죄를 주고 정작 자신의 아우는 유비에 봉하였으므로 의문을 가질만한 것이었다. 그러므로 맹자의 대답은 '황제의 아우라 하여 노여움을 감추고 원망을 묵혀 두지는 않는다. 다만 그를 친하게 하고 사랑할 뿐이니, 친애하려면 부귀하게 해 주어야 함으로 유비에 봉한 것이고, 그리고 형은 천자인데, 아우는 필부라고 하면 세상에서 친애親愛했다 말하겠는가?'고 하여 천자인 순舜의 절묘한 정치를 말해준 것이다.

그리고 상象은 포악했기에, 직접 정치를 하지 못하게, 천자가 직접 관리를 파견하여 유비의 정치를 맡기었고, 상象은 다만 세금만 받게 하였으므로, 유비의 백성을 다스리는데 있어서 상象의 영향력은 하나도 없었던 것을 말씀하여 성인聖人의 용의주도한 마음 씀씀이를 설명하여 준 것이다.

驩:즐길 환 兜:투구 두 殛:죽일 극 鯀:이름 곤 誅:벨 주 奚:어찌 해 貢:바칠 공 暴:사나울 포

70 孝子之至는 莫大乎尊親이요 尊親之至는 莫大乎
효자지지　　막대호존친　　　존친지지　　막대호

以天下養이니 爲天子父하니 尊之至也요 以天下養
이천하양　　위천자부　　존지지야　　이천하양

하시니 養之至也라. 詩云永言孝思라 孝思維則이라
　　　양지지야　　시운영언효사　　효사유칙

하니 此之謂也니라.
　　차지위야

〖해설〗 효자의 지극함은 어버이를 높임보다 더 큰 것이 없고, 어버이를
높이는 것의 지극함은 천하로써 봉양함보다 더 큰 것이 없으니,
(고수瞽瞍)는 천자의 아버지가 되었으니 높임이 지극하고, (순舜은)
천하로써 봉양하였으니 봉양함이 지극한 것이다.《시경詩經》에
이르기를, '길이 효도하며 사모한다. 효도하며 사모함이 법칙이
된다.' 고 하였으니, 이것을 말한 것이다.

●에세이

본문은 맹자의 제자 함구몽咸丘蒙의 물음에 대한 대답의 일부분
이다.

유가儒家에서는 자식이 되어서 부모님을 현창顯彰하는 것이 가장
큰 효도인데, 순舜은 천자天子가 되었으니, 이는 어버이를 높이는 지
극함이고, 봉양함에 있어서도 천하를 가지고 봉양하였으니 이보다
더 큰 봉양함은 없는 것이니, 이를 대효大孝라고 하였던 것이다.

맹자께서 철환천하轍環天下[41]한 것은, 자신을 알아주는 훌륭한 임

41 철환천하轍環天下 : 1.수레를 타고 온 세상을 돌아다닌다는 뜻으로, 세계 각지를 여행
함을 이르는 말. 2.공자가 교화를 위하여 중국을 돌아다닌 데에서 비롯된 말이다.

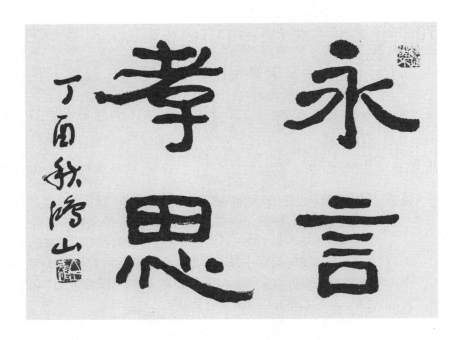

금을 만나서 이윤伊尹과 태공太公처럼 천하를 통일하고 훌륭한 정
치를 하여 백성들이 평안히 잘 사는 세상을 만드는 것이 하나의 꿈
이었으나 자신을 믿고 맡겨주는 임금이 없어서 뜻을 이루지 못하였
고, 말년에는 제자를 기르는 교육사업으로 돌아왔던 것이다.

尊：높을 존 至：지극할 지 養：봉양할 양 維：벼리 유 則：법칙 칙

71 萬章曰堯以天下與舜이라 하니 有諸잇가 孟子曰否라
만장왈요이천하여순　　　　　　　유제　　　맹자왈부

天子不能以天下與人이니라 然則舜有天下也는 孰
천자불능이천하여인　　　　연즉순유천하야　숙

與之잇고 曰天與之시니라 天與之者는 諄諄然命之
여지　　왈천여지　　　천여지자　순순연명지

乎잇가 曰否라 天不言이라 以行與事로 示之而已矣
호잇가　왈부　천불언　　이행여사　시지이이의

시니라. 曰以行與事로 示之者는 如之何잇고 曰天子
　　　　왈이행여사　시지자　여지하　　왈천자

能薦人於天이언정 不能使天與之天下며 諸侯能薦
능천인어천　　　불능사천여지천하　제후능천

人於天子언정 不能使天子與之諸侯며 大夫能薦
인어천자　　　불능사천자여지제후　대부능천

人於諸侯언정 不能使諸侯與之大夫니 昔者에 堯
인어제후　　　불능사제후여지대부　석자　요

薦舜於天而天受之하시고 暴之於民而民受之라. 故
천순어천이천수지　　　　포지어민이민수지　고

로 曰天不言이라 以行與事로 示之而已矣라 하노라.
　왈천불언　　이행여사　시지이이의

【해설】 만장萬章이 묻기를, "요堯가 천하를 순舜에게 주었다 하니, 그런
일이 있습니까!" 맹자께서 말씀하시기를, "아니다. 천자天子는 천
하를 남에게 줄 수는 없는 것이다"고 하니,
"그렇다면 순舜이 천하를 소유한 것은 누가 주신 것입니까?"
"하늘이 주신 것이다."
"하늘이 주었다는 것은 상세한 말로 명命한 것입니까?"
"아니다. 하늘은 말씀하지 않는다. 행실과 일로써 보여주실 뿐이
다."
"행실과 일로써 보여주었다는 것은 어떻게 하는 것입니까?"

"천자가 사람을 하늘에 천거할 수는 있을지언정, 하늘로 하여금 그에게 천하를 주게 할 수는 없으며, 제후가 사람을 천자에게 천거할 수는 있을지언정 천자로 하여금 그에게 제후를 주게 할 수는 없으며, 대부大夫가 사람을 제후에게 천거할 수는 있을지언정 제후로 하여금 그에게 대부를 주게 할 수는 없는 것이다. 옛적에 요堯가 순舜을 하늘에 천거함에 하늘이 받으셨고, 백성들에게 드러냄에 백성들이 받아들였다. 그러므로 '하늘은 말씀하지 않고 행실과 일로써 보여주실 뿐이다.' 라고 한 것이다."

曰敢問薦之於天而天受之하시고 暴之於民而民受
왈 감 문 천 지 어 천 이 천 수 지　　　　　포 지 어 민 이 민 수

之는 如何니잇고 曰使之主祭而百神享之하니 是는
지　　여 하　　　　왈 사 지 주 제 이 백 신 향 지　　　시

天受之요 使之主事而事治하여 百姓安之하니 是는
천 수 지　　사 지 주 사 이 사 치　　　백 성 안 지　　　시

民受之也라. 天與之하며 人與之라 故로 曰天子不
민 수 지 야　　　천 여 지　　　인 여 지　　고　　왈 천 자 불

能以天下與人이라 하노라. 舜相堯二十有八載하시니
능 이 천 하 여 인　　　　　순 상 요 이 십 유 팔 재

非人之所能爲也요 天也라. 堯崩이어시늘 三年之喪
비 인 지 소 능 위 야　　천 야　　요 붕　　　　　삼 년 지 상

을 畢하고 舜이 避堯之子于南河之南이어시늘 天下
　필　　　순　　피 요 지 자 우 남 하 지 남　　　　　천 하

諸侯朝覲者 不之堯之子而之舜하며 訟獄者不之
제 후 조 근 자 부 지 요 지 자 이 지 순　　　송 옥 자 부 지

堯之子而之舜하며 謳歌者不謳歌堯之子而謳歌
요 지 자 이 지 순　　　구 가 자 불 구 가 요 지 자 이 구 가

舜이라. 故로 日天也라 夫然後에 之中國하사 踐天子
순   고   왈천야   부연후   지중국   천천자

位焉하시니 而居堯之宮하여 逼堯之子면 是는 簒也
위언   이거요지궁   핍요지자   시   찬야

라 非天與也니라. 太誓曰 天視自我民視하며 天聽
   비천여야   태서왈 천시자아민시   천청

自我民聽이라 하니 此之謂也니라.
자아민청   차지위야

〖해설〗 "감히 묻겠습니다. 하늘에 천거함에 하늘이 받아주시고, 백성들
에게 드러냄에 백성들이 받아주었다는 것은 어떻게 한 것입니
까?"

"순舜으로 하여금 제사를 주관하게 함에 온갖 신神들이 흠향하였
으니, 이는 하늘이 받아주신 것이고, 일을 주관하게 함에 일이 잘
다스려져 백성들이 편안하였으니, 이는 백성들이 받아준 것이다.
하늘이 받아주셨으며 백성들이 받아주셨기 때문에, '천자가 천하
를 남에게 줄 수는 없다.' 고 말하는 것이다. 순舜이 요堯를 돕기를
28년 동안 하셨으니, 이는 인력으로 할 수 있는 것은 아니고 천운
天運이다. 요堯가 붕어하시거늘, 3년 상을 마치고, 순舜이 요堯의
아들을 피하여 남하南河의 남쪽으로 가셨는데, 천하의 제후로서
조회하는 자들이 요堯의 아들에게 가지 않고 순舜에게 갔으며, 옥
사獄事를 송사하는 자들이 요堯의 아들에게 가지 않고 순舜에게
갔으며, 덕德을 구가謳歌하는 자들이 요堯의 아들을 구가謳歌하지
않고 순舜을 구가謳歌하였다. 그러므로 '천운天運' 이라고 말한 것
이다. 그런 뒤에야 중국中國(서울)에 가서 천자의 지위에 나아가시
니, 만일 요堯의 궁궐에 거하면서 요堯의 아들을 핍박했다면, 이
는 찬탈이요, 하늘이 주신 것이 아니다. 《태서太誓》에 이르기를,
'하늘의 봄이 우리 백성의 봄으로부터 하며, 하늘의 들음이 우리
백성의 들음으로부터 한다.' 고 하였으니, 이것을 말한 것이다."

에세이

본문은 천하를 움직이는 권리는 사람이 주는 것이 아니고 하늘이 준다는 것을 말씀한 내용이다. 다시 말하면, 하늘을 의인화하여 한 말씀이니, 하늘은 아무한테나 천하의 권력을 주는 것이 아니고 반드시 그에 해당하는 덕德을 갖춘 사람에게 준다는 것을 가르쳐준 내용이다.

본문은 천자나 제후의 자리를 주고받음이 모두 꼭 줄만한 사람에게 돌아간다는 말씀이니, 당시 제자인 만장도 그냥 공간뿐인 하늘이 권력을 준다고 하니, 그 실정을 좀 더 자세히 알고자 해서 의문이 풀릴 때까지 문의한 것이다.

대 웅변가인 맹자의 대답은 명쾌하고 분명하다. '덕을 많이 쌓은 흠결이 없는 자가 천하의 권리를 받는다.' 라는 말씀이다.

孰 : 누구 숙   諄 : 타이를 순   薦 : 천거할 천   暴 : 드러날 폭   載 : 해 재   崩 : 무너질
붕   覲 : 볼 근   訟 : 송사할 송   獄 : 감옥 옥   謳 : 노래 구   逼 : 핍박할 핍   篡 : 빼앗을
찬   誓 : 맹서 서

72 萬章問曰 人有言하되 至於禹而德衰하여 不傳於
만장문왈 인유언 지어우이덕쇠 부전어

賢而傳於子라 하니 有諸잇가 孟子曰否라 不然也라
현이전어자 유제 맹자왈부 불연야

天與賢則與賢하고 天與子則與子니라. 昔者에 舜이
천여현즉여현 천여자즉여자 석자 순

薦禹於天十有七年에 舜崩이어시늘 三年之喪을 畢
천우어천십유칠년 순붕 삼년지상 필

하고 禹避舜之子於陽城이러시니 天下之民이 從之를
우피순지자어양성 천하지민 종지

若堯崩之後에 不從堯之子而從舜也하니라. 禹薦益
약요붕지후 부종요지자이종순야 우천익

於天七年에 禹崩이어시늘 三年之喪을 畢하고 益避
어천칠년 우붕 삼년지상 필 익피

禹之子於箕山之陰이러니 朝覲訟獄者 不之益而
우지자어기산지음 조근송옥자 부지익이

之啓曰 吾君之子也라 하며 謳歌者不謳歌益而謳
지계왈 오군지자야 구가자불구가익이구

歌啓曰吾君之子也라 하니라.
가계왈오군지자야

〚해설〛만장이 묻기를, "사람들이 말하되, '우왕禹王에 이르러 덕德이 쇠
하여 현자賢者에게 자리를 물려주지 않고 자식에게 물려주었다.'
하니, 그런 일이 있습니까?"

맹자께서 말씀하기를, "아니다. 그렇지 않다. 하늘이 현자賢者에
게 주게 하면 현자賢者에게 주고, 하늘이 자식에게 주게 하면 자
식에게 주는 것이다. 옛적에 순舜이 우禹를 하늘에 천거한지 17년
만에 순舜이 붕어하시거늘, 3년 상을 마치고 우禹가 순舜의 아들
을 피하여 양성陽城으로 가 계셨는데, 천하의 백성들이 따라오기
를 요堯가 붕어한 뒤에 요堯의 아들을 따르지 않고 순舜을 따르듯

이 하였다. 우禹가 익益을 하늘에 천거한지 7년 만에 우禹가 붕어
하시거늘, 3년 상을 마치고 익益이 우禹의 아들을 피하여 기산箕
山의 북쪽으로 가 있었는데, 조회하고 옥사를 송사하는 자들이 익
益에게 가지 않고 계啓에게 가서 말하기를, '우리 임금님의 아들
이다.'고 하였으며, 덕德을 구가謳歌하는 자들이 익益을 구가하지
않고 계啓를 구가謳歌하면서 말하기를, '우리 임금님의 아들이
다.' 하였다.

丹朱之不肖에 舜之子亦不肖하며 舜之相堯와 禹
단 주 지 불 초   순 지 자 역 불 초   순 지 상 요   우

之相舜也는 歷年多하여 施澤於民이 久하고 啓賢하
지 상 순 야   역 년 다   시 택 어 민   구   계 현

여 能敬承繼禹之道하며 益之相禹也는 歷年少하여
  능 경 승 계 우 지 도   익 지 상 우 야   역 년 소

施澤於民이 未久하니 舜禹益相去久遠과 其子之
시 택 어 민   미 구   순 우 익 상 거 구 원   기 자 지

賢不肖가 皆天也니 非人之所能爲也라. 莫之爲而
현 불 초   개 천 야   비 인 지 소 능 위 야   막 지 위 이

爲者는 天也요 莫之致而致者는 命也니라.
위 자   천 야   막 지 치 이 치 자   명 야

【해설】 단주丹朱(堯子)가 불초함에 순舜의 아들도 또한 불초했으며, 순舜이
요堯를 도움과 우禹가 순舜을 도운 것은 지난 햇수가 많아서 백성
들에게 은택을 베푼 지가 오래되었고, 계啓가 어질어 능히 우禹의
도道를 공경히 승계하였으며, 익益이 우禹를 도운 것은 지난 햇수
가 적어서 백성들에게 은택을 베푼 것이 오래지 못했으니, 순舜·
우禹·익益의 도움이 오래고 멂과 그 아들의 어질고 불초함이 천

운天運이니, 인력으로 할 수 있는 것이 아니다. 그렇게 함이 없는데도 그렇게 되는 것은 천天이요, 이르게 함이 없는데도 이르는 것은 명命이다.

匹夫而有天下者는 德必若舜禹而又有天子薦之
필부이유천하자   덕필약순우이우유천자천지

者라. 故로 仲尼不有天下하시니라. 繼世以有天下에
자   고   중니불유천하   계세이유천하

天之所廢는 必若桀紂者也라. 故로 益伊尹周公이
천지소폐   필약걸주자야   고   익이윤주공

不有天下하시니라. 伊尹이 相湯하여 以王於天下러니
불유천하   이윤   상탕   이왕어천하

湯崩이어시늘 太丁은 未立하고 外丙은 二年이요 仲壬
탕붕   태정   미립   외병   이년   중임

은 四年이러니 太甲이 顚覆湯之典刑이어늘 伊尹이
   사년   태갑   전복탕지전형   이윤

放之於桐三年한대 太甲이 悔過하여 自怨自艾하여
방지어동삼년   태갑   회과   자원자애

於桐에 處仁遷義三年하여 以聽伊尹之訓己也하여
어동   처인천의삼년   이청이윤지훈기야

復歸于亳하니라. 周公之不有天下는 猶益之於夏와
부귀우박   주공지불유천하   유익지어하

伊尹之於殷也니라. 孔子曰唐虞는 禪하고 夏后殷周
이윤지어은야   공자왈당우   선   하후은주

는 繼하니 其義一也라 하시니라.
   계   기의일야

〖해설〗 필부로서 천하를 소유하는 자는 덕德이 반드시 순舜과 우禹 같아

야 하고, 또 천자가 천거해줌이 있어야 한다. 그러므로 중니仲尼께서 천하를 소유하지 못하신 것이다.

대를 이어 천하를 소유할 적에 하늘이 폐하는 바는 반드시 걸桀과 주紂 같은 자이다. 그러므로 익益과 이윤伊尹과 주공周公이 천하를 소유하지 못한 것이다.

이윤伊尹이 탕왕湯王을 도와 천하에 왕노릇하게 하였는데, 탕왕이 붕어하시니, 태정太丁은 즉위하지 못하고 죽었으며, 외병外丙은 2년이고, 중임仲壬은 4년을 하였다. 태갑太甲이 탕왕의 떳떳한 법을 전복시키거늘, 이윤이 그를 동桐 땅에 3년 동안 유폐시키자, 태갑이 자신의 과오를 뉘우쳐 스스로 원망하고 스스로 다스려서, 동桐 땅에서 인仁에 처하고 의義에 옮기기를 3년 동안 하여 이윤이 자기를 훈계한 것을 따랐다. 그리하여 다시 박읍亳邑으로 돌아왔다.

주공이 천하를 소유하지 못하심은 익益이 하夏나라에 있어서의 경우와 이윤이 은殷나라에 있어서의 경우와 같았다.

공자께서 말씀하기를, '당唐과 우虞는 선위하였고, 하후夏后와 은주殷周는 계승하였으니, 그 의義가 같다.'" 고 하셨다.

에세이

본장은 하夏, 은殷, 주周의 왕위 승계 과정을 말씀하였다. 하夏의 기원은 지금으로부터 4080쯤 되는데, 맹자께서 승계 과정을 소상하게 설명하였기에 당시의 일을 눈으로 보는 듯하니, 서책에 기재하여 전하는 것이 정말 대단한 작업임을 알 수가 있다. 순舜과 우禹는 천자의 천거가 있었기에 천자에 오른 반면에, 이윤·주공周公·공자孔子는 천자가 될 충분한 자질이 있었는데도 불구하고 천자의 천거가 없었기에 천자가 되지 못했다는 것이다.

본문은 문장이 길고 지루하지만 고대의 왕위의 승계와 현신賢臣
의 보좌를 상세히 기술하였기에, 동양학을 공부하는 사람은 먼저
이것부터 알아야하므로 진부하지만 산삭하지 않고 원문 그대로 기
재하였다.

지금으로부터 약 5000년 전에 요순堯舜께서 하신 일이 정말 신사
적이고 귀감이 되게 하신 것 같아서 이를 쓰고 있는 필자의 마음도
기쁘기 한량없다.

유가儒家의 일은 본래 이런 것인데, 조선조에서 수차에 걸쳐서 사
화士禍가 일어난 것은 모두 당시 사류士類들이 욕심에 양심이 막히
어서 일어난 하나의 사건에 불과하다. 그렇게 욕심이 많은 선비는
속유俗儒만도 못한 자들이니, 이를 유학에 결부하여 왈가왈부할 필
요는 없다고 생각한다.

衰 : 쇠할 쇠 畢 : 다할 필 避 : 피할 피 喪 : 죽을 상 啓 : 열 계

73 萬章問曰人有言하되 伊尹以割烹要湯이라 하니 有
만장문왈인유언　　　이윤이할팽요탕　　　유

諸잇가 孟子曰否라 不然하니라. 伊尹이 耕於有莘之
제　맹자왈부　불연　　　이윤이　경어유신지

野而樂堯舜之道焉하여 非其義也며 非其道也어든
야이락요순지도언　　　비기의야　비기도야

祿之以天下라도 弗顧也하며 繫馬千駟라도 弗視也
록지이천하　　불고야　　계마천사　　불시야

하고 非其義也며 非其道也어든 一介를 不以與人하
　　비기의야　비기도야　　일개　불이여인

며 一介를 不以取諸人하니라.
　　일개　불이취제인

【해설】 만장萬章이 묻기를, "사람들이 말하기를, '이윤伊尹이 고기를 썰
어 요리함으로써 탕왕湯王에게 등용되기를 요구하였다.' 하니, 그
런 일이 있습니까?" 맹자께서 말씀하시기를, "아니다. 그렇지 않
다. 이윤이 유신有莘의 들에서 밭을 갈면서 요순堯舜의 도道를 좋
아하여 그 의義가 아니고 그 도道가 아니면 천하로써 녹을 주더라
도 돌아보지 않았고, 말 천사千駟를 매어놓아도 돌아보지 않았으
며, 그 의義가 아니고 그 도道가 아니면 지푸라기 하나도 남에게
주지 않았으며, 지푸라기 하나도 남에게서 취하지 않았다."

湯使人以幣聘之하신대 囂囂然曰 我何以湯之聘幣
탕사인이폐빙지　　　효효연왈　아하이탕지빙폐

爲哉리오. 我豈若處畎畝之中하여 由(猶)是以樂堯
위재　　아기약처견묘지중　　　유　시·이악요

舜之道哉리오 하니라. 湯三使往聘之하신대 既而요 幡
순지도재　　　　　탕삼사왕빙지　　　기이　번

然改日 與我處畎畝之中하여 由是以樂堯舜之道로
연개왈 여아처견묘지중 유시이악요순지도

는 吾豈若使是君으로 爲堯舜之君哉며 吾豈若使是
오기약사시군 위요순지군재 오기약사시

民으로 爲堯舜之民哉며 吾豈若於吾身에 親見之哉
민 위요순지민재 오기약어오신 친견지재

리오. 天之生此民也는 使先知로 覺後知하며 使先覺
천지생차민야 사선지 각후지 사선각

으로 覺後覺也시니 予는 天民之先覺者也로니 予將
각후각야 여 천민지선각자야 여장

以斯道로 覺斯民也니 非予覺之요 而誰也리오 하니라.
이사도 각사민야 비여각지 이수야

〖해설〗 탕왕이 사람을 시켜 폐백을 가지고 가서 이윤을 초빙하였는데, 효
효연囂囂然히 말하기를, '내 어찌 탕왕이 초빙하는 폐백을 쓰리오.
내 어찌 견묘畎畝의 가운데에 처하여 이대로 요순의 도를 즐기는
것만 하겠는가?' 하였다.

탕왕이 세 번이나 사람을 보내어 초빙하였는데, 이윽고 번연幡然
히 마음을 고쳐 생각하기를 '내가 견묘畎畝의 가운데에 처하여 이
대로 요순의 도를 즐기기보다는 차라리 내 어찌 이 군주로 하여
금 요순과 같은 군주를 만드는 것만 하며, 내 어찌 이 백성으로 하
여금 요순의 백성이 되게 하는 것만 하며, 내 어찌 내 몸이 직접
이것을 보는 것만 하겠는가? 하늘이 이 백성을 내심은 먼저 안 사
람으로 하여금 늦게 아는 사람을 깨우치며, 선각자로 하여금 뒤
늦게 깨닫는 자를 깨우치게 하신 것이다. 나는 하늘이 낸 백성 중
에 선각자이니, 내 장차 이 도道로써 이 백성들을 깨우쳐야 할 것
이니, 내가 이들을 깨우치지 않고 그 누가 하겠는가!' 고 하였다.

思天下之民이 匹夫匹婦有不被堯舜之澤者어든
사 천 하 지 민   필 부 필 부 유 불 피 요 순 지 택 자

若己推而內(納)之溝中하니 其自任以天下之重이
약 기 추 이 내 납 지 구 중   기 자 임 이 천 하 지 중

如此라. 故로 就湯而說之하여 以伐夏救民하니라 吾
여 차   고   취 탕 이 세 지   이 벌 하 구 민   오

未聞枉己而正人者也로니 況辱己以正天下者乎아
미 문 왕 기 이 정 인 자 야   황 욕 기 이 정 천 하 자 호

聖人之行이 不同也라. 或遠或近하며 或去或不去나
성 인 지 행   불 동 야   혹 원 혹 근   혹 거 혹 불 거

歸는 潔其身而已矣니라. 吾는 聞其以堯舜之道로
귀   결 기 신 이 이 의   오   문 기 이 요 순 지 도

要湯이요 未聞以割烹也로라. 伊訓曰 天誅造攻을
요 탕   미 문 이 할 팽 야   이 훈 왈   천 주 조 공

自牧宮은 朕載自亳이라 하니라.
자 목 궁   짐 재 자 박

〖해설〗 (이윤은) 생각하기를, 천하의 백성 중에 필부匹夫와 필부匹婦라도
요순의 혜택을 입지 않은 자가 있으면, 마치 자신이 그를 밀어 도
랑 가운데로 넣은 것과 같이 여겼으니, 그가 천하의 중임重任으로
써 자임自任함이 이와 같았다. 그러므로 탕왕에게 나아가 설득하
여 하夏를 정벌하여 백성을 구제한 것이다. 나는 자기 몸을 굽히
고서 남을 바로잡았다는 자는 들어보지 못하였다. 하물며 자신을
욕되게 하여 천하를 바로잡음에 있어서이랴. 성인聖人의 행실이
똑같지 않다. 혹은 멀리 떠나가고, 혹은 가까이 군주를 모시며, 혹
은 떠나가고, 혹은 떠나가지 않았으나 귀결은 그 몸을 깨끗이 하는
것일 뿐이다. 나는 요순의 도道로써 탕왕에게 요구했다는 말은 들
었고 할팽割烹으로써 했다는 말은 듣지 못했다. 《이훈伊訓》[42]에 이

42 이훈伊訓 : 상서商書의 편명이다.

르기를, '하늘의 토벌이 처음 내려져 목궁牧宮으로부터 공격함은, 내가 박읍亳邑으로부터 시작하였다.' 고 하였다.

●에세이

본 장은 맹자께서 은殷의 탕왕이 이윤을 모셔오는 과정을 상세히 기술해서 단번에 만장이 물은 '이윤伊尹이 고기를 썰어 요리함으로써 탕왕湯王에게 등용되기를 요구하였다.' 고 하는 말을 뒤집었다.

탕왕은 정치를 잘해보려고 작심하고 당시 현사賢士인 이윤을 사람을 시켜서 세 번이나 초빙하여 결국 이윤을 얻는데 성공한다. 이렇게 이윤을 얻음은, 하夏왕조의 폭군인 걸왕을 토벌하고 백성을 학정에서 구제하는데 성공함과 연결된다.

후세에 서촉西蜀의 유비가 제갈량을 삼고초려三顧草廬하여 모셔오는 사건은, 결국 탕이 이윤을 모셔오는 것에서 배운 듯이 보인다. 당시 제갈량이 유비를 시험해보기 위해서 세 번이나 찾아오도록 만들었으니, 유비는 현사賢士를 얻기 위해서는 세 번이 아니라 열 번이라도 찾아갔을 제왕의 자질을 가지고 있는 인물이다.

유학의 모델은 요순堯舜의 도道이니, 이는 무엇인가. 결국 정치를 잘하여 백성들이 편안하게 잘 사는 나라를 만드는 데에 있는 것이다. 이윤은 결국 탕왕을 도와서 하夏의 걸왕을 정벌하고 은殷나라의 천하를 만드는데 성공을 하였고, 또한 백성들이 편안하게 사는 세상을 만들었으니, 결국 자신의 도道를 펴서 성공한 사람이다.

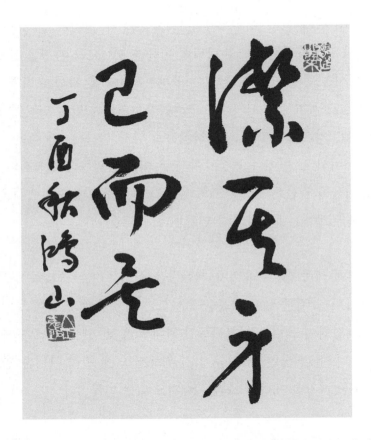

割:벨 할 烹:삶을 팽 莘:족두리풀 신 祿:녹 록 顧:돌아볼 고 繫:맬 계 駟
:사마 사 介:지푸라기 개 幣:폐백 폐 聘:찾을 빙 囂:만족할 효 幡:기 번 覺
:깨달을 각 誰:누구 수 推:밀 추 溝:도랑 구 說:유세할 세 枉:굽을 왕 朕:
나 짐 亳:고을 이름 박

74 萬章問曰 或謂孔子於衛에 主癰疽하시고 於齊에
만장문왈 혹위공자어위 주옹저 어제

主侍人瘠環이라 하니 有諸乎잇가 孟子曰否라 不然
주시인척환 유제호 맹자왈부 불연

也라 好事者爲之也니라. 於衛에 主顔讐由러시니 彌
야 호사자위지야 어위 주안수유 미

子之妻는 與子路之妻로 兄弟也라. 彌子謂子路曰
자지처 여자로지처 형제야 미자위자로왈

孔子主我하시면 衛卿을 可得也라 하여늘 子路以告한
공자주아 위경 가득야 자로이고

대 孔子曰有命이라 하시니 孔子進以禮하시며 退以義
공자왈유명 공자진이례 퇴이의

하사 得之不得에 曰有命이라 하시니 而(如)主癰疽與
득지부득 왈유명 이 여 주옹저여

侍人瘠環이시면 是無義無命也니라.
시인척환 시무의무명야

〔해설〕 만장萬章이 묻기를, "혹자가 이르기를, '공자께서 위衛나라에서는
옹저癰疽를 주인으로 삼으셨고, 제齊나라에서는 시인侍人(내시) 척
환瘠環을 주인으로 삼으셨다.' 하니, 이런 일이 있습니까!" 맹자께
서 말씀하기를, "아니다. 그렇지 않다. 일 만들기를 좋아하는 자들
이 지어낸 말이다.

위衛나라에 계실 때에는 안수유顔讐由를 주인으로 삼으셨는데, 미
자彌子의 아내는 자로子路의 아내와 자매간이었다. 미자가 자로에
게 이르기를, '공자께서 나를 주인으로 삼으면 위衛나라의 경卿을
얻을 수 있다.' 하자, 자로가 이 말을 아뢰니, 공자께서 말씀하시
기를, '천명天命에 달려있다.' 하셨다. 공자께서는 나갈 때에 예로
써 하고, 물러날 때에 의義로써 하시어, 얻고 얻지 못함에 '천명天
命에 달려있다.' 하셨으니, 만일 옹저癰疽와 시인侍人 척환瘠環을
주인으로 삼았다면, 이는 의義도 없고 명命도 없는 것이다.

孔子不悅於魯衛하사 遭宋桓司馬將要而殺之하여
공자불열어로위 　　조송환사마장요이살지

微服而過宋하시니 是時에 孔子當阨하시되 主司城
미복이과송 　　시시 공자당액 　　주사성

貞子爲陳侯周臣하시니라 吾聞觀近臣하되 以其所
정자위진후주신 　　오문관근신 　　이기소

爲主요 觀遠臣하되 以其所主라 하니 若孔子主癰疽
위주 　관원신 　　이기소주 　　약공자주옹저

與侍人瘠環이시면 何以爲孔子리오.
여시인척환 　　하이위공자

【해설】 공자께서 노魯나라와 위衛나라에서 (머물기를) 좋아하지 않으시어
(노魯와 위衛를 떠나) 송宋나라 환사마桓司馬가 장차 맞이하여 죽
이려 함을 만나 미복微服으로 송宋나라를 지나가셨으니, 이때에
공자께서 곤액困厄을 당하셨으나, 사성정자司城貞子가 진후陳侯 주
周의 신하가 된 자를 주인으로 삼으셨다. 내 들으니, '근신近臣을
관찰할 적에는 누구의 주인이 되는가를 보고, 원신遠臣을 관찰할
적에는 주인 삼는 바로써 하라.' 고 하였으니, 만일 공자께서 옹저
癰疽와 시인侍人(내시) 척환瘠環을 주인으로 삼으셨다면 어떻게 공
자라 할 수 있겠는가?"

●에세이

본문은 공자께서 노魯나라의 사구司寇가 되었는데, 제齊나라에서
이를 두려워해서 여악女樂을 보내어 노魯의 왕을 꾀이므로, 공자께
서 노魯를 버리고 위衛에 갔다가 위衛도 버리고 송宋나라를 지나는
데, 송나라 대부 상퇴尙魋가 공자를 죽이려고 하므로, 공자는 미복微
服을 입고 송나라를 지나가게 된다.

당시에 혹자가 이르기를, '공자께서 위衛나라에서 왕의 근신近臣 옹저癰疽와 내시 척환瘠環의 집에서 묵었다.'고 하므로, 만장이 이를 물으니, 맹자께서는 그런 것이 아니라고 하면서 말씀하기를, 공자께서는 나갈 적에는 예로써 하고, 물러날 적에는 의義로써 하시므로 지나가면서 묵는 집도 현자의 집에 묵고, 절대로 간사한 사람의 집에는 묵지 않는다는 것을 만장에게 말씀하였다.

당시에 공자께서 노魯의 사구司寇(법무장관)가 되니, 제나라에서는 이를 두려워해서 어여쁜 연예인을 보내어 왕이 공자의 말을 듣지 말고 여악女樂에 빠지도록 하였는데, 노魯의 왕이 과연 여악女樂에 빠져서 정사를 게으르게 하므로 공자는 벼슬을 버리고 위衛나라로 간 것이었다.

衛 : 위나라 위 癰 : 종기 옹 疽 : 곪을 저 瘠 : 수척할 척 環 : 고리 환 讐 : 원수 수
彌 : 더할 미 阨 : 곤할 액

만장장구하萬章章句下

75 孟子曰伯夷는 目不視惡色하며 耳不聽惡聲하며 非
맹자왈백이 목불시악색 이불청악성 비

其君不事하며 非其民不使하여 治則進하고 亂則退
기군불사 비기민불사 치즉진 난즉퇴

하여 橫政之所出과 橫民之所止에 不忍居也하며 思
횡정지소출 횡민지소지 불인거야 사

與鄕人處하되 如以朝衣朝冠으로 坐於塗炭也러니
여향인처 여이조의조관 좌어도탄야

當紂之時하여 居北海之濱하여 以待天下之淸也하
당주지시 거북해지빈 이대천하지청야

고 聞伯夷之風者는 頑夫廉하며 懦夫有立志하니라.
문백이지풍자 완부렴 나부유립지

〖해설〗맹자께서 말씀하시기를, "백이伯夷는 눈으로는 나쁜 빛을 보지 아
니하며, 귀로는 나쁜 소리를 듣지 아니하고, 섬길만한 군주가 아
니면 섬기지 아니하며, 그 백성이 아니면 부리지 아니하여 세상이
잘 다스려지면 나아가고, 혼란하면 물러가서 나쁜 정사政事가 나

오는 곳과 나쁜 백성들이 거주하는 곳에는 차마 거처하지 못하였으며, 향인鄕人들과 거처함을 생각하기를 마치 조복朝服과 조관朝冠으로 도탄塗炭에 앉은 듯이 여기더니 주紂의 때를 당하여 북해北海의 가에 거처하면서 천하가 맑아지기를 기다렸다. 그러므로 백이의 풍도를 들은 자들은 완악한 사람이 청렴해지고, 나약한 사람이 입지立志를 갖게 되었다.

伊尹曰 何事非君이며 何使非民이리오 하여 治亦進하며 亂亦進하여 曰天之生斯民也는 使先知로 覺後知하며 使先覺으로 覺後覺이시며 予는 天民之先覺者也로니 予將以此道로 覺此民也라 하며 思天下之民이 匹夫匹婦有不與被堯舜之澤者어든 如己推而內之溝中하니 其自任以天下之重也니라.

〖해설〗 이윤伊尹이 말씀하기를, '어느 사람을 섬기면 군주가 아니며, 어느 사람을 부리면 백성이 아니겠는가.' 하여, 세상이 다스려져도 나아가며, 혼란해도 나아가서 말하기를, '하늘이 이 백성을 낸 것은 먼저 안 사람으로 하여금 뒤늦게 아는 사람을 깨우쳐주며, 선각자로 하여금 뒤늦게 깨닫는 자를 깨우치게 하신 것이니, 나는 하늘이 낸 백성 중에 선각자이니, 내 장차 이 도道로써 이 백성을 깨우치겠다 하였으며, 생각하기를, 천하의 백성 중에 필부匹夫·

필부匹婦라도 요순의 혜택을 입은데 참여하지 못한 자가 있으면,
마치 자기가 그를 밀쳐서 도랑 가운데로 넣은 것처럼 여겼으니,
이는 스스로 천하의 중임을 맡은 것이다.

柳下惠는 不羞汙君하며 不辭小官하며 進不隱賢하
유 하 혜   불 수 오 군   불 사 소 관   진 불 은 현

여 必以其道하며 遺佚而不怨하며 阨窮而不憫하며
  필 이 기 도   유 일 이 불 원   액 궁 이 불 민

與鄕人處하되 由由然不忍去也하여 爾爲爾오 我爲
여 향 인 처   유 유 연 불 인 거 야   이 위 이   아 위

我니 雖袒裼裸裎於我側인들 爾焉能浼我哉리오 하니
아   수 단 석 라 정 어 아 측   이 언 능 매 아 재

故로 聞柳下惠之風者는 鄙夫寬하며 薄夫敦하니라.
고   문 유 하 혜 지 풍 자   비 부 관   박 부 돈

〖해설〗 유하혜柳下惠[43]는 더러운 군주 섬김을 부끄러워하지 않으며, 낮은
벼슬을 사양하지 않으며, 나아가면 어짊을 숨기지 아니하여 반드

---

43 유하혜柳下惠 : 춘추시대 대도大盜, 혹은 악인惡人으로 유명한 도척이 유하혜의 동생
이었기 때문에 형제 중에 현인과 악인이 있을 때 사람들은 이들에 비유하였다. 유하
혜는 곧은 도를 지키면서 임금을 섬긴 것으로 알려져 있다. 『맹자』에 따르면, "유하
혜는 성인으로서 온화한 기질을 가졌던 사람이다."라고 평하였다. 유하혜는 일찍이
사사라는 관직을 지내면서 형옥刑獄을 맡았는데, 세 번 쫓겨나자 사람들이 떠나기를
권했다. 그러자 그는 "곧은 도리로 남을 섬기면 어디를 간들 쫓겨나지 않을 것이며,
도를 굽혀 남을 섬김으로써 하필 부모님의 나라를 떠나겠느냐."라고 대답했다. 이를
두고 훗날의 맹자는 작은 벼슬을 수치로 알지 않았다며 그를 칭찬했다. 서한 무제 때
의 문장가이자 익살꾼이었던 동방삭은 유하혜가 자리가 낮다고 해서 부끄러워하지
않고 맡은 바 책임을 다했다고 칭찬했다. 동방삭은 이런 유하혜의 행동이 자신의 처
세 철학과 뜻이 서로 맞았다고 여겼다.

시 그 도리대로 하며, (벼슬길에서) 버림을 받아도 원망하지 않고, 곤궁을 당해도 걱정하지 않으며, 향인鄕人들과 더불어 처하되 유유由由(悠悠)하게 차마 떠나지 못해서 말하기를, '너는 너이고 나는 나이니, (네가) 비록 내 옆에서 옷을 걷고 벗는다 한들 네 어찌 나를 더럽히겠는가.' 하였다. 그러므로 유하혜의 풍도를 들은 자들은 비루한 사내가 너그러워지며, 부박浮薄한 사내가 후해지느니라.

孔子之去齊에 接淅而行하시고 去魯에 曰遲遲라 吾
공 자 지 거 제   접 석 이 행   거 로   왈 지 지   오

行也여 하시니 去父母國之道也라 可以速而速하며
행 야   거 부 모 국 지 도 야   가 이 속 이 속

可以久而久하며 可以處而處하며 可以仕而仕는 孔
가 이 구 이 구   가 이 처 이 처   가 이 사 이 사   공

子也시니라.
자 야

〖해설〗 공자께서 제齊나라를 떠날 적에 (밥을 지으려고) 쌀을 담갔다가 건져가지고 떠나셨고, 노魯나라를 떠날 적에는 말씀하시기를, '더디고 더디다. 내 걸음이여!' 하셨으니, 이는 부모의 나라를 떠나는 도리이다. 속히 떠날만하면 속히 떠나고, 오래 머물만하면 오래 머물며, 은둔할만하면 은둔하고, 벼슬할만하면 벼슬한 것은 공자이시다." 고 하였다.

孟子曰 伯夷는 聖之淸者也요 伊尹은 聖之任者也요
맹 자 왈 백 이   성 지 청 자 야   이 윤   성 지 임 자 야

柳下惠는 聖之和者也요 孔子는 聖之時者也시니라.
유 하 혜　　성 지 화 자 야　　공 자　　성 지 시 자 야

【해설】 맹자께서 말씀하시기를, "백이伯夷는 성인聖人의 청淸한 자이고,
이윤伊尹은 성인聖人으로 (천하의 중임을) 자임自任한 자이고, 유하
혜柳下惠는 성인으로 화합한 자이고, 공자孔子는 성인으로 시중時
中한 자이시다.

孔子之謂集大成이니　集大成也者는　金聲而玉振
공 자 지 위 집 대 성　　　집 대 성 야 자　　금 성 이 옥 진

之也라. 金聲也者는　始條理也요　玉振之也者는　終
지 야　　금 성 야 자　　시 조 리 야　　옥 진 지 야 자　　종

條理也니 始條理者는　智之事也요　終條理者는　聖
조 리 야　시 조 리 자　　지 지 사 야　　종 조 리 자　　성

之事也니라 智를　譬則巧也요　聖을　譬則力也니　猶
지 사 야　　지　　비 즉 교 야　　성　　비 즉 력 야　　유

射於百步之外也하니　其至는　爾力也어니와　其中은
사 어 백 보 지 외 야　　기 지　　이 력 야　　　기 중

非爾力也니라.
비 이 력 야

【해설】 공자를 집대성集大成이라 이르는 것이니, 집대성集大成이란 금金
으로 소리를 퍼뜨리고 옥玉으로 거두는 것이다. 〈金聲而玉振〉[44]

44 금은 종鐘이고, 옥은 경磬으로, 팔음八音을 연주할 때에 먼저 종을 쳐서 시작하고, 마
지막에 경을 쳐서 소리를 거두어 음악 한 곡을 완성하는 것을 말한다. 맹자가 "공자
같은 분을 모든 성인의 지덕을 모아서 크게 이루었다고 하는 것이다. 집대성이란 바
로 음악을 연주할 때 금속 악기로 시작하여 옥 악기로 소리를 거두는 것과 같은 것이

금金으로 소리를 퍼뜨린다는 것은 조리條理를 시작함이요, 옥玉으로 거둔다는 것은 조리條理를 끝냄이니, 조리條理를 시작하는 것은 지智의 일이고, 조리條理를 끝내는 것은 성聖의 일이다. 지智를 비유하면 공교함이요, 성聖을 비유하면 힘이니, 백보百步의 밖에서 활을 쏘는 것과 같으니, (과녁이 있는 곳에) 이름은 너의 힘이거니와 과녁에 맞는 것은 너의 힘이 아니다." 고 하였다.

에세이

백이伯夷는 성인聖人으로 지극히 맑은 사람이고, 이윤伊尹은 성인聖人으로 세상의 일을 자임自任한 사람이며, 유하혜는 낮은 벼슬도 사양하지 않고 더럽고 사악한 곳에 같이 있으면서도 그 추함에 물들지 않는 사람이고, 공자는 속히 떠날 때는 속히 떠나고 오래 머물만하면 오래 머물며, 은둔할만하면 은둔하고, 벼슬할만하면 벼슬한 사람이니, 맹자는 공자를 평하여 '집대성集大成한 성인이라.' 하였고, 또한 '금성옥진金聲玉振' 이라 하여 갖출 것을 다 갖춘 흠결이 없는 성인聖人이라 하였다.

금성옥진金聲玉振은, 금金은 종鐘이고, 옥玉은 경磬으로, 음악에서 팔음八音을 합주合奏할 때 먼저 종鐘을 쳐서 그 소리를 베풀고, 마지

다. 금으로 소리를 낸다는 것은 처음의 조리이고, 옥으로 거둔다는 것은 마침의 조리이다. 처음의 조리는 지혜의 일이고, 마침의 조리는 성인의 일이다.(孔子之謂集大成. 集大成也者, 金聲而玉振之也. 金聲也者, 始條理也; 玉振之也者, 終條理也. 始條理者, 智之事也, 終條理者, 聖之事也.)"라고 하였다.《孟子 萬章下》

막에 경磬을 쳐서 그 운韻을 거두어 주악奏樂을 끝내는 것을 말하는데, 음악이나 문장 등의 시작과 끝이 조리가 있게 연결되는 것을 뜻하기도 하고, 나아가 지智와 덕德이 갖추어 있음을 비유하기도 한다.

본 장은 고대의 성인聖人들을 나열하여 그들의 장점을 요약하였고, 맨 나중에 공자의 행위를 간단 명료하게 말하면서 공자는 전의 성인들의 장점을 모두 갖춘 '집대성集大成'한 성인聖人이라고 하였다.

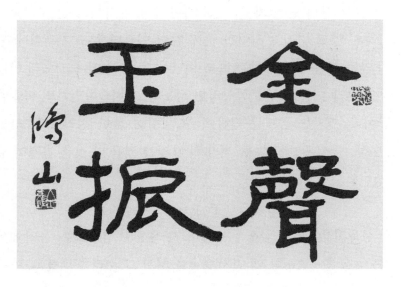

塗:진흙 도　炭:숯 탄　紂:임금 주　頑:사나울 완　懦:유약할 나　溝:도랑 구　汙:더러울 오　佚:편안할 일　怨:원망 원　阨:좁을 액　憫:불쌍히 여길 민　袒: 멜 단　楊:어깨 드러낼 석　裸:벗을 나　裎:벌거숭이 정　浼:더러울 매　淅:쌀 일 석　譬:비유할 비　射:쏠 사

76 萬章問曰 敢問友하노이다 孟子曰 不挾長하며 不挾
　　　만장문왈 감문우　　　　　　맹자왈 불협장　　　불협

貴하며 不挾兄弟而友니 友也者는 友其德也니 不
귀　　　불협형제이우　　우야자　　우기덕야　　불

可以有挾也니라 孟獻子는 百乘之家也라 有友五
가이유협야　　맹헌자　　백승지가야　　유우오

人焉하더니 樂正裘와 牧仲이요 其三人은 則予忘之
인언　　　　악정구　　목중　　　기삼인　　즉여망지

矣로라 獻子之與此五人者로 友也에 無獻子之家
의　　　헌자지여차오인자　　우야　　무헌자지가

者也니 此五人者亦有獻子之家면 則不與之友矣
자야　　차오인자역유헌자지가　　즉불여지우의

리라.

〔해설〕 만장萬章이 묻기를, "감히 벗에 대하여 묻습니다." 맹자께서 말씀
하시기를, "나이가 많음을 믿지 않고, 귀함을 믿지 않고, 형제간을
믿지 않고 벗하는 것이니, 벗함은 그 덕을 벗하는 것이니, 믿음을
두어서는 안 된다.
　　맹헌자孟獻子는 백승百乘의 집안이었다. 벗 다섯 명이 있었는데,
악정구樂正裘와 목중牧仲이고, 그 밖에 세 사람은 내 그 이름을 잊
었노라. 맹헌자가 이 다섯 사람과 벗할 적에 이 다섯 사람들은 (의
중意中에) 헌자의 집안을 의식함이 없었던 자들이니, 이 다섯 사람
들이 또한 (의중意中에) 헌자의 집안을 의식하고 있었다면, 헌자는
이들과 더불어 벗하지 않았을 것이다.

非惟百乘之家爲然也라. 雖小國之君이라도 亦有之
비유백승지가위연야　　수소국지군　　　역유지

하니 費惠公曰 吾於子思엔 則師之矣요 吾於顔般
비혜공왈 오어자사 칙사지의 오어안반

엔 則友之矣요 王順長息은 則事我者也라 하니라.
즉우지의 왕순장식 즉사아자야

〖해설〗 비단 백승百乘의 집안만이 그러한 것은 아니다. 비록 소국小國의
군주라도 또한 그러한 경우가 있었으니, 비혜공費惠公이 말하기
를, '내가 자사子思에 대해서는 스승으로 섬기고, 안반顔般에 있어
서는 벗으로 대하며, 왕순王順과 장식長息은 나를 섬기는 자이다.'
하였다.

非惟小國之君爲然也라. 雖大國之君이라도 亦有之
비유소국지군위연야 수대국지군 역유지

하니 晉平公之於亥唐也에 入云則入하고 坐云則坐
진평공지어해당야 입운즉입 좌운즉좌

하고 食云則食하며 雖疏食菜羹이라도 未嘗不飽하니
식운즉식 수소식채갱 미상불포

盖不敢不飽也라. 然이나 終於此而已矣요 弗與共
개불감불포야 연 종어차이이의 불여공

天位也하며 弗與治天職也하며 弗與食天祿也하니
천위야 불여치천직야 불여식천록야

士之尊賢者也라 非王公之尊賢也니라.
사지존현자야 비왕공지존현야

〖해설〗 비단 소국小國의 군주만이 그런 것은 아니다. 비록 대국大國의 군
주라도 또한 그런 경우가 있었으니, 진평공晉平公이 해당亥唐에 대
하여 들어오라고 하면 들어오고, 앉으라 하면 앉으며, 먹으라 하

면 먹어서, 비록 거친 밥과 나물국이라도 일찍이 배불리 먹지 않은 적이 없었으니, 이는 감히 배불리 먹지 않을 수가 없었다. 그러나 이에 끝날 뿐이었고, 그와 더불어 천위天位를 함께하지 않았으며, 더불어 천직天職을 다스리지 않았으며, 더불어 천록天祿을 먹지 않았으니, 이는 사士가 현자賢者를 높이는 것이요, 왕공王公이 현자賢者를 높이는 것은 아니었다.

舜이 尙見帝어시늘 帝館甥於貳室하시고 亦饗舜하사
순   상견제   제관생어이실   역향순

迭爲賓主하시니 是는 天子而友匹夫也니라. 用下敬
질위빈주   시   천자이우필부야   용하경

上을 謂之貴貴요 用上敬下를 謂之尊賢이니 貴貴
상   위지귀귀   용상경하   위지존현   귀귀

尊賢이 其義一也니라.
존현   기의일야

[해설] 순舜이 위로 올라가 요堯임금을 뵙거늘, 요堯임금은 사위인 순舜을 이실貳室에 머물게 하시고, 또한 순舜에게 음식을 얻어먹어 번갈아 빈·주賓主가 되셨으니, 이는 천자로서 필부匹夫와 벗한 것이다. 아랫사람으로 윗사람을 공경함을 귀귀貴貴라 이르고, 윗사람으로서 아랫사람을 공경함을 존현尊賢이라 이르니, 귀귀貴貴와 존현尊賢이 그 뜻이 똑같다."고 하였다.

● 에세이

본 장은 벗하는 것에 대한 만장과 맹자의 대화이다.

벗을 하려면 나이가 많은 것을 의식하면서 벗하지 않는 것이고, 나의 귀貴한 것을 의식하면서 벗하는 것이 아니며, 존귀한 형제를 믿고 벗을 하는 것이 아니니, 벗하는 것은 그 덕을 벗하는 것이고, 나의 존귀함과 남의 존귀함을 바라보면서 벗하는 것이 아니라는 것이다.

맹헌자는 백승百乘의 집안이니, 즉 제후의 집이다. 벗이 악정구樂正裘와 목중牧仲 등 다섯 명이 있었는데, 이들은 맹헌자의 가세를 보고 벗한 것이 아니고 순수하게 사람을 보고 벗을 한 것이라고 한다. 만약 맹헌자의 가문을 보고 벗을 했다면 진정한 벗이 되지 못했을 것이다.

사람은 벗이 꼭 필요하다. 집에 들어가면 아내와 집안의 범사를 논의하지만, 밖에 나와서는 허심탄회하게 이야기를 나눌 벗이 꼭 필요한데, 행여 상대의 부富나 명성을 보고 벗을 하게 되면, 반드시 나중에 실망을 하고 끝나게 된다. 그러므로 벗이란 아무런 조건이 없이 이야기할 수 있는 벗이어야 한다.

그리고 진정한 벗이 되려면 실수를 하지 않아야 한다. 행여 남을 헐뜯거나 아첨하는 등의 행위는 상대를 실망하게 만드니 조심조심 벗을 사귀어야 하는 것이다. 그리고 벗은 책선責善이라 하지 않는가! 서로 착한 곳으로 인도하는 벗이어야 한다. 그리고 벗이 불선不

善할 경우에는 단교斷交도 하는 것이니, 그러므로 벗을 사귀는 데는
덕德으로 한다고 하는 것이다.

挾：낄 협 裘：갖옷 구 羹：국 갱 飽：배부를 포 甥：생질 생 饗：먹일 향 迭：
갈마들 질

77 孟子曰 仕非爲貧也로되 而有時乎爲貧하며 娶妻
맹자왈 사비위빈야 이유시호위빈 취처

非爲養也로되 而有時乎爲養이니라.
비위양야 이유시호위양

〖해설〗 맹자께서 말씀하시기를, "벼슬함은 가난을 위해서가 아니지만,
때로는 가난을 위한 경우가 있으며, 아내를 얻음은 봉양을 위해서
가 아니지만 때로는 봉양을 위한 경우가 있다.

爲貧者는 辭尊居卑하며 辭富居貧이니라.
위빈자 사존거비 사부거빈

〖해설〗 가난을 위해서 벼슬하는 자는 높은 자리를 사양하고 낮은 자리에
처하며, 녹봉祿俸이 많은 것을 사양하고 적은 데에 처해야 한다.

辭尊居卑하며 辭富居貧은 惡乎宜乎오 抱關擊柝이
사존거비 사부거빈 오호의호 포관격탁
니라.

〖해설〗 높은 자리를 사양하고 낮은 자리에 처하며, 녹봉祿俸이 많은 것을
사양하고 적은 데에 처함은 어떻게 해야 마땅한가? 관문關門을 안
고 목탁을 치는 일이다.

孔子嘗爲委吏矣하사 曰會計를 當而已矣라 하시고
공 자 상 위 위 리 의　　　왈 회 계　　당 이 이 의

嘗爲乘田矣하사 曰牛羊을 茁壯長而已矣라 하시니라.
상 위 승 전 의　　　왈 우 양　　줄 장 장 이 이 의

【해설】 공자께서 일찍이 위리委吏(창고지기)가 되셔서는 말씀하시기를,
'회계會計를 마땅하게 할 뿐이다.' 하셨고, 일찍이 승전乘田[45]이
되셔서는 '소와 양을 잘 키울 뿐이다.' 하셨다.

位卑而言高가 罪也요 立乎人之本朝而道不行이
위 비 이 언 고　　죄 야　　입 호 인 지 본 조 이 도 불 행

恥也니라.
치 야

【해설】 지위가 낮으면서 말을 높게 하는 것이 죄이고, 남의 조정에 들어
갔으나, 그러나 도道가 행해지지 않음이 부끄러운 일이다." 고 하
였다.

●에세이

유학의 도道는 원래 공부를 열심히 하고 출사出仕하여 높은 자리
에 앉아서 왕을 도와 정치를 잘해서 태평성대를 만드는 것이 목표
인데, 그러나 만일 지위가 낮은 자리에 있다면, 단지 그 직책에 충실
해야 한다는 말씀이다.

45 승전乘田 : 동상과 추목芻牧을 주관하는 관리.

그리고 벼슬을 하는 것은 가난을 벗어나기 위해서가 아니지만, 때로는 가난을 벗어나기 위해서 벼슬을 하는 경우가 있고, 아내를 취하는 것은 원래 부모님을 봉양하기 위해서 하는 것은 아니지만, 때로는 부모를 봉양하기 위해서 아내를 얻는 경우도 있다는 말씀이다.

원래 벼슬을 하는 것은 나의 철학인 원대한 도道를 펴기 위해서 출사出仕하는 것인데, 목구멍이 포도청이 되어서 부모님을 봉양하고 처자妻子를 건사하기 위해서 분주하게 살아가는 것이고, 아내를 얻는 것은 후사後嗣를 얻기 위해서 하는 것인데, 때로는 밥도 짓고 가사의 일도 맡기며 부모님 봉양함을 맡기기도 한다는 말씀이다.

撃 : 칠 격　柝 : 열 탁　苗 : 싹 줄

78 萬章曰 士之不託諸侯는 何也잇고 孟子曰 不敢也
니라. 諸侯失國而後에 託於諸侯는 禮也요 士之託
於諸侯는 非禮也니라.

〖해설〗 만장萬章이 말하기를, "선비가 제후에게 의탁하지 않음은 어째서
입니까?" 맹자께서 말씀하시기를, "감히 하지 못하는 것이다. 제
후가 나라를 잃은 뒤에 제후에게 의탁함은 예禮이고, 선비가 제후
에게 의탁함은 예禮가 아니다."고 하였다.

萬章曰君이 餽之粟이면 則受之乎잇가 曰受之니라.
受之는 何義也잇고 曰君之於氓也에 固周之니라. 曰
周之則受하고 賜之則不受는 何也잇고 曰不敢也니
라 曰敢問其不敢은 何也잇고 曰抱關擊柝者皆有
常職하여 以食於上하나니 無常職而賜於上者를 以
爲不恭也니라.

〖해설〗 만장萬章이 말하기를, "군주가 곡식을 주면 그것을 받습니까?"
"받는다." "받는 것은 무슨 뜻입니까?" "군주는 백성에 대하여 진
실로 구휼해주는 것이다." "구휼해 주면 받고 하사해 주면 받지

않는 것은 어째서입니까?" "감히 하지 못하는 것이다." "감히 묻겠습니다. 감히 하지 못하는 것은 어째서입니까?" "관문關門을 안고 목탁을 치는 자들도 다 일정한 직책이 있어서 위에서 녹을 먹으니, 일정한 직책이 없으면서 위에서 하사받는 것을 불공不恭하다고 여기는 것이다."

曰君이 餽之則受之라 하시니 不識케이다. 可常繼乎잇
왈 군   궤 지 즉 수 지   불식   가 상 계 호

가 曰繆公之於子思也에 亟問하시며 亟餽鼎肉이어시
왈 무 공 지 어 자 사 야   극 문   극 궤 정 육

늘 子思不悅하사 於卒也에 摽使者하여 出諸大門之
자 사 불 열 하 사   어 졸 야   표 사 자   출 제 대 문 지

外하시고 北面稽首再拜而不受하시고 曰今而後에
외   북 면 계 수 재 배 이 불 수   왈 금 이 후

知君之犬馬畜伋이라 하시니 蓋自是로 臺無餽也하니
지 군 지 견 마 축 급   개 자 시   대 무 궤 야

悅賢不能擧요 又不能養也면 可謂悅賢乎아.
열 현 불 능 거   우 불 능 양 야   가 위 열 현 호

[해설] 만장이 말하기를, "군주가 구휼해주면 받는다 하시니, 알지 못하겠습니다. 항상 계속할 수 있습니까?" "무공繆公이 자사子思에게 자주 문안하시며 자주 삶은 고기를 주시자, 자사子思는 기뻐하지 아니하여 맨 마지막에는 사자使者를 손 저어 대문의 밖으로 내보내시고, 북면北面하여 머리를 조아려 재배再拜하고 받지 않으시고 말씀하시기를, '지금에야 군주께서 개와 말로 나伋를 키움을 알았습니다.' 하셨으니, 이 뒤로부터 하인들이 물건을 가져다줌이 없었으니, 현자賢者를 좋아하되 능히 들어 쓰지 못하고, 또 봉양도

못한다면, 현자賢者를 좋아한다고 이를 수 있겠는가."

曰敢問國君이 欲養君子인댄 如何라야 斯可謂養矣
왈 감 문 국 군   욕 양 군 자   여 야   사 가 위 양 의
니잇고 曰以君命將之어든 再拜稽首而受하나니 其後
       왈 이 군 명 장 지   재 배 계 수 이 수   기 후
에 廩人繼粟하며 庖人繼肉하여 不以君命將之니 子
   름 인 계 속   포 인 계 육   불 이 군 명 장 지   자
思以爲鼎肉이 使己僕僕爾亟拜也라 非養君子之
사 이 위 정 육   사 기 복 복 이 극 배 야   비 양 군 자 지
道也라 하시니라.
도 야

【해설】 만장이 묻기를, "감히 묻겠습니다. 국군國君이 군자君子를 봉양하
고자 하면 어떻게 하여야 봉양한다고 이를 수 있습니까?" "(하인
들이) 군주의 명命에 따라 물건을 가져오거든, 신하는 머리를 조아
리고 절하고 받나니, 그 뒤에는 창고지기는 곡식을 대주며 푸줏간
사람은 고기를 대주어서 군명君命에 의해서 갖다 주지 않는다. 자
사子思께서 생각하시길, 삶은 고기가 자기로 하여금 번거롭게 자
주 절하게 하니, 군자君子를 봉양하는 예禮가 아니라고 여기신 것
이다.

堯之於舜也에 使其子九男事之하며 二女女焉하시
요 지 어 순 야   사 기 자 구 남 사 지   이 녀 녀 언
고 百官牛羊倉廩을 備하여 以養舜於畎畝之中이러
   백 관 우 양 창 름   비   이 양 순 어 견 묘 지 중

시니 後에 擧而加諸上位하시니 故로 日王公之尊賢
　　후　　거 이 가 제 상 위　　　　　고　　왈 왕 공 지 존 현

者也라 하노라.
자 야

〖해설〗 요임금은 순임금에게 자식 아홉 아들로 하여금 섬기게 하며, 두
딸을 시집보내시고, 백관百官과 우양牛羊과 창름倉廩을 갖추어 순
임금을 견묘畎畝의 가운데서 봉양하게 하시더니, 뒤에 들어서 윗
자리에 올려놓으셨다. 그러므로 이것을 왕공王公이 현자賢者를 높
이는 것이라고 말하는 것이다.”고 하였다.

● 에세이

옛적에는 대갓집에 식객食客이 있었으니, 조선말에 흥선대원군
이 운현궁에 살 적에 식객食客이 3000명이나 되었다고 한다. 이들
식객은 그 주인에게 지혜를 빌려주는 선비들이니, 그렇게 자신의
학식을 빌려주고 숙식을 해결하는 것이다.

본문에도 공부를 많이 하여 이름이 난 선비는 군주의 식객이 되
어서 군주가 제공하는 음식을 먹고 잠을 잤으며, 군주는 이들을 들
어서 썼던 것이니, 대표적인 사람은 ‘관포지교管鮑之交’로 유명한
관중과 포숙아 같은 사람들이다.

이렇게 군주가 주는 음식에도 예가 있어서, 예의상 현자賢者로 예
우를 하면 받아도 되고, 반면에 현자賢者로 예우하지 않으면 받아서
는 안 된다는 것을 본문에서 하나하나 예를 들어서 말씀한 것이다.

　마지막으로 요堯임금이 순舜을 자신의 아홉 아들로 하여금 섬기
도록 하고 두 딸을 그에게 시집보내고, 백관百官과 우양牛羊과 창름
倉廩을 갖추어서 순임금을 견묘畎畝의 사이에서 봉양하게 하시고,
그 뒤에 순舜을 들어서 윗자리에 올려놓으셨으니, 이런 경우를 현자
賢者를 예우하는 것이라고 맹자는 말씀한 것이다.

饋 : 보낼 궤　粟 : 조 속　氓 : 백성 맹　稽 : 상고할 계　廩 : 창고 름　庖 : 푸줏간 포
畎 : 두둑 견　畝 : 이랑 묘

79 萬章曰敢問不見諸侯는 何義也잇고 孟子曰 在國
  만 장 왈 감 문 불 견 제 후 하 의 야   맹 자 왈 재 국

曰市井之臣이요 在野曰草莽之臣이라. 皆謂庶人이
  왈 시 정 지 신   재 야 왈 초 망 지 신 이라 개 위 서 인

니 庶人이 不傳質(贄)爲臣하여는 不敢見於諸侯가
   서 인   부 전 지   위 신   불 감 견 어 제 후

禮也니라.
례 야

〔해설〕 만장이 말하기를, "감히 묻겠습니다. (선비들이) 제후諸侯를 만나
        보지 않는 것은 무슨 뜻입니까?" 맹자께서 말씀하시기를, "서울
        에 사는 자를 시정지신市井之臣이라 하고, 초야에 있는 자를 초망
        지신草莽之臣이라 하는데, 이것은 모두 서인庶人을 이른다. 서인庶
        人은 폐백을 올려 신하가 되지 않으면 감히 제후를 만나보지 않는
        것이 예禮이다."

萬章曰庶人이 召之役이면 則往役하고 君欲見之하
  만 장 왈 서 인 소 지 역 이면 즉 왕 역   군 욕 견 지

여 召之면 則不往見之는 何也잇고 曰往役은 義也요
   소 지   즉 불 왕 견 지 하 야   왈 왕 역   의 야

往見은 不義也니라.
왕 견   불 의 야

〔해설〕 만장萬章이 말하기를, "서인庶人이 (군주가) 자신을 불러 부역을
        시키면 가서 부역을 하고, 군주가 그를 만나보고자 하여 그를 부
        르면 가서 보지 않는 것은 어째서입니까?" 맹자께서 말씀하시기
        를, "가서 부역하는 것은 의義이고, 가서 만나보는 것은 의義가 아
        니기 때문이다.

且君之欲見之也는 何爲也哉오 曰爲其多聞也며
차 군 지 욕 견 지 야   하 위 야 재   왈 위 기 다 문 야

爲其賢也이다. 曰爲其多聞也인댄 則天子도 不召
위 기 현 야   왈 위 기 다 문 야   즉 천 자   불 소

師온 而況諸侯乎아 爲其賢也인댄 則吾未聞欲見
사   이 황 제 후 호   위 기 현 야   즉 오 미 문 욕 견

賢而召之也로다 繆公이 亟見於子思하고 曰古에 千
현 이 소 지 야   무 공   극 견 어 자 사   왈 고   천

乘之國이 以友士하니 何如하니잇고 子思不悅曰 古
승 지 국   이 우 사   하 여   자 사 불 열 왈   고

之人이 有言曰 事之云乎언정 豈曰友之云乎리오 하
지 인   유 언 왈   사 지 운 호   기 왈 우 지 운 호

시니 子思之不悅也는 豈不曰以位則子는 君也요
자 사 지 불 열 야   기 불 왈 이 위 즉 자   군 야

我는 臣也니 何敢與君友也며 以德則子는 事我者
아   신 야   하 감 여 군 우 야   이 덕 즉 자   사 아 자

也니 奚可以與我友리오. 千乘之君이 求與之友로되
야   해 가 이 여 아 우   천 승 지 군   구 여 지 우

而不可得也하니 而況可召與아.
이 불 가 득 야   이 황 가 소 여

〖해설〗 또 군주가 그를 만나보고자 함은 어째서인가?" (만장이 대답하기
를) "그가 문견聞見이 많기 때문이며 그가 어질기 때문입니다."
"문견聞見이 많기 때문이라면, 천자도 스승을 부르지 않는데, 하
물며 제후에 있어서이랴! 어질기 때문이라면, 나는 현자賢者를 만
나보고자 하면서 불렀다는 말은 들어보지 못하였다. 옛날에 노魯
나라 무공繆公이 자주 자사子思를 뵙고 말하기를, '옛날에 천승千
乘의 국군國君이 선비와 벗하였으니, 어떻습니까?' 하자, 자사子思
께서 기뻐하지 않으시며 말씀하시기를, '옛사람의 말에 이르기
를, (섬긴다)고는 들었을지언정 어찌 (벗한다)고 하였겠습니까?'

하셨으니, 자사子思께서 기뻐하지 않은 것은, 어찌 '지위로 보면 그대는 군주요 나는 신하이니, 내 어찌 감히 군주와 벗할 수 있으며, 덕德으로 보면 그대는 나를 섬기는 자이니, 어찌 나와 더불어 벗할 수 있으리오.' 라고 하신 것이 아니겠습니까? 천승千乘의 군주가 더불어 벗하기를 구하여도 될 수 없는데, 하물며 함부로 부를 수 있단 말인가!

齊景公이 田할새 招虞人以旌한대 不至어늘 將殺之러니 志士는 不忘在溝壑이요 勇士는 不忘喪其元이라 하시니 孔子는 奚取焉고 取非其招不往也시니라.

『해설』 제경공齊景公이 사냥할 적에 우인虞人[46]을 정旌으로써 불렀는데 오지 않자, 장차 죽이려 하니 (공자께서는) '지사志士는 시신屍身이 구렁에 뒹굴 것을 잊지 않고, 용사勇士는 그 머리를 잃을 것을 잊지 않는다.' 하셨으니, 공자께서는 어찌하여 우인虞人을 취하셨는가? 자기의 부름이 아니면 가지 않는 것을 취하신 것이다."

曰敢問招虞人何以니잇고 曰以皮冠이니 庶人은 以

---

46 우인虞人 : 고대에 산택山澤과 원유苑囿를 맡아 다스렸던 관리이다.

旃이요 士는 以旂요 大夫는 以旌이니라.
전　　사　　이기　　대부　　이정

[해설] 만장萬章이 말하기를, "감히 묻겠습니다. 우인虞人을 부를 때는 무엇을 사용합니까?" 맹자께서 말씀하시기를, "피관皮冠을 사용하니, 서인庶人은 전旃을 사용하고, 사士는 기旂를 사용하며, 대부大夫는 정旌을 사용한다."

以大夫之招로 招虞人이어늘 虞人이 死不敢往하니
이대부지초　　초우인　　　　　우인　　사불감왕

以士之招로 招庶人이면 庶人이 豈敢往哉리요 況乎
이사지초　　초서인　　서인　　기감왕재　　　황호

以不賢人之招로 招賢人乎아.
이불현인지초　　초현인호

[해설] 대부大夫를 부르는 예로 우인虞人을 부르거늘 우인虞人은 죽어도 감히 가지 못하였으니, 선비의 부름으로서 서인庶人을 부른다면 서인庶人이 어찌 감히 갈 수 있겠는가! 하물며 어질지 못한 사람의 부름으로써 현인賢人을 부름에 있어서이랴!

欲見賢人而不以其道면 猶欲其入而閉之門也니라.
욕견현인이불이기도　　유욕기입이폐지문야

夫義는 路也요 禮는 門也니 惟君子能由是路하며
부의　　노야　　예　　문야　　유군자능유시로

出入是門也니 詩云 周道如底하니 其直如矢로다.
출입시문야　　시운　주도여저　　　기직여시

君子所履요 小人所視라 하니라.
군 자 소 리   소 인 소 시

【해설】 현인賢人을 만나보고자 하면서 그 도道로 하지 않는다면, 마치 문
으로 들어가고자 하면서 문을 닫는 것과 같다. 의義는 사람이 걸
어가야 할 길이요. 예禮는 사람이 출입하는 문이니, 오직 군자만
이 능히 그 길을 따르며 이 문으로 출입하는 것이다." 《시경詩經》
에 이르기를, '주도周道(큰 길)가 평탄함이 숫돌과 같으니, 그 곧음
이 화살과 같도다. 군자君子(위정자)가 밟는 바요, 소인小人(백성)들
이 우러르는 바이다' 고 하였다.

萬章曰 孔子는 君命召어시든 不俟駕而行하시니 然
만 장 왈 공 자   군 명 소   불 사 가 이 행   연

則孔子는 非與잇가 曰孔子는 當仕有官職而以其
즉 공 자   비 여   왈 공 자   당 사 유 관 직 이 이 기

官召之也니라.
관 소 지 야

【해설】 만장萬章이 말하기를, "공자께서는 군주가 명하여 부르면 말에 멍
에하기를 기다리지 않고 가셨으니, 그렇다면 공자는 잘못하신 것
입니까?" 맹자께서 말씀하시기를, "공자는 벼슬길을 당하여 맡은
관직이 있어서 그 관직으로 불렀기 때문이셨다." 고 하였다.

● 에세이

본장은 예禮를 강조한 문장이니, 제齊의 경공이 우인虞人을 부를
적에 정旌으로 부르니, 우인虞人이 가지 않았다. 정旌은 대부大夫를

부를 때에 쓰는 기구인데, 이를 가지고 미천한 우인虞人을 불렀으니, 우인虞人이 어찌 감히 이에 응할 수 있었겠는가!

옛적 제왕의 시대에도 제왕이 현자賢者를 함부로 부르지 못하였으니, 이는 관직으로 따지는 것이 아니고 덕德으로 따지기 때문이다. 덕德으로 치면 현자賢者가 제왕보다 상위에 있으므로, 제왕도 이를 인정하고 현자를 함부로 부르지 못하였으니, 이러한 상호관계에서는 '명분名分'이 가장 중요한 것이니, 명분이 맞지 않으면 아무리 좋은 일일지라도 하지 않는 것이다.

요즘 장관에 지명된 자들의 국회 청문회를 보면 참으로 가관이다. 안모 법무부 장관 지명자는 젊었을 적에 상대의 허락도 없이 어떤 여인의 호적을 떼어다가 자신과 결혼신고를 했다고 한다. 이렇게 법을 무시한 자가 후안무치하게 법무부 장관을 한답시고 국회의 청문회에 나섰으니, 가당키나 한 일인가! 결국 자진하여 사퇴했으니 다행한 일이다. 이렇게 장관에 지명된 자에 이런 유들이 비일비재하니 참으로 한심한 일이다. 지금으로부터 3000년 전에 일개 우인虞人이 올바른 예로 자기를 부르지 않았다고 해서 제왕의 부름에 응하지 않은 것을 보면서 요즘의 장관은 옛적의 천한 우인虞人보다도 못하구나! 고 생각하였다.

莽:풀 망 贄:폐백 지 繆:얽을 무 亟:자주 극 壑:구렁 학 旃:기 전 旗:기 기

80 孟子謂萬章曰 一鄉之善士라야 斯友一鄉之善士
맹 자 위 만 장 왈　일 향 지 선 사　　사 우 일 향 지 선 사

하고 一國之善士라야 斯友一國之善士하고 天下之
　　　일 국 지 선 사　　　사 우 일 국 지 선 사　　　천 하 지

善士라야 斯友天下之善士니라.
선 사　　　사 우 천 하 지 선 사

〔해설〕 맹자께서 만장萬章에게 일러 이르시기를, "한 고을의 선사善士이
　　　　어야 한 고을의 선사善士와 벗할 수 있고, 일국一國의 선사善士이
　　　　어야 일국一國의 선사善士와 벗할 수 있고, 천하의 선사善士이어야
　　　　천하의 선사善士와 벗할 수 있는 것이다.

以友天下之善士로 爲未足하여 又尙論古之人하니
이 우 천 하 지 선 사　　　위 미 족　　　우 상 론 고 지 인

頌其詩하며 讀其書하되 不知其人이 可乎아 是以로
송 기 시　　　독 기 서　　　불 지 기 인　　　가 호　　　시 이

論其世也니 是尙友也니라.
론 기 세 야　　　시 상 우 야

〔해설〕 천하의 선사善士와 벗하는 것을 만족스럽지 못하게 여겨, 또다시
　　　　위로 올라가서 옛사람을 논하나니, 그 시詩를 외우며 그 글을 읽
　　　　으면서도 그 사람을 알지 못한다면 되겠는가! 이 때문에 그 당세當
　　　　世를 논하는 것이니, 이는 위로 올라가서 벗하는 것이다." 고 하였
　　　　다.

　유유상종類類相從한다고 하지 않던가. 벗을 사귀는 것은 자신의
학식과 덕에 걸 맞는 자와 벗하는 것이니, 일례로 한 고을의 선사善
士라면 한 고을의 선사善士와 벗하면 되는 것이고, 일국一國의 선사
善士라면 일국一國의 선사善士와 벗을 하면 되는 것이다.

　여기서 선사善士라는 말씀이 중요한 포인트다. 아무리 학식이 많
고 또 좋은 학교에서 박사를 받았다 할지라도 덕德이 없는 자라면
선사善士가 되지 못한다. 이렇게 학식이 많은 자가 선사善士가 되지
못하는 인물이라면 이는 오직 아첨하고 굴종하여 한량閑良이 되기
에도 부족한 자가 현세에는 많은 것으로 안다.

　일향一鄕의 선사善士는 한 고을의 선사善士를 말하는 것이고, 일
국一國의 선사善士는 한 나라의 선사善士를 말한다. 선사善士는 다름
이 아니고 아첨하지도 않고 폭력을 쓰지도 않으며, 비굴하지도 않
고 탐욕하지도 않은 그런 사람을 말하니, 이런 선사善士는 인자하고
의리가 있으며 예절이 바르고 지혜가 뛰어난 사람이다.

　이런 선사善士가 당세에 벗할 만한 선비가 없으면 옛적 현인과 벗
을 하는 것이니, 이는 그 고인의 책을 읽고 시를 읽고 화답하며 지내
는 것이다.

81 齊宣王이 問卿한대 孟子曰王은 何卿之問也시니잇고
제선왕 문경   맹자왈왕 하경지문야

王曰卿不同乎잇가 曰不同하니 有貴戚之卿하며 有
왕왈경불동호   왈불동 유귀척지경 유

異姓之卿하니이다. 王曰 請問貴戚之卿하노니다 曰君
이성지경   왕왈 청문귀척지경   왈군

有大過則諫하고 反覆之而不聽이면 則易位니이다.
유대과즉간   반복지이불청   즉역위

〖해설〗 제선왕이 경卿에 대하여 묻자, 맹자께서 말씀하시기를, "왕王은
어떤 경卿을 물으십니까?"고 하니, 왕이 말하기를, '경卿이 같지
않습니까!' 하자, "같지 않으니 귀척貴戚의 경卿이 있으며, 이성異
姓의 경卿이 있습니다." 왕이 말씀하기를, "귀척貴戚의 경卿을 묻
습니다." 맹자께서 말씀하시기를, "군주君主가 대과大過가 있으면
간諫하고, 반복하여도 듣지 않으면 군주의 자리를 바꿉니다."고
하니,

王이 勃然變乎色한대 曰王勿異也하소서 王問臣하실
왕 발연변호색   왈왕물이야   왕문신

새 臣不敢不以正對호이다. 王色定然後에 請問異
신불감불이정대   왕색정연후 청문이

姓之卿한대 曰君有過則諫하고 反覆之而不聽이면
성지경   왈군유과즉간   반복지이불청

則去니이다.
즉거

〖해설〗 왕이 발연勃然히 얼굴빛을 변한대, "왕께서는 괴이하게 생각하지
마소서, 왕께서 신臣에게 물으셨기에, 신臣이 감히 올바름으로써

대답하지 않을 수 없었습니다." 왕이 얼굴빛이 안정된 뒤에 이성異姓의 경卿에 대하여 묻자, 맹자께서 말씀하시기를, "군주가 과실이 있으면 간諫하고, 반복하여도 듣지 않으면 떠나가는 것입니다."고 하였다.

●에세이

본문은 왕과 맹자의 대화인데, 맹자께서는 제왕의 앞에서 말을 하면서도 거칠 것이 없음을 볼 수가 있으니, 만약 소인小人에게 왕께서 경卿에 대하여 물었다면, 왕의 환심을 사기 위해서 온갖 감언이설로 아첨을 떨었겠지만, 그러나 맹자는 대인大人이므로 직설로 '왕의 잘못이 있으면 일단 간諫해서 고치기를 기다리고, 그리고 고치지 않으면 자리를 바꾼다.'고 하니, 왕이 화들짝 놀라서 얼굴빛이 변한다. 이에 맹자는 '왕의 물으심에 바르게 대답할 수밖에 없음을 말한다.'

맹자는 지금으로부터 약 2500년 전인 전국시대에 활동한 사람이었는데, 당시는 제후들이 할거하던 시대였으므로, 제후의 힘은 실로 막강하였다. 본문의 제선왕도 막강한 세력을 확보한 왕이었으나, 그러나 맹자는 아무리 제왕이라도 할 말은 다 하는 사람이었다. 어느 때는 왕을 '일개 필부匹夫를 보았다.'고 하여, 행위가 좋지 않은 걸주桀紂를 향하여 필부로 지칭했으므로, 이후의 제왕들은 《맹자》의 책을 금서禁書로 분류하여 일반인이 읽지 못하도록 하였다고 한다. 다행히 송宋의 육군자가 나오면서 《맹자》를 사서四書에 편입하고 일반인에게 가르치게 했다고 한다.

　여하튼 사람은 바르게 세상을 살아야 '여경餘慶' 이 있는 것이니, 만약 이를 모르고 온갖 간사하고 추잡하고 포악하게 살면, 그 악함이 본인의 말년은 물론 자녀들에게도 영향을 미치는 것이다. 귀가 있는 자는 새겨들어야 한다.

戚 : 일가 척　覆 : 엎을 복　勃 : 갑자기 발

고자장구상告子章句上

82 告子曰性은 猶杞柳也요 義는 猶桮棬也니 以人性
고자왈성 유기류야 의 유배권야 이인성

爲仁義는 猶以杞柳爲桮棬이니라. 孟子曰 子能順
위인의 유이기류위배권 맹자왈 자능순

杞柳之性而以爲桮棬乎아 將戕賊杞柳而後에 以
기류지성이이위배권호 장장적기류이후 이

爲桮棬也니 如將戕賊杞柳而以爲桮棬이면 則亦
위배권야 여장장적기류이이위배권 즉역

將戕賊人以爲仁義與아 率天下之人而禍仁義者
장장적인이위인의여 솔천하지인이화인의자

는 必子之言夫인져.
필자지언부

【해설】 고자告子가 말하기를, "성性은 기류杞柳와 같고, 의義는 나무로 만
든 그릇과 같으니, 사람의 본성本性을 가지고 인의仁義를 행함은
기류杞柳를 가지고 그릇을 만드는 것과 같다"고 하니, 맹자께서
말씀하시기를, "그대는 기류杞柳의 성질을 순順하게 하여 그릇을

만드는가! 장차 기류杞柳를 해친 뒤에야 그릇을 만들 것이니, 만일 장차 기류杞柳를 해쳐서 그릇을 만든다면, 또한 장차 사람을 해쳐서 인의仁義를 한단 말인가? 천하 사람들을 몰아서 인의仁義를 해치게 할 것은 반드시 그대의 이 말일 것이다."고 하였다.

● 에세이

전국시대는 제자백가諸子百家가 나와서 모두 자신의 말이 가장 옳은 말이라고 외쳤으니, 본문의 고자告子도 백가百家의 한 사람으로, '성性은 기류杞柳와 같고, 의義는 나무로 만든 그릇과 같으니, 사람의 본성本性을 가지고 인의仁義를 행함은 기류杞柳를 가지고 그릇을 만드는 것과 같다.'고 하니, 맹자께서 '그대는 기류杞柳의 성질을 순順하게 하여 그릇을 만드는가! 장차 기류杞柳를 해친 뒤에야 그릇을 만들 것이니, 만일 장차 기류杞柳를 해쳐서 그릇을 만든다면, 또한 장차 사람을 해쳐서 인의仁義를 한단 말인가? 천하 사람들을 몰아서 인의仁義를 해치게 할 것은 반드시 그대의 이 말일 것이다.'고 하여 고자告子의 잘못된 말을 지적하였다.

맹자는 '성선설性善說'로 유명하니, 사람은 본래 모태에서 태어날 적에 착한 성품을 가지고 태어났다고 하였다. 그러나 후에 세상의 악함을 접하여 점차 악함에 물들어서 악하게 된다는 것이니, 그 더럽혀진 악함을 제거하면 도로 본래의 착함으로 돌아온다는 것이다. 이를 '알인욕존천리遏人慾存天理'라는 것이다. 이는 맹자 학문

의 하나의 핵심적 말씀이 된다.

　우리나라의 성호星湖(李瀷)[47] 선생께서 맹자에 대하여, '정도正道
를 보위하고 이단異端을 물리친 맹자의 공로는 우禹임금의 아래에
있지 않다.(衛正道闢異端 孟氏之功不在於禹下.)'고 하였으니, 우禹
는 9년의 홍수로 천하의 백성들이 모두 물에 빠져죽게 된 것을 치수
治水를 잘하여 모든 백성을 구제하였고, 맹자는 성인聖人의 학문이
이단異端의 학설에 묻히는 것을 막았으니, 두 사람의 공의 우열을
가리는 것이 어리석은 것이 아닌가 하고 필자는 생각한다.

杞 : 구기자 기　梧 : 그릇 배　棬 : 그릇 권　戕 : 해칠 장

47 이익李瀷 : 1. [인명] 조선 말기의 실학자(1681~1763). 2. 자는 자신自新, 호는 성호星
湖이다. 3. 유형원柳馨遠의 학문을 계승하여 실학의 대가가 되었다.

83 告子曰性은 猶湍水也라. 決諸東方則東流하고 決
고자왈성　유단수야　　결제동방즉동류　결

諸西方則西流하나니 人性之無分於善不善也는 猶
제서방즉서류　　　　인성지무분어선불선야　유

水之無分於東西也니라.
수지무분어동서야

〖해설〗 고자告子가 말하기를, "성性은 여울물과 같다. 그리하여 이것을 동
　　　　방으로 터놓으면 동쪽으로 흐르고, 서방으로 터놓으면 서쪽으로
　　　　흐르니, 인성人性이 선善과 불선不善에 구분이 없음은 마치 물이
　　　　동·서에 분별이 없는 것과 같다."고 하였다.

孟子曰 水信無分於東西어니와 無分於上下乎아
맹자왈　수신무분어동서　　　　무분어상하호

人性之善也猶水之就下也니 人無有不善하며 水
인성지선야유수지취하야　　인무유불선　　　수

無有不下니라. 今夫水를 搏而躍之면 可使過顙이며
무유불하　　　금부수　박이약지　　가사과상

激而行之면 可使在山이어니와 是豈水之性哉리오.
격이행지　가사재산　　　　시기수지성재

其勢則然也니 人之可使爲不善이 其性이 亦猶是
기세즉연야　인지가사위불선　기성　역유시

也니라.
야

〖해설〗 맹자께서 말씀하기를, "물은 진실로 동·서에 분별이 없거니와
　　　　상上·하下에도 분별이 없단 말인가? 인성人性의 착함은 물이 아

래로 내려가는 것과 같으니, 사람은 불선不善한 사람이 없으며, 물은 아래로 내려가지 않는 것이 없다. 지금 물을 쳐서 튀어 오르게 하면 이마를 지나게 할 수 있으며, 막아서 흐르게 하면 산에 있게 할 수도 있거니와, 이것이 어찌 물의 본성本性이겠는가? 그 형세가 그렇게 만든 것이다. 사람이 불선不善하게 함은 그 성性이 또한 이와 같은 것이다."고 하였다.

● 에세이

고자告子는 또 말하기를, '물은 여울물과 같으니, 동방으로 터놓으면 동쪽으로 흐르고, 서방으로 터놓으면 서쪽으로 흐르니, 인성人性의 선善·불선不善을 구별하지 못하는 것도 마치 물이 동·서에 흘러 분별이 없는 것과 같다.'고 하니, 맹자께서 '물은 진실로 동서에 분별이 없거니와 상·하에도 분별이 없단 말인가? 인성人性의 착함은 물이 아래로 내려가는 것과 같으니, 사람은 불선不善한 사람이 없으며, 물은 아래로 내려가지 않는 것이 없다.'고 하면서 반론을 제기한다.

그리고 또 '물은 위에서 아래로 내려갈 수밖에 없는 것과 같이 인성人性도 본래 착할 수밖에 없음을 말한다.'

맹자의 '인성人性은 본래 선善하다.'는 말씀은, 모태에서 나올 때의 성性을 말한다. 이런 착한 성품이 세상에 나와서 악함과 섞이면 악함에 물들어서 악한 행위를 하는 것이다. 그러므로 순자荀子의 성

악설은 후자後者의 성性, 즉 본성本性이 아닌 악함과 뒤섞인 성性을
말한 것이다.

湍 : 여울 단 搏 : 칠 박 躍 : 뛸 약 顙 : 이마 상 激 : 격동할 격

84 告子曰 生之謂性이니라. 孟子曰 生之謂性也는 猶
　　　고자왈　생지위성　　　　　　맹자왈　생지위성야　　유

白之謂白與아 曰然하다. 白羽之白也가 猶白雪之
백지위백여　　왈연　　　백우지백야　　유백설지

白이며 白雪之白이 猶白玉之白與아 曰然하다. 然則
백　　　백설지백　　유백옥지백여　　왈연　　　연칙

犬之性이 猶牛之性이며 牛之性이 猶人之性與아.
견지성　유우지성　　　우지성　유인지성여

〔해설〕 고자告子가 말하기를, "생生을 일러 성性이라 한다."고 하니,
　　　　맹자께서 말씀하시기를, "생生을 일러 성性이라 함은 백색白色을
　　　　백색白色이라고 하는 것과 같은 것인가?"
　　　　"그러하다."
　　　　"그렇다면 백우白羽의 백색이 백설白雪의 백색과 같으며, 백설白
　　　　雪의 백색이 백옥白玉의 백색과 같은 것인가?"
　　　　"그러하다."
　　　　"그렇다면 개의 성性이 소의 성性과 같으며, 소의 성性이 사람의
　　　　성性과 같단 말인가?"

에세이

　주자朱子께서 말했다. '성性이란 사람이 하늘에서 얻은 바의 이理
요, 생生이란 사람이 하늘에서 얻은 바의 기氣이니, 성性은 형이상形
而上이요, 기氣는 형이하形而下이다. 인물人物이 태어날 때에 이 성性
을 가지고 있지 않은 자가 없으며, 또한 이 기氣를 가지고 있지 않은
자가 없다. 그러나 기氣로써 말한다면, 지각知覺과 운동運動은 사람
과 동물이 다르지 않은 듯하나, 이理로써 말한다면, 인의예지仁義禮

智의 본성本性을 받음이, 어찌 동물이 얻어서 온전히 할 수 있는 것이겠는가? 이는 사람의 성性이 불선不善함이 없어서 만물의 영장靈長이 되는 이유이다.

고자告子는 성性이 이理라는 것을 알지 못하고, 이른바 기氣라는 것을 가지고 성性에 해당시켰다. 이 때문에 기류杞柳·단수湍水의 비유와 식색食色과 선善도 없고 불선不善도 없다는 등의 말이 종횡으로 틀리고 어지럽게 잘못되었는데, 이 장章의 오류가 바로 그 뿌리이다. 그렇게 된 이유는 다만 지각知覺과 운동運動의 움직이는 것이 사람과 동물이 같은 줄만 알고, 인의예지仁義禮智의 순수한 것은 사람과 동물이 다름을 몰랐기 때문이다. 맹자께서 이것으로써 꺾으셨으니, 그 의義가 정밀精密하다.' 고 하였다.

85 告子曰 食色이 性也니 仁은 內也라 非外也요 義는
고자왈 식색 성야 인 내야 비외야 의

外也라 非內也니라. 孟子曰 何以謂仁內義外也오
외야 비내야 맹자왈 하이위인내의외야

曰彼長而我長之요 非有長於我也니 猶彼白而我
왈피장이아장지 비유장어아야 유피백이아

白之라 從其白于外也라. 故로 謂之外也니라.
백지 종기백우외야 고 위지외야

〖해설〗 고자告子가 말하기를, "맛있는 음식을 먹고 예쁜 얼굴을 보는 것
이 성性이니, 인仁은 내면에 있고 외면에 있는 것이 아니며, 의義
는 외면에 있고 내면에 있는 것이 아니다." 고 하니, 맹자께서 말씀
하시기를, "어찌하여 인仁은 내면에 있고, 의義는 외면에 있다 이
르는가!" 고자告子가 말하기를, "저들이 어른이라고 하므로 내가
그를 어른으로 여기는 것이고, 나에게 그를 어른으로 섬기려는 존
경심이 있는 것은 아니니, 저들이 백색白色이라고 하므로 내가 그
것을 백색이라고 하여 그 백색을 외면에 따르는 것과 같다. 그러
므로 이것을 외면에 있다고 말하는 것이다." 고 하였다.

曰異於白馬之白也는 無以異於白人之白也어니와
왈이어백마지백야 무이이어백인지백야

不識케라 長馬之長也 無以異於長人之長與아 且
불식 장마지장야 무이이어장인지장여 차

謂長者義乎아 長之者義乎아 曰吾弟則愛之하고
위장자의호 장지자의호 왈오제즉애지

秦人之弟則不愛也하나니 是는 以我爲悅者也라. 故
진인지제즉불애야 시 이아위열자야 고

로 謂之內요 長楚人之長이며 亦長吾之長하나니 是
　　위지내　　　장초인지장　　　　역장오지장　　　　시

는 以長爲悅者也라. 故로 謂之外也라 하노라 曰耆秦
　　이장위열자야　　　고　　위지외야　　　　　　왈기진

人之炙가 無以異於耆吾炙하니 夫物이 則亦有然
인지자　　무이이어기오자　　　부물　　즉역유연

者也니 然則耆炙亦有外與아.
자야　　연즉기자역유외여

〖해설〗 맹자께서 말씀하기를, "말의 백색을 흰색이라 함은 사람의 백색
을 흰색이라고 하는 것과 다를 것이 없거니와 알지 못하겠으나,
말의 나이 많은 것을 가엾게 여김이 사람의 나이 많은 것을 어른
으로 존경함과 차이가 없단 말인가? 또 장자長者를 의義라고 여기
는가! 그를 장자長者로 높임을 의義라고 여기는가?"
고자告子가 말하기를, "내 아우이면 사랑하고, 진秦나라 사람의
아우이면 사랑하지 않으니, 이는 나를 위주로 하여 기쁨을 삼는
것이다. 그러므로 내면에 있다고 이른 것이고, 초楚나라 사람의
나이 많은 이를 어른으로 여기며, 또한 내 어른을 어른으로 여기
니, 이것은 어른을 위주로 하여 기쁨을 삼는 것이다. 그러므로 외
면에 있다고 이른 것이다."
맹자께서 말씀하시기를, "진秦나라 사람의 불고기를 좋아함이 나
의 불고기를 좋아함과 다를 것이 없으니, 물건은 또한 그런 것이
있는 것이다. 그렇다면 불고기를 좋아함도 또한 외면에 있단 말
인가." 고 하였다.

●에세이

고자告子는 사람의 지각知覺과 운동運動을 성性으로 여겼다. 그러
므로 말하기를, '사람이 음식을 좋아하고 색色을 좋아하는 것이 바

로 그 성性이다. 그러므로 인애仁愛의 마음은 내면에서 생기고, 사물의 마땅함은 밖에서 말미암는 것'이라고 하였다.

의義는 인仁의 안에 있는 당위적인 것이다. 즉 말해서, 인仁을 햇빛으로 비유하면 봄의 햇빛은 한없이 자애로운 빛이지만, 여름의 강렬한 빛은 식물을 태우기도 하고, 사람이 그 빛을 너무 많이 받으면 정신을 잃고 쓰러질 수도 있는 것이다. 그렇다고 해서 그 햇빛을 악하다고 해선 안 된다. 이런 경우에는 그 햇빛을 피하여 그늘로 들어가거나 시원한 물속으로 들어가야 한다. 이런 당위적 행위를 의義라고 하는 것이다.

인仁은 자애로운 마음이니, 이는 반드시 사람의 내면에 있는 것이고, 의義는 그 안에 포함되어 있으니, 의義도 또한 사람의 내면에 있는 것으로 봐야 한다.

86 孟季子問公都子曰 何以謂義內也오 曰行吾敬故
맹계자문공도자왈 하이위의내야 왈행오경고
로 謂之內也니라. 鄕人이 長於伯兄一歲면 則誰敬고
위지내야 향인 장어백형일세 즉수경
曰敬兄이니라. 酌則誰先고 曰先酌鄕人이니라. 所敬은
왈경형 작즉수선 왈선작향인 소경
在此하고 所長은 在彼하니 果在外라 非由內也로다.
재차 소장 재피 과재외 비유내야

〔해설〕맹계자孟季子가 공도자公都子에게 묻기를, "어찌하여 의義가 내면
에 있다 이르는가?" (공도자가 말하기를) "내가 경敬을 행하기 때
문에 내면에 있다 이르는 것이다."

"향인鄕人이 백형伯兄보다 나이가 한 살이 더 많으면 누구를 공경
하는가?"

"형을 공경한다."

"술을 따를 때에는 누구를 먼저 하는가?"

"먼저 향인鄕人에게 술을 따른다."

"그렇다면 공경하는 것은 여기(伯兄)에 있고, 어른으로 높이는 것
은 저기(鄕人)에 있으니, 의義는 과연 외면에 있고, 내면에서 나오
는 것이 아니구나."

公都子不能答하여 以告孟子한대 孟子曰敬叔父乎
공도자불능답 이고맹자 맹자왈경숙부호
아 敬弟乎아 하면 彼將曰 敬叔父라 하리라. 曰弟爲尸
경제호 피장왈경숙부 왈제위시
則誰敬고 彼將曰敬弟子라 하리라. 曰惡在其敬叔父
즉수경 피장왈경제자 왈오재기경숙부

也오 하면 彼將曰在位故也라 하리라. 子亦曰在位故
야   피 장 왈 재 위 고 야   자 역 왈 재 위 고

也라 하라. 庸敬은 在兄하고 斯須之敬은 在鄕人하니라.
야   용 경   재 형   사 수 지 경   재 향 인

〖해설〗 공도자가 대답하지 못하여 맹자께 고한대, 맹자께서 말씀하기를,
        " '숙부를 공경하는가? 아우를 공경하는가?' 하고 물으면, 저가
        장차 대답하기를, '숙부를 공경한다.' 할 것이다. '아우가 시동尸
        童[48]이 되면 누구를 공경하는가?' 하고 물으면, 저가 장차 대답하
        기를, '아우를 공경한다.' 할 것이다. 자네가 말하기를, '그렇다면
        숙부를 공경한다는 것이 어디에 있는가?' 하고 물으면, 저가 장차
        '(아우가 시동尸童의) 자리에 있기 때문이다.' 라고 대답할 것이니,
        자네 역시 '(향인鄕人이 빈객賓客의) 자리에 있기 때문이다.' 라고
        말하라. 평상시의 공경은 형에게 있고, 잠시의 공경은 향인에게
        있는 것이다."

季子聞之하고 曰敬叔父則敬하고 敬弟則敬하니 果
계 자 문 지   왈 경 숙 부 즉 경   경 제 즉 경   과

在外라 非由內也로다. 公都子曰 冬日則飮湯하고
재 외   비 유 내 야   공 도 자 왈   동 일 즉 음 탕

夏日則飮水하나니 然則飮食도 亦在外也로다.
하 일 즉 음 수   연 즉 음 식   역 재 외 야

〖해설〗 계자季子가 이 말을 듣고 말하기를, "숙부를 공경하게 되면 숙부
        를 공경하고, 아우를 공경하게 되면 아우를 공경하니, 의義는 과

____

48 시동尸童 : 예전에, 제사 때 신위神位 대신으로 앉혀 놓던 어린아이.

연 외면에 있는 것이요, 내면에서 말미암은 것이 아니로구나." 공
도자가 말하기를, "겨울에는 끓는 물을 마시고, 여름에는 찬물을
마시니, 그렇다면 마시고 먹는 것도 또한 외면에 있는 것일세."

● 에세이
　이 문장은 상문 기구耆炙의 뜻을 이은 문장이다.

87 公都子曰 告子曰性은 無善無不善也라 하고 或曰
공도자왈 고자왈성 무선무불선야 혹왈

性은 可以爲善이며 可以爲不善이니 是故로 文武興
성 가이위선 가이위불선 시고 문무흥

하면 則民好善하고 幽厲興하면 則民好暴라 하고 或
즉민호선 유려흥 즉민호포 혹

曰 有性善하며 有性不善하니 是故로 以堯爲君而
왈 유성선 유성불선 시고 이요위군이

有象하며 以瞽瞍爲父而有舜하며 以紂爲兄之子요
유상 이고수위부이유순 이주위형지자

且以爲君이로되 而有微子啓王子比干이라 하나니 今
차이위군 이유미자계왕자비간 금

曰性善이라 하니 然則彼皆非與잇가.
왈성선 연즉피개비여

【해설】 공도자公都子가 묻기를, "고자告子가 말하기를, '성性은 선善함도
없고 불선不善함도 없다.' 하고,

혹자는 말하기를, '성性은 선善할 수도 있으며, 불선不善할 수도
있으니, 이러므로 문왕과 무왕이 일어나면 백성들이 선善을 좋아
하고, 유왕幽王과 여왕厲王이 일어나면 백성들이 포악함을 좋아한
다.' 하며,

혹자는 말하기를, '성性이 선善한 이도 있고, 성性이 불선不善한
이도 있다. 그러므로 요堯를 군주君主로 삼았는데도 상象이 있었
으며, 고수瞽瞍를 아버지로 삼았는데도 순舜이 있었으며, 주왕紂
王을 형의 아들로 삼고 또 군주로 삼았는데도 미자微子 계啓와 왕
자 비간比干이 있었다.' 하니,

지금 (선생님께서) 성性이 선善하다고 말씀하시니, 그렇다면 저들
은 모두 틀린 것입니까?"

孟子曰 乃若其情則可以爲善矣니 乃所謂善也니
맹자왈 내약기정즉가이위선의 내소위선야

라 若夫爲不善은 非才之罪也니라 惻隱之心을 人
약부위불선 비재지죄야 측은지심 인

皆有之하며 羞惡之心을 人皆有之하며 恭敬之心을
개유지 수오지심 인개유지 공경지심

人皆有之하며 是非之心을 人皆有之하니 惻隱之心
인개유지 시비지심 인개유지 측은지심

은 仁也요 羞惡之心은 義也요 恭敬之心은 禮也요
인야 수오지심 의야 공경지심 예야

是非之心은 智也니 仁義禮智非由外鑠我也라. 我
시비지심 지야 인의례지비유외삭아야 아

固有之也언마는 弗思耳矣라. 故로 曰求則得之하고
고유지야 불사이의 고 왈구즉득지

舍則失之라 하니 或相倍蓰而無算者는 不能盡其
사즉실지 혹상배사이무산자 불능진기

才者也니라. 詩曰 天生蒸民하시니 有物有則이로다.
재자야 시왈 천생증민 유물유칙

民之秉彝라 好是懿德이라 하여늘 孔子曰 爲此詩者
민지병이 호시의덕 공자왈 위차시자

其知道乎인저. 故로 有物이면 必有則이니 民之秉彝
기지도호 고 유물 필유칙 민지병이

也라. 故로 好是懿德이라 하시니라.
야 고 호시의덕

〔해설〕 맹자께서 말씀하시기를, "그 정情으로 말하면 선善하다고 할 수
있으니, 이것이 내가 말하는 선善하다는 것이다. 불선不善을 하는
것으로 말하면 타고난 재질才質의 죄가 아니다. 측은惻隱한 마음
을 사람마다 다 가지고 있으며, 수오羞惡[49]한 마음을 사람마다 다

49 수오羞惡 : 옳지 못함을 부끄러워하고 착하지 못함을 미워함.

가지고 있으며, 공경恭敬하는 마음을 사람마다 다 가지고 있으며, 시비是非하는 마음을 사람마다 다 가지고 있으니, 측은한 마음은 인仁이고, 수오羞惡한 마음은 의義이고, 공경하는 마음은 예禮이고, 시비是非하는 마음은 지智이니, 인仁·의義·예禮·지智가 밖으로부터 나를 녹여서 들어오는 것이 아니고, 나에게 진실로 있는 것이지만 사람들이 생각하지 못할 뿐이다. 그러므로 말하기를, '구하면 얻고 버리면 잃는다.' 하는 것이니, 혹은 (선악善惡의) 거리가 서로 배倍가 되고, 다섯 배가 되어 계산할 수 없는 것은, 그 재질을 다하지 못했기 때문이다.

《시경》에서 이르기를, '하늘이 많은 백성을 내시니, 사물事物이 있으면 법이 있도다. 사람들이 마음에 떳떳한 본성本性을 가지고 있는지라. 이 아름다운 덕德을 좋아한다.' 하였는데, 공자께서 말씀하시기를, '이 시를 지은 자는 그 도道를 알 것이다. 그러므로 사물이 있으면 반드시 법이 있으니, 사람들이 떳떳한 본성本性을 가지고 있는지라. 그러므로 이 아름다운 덕德을 좋아한다.'" 고 하셨다.

● 에세이

맹자의 성선설性善說은 사단四端과 맞물린다. 본문에도 있듯이 사단四端은 〈공손추 상公孫丑上〉에서, "측은지심惻隱之心은 인仁의 단서이고, 수오지심羞惡之心은 의義의 단서이고, 사양지심辭讓之心은 예禮의 단서이고, 시비지심是非之心은 지智의 단서이다."라고 하였는데, 주자의 집주集註에, "측은, 수오, 사양, 시비는 정情이고, 인, 의, 예, 지는 성性이다. 단端은 실마리이다. 정情이 발함으로 인하여 성性의 본연을 볼 수 있으니, 마치 물건이 가운데에 있으면 실마리가 밖에 나타나는 것과 같다."라고 하였다.

《시경》에서 이르기를, "'하늘이 많은 백성을 내시니, 사물事物이 있으면 법이 있도다. 사람들이 마음에 떳떳한 본성本性을 가지고 있는지라. 이 아름다운 덕德을 좋아한다.' 하였는데, 공자께서 말씀하시기를, '이 시를 지은 자는 그 도道를 알 것이다. 그러므로 사물이 있으면 반드시 법이 있으니, 사람들이 떳떳한 본성本性을 가지고 있는지라. 그러므로 이 아름다운 덕德을 좋아한다.'"고 하셨는데, 필자는 '사물이 있으면 반드시 법이 있다.'라는 말씀을 전적으로 동의한다.

필자가 주말농장을 할 적에, 여러 종류의 잡풀이 많이 나는데, 그 잡풀 하나하나가 모두 나오는 시기가 다르고 꽃을 피우는 시기도 다르다. 그 잡풀의 씨앗이 각기 싹을 틔울 시기를 알고 또한 꽃을 피울 시기도 안다. 혹 같은 종種이 먼저 싹을 틔워 정상적으로 자라는 중에, 뒤늦게 싹을 틔운 묘苗가 있다면, 서로 키도 다르고 성장한 체體도 다르지만, 꽃을 피우는 시기는 똑같으니, 이는 그 종種이라면 꽃을 피우는 시기가 정해져 있으므로, 뒤늦게 자란 묘苗도 꽃을 피우는 것은 같으니, 따라서 먼저 자란 묘苗는 많은 꽃을 피우지만, 늦게 자란 묘苗는 두세 개의 꽃만 피우는 것을 필자는 보았으니, 모든 사물에는 그 나름의 법칙이 반드시 존재한다는 것을 알았다.

그리고 꽃을 피우는 것은 씨를 남겨서 내년에도 후년에도 계속 이 땅에 뿌리를 내리고 살려는 것이니, 이것이 본성이고 본선本善인 것이다.

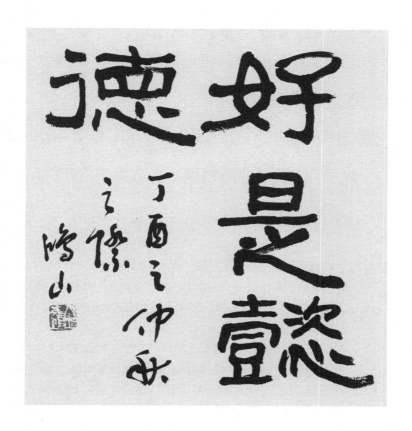

惻:슬플 측　羞:부끄러울 수　惡:부끄러울 오　鑠:녹일 삭　徙:다섯 갑절 사
蒸:무리 증　秉:잡을 병　彝:떳떳할 리　懿:아름다울 의

88 孟子曰 富歲엔 子弟多賴하고 凶歲엔 子弟多暴하
맹자왈 부세 자제다뢰   흉세   자제다폭

니 非天之降才爾殊也라 其所以陷溺其心者然也
비천지강재이수야   기소이함닉기심자연야

니라. 今夫麰麥을 播種而耰之하되 其地同하며 樹之
금부모맥 파종이우지   기지동   수지

時又同하면 浡然而生하여 至於日至之時하여 皆熟
시우동   발연이생   지어일지지시   개숙

矣나니 雖有不同이나 則地有肥磽하며 雨露之養과
의   수유부동   즉지유비교   우로지양

人事之不齊也니라. 故로 凡同類者擧相似也니 何
인사지부제야   고 범동류자거상사야   하

獨至於人而疑之리오 聖人도 與我同類者시니라. 故
독지어인이의지   성인 여아동류자   고

로 龍子曰 不知足而爲屨라도 我知其不爲蕢也라
용자왈 부지족이위구   아지기불위괴야

하니 屨之相似는 天下之足이 同也일새니라.
구지상사   천하지족   동야

〔해설〕 맹자께서 말씀하시기를, "풍년에는 자제子弟들이 의지함이 많고,
흉년에는 자제들이 포악함이 많으니, 하늘에서 재주를 내림이 이
와 같이 다른 것이 아니라, 그 마음을 빠뜨리는 것이 그렇게 만드
는 것이다.

지금 보리를 파종하고 씨앗을 덮되, 그 땅이 똑같으며 심는 시기
가 똑같으면, 발연浡然히 싹이 나와서 일지日至(하지)의 때에 이르
러 모두 익으니, 비록 똑같지 않음이 있으나 땅은 비옥하고 척박
함이 있으며, 우로雨露의 기름과 가꾸는 일이 똑같지 않기 때문이
다. 그러므로 무릇 동류인 것은 대부분 서로 같으니, 어찌 홀로 사
람에 이르러서만 의심을 하겠는가? 성인聖人도 나와 같은 자이시
다.

그러므로 용자龍子가 말하기를, '발을 알지 못하고 신을 만들더라도 내가 삼태기처럼 만들지 않음을 안다.' 하였으니, 신이 서로 비슷함은 천하의 발이 같기 때문이다.

口之于味에 有同耆也하니 易牙는 先得我口之所
구 지 우 미   유 동 기 야   역 아   선 득 아 구 지 소

耆者也라. 如使口之於味也에 其性이 與人殊가 若
기 자 야   여 사 구 지 어 미 야   기 성   여 인 수   약

犬馬之與我不同類也면 則天下何耆를 皆從易牙
견 마 지 여 아 불 동 류 야   즉 천 하 하 기   개 종 역 아

之于味也리오 至于味하여는 天下期于易牙하나니 是
지 우 미 야   지 우 미   천 하 기 우 역 아   시

는 天下之口相似也일새라. 惟耳도 亦然하니 至于聲
   천 하 지 구 상 사 야   유 이   역 연   지 우 성

하여는 天下期于師曠하나니 是는 天下之耳相似也일
   천 하 기 우 사 광   시   천 하 지 이 상 사 야

새니라.

〖해설〗 입의 맛에 있어서 똑같이 즐김이 있으니, 역아易牙는 먼저 우리 입이 즐기는 것을 안 자이다. 가령 입의 맛에 있어서 그 성性이 남과 다름이 마치 개와 말이 우리와 동류가 아닌 것처럼 다르다면, 천하가 어찌 맛을 즐기기를 모두 역아易牙가 조리한 맛을 따르듯이 하겠는가? 맛에 이르러서는 천하가 역아易牙가 되기를 기대하나니, 이는 천하의 입이 서로 같기 때문이다.
　　귀도 또한 그러하니, 소리에 이르러서는 천하가 사광師曠이 되기를 기대하나니, 이는 천하의 귀가 서로 같기 때문이다.

惟目도 亦然하니 至于子都하여는 天下莫不知其姣
유 목   역 연   지 우 자 도   천 하 막 부 지 기 교

也하나니 不知子都之姣者는 無目者也니라. 故로 曰
야   부 지 자 도 지 교 자   무 목 자 야   고   왈

口之於味也에 有同耆焉하며 耳之於聲也에 有同
구 지 어 미 야   유 동 기 언   이 지 어 성 야   유 동

聽焉하며 目之於色也에 有同美焉하니 至於心하여는
청 언   목 지 어 색 야   유 동 미 언   지 어 심

獨無所同然乎아 心之所同然者는 何也오 謂理也
독 무 소 동 연 호   심 지 소 동 연 자   하 야   위 리 야

義也라. 聖人은 先得我心之所同然耳시니 故로 理
의 야   성 인   선 득 아 심 지 소 동 연 이   고   이

義之悅我心이 猶芻豢之悅我口니라.
의 지 열 아 심   유 추 환 지 열 아 구

【해설】 눈도 또한 그러하니, 자도子都에 이르러서는 천하가 그 아름다움
을 알지 못하는 이가 없으니, 자도子都의 아름다움을 알지 못하는
자는 눈이 없는 자이니라.
그러므로 말하기를, '입이 맛에 있어서 똑같이 즐김이 있으며, 귀
가 소리에 있어서 똑같이 들음이 있으며, 눈이 색色에 있어서 똑
같이 아름답게 여김이 있다.' 고 하는 것이니, 마음에 이르러서만
홀로 똑같이 옳게 여기는 바가 없겠는가! 마음에 똑같이 옳게 여
긴다는 것은 어떤 것인가? 이理와 의義를 말한다. 성인聖人은 우
리 마음에 똑같이 옳게 여기는 바를 먼저 아셨다. 그러므로 이理
와 의義가 우리 마음에 기쁨은 추환芻豢이 우리 입에 좋음과 같은
것이다."

　사람의 마음은 성인聖人도 우리들과 똑같음을 말씀하신 내용이
니, 오직 다른 것은 성인聖人께서는 일찍 깨치신 사람이고, 우리들
은 성인의 말씀을 배워서 앎에 이르는 것이 다를 뿐이다.

　채소나 곡식을 심어보면 어떤 곳은 무럭무럭 잘 자라는데, 어떤
곳은 잘 자라지 않는 경우가 있으니, 이는 씨앗이 달라서 그런 것이
아니고, 땅이 비옥한 땅이냐 척박한 땅이냐에 따라서 많은 수확을
하기도 하고 또는 적은 수확을 하기도 한다.

　필자가 주말농장에서 약간의 퇴비 비료를 뿌리고 고추를 심고 그
리고 비료도 주었다. 그러나 아무리 비료를 많이 주어도 농부가 키
우는 고추처럼 키가 훌쩍 크지 않았다. 그러므로 필자는 이를 연구
하여 보니, 척박한 땅에는 아무리 비료를 많이 주어도 키가 커서 많
은 수확을 얻기는 어렵다는 것을 깨달았다.

　이는 무엇을 말하는가! 땅에 밑거름이 많이 있을 때만이 비료를
주면 쑥쑥 크고, 그렇지 못한 척박한 땅에는 비료를 아무리 많이 주
어도 그 비료만큼 많이 자라지 않는다는 것을 알았다.

　사람도 공부를 할 때에 기초를 튼튼하게 해놓고 공부를 해야만
그 튼튼한 기초 위에 훌륭한 사람이 만들어진다. 만약 기초를 튼튼
히 닦지 않은 사람이라면 아무리 재주가 좋다 해도 기초가 튼튼한
사람을 따라가지 못한다는 것을 위의 고추를 키우는 예에서 배울

수가 있는 것이다.

본문의 맹자께서도 이를 말씀한 것이 아닌가 하고 생각한다.

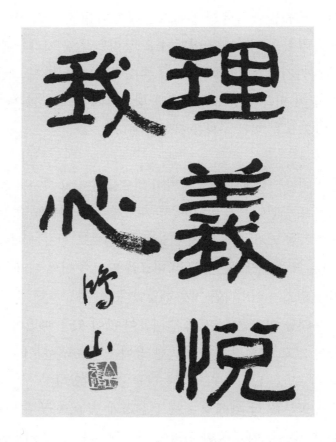

賴 : 의지할 뢰 暴 : 사나울 폭 殊 : 다를 수 陷 : 빠질 함 溺 : 빠질 닉 麰 : 보리 모
耰 : 씨를 덮을 우 浡 : 일어날 발 熟 : 익을 숙 磽 : 매마른 땅 교 屨 : 신 구 蕢 :
삼태기 괴 耆 : 즐길 기 曠 : 밝을 광 姣 : 아름다울 교 芻 : 꼴 추 豢 : 기를 환

89 孟子曰 牛山之木이 嘗美矣러니 以其郊於大國也라
맹자왈 우산지목 상미의 이기교어대국야

斧斤이 伐之어니 可以爲美乎아 是其日夜之所息과
부근 벌지 가이위미호 시기일야지소식

雨露之所潤에 非無萌蘗之生焉이언마는 牛羊이 又
우로지소윤 비무맹얼지생언 우양 우

從而牧之라 是以로 若彼濯濯也하니 人見其濯濯也
종이목지 시이 약피탁탁야 인견기탁탁야

하고 以爲未嘗有材焉하니 此豈山之性也哉리오.
이위미상유재언 차기산지성야재

〖해설〗 맹자께서 말씀하시기를, "우산牛山의 나무가 일찍이 아름다웠는
데, 대국大國의 교외郊外이기 때문에 도끼로 매일 나무를 베어가
니, 아름답게 될 수 있겠는가. 이는 그 일야日夜에 자라나는 바와
우로雨露가 적셔주는 바에 싹이 나오는 것이 없지 않건마는, 소와
양이 또 따라서 방목되므로, 이 때문에 저와 같이 탁탁濯濯하게 되
었다. 사람들은 그 탁탁濯濯[50]한 것만을 보고는 일찍이 훌륭한 재
목이 있은 적이 없다고 여기니, 이것이 어찌 산의 성품이겠는가.

雖存乎人者인들 豈無仁義之心哉리오마는 其所以
수존호인자 기무인의지심재 기소이

放其良心者 亦猶斧斤之於木也에 旦旦而伐之어
방기량심자 역유부근지어목야 단단이벌지

니 可以爲美乎아 其日夜之所息과 平旦之氣에 其
가이위미호 기일야지소식 평단지기 기

---

50 탁탁濯濯 : 빛나고 깨끗한 모양이다.

好惡與人相近也者幾希어늘 則其旦晝之所爲 有
호오여인상근야자기회 즉기단주지소위 유

梏亡之矣나니 梏之反覆이면 則其夜氣不足以存이
곡망지의 곡지반복이면 즉기야기부족이존

요 夜氣不足以存이면 則其違禽獸不遠矣니 人見
야기부족이존 즉기위금수불원의 인견

其禽獸也하고 而以爲未嘗有才焉者라 하니 是豈人
기금수야 이이위미상유재언자 시기인

之情也哉리오.
지정야재

〖해설〗 비록 사람에게 보존된 것인들 어찌 인의仁義의 마음이 없으리요
마는 그 양심良心을 잃어버림이 또한 도끼가 나무에 대하여 아침
마다 베어가는 것과 같으니, 이렇게 하고서도 아름답게 될 수 있
겠는가! 일야日夜에 자라나는 바와 평단平旦의 맑은 기운에 그 좋
아하고 미워함이 남들과 서로 가까운 것이 얼마 되지 않는데, 낮
에 하는 소행이 이것을 곡망梏亡[51]하니, 곡망梏亡하기를 반복하면
야기夜氣가 족히 보존될 수 없고, 야기夜氣가 보존될 수 없으면 금
수禽獸와 거리가 가깝게 된다. 사람이 그 금수禽獸같은 행실만 보
고는 일찍이 훌륭한 재질材質이 있지 않았다고 여기니, 이것이 어
찌 사람의 실정이겠는가!

故로 苟得其養이면 無物不長이요 苟失其養이면 無
고 구득기양 무물불장 구실기양 무

---

51 곡망梏亡 : 어지럽게 하여 멸滅함.

物不消니라. 孔子曰 操則存하고 舍則亡하여 出入無
물 불 소   공 자 왈 조 즉 존   사 즉 망   출 입 무

時하며 莫知其鄕은 惟心之謂與인저 하시니라.
시   막 지 기 향   유 심 지 위 여

〖해설〗 그러므로 만일 그 기름을 얻으면 물건마다 자라지 않음이 없고,
만일 그 기름을 잃으면 물건마다 사라지지 않음이 없는 것이다.
공자께서 말씀하시기를, '잡으면 보존되고 놓으면 잃어서 나가고
들어옴이 정한 때가 없으며, 그 방향을 알 수 없는 것은 오직 사람
의 마음을 두고 말한 것이다.'" 하셨다.

● 에세이

사람의 마음을 기름이 산이 나무를 기름과 같은데, 산의 나무를
날마다 사람들이 톱과 도끼를 들고 와서 베어가고, 거기에 소와 양
을 풀어놓아서 나뭇잎을 다 뜯어먹으니, 산에는 재목이 자랄 수가
없다. 이와 같이 사람의 마음도 잘 길러야 하는데, 잘 기르지 않고
놓아두니 날마다 황폐해져서 양심을 잃고 마는 것이다.

양심은 원래 존재하는 선심善心이니, 곧 이는 인의仁義의 마음이
된다. 공자께서는 '이 마음을 잡으면 그 마음이 여기에 있고, 그 마
음을 놓으면 잃어버려서 그 출입이 정해진 때가 없으며, 또한 정처
定處가 없음이 이와 같다.'고 하셨으니, 맹자는 이 말씀을 인용해서
본심을 보존할 것을 말씀한 것이다.

주자가 스승께 들은 말은 다음과 같다. '사람은 의리의 마음이 일찍이 없지 않으니, 오직 이것을 잡아 잘 지키면 바로 양심이 여기에 있는 것이다. 만일 낮 사이에 곡망梏亡시키는 데에 이르지 않는다면 야기夜氣가 더욱 맑아질 것이요, 야기夜氣가 맑아지면 평단平旦에 사물과 접하지 않았을 때에 담연湛然히 허명虛明한 기상을 스스로 볼 수 있을 것이다.' 라고 하였다.

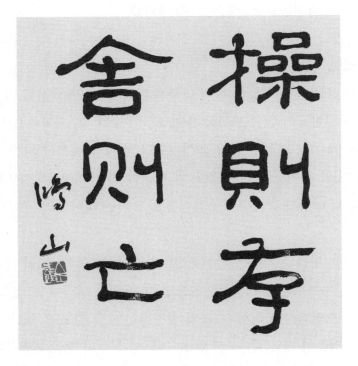

郊:들 교 斧:도끼 부 息:쉴 식 蘖:싹 얼 濯:씻을 탁 梏:쇠고랑 곡 覆:덮을 복 操:잡을 조

90 孟子曰 無或乎王之不智也로다. 雖有天下易生之
맹자왈 무혹호왕지불지야 수유천하이생지

物也나 一日暴之요 十日寒之면 未有能生者也니
물야 일일폭지 십일한지 미유능생자야

吾見이 亦罕矣요 吾退而寒之者至矣니 吾如有萌
오견 역한의 오퇴이한지자지의 오여유맹

焉에 何哉리오.
언 하재

〖해설〗 맹자께서 말씀하시기를, "왕王의 지혜롭지 못함이 이상할 것이 없
구나! 비록 천하에 쉽게 생장生長하는 물건이 있더라도 하루 동안
햇볕을 쪼이고 열흘 동안 춥게 하면 능히 생장生長할 수가 없으니,
내가 임금을 뵘이 또한 드물고, 내가 물러나오면 임금의 마음을
차갑게 하는 자가 이르나니, 싹이 있은들 내가 어떻게 할 수 있겠
는가!

今夫奕之爲數가 小數也나 不專心致志면 則不得
금부혁지위수 소수야 불전심치지 즉부득

也라. 奕秋는 通國之善奕者也니 使奕秋로 誨二人
야 혁추 통국지선혁자야 사혁추 회이인

奕이어든 其一人은 專心致志하여 惟奕秋之爲聽하고
혁 기일인 전심치지 유혁추지위청

一人은 雖聽之나 一心에 以爲有鴻鵠將至어든 思
일인 수청지 일심 이위유홍곡장지 사

援弓繳而射之하면 雖與之俱學이라도 弗若之矣나니
원궁격이사지 수여지구학 불약지의

爲是其智弗若與아 曰非然也니라.
위시기지불약여 왈비연야

253

〚해설〛지금 바둑의 수가 작은 기술이나 전심하여 뜻을 다하지 않으면 터득하지 못한다. 혁추奕秋는 온 나라에서 바둑을 잘 두는 자이다. 혁추奕秋로 하여금 두 사람에게 바둑을 가르치게 하였거늘, 그중에 한 사람은 전심으로 뜻을 다하여 오직 혁추의 말을 듣고, 한 사람은 비록 듣기는 하나, 마음 한편에 기러기와 큰 새가 장차 이르거든 활과 주살을 당겨서 쏠 것을 생각한다면, 비록 그와 더불어 똑같이 배운다 하더라도 그만 못할 것이니, 이것은 그 지혜가 그만 못해서인가! 그렇지 않다.”고 하였다.

에세이

옛적에 사士는 왕을 잘 만나야만 자신이 꿈꾼 이상의 세계를 실현하였다. 맹자도 당시 현명한 임금을 만나서 자신이 가지고 있는 이상을 실현해서 나라는 부국강병富國强兵한 나라로 만들고, 백성은 살기 편안하게 하려고 많은 왕을 만났지만, 항상 그곳에는 맹자와 접촉을 막는 간신들이 있었으므로, 이를 실현하지 못하고 말씀하시기를 ‘왕王의 지혜롭지 못함이 이상할 것이 없구나!’고 개탄하였던 것이다.

맹자께서 왕을 만나서 부국강병에 대해서 설명을 하고 나오면, 이내 간신들이 나와서 맹자의 말은 믿을 수가 없는 말이라고 떠들어대니, 왕의 마음은 늘 흔들릴 수밖에 없다.

그리고 왕의 배우려는 자세도 좋지 않아서 맹자를 만났을 때는 ‘예예’ 하고 응답하면서도, 생각은 사냥을 하고 음주가무飮酒歌舞하

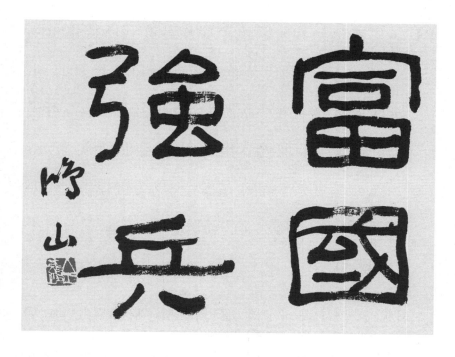

는 곳에 있다면 맹자의 가르침은 공허한 가르침이 될 것이다. 그러므로 맹자께서는 바둑을 잘 두는 혁추奕秋의 예를 들어서 왕의 공부하는 태도를 나무란 것이다.

罕：드물 한　奕：바둑 혁　鴻：기러기 홍　鵠：고니 곡　援：구원할 원　繳：주살의 줄 격

91 孟子曰魚도 我所欲也며 熊掌도 亦我所欲也언마는
맹자왈어 아소욕야 웅장 역아소욕야

二者를 不可得兼인댄 舍魚而取熊掌者也로리라 生
이자 불가득겸 사어이취웅장자야 생

亦我所欲也며 義亦我所欲也언마는 二者를 不可得
역아소욕야 의역아소욕야 이자 불가득

兼인댄 舍生而取義者也로리라 生亦我所欲이언마는
겸 사생이취의자야 생역아소욕

所欲이 有甚於生者라. 故로 不爲苟得也하며 死亦
소욕 유심어생자 고 불위구득야 사역

我所惡언마는 所惡가 有甚於死者라. 故로 患有所不
아소오 소오 유심어사자 고 환유소불

辟(避)也니라.
피 야

〖해설〗 맹자께서 말씀하시기를, "물고기도 내가 (먹기를) 원하는 바요, 곰
발바닥도 내가 (먹기를) 원하는 바이지만, 이 두 가지를 겸하여 얻
을 수 없을진댄 물고기를 버리고 곰 발바닥을 취하겠다. 삶도 내
가 원하는 바요, 의義도 내가 원하는 바이지만, 이 두 가지를 겸하
여 얻을 수 없을진댄 삶을 버리고 의義를 취하겠다.
　　삶도 내가 원하는 바이지만, 원하는 바가 삶보다 심한 것이 있다.
그러므로 삶을 구차히 얻으려고 하지 않는 것이며, 죽음도 내가
싫어하는 바이지만, 싫어하는 바가 죽음보다 심한 것이 있다. 그
러므로 환란을 피하지 않는 바가 있는 것이다.

如使人之所欲이 莫甚於生이면 則凡可以得生者를
여사인지소욕 막심어생 즉범가이득생자

何不用也며 使人之所惡가 莫甚於死者면 則凡可
하 불 용 야　　사 인 지 소 오　　막 심 어 사 자　　즉 범 가

以辟患者를 何不爲也리오. 由是라 則生而有不用
이 피 환 자　　하 불 위 야　　　유 시　　즉 생 이 유 불 용

也하며 由是라 則可以辟患而有不爲也니라 是故로
야　　유 시　　즉 가 이 피 환 이 유 불 위 야　　시 고

所欲이 有甚於生者하며 所惡가 有甚于死者하니 非
소 욕　　유 심 어 생 자　　소 오　　유 심 우 사 자　　비

獨賢者有是心也라 人皆有之언마는 賢者는 能勿喪
독 현 자 유 시 심 야　　인 개 유 지　　　현 자　　능 물 상

耳니라. 一簞食와 一豆羹을 得之則生하고 弗得則死
이　　일 단 사　　일 두 갱　　득 지 즉 생　　부 득 즉 사

라도 嘑爾而與之면 行道之人도 弗受하며 蹴爾而與
호 이 이 여 지　　행 도 지 인　　불 수　　축 이 이 여

之면 乞人도 不屑也니라.
지　　걸 인　　불 설 야

〖해설〗 가령 사람들이 원하는 바가 삶보다 심한 것이 없다면 모든 삶을
얻을 수 있는 방법을 어찌 쓰지 않겠으며, 가령 사람들이 싫어하
는 바가 죽음보다 심한 것이 없다면, 모든 환란을 피할 수 있는 방
법을 어찌 쓰지 않겠는가!
이 때문에 살 수 있는데도 (그 방법을) 쓰지 않음이 있으며, 이때
문에 화를 피할 수 있는데도 하지 않음이 있는 것이다.
이러므로 원하는 바가 삶보다 심한 것이 있으며, 싫어하는 바가
죽음보다 심한 것이 있으니, 다만 현자賢者만이 이러한 마음을 가
지고 있는 것이 아니라 사람마다 다 가지고 있건마는, 현자賢者는
능히 이것을 잃지 않을 뿐이다.
한 그릇의 밥과 한 그릇의 국을 얻으면 살고, 얻지 못하면 죽더라
도 혀를 차고 꾸짖으며, 주면 길 가는 사람도 받지 않으며, 발로
밟고 주면 걸인乞人도 좋게 여기지 않는다.

萬鍾則不辨禮義而受之하나니 萬鍾이 于我何加焉
만종즉불변례의이수지   만종   우아하가언

이리요. 爲宮室之美와 妻妾之奉과 所識窮乏者得我
       위궁실지미   처첩지봉   소식궁핍자득아

與인저 鄕爲身엔 死而不受라가 今爲宮室之美하여
여   향위신   사이불수   금위궁실지미

爲之하며 鄕爲身엔 死而不受라가 今爲妻妾之奉하
위지   향위신   사이불수   금위처첩지봉

여 爲之하며 鄕爲身엔 死而不受라가 今爲所識窮乏
   위지   향위신   사이불수   금위소식궁핍

者得我而爲之하나니 是亦不可以已乎아 此之謂失
자득아이위지   시역불가이이호   차지위실

其本心이니라.
기본심

『해설』 만종萬鍾의 녹祿[52]은 예의禮義를 분별하지 않고 받나니, 만종萬鍾
이 나에게 무슨 보탬이 있겠는가! 궁실宮室의 아름다움과 처첩妻
妾의 받듦과 내가 알고 있는 궁핍한 자가 나를 고맙게 여김을 위
해서일 것이다.

지난번 자신을 위해서는 죽어도 받지 않다가 이제 궁실의 아름다
움을 위해서 그 짓을 하며, 지난번 자신을 위해서는 죽어도 받지
않다가 이제 처첩妻妾의 받듦을 위하여 그 짓을 하며, 지난번 자
신을 위해서는 죽어도 받지 않다가, 이제 알고 있는 바의 궁핍한
자가 나를 고맙게 여김을 위하여 그 짓을 하니, 이 또한 그만둘 수
는 없는가! 이를 일러 '그 본심을 잃었다.' 고 하는 것이다.

---

52 만종萬從의 녹祿 : 매우 많은 녹봉祿俸.

　물고기로 만든 음식도 맛이 있는 음식이고, 곰 발바닥으로 만든 음식도 맛이 있는 음식이나, 이 둘 중에 하나를 취하라면, 곰 발바닥으로 만든 음식을 먹을 것이고, 그리고 사람이 생명을 연장하며 사는 것도 내가 원하는 것이고, 살아가는데 꼭 필요한 의義도 원하는 바이나, 이 둘 중에 하나를 취하라고 하면 맹자께서는 의義를 취하겠다는 것이다.

　《논어》〈이인里仁〉에서 공자께서는 "아침에 도道를 들으면 저녁에 죽어도 좋다.(朝聞道 夕死可矣.)"라고 하셨고, 이에 대해서 주희朱熹는 "도道는 사물의 당연한 이치이니, 참으로 이것을 얻어 듣는다면, 살아서는 이치에 순하고 죽어서는 편안하여 다시 남은 한이 없을 것이다.(道者事物當然之理 苟得聞之 則生順死安 無復遺恨矣.)"라고 주석하였으며, 장재張載는 〈서명西銘〉에서 "살아서는 천리天理에 따라 일을 행하고, 죽을 때에는 마음 편히 부끄러움이 없다.(存吾順事 沒吾寧也.)"라고 하였으니, 모두 궤軌를 같이하는 말씀이다.

　우리가 일제의 식민치하에서 살적에, 청년 안중근은 중국 하얼빈에서 일본의 내각총리 이등박문을 권총으로 쏘아 죽이고 여순감옥에 투옥되었다가 사형당하여 젊은 나이에 죽었는데, 이도 또한 의義

를 취한 행위로, 당시 중국의 그 수많은 사람들도 못한 일을 우리의
안중근 의사가 해낸 것이다.

필자는 안중근 의사가 투옥되었던 '여순감옥'을 두 차례에 걸쳐
방문하여 예를 갖춘 일이 있다. 정말 안중근 의사는 맹자의 본문을
충실히 따른 사람으로, 현자賢者로 봐야 할 것이다.

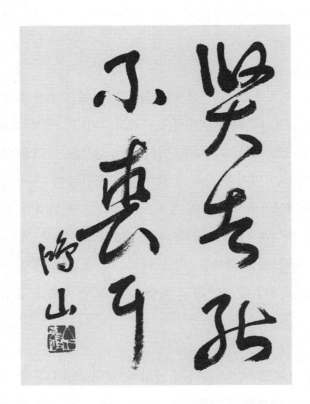

熊 : 곰 웅 掌 : 손바닥 장 辟 : 피할 피 簞 : 도시락 단 嘑 : 부르짖을 호 蹴 : 찰 축
鍾 : 쇠북 종 辨 : 분변할 변

92 孟子曰仁은 人心也요 義는 人路也니라 舍其路而
맹자왈인　인심야　의　인로야　사기로이

弗由하며 放其心而不知求하나니 哀哉라. 人有雞犬
불유　방기심이부지구　애재　인유계견

放이면 則知求之하되 有放心而不知求하나니 學問
방　즉지구지　유방심이불지구　학문

之道는 無他라 求其放心而已矣니라.
지도　무타　구기방심이이의

〔해설〕 맹자께서 말씀하시기를, "인仁은 사람의 마음이요, 의義는 사람의
길이다. 그 길을 버리고 따르지 않으며, 그 마음을 잃어버리고 찾
을 줄을 모르니, 슬프다.
사람이 닭과 개가 도망가면 찾을 줄을 알되, 마음을 잃고서는 찾
을 줄을 알지 못하나니, 학문하는 방법은 다른 것이 없다. 그 잃어
버린 마음을 찾는 것일 뿐이다." 고 하였다.

●에세이

인仁은 봄의 해같이 따뜻하고, 그리고 봄바람처럼 훈훈하여 온
천지에 생명을 불어넣어주는 천리天理이니, 이것이 사람의 마음이
라는 것이고, 의義는 사람이 가야 할 길이니, 의義롭지 않은 돈은 받
지 말아야 하고, 의義가 없는 자리는 앉지 말아야 한다. 벗을 사귀는
데도 반드시 신의信義가 필요하니, 사람은 이 신의를 잃으면 사람으
로 대접을 받지 못하는 것이고, 벗도 달아나버리는 것이다.

그리고 사람은 자신이 키우는 닭과 개가 달아나면 찾을 줄을 알

지만, 자신의 양심良心을 잃어버리고서는 이를 구할 줄을 모른다고 맹자는 애석해하여 마지않았다. 그러므로 학문하는 길이 다른 것이 아니고 그 잃어버린 양심을 찾는 것일 뿐이라고 하였다. 이 세상에서 가장 중요한 것이 양심을 보존하며 살아가는 것이다. 만약 양심을 버리고 찾지 않으면 이는 금수禽獸와 똑같은 사람이 되기 때문이다.

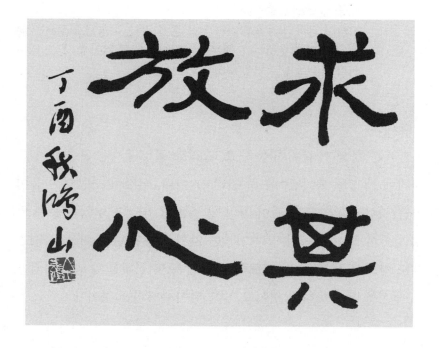

舍 : 놀 사

93 孟子曰 今有無名之指屈而不信(伸)이 非疾痛害
　　　　맹 자 왈　금 유 무 명 지 지 굴 이 불 신　　　　　　비 질 통 해

事也언마는 如有能信之者면 則不遠秦楚之路하나니
사 야　　　　여 유 능 신 지 자　　칙 불 원 진 초 지 로

爲指之不若人也니라. 指不若人이면 則知惡之하되
위 지 지 불 약 인 야　　　　지 불 약 인　　　칙 지 오 지

心不若人이면 則不知惡하나니 此之謂不知類也니라.
심 불 약 인　　칙 불 지 오　　　　차 지 위 불 지 류 야

【해설】 맹자께서 말씀하시기를, "지금 무명지無名指가 굽어서 펴지지 않
　　　　는 것이 아프거나 일에 해가 되지 않건마는, 만일 이를 펴주는 자
　　　　가 있으면 진초秦楚의 길을 멀다 여기지 않고 찾아가니, 이는 손가
　　　　락이 남들과 같지 않기 때문이다.
　　　　손가락이 남들과 같지 않으면 이것을 싫어할 줄 알되, 마음이 남
　　　　들과 같지 않으면 이것을 싫어할 줄 모르나니, 이것을 일러 유類
　　　　를 알지 못한다고 하는 것이다." 고 하였다.

●에세이

　이 장은 인체의 드러나는 부분과 드러나지 않는 부분을 가지고
말씀하였으니, 사람의 심心과 체體를 가지고 말씀한 것이다.

　사람의 몸은 밖으로 드러나지 않은 마음이 뇌를 통하여 주관한
다. 그러므로 드러난 육체보다는 드러나지 않은 심지心志가 더 중요
한 것이다.

　그러나 요즘의 사람들은 사람을 평할 때에 밖으로 드러난 몸만
가지고 평을 하니, 그러므로 마음에는 악이 가득 쌓였을지라도 겉

만 예쁘면 모두 좋다고 하는 데서 문제가 생기는 것이다.

　사람은 마음이 예뻐야 하는 것은 다시 강조하지 않아도 누구나
다 잘 안다. 그러나 이는 외부에 나타나 보이지 않기 때문에 잘 보이
지를 않는다.

　일례로, 역적 이완용 같은 사람도 겉으로 보면 두뇌도 좋고 공부
도 많이 했으며, 글씨도 잘 쓰고 지위도 높으므로 뭐 하나 나무랄 데
가 없다. 그러나 국가를 망각하고 오직 자신의 영달만을 위해서 일
을 했기 때문에 지금까지 지탄을 받는 것이다. 이완용이 마음까지
훌륭해서 국가를 위해서 좋은 일을 많이 했다면, 왜 지탄을 받겠는
가!

　그러므로 맹자는 눈으로 보이지 않는 잃어버린 마음을 찾아서 사
람답게 살아야 사람이 된다는 것을 누차 설명하고 반복하여 말씀하
는 것이다. 이를 '구기방심求其放心' 이라 한다.

屈 : 굽힐 굴　害 : 해할 해　秦 : 진나라 진　楚 : 초나라 초

94 孟子曰 拱把之桐梓를 人苟欲生之인댄 皆知所以
　　　맹자왈　공파지동재　　　인구욕생지　　　개지소이

養之者로되 至於身하여는 而不知所以養之者하나니
양지자　　　　지어신　　　　이부지소이양지자

豈愛身이 不若桐梓哉리오 弗思甚也일새니라.
기애신　　불약동재재　　　불사심야

〖해설〗 맹자께서 말씀하시기를, "공拱·파把[53]의 오동나무와 재梓나무를
　　　　사람들이 만일 생장시키고자 한다면 모두 이를 기르는 방법을 알
　　　　되, 몸에 이르러서는 몸을 기르는 방법을 알지 못하니, 어찌 몸을
　　　　사랑함이 오동나무와 재梓나무만 못해서이겠는가! 생각하지 않음
　　　　이 심한 것이다."고 하였다.

●에세이

　본 장의 말씀은 상장上章의 말씀을 이은 말씀이니, 옛적에는 둘레
가 길고 높이가 긴 나무는 매우 오래 산 나무로 용도가 매우 많고 값
도 비싸다. 그렇기에 이런 나무를 키우려고 정성을 많이 쏟는다.

　지금도 중국에 가면 논밭에 미루나무를 많이 심어놓은 것을 볼
수가 있다. 한 번은 필자가 안내하는 사람에게 '이 미루나무는 어디
에 쓰이는 것이냐!'고 하니, 젓가락과 이쑤시개로 쓰이기 때문에 매
우 비싸게 팔린다고 하였다.

　이렇게 돈이 나오는 나무는 사람들이 열심히 기른다. 그러나 사
람에게는 돈도 중요하지만 몸을 잘 기르는 것이 훨씬 더 중요한 것

---

53 공拱·파把 : 공拱은 두 손으로 에워싸는 것이고, 파把는 한 손으로 잡는 것이다.

인데, 정작 몸을 기르는 데는 신경을 쓰지 않는다. 왜 그러는가! 몸을 기른다는 것은, 즉 마음을 기르는 것으로 수양修養을 의미하니, 이를 한다고 해서 누가 돈을 주는가. 밥을 주는가? 그러므로 마음을 기르는 데는 신경을 쓰지 않는 것이다.

이에 맹자께서는 사람이 몸을 사랑함이 오동나무와 재梓나무만도 못하니, 너무 심한 것이 아니냐? 고 하면서 자신의 마음을 수양함을 열심히 하라고 일갈一喝한 것이다.

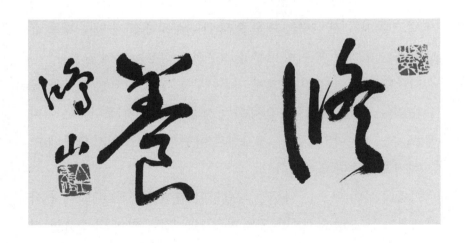

拱 : 잡을 공 把 : 잡을 파 梓 : 가래나무 재 豈 : 어찌 기

95 孟子曰 人之於身也에 兼所愛니 兼所愛면 則兼所
　　맹자왈　인지어신야　　겸소애　　겸소애　　즉겸소
養也라. 無尺寸之膚不愛焉이면 則無尺寸之膚不
양야　　무척촌지부불애언　　　즉무척촌지부불
養也라 所以考其善不善者는 豈有他哉리오. 於己에
양야　소이고기선불선자　　기유타재　　어기
取之而已矣니라.
취지이이의

〖해설〗 맹자께서 말씀하시기를, "사람이 자기 몸에 대하여 사랑하는 바
　　　　를 겸하니, 사랑하는 바를 겸하면 기르는 바를 겸한다. 한 자와 한
　　　　치의 살을 사랑하지 않음이 없다면, 한 자와 한 치의 살을 기르지
　　　　않음이 없을 것이니, 잘 기르고 잘못 기름을 상고하는 것이 어찌
　　　　다른 것이 있겠는가! 자기에게서 취할 뿐이다.

體有貴賤하며 有小大하니 無以小害大하며 無以賤
체유귀천　　　유소대　　무이소해대　　　무이천
害貴니 養其小者爲小人이요 養其大者爲大人이니라.
해귀　　양기소자위소인　　　양기대자위대인

〖해설〗 몸에는 귀한 것과 천한 것이 있으며 작은 것과 큰 것이 있으니, 작
　　　　은 것을 가지고 큰 것을 해치지 말며, 천한 것을 가지고 귀한 것을
　　　　해지지 말아야 하니, 작은 것을 기르는 자는 소인小人이 되고, 큰
　　　　것을 기르는 자는 대인大人이 되는 것이다."

 큰 산에는 많은 동·식물이 살아간다. 많은 나무들이 살아가고 많은 풀들이 살아가며, 많은 동물들이 이 산을 의지해서 굴을 파고 살아간다. 사람도 이 산을 의지해서 산을 일구어 곡식도 심고 채소도 가꾸며, 나무는 땔감으로 쓰고 풀은 짐승의 먹이로 쓴다. 또한 산 아래에 배산임수背山臨水의 좋은 터에 집을 짓고 처자와 함께 대대로 살아갈 수가 있는 곳이 큰 산인 것이다. 반면에 작은 산에는 소수의 동·식물만 살 수가 있다.

 나무도 큰 나무에는 많은 새들이 깃들고, 그 나무 그늘에는 많은 사람이 더위를 식히며 휴식을 취한다. 그리고 재목으로도 쓸 수가 있으며, 들보로도 쓰이고 기둥으로도 쓰일 수가 있다. 반면에 작은 나무는 고작해야 땔감으로 밖에 쓰이지를 않으니, 타물他物에 덕德을 베풀 수가 없는 것이다.

 맹자께서는 사람도 위의 산과 나무의 예와 같으니, 이왕이면 큰 사람이 되어서 많은 사람들에게 덕德을 베풀고 살아야 한다는 것을 말씀한 것이다.

 큰 것을 기른다는 것은 많은 수양과 많은 공부를 해서 큰 사람이 되면, 그만큼 많은 사람에게 덕을 베풀 수가 있으므로, 이 세상에 기여하는 바가 크다는 것을 말씀한 내용이다.

賤 : 천할 천　害 : 해할 해　貴 : 귀할 귀

96 公都子問曰 鈞是人也로되 或爲大人하며 或爲小
공 도 자 문 왈　　균 시 인 야　　　　혹 위 대 인　　　혹 위 소

人은 何也잇고 孟子曰 從其大體爲大人이요 從其
인　　하 야　　맹 자 왈　　종 기 대 체 위 대 인　　　종 기

小體爲小人이니라. 曰鈞是人也로되 或從其大體하며
소 체 위 소 인　　　　왈 균 시 인 야　　　　혹 종 기 대 체

或從其小體는 何也잇고 曰耳目之官은 不思而蔽於
혹 종 기 소 체　　하 야　　왈 이 목 지 관　　불 사 이 폐 어

物하나니 物交物이면 則引之而已矣요 心之官則思
물　　　　물 교 물　　　즉 인 지 이 이 의　　심 지 관 즉 사

라 思則得之하고 不思則不得也니 此天之所與我
　　사 즉 득 지　　불 사 즉 부 득 야　　차 천 지 소 여 아

者라 先立乎其大者면 則其小者不能奪也니 此爲
자　　선 립 호 기 대 자　　즉 기 소 자 불 능 탈 야　　차 위

大人而已矣니라.
대 인 이 이 의

[해설] 공도자公都子가 묻기를, "똑같은 사람인데, 혹은 대인이 되며, 혹
은 소인이 되는 것은 어째서입니까!" 맹자께서 말씀하시기를, "그
대체大體를 따르는 사람은 대인大人이 되고, 그 소체小體를 따르는
사람은 소인小人이 되는 것이다."

"똑같은 사람인데, 혹은 그 대체大體를 따르며, 혹은 그 소체小體
를 따름은 어째서입니까?" 맹자께서 말씀하시기를, "귀와 눈의
기능은 생각하지 못하여 물건에 가려지니, 물건外物이 물건耳目과
사귀면 거기에 끌려갈 뿐이요, 마음의 기능은 생각할 수가 있으
니, 생각하면 얻고, 생각하지 못하면 얻지 못한다. 이것은 하늘이
우리 인간에게 부여해주신 것이니, 먼저 그 큰 것에 선다면 그 작
은 것이 능히 빼앗지 못할 것이니, 이것이 대인이 되는 이유일 뿐
이다." 고 하시었다.

●에세이

맹자께서는 '소인과 대인'으로 나누어 말씀하는 경우가 대단히 많다. 이 세상은 상대적이기 때문에 하늘과 땅, 남자와 여자, 멀고 가까움, 높고 낮음, 물과 불, 해와 달, 산과 내 등 수많은 상대적인 원리로 이루어진 것이 이 세상의 이치인 것이다.

공도자는 묻기를, '똑같은 사람인데 누구는 대인이 되고, 누구는 소인이 되는 것은 어째서입니까.'고 하니, 맹자의 대답은, '이목耳目과 심心의 상대적 관계를 설정하고, 이목耳目의 듣고 보이는 것에 이끌리어 일을 하면 소인이 되는 것이고, 양심을 따라서 생각하고, 또 생각하면 얻는 것이 있으니, 이런 것은 하늘이 사람에게 부여한 것이다. 먼저 그 큰 것에 선 자는 대인이 되니, 그 작은 것이 능히 빼앗지를 못하므로 대인이 될 따름이다.'라고 하였다,

나의 몸과 나의 마음과의 관계도 상대적 관계가 되니, 몸은 마음을 싸고 있는 눈에 보이는 나이고, 마음은 신령한 것이므로 마음속에 숨어있어서 도대체 보이지는 않지만, 나의 보이는 몸을 통제하고 통솔하는 형이상적 존재이다.

하늘이 뻥 뚫려 있어서 아무것도 보이지는 않지만, 그 안에는 해와 달, 그리고 무수한 별들이 자리하고, 바람이 불고 천둥도 치고 벼락도 치며 비를 내리고, 구름도 돌아다닌다. 우리 눈으로는 보이지

는 않지만 하늘의 움직
임은 한 치의 오차가 없
으니, 그러므로 봄이 오
고 여름이 오고 가을이
오며 겨울이 와서 1년
을 이루는 것이다. 이렇
게 뻥 뚫린 하늘에도 우
리의 몸 안에 신령한 마
음이 있듯이 하늘을 주
재하는 신령한 조물주
가 숨어 있는 것이 아니
겠는가!

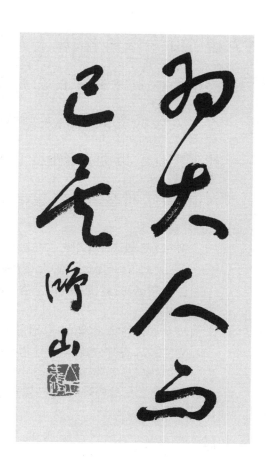

鈞 : 같을 균 蔽 : 가릴 폐 奪 : 뺏을 탈

97 孟子曰 有天爵者하며 有人爵者하니 仁義忠信樂
맹자왈　유천작자　　　유인작자　　　인의충신락

善不倦은 此天爵也요 公卿大夫는 此人爵也니라.
선불권　　차천작야　　공경대부　　차인작야

古之人은 脩其天爵而人爵從之러니라 今之人은 脩
고지인　수기천작이인작종지　　　　금지인　수

其天爵하여 以要人爵하고 旣得人爵하여는 而棄其
기천작　　이요인작　　기득인작　　　이기기

天爵하나니 則惑之甚者也라. 終亦必亡而已矣니라.
천작　　　즉혹지심자야　　종역필망이이의

〖해설〗 맹자께서 말씀하시기를, "천작天爵이 있으며, 인작人爵이 있으니,
인의仁義와 충신忠信을 행하고, 선善을 즐거워하며 게을리하지 않
음은 이것이 천작天爵이고, 공경公卿과 대부大夫는 이것이 인작人
爵이다.
옛적 사람은 그 천작天爵을 닦음에 인작人爵이 뒤따랐고, 지금 사
람들은 그 천작天爵을 닦아서 인작人爵을 구하고, 이미 인작人爵을
얻어서는 그 천작天爵을 버리나니, 이것은 의혹됨이 심한 것이다.
끝내는 반드시 인작人爵마저 잃을 뿐이다."고 하였다.

● 에세이

충忠은 나의 모든 힘을 다하여 일을 하는 것을 말하고, 신信은 믿
음이니 신실信實한 것을 말하며, 선善은 이 세상에 유익이 되는 일을
하는 것을 말한다. 이러한 선善을 즐겁게 하며, 그리고 이를 게으르
게 하지 말아야 하니, 이런 행위를 하는 것을 천작天爵이라 하고, 내
가 살아가는 나라에서 높은 벼슬을 하는 것을 인작人爵이라고 하니,

말 그대로 천작天爵은 하늘에서 내린 작위이고, 인작人爵은 사람이
준 벼슬을 말한다.

사람들은 인작人爵을 하지 못하면, 자신을 못난 사람이라고 하는
경우가 많은데, 맹자의 이 말씀을 들으면, 세상을 천리天理를 따라
잘 사는 것이 즉 천작天爵이니, 이는 과거를 볼 필요도 없고, 고등고
시를 볼 필요도 없이 그냥 우직하게 천리를 따라서 순리대로 살면
천작天爵은 이미 얻은 것이니, 하늘에서 알아주는 사람이 이미 되었
지 않은가! 이보다 더 좋은 것은 없는 것이다.

충실하고, 성실하고, 신실하고 선善함 행하기를 즐기며 사는 것
은 하늘이 알아주는 삶이니, 이 책을 읽는 사람은 반드시 천작天爵
을 받는 사람이 되기를 간절히 기대해 본다.

爵 : 벼슬 작 卿 : 벼슬 경 脩 : 닦을 수 棄 : 버릴 기 惑 : 의혹할 혹

98 孟子曰 欲貴者는 人之同心也니 人人이 有貴於已
者언마는 弗思耳니라. 人之所貴者는 非良貴也니 趙
孟之所貴를 趙孟이 能賤之니라. 詩云 旣醉以酒요
旣飽以德이라 하니 言飽乎仁義也라. 所以不願人之
膏粱之味也며 令聞廣譽施於身이라. 所以不願人
之文繡也니라.

〔해설〕 맹자께서 말씀하시기를, "귀하고자 함은 사람들의 똑같은 마음이
니, 사람마다 자기에게 귀함이 있건마는 생각하지 않아서 모를 뿐
이다. 사람이 귀하게 해준 것은 진실로 귀한 것이 아니니, 조맹趙
孟[54]이 귀하게 해준 바를 조맹趙孟이 능히 천하게 할 수 있다.
《시경》에서 이르기를, '이미 술로 취하고 이미 덕德으로 충족했
다.'고 하였으니, 인의仁義에 충족함을 말한 것이다. 이 때문에 남
의 고량지미膏粱之味를 원하지 않는 것이며, 좋은 명성과 넓은 명
예가 몸에 베풀어져 있다. 이 때문에 문수紋繡[55]를 원하지 않는 것
이다."고 하였다.

● 에세이

사람은 누구나 모두 귀한 사람이 되고 싶어 한다. 그런데 하늘이

---

54 조맹趙孟 : 진晉나라의 경卿이다.

55 문수紋繡 : 옷이 아름다운 것.

귀하게 해주는 사람이 있고, 사람이 귀하게 해주는 사람이 있다.

사람이 귀하게 해 주었다면, 또한 그 사람이 천하게도 할 수가 있을 것이니, 사람은 모름지기 하늘이 내려준 귀한 사람이 되어야 한다.

박○○ 정부에서 비서실장을 지낸 김○○씨와 문화체육관공부 장관을 지낸 조○○ 등은 박○○ 대통령이 임명한 사람들인데, 정권이 바뀌니 현재는 구속되어서 재판을 받고 있다. 대통령 비서실장과 한 나라의 장관은 남들이 모두 부러워하는 귀한 자리이지만, 대통령이 잘못되니, 하루아침에 자리를 잃고 재판을 받는 신세로 전락했으니, 현재는 천하게 된 것이다.

전장前章에 보면 '인의仁義와 충신忠信을 행하고, 선善을 즐거워하며 게을리 하지 않음은 이것이 천작天爵이다.' 고 하였으니, 사람이 스스로 인의仁義를 행하고, 충성스럽고, 신실하며, 착한 일 하기를 즐거워하고, 그리고 게으르지 않은 사람은 하늘이 준 귀한 사람이라고 하였으니, 이런 사람은 천하게 될 수가 없다. 평생 귀하게 살수 밖에 없다.

요즘 사람들은 벼락출세를 바라는 사람들이 많으니, 대통령선거를 하면 교수, 언론인, 법관 등 비교적 공부를 많이 하고 국민들의

존경을 받을 자리에 앉은 사람들이 ○○당 선거본부에 명함을 내밀고 선거운동을 하다가 자신이 뽑은 사람이 대통령에 당선이 되면 곧바로 나라의 중책을 맡고 이름을 날리는데, 행여 그 자리에 있으면서 일을 잘하면 괜찮겠지만 그렇지 못한 인사들이 많으니, 이런 사람들은 나중에 국민의 지탄을 받아서 명예가 실추되는 경우가 너무나 많다. 그러므로 사람은 하늘이 주는 귀한 사람이 되어야 한다고 맹자께서 말씀한 것이다.

醉:술 취할 취 飽:배부를 포 膏:기름질 고 粱:곡식 량 譽:명예 예 施:베풀 시 繡:수놓을 수

99 孟子曰 仁之勝不仁也는 猶水勝火하니 今之爲仁
맹 자 왈　　인 지 승 불 인 야　　　　유 수 승 화　　　　금 지 위 인

者는 猶以一杯水로 救一車薪之火也니 不熄하면
자　　유 이 일 배 수　　구 일 차 신 지 화 야　　　　불 식

則謂之水不勝火라 하나니 此又與於不仁之甚者也
즉 위 지 수 불 승 화　　　　　　차 우 여 어 불 인 지 심 자 야

니라. 亦終必亡而已矣니라.
　　　역 종 필 망 이 이 의

〖해설〗 맹자께서 말씀하시기를, "인仁이 불인不仁을 이김은 물이 불을 이
기는 것과 같으니, 오늘날 인仁을 행하는 자들은 한 잔의 물을 가
지고 한 수레에 가득 실은 섶의 불을 끄는 것과 같다. 그리하여 불
이 꺼지지 않으면 물이 불을 이기지 못한다고 말하니, 이는 또 불
인不仁을 돕기를 심히 하는 것이다. 또한 끝내 반드시 잃을 뿐이
다."고 하였다.

● 에세이

　사람은 모두 돈을 많이 벌어서 부자가 되려고 하는데, 이는 돈이
있어야 자식도 잘 가르칠 수가 있고, 또한 내가 하고픈 욕심을 채울
수가 있기 때문이다.

　돈이란 잘 쓰면 인仁이 될 수가 있다. 그러나 돈이 많은 사람들 대
부분이 인仁을 등지고 불인不仁을 일삼는다. 왜 이렇게 불인不仁을
일삼는가 하면, 더욱 돈을 더 많이 벌어서 더 큰 부자가 되려고 하기
때문이니, 이렇게 욕심을 무한정 부리다가 자칫 잘못되면 사업이
망하여 적신赤身 하나만 남게 된다. 이는 가장 천한 사람이 되는 것

이다.

　본문에 보면, '인仁이 불인不仁을 이기는 것은 마치 물이 불을 이기는 것과 같다.'고 하였는데, 인仁이 불인不仁을 이기지 못하는 것은 인仁한 사람은 적고, 불인不仁하는 사람은 많기 때문에 언제나 불인不仁이 이기는 것처럼 보이는 것이다.

　일전에, 한국의 유명한 여배우가 결혼을 앞두고 1억 원을 사회에 쾌척했다는 기사를 본 일이 있다. 이 사람은 얼굴만 예쁜 것이 아니고 마음도 예쁜 사람이다. 물론 돈을 많이 버니 1억 원이 푼돈일 수는 있다. 그러나 사람은 누구나 자기의 돈이 아깝지 않은 사람은 없는 것이다. 필자 역시 나의 수입에서 허용할 수 있는 범위에서 매월 자선단체에 희사를 한다. 아마도 아프리카 같은 아주 못사는 나라의 아희들을 돕는데 쓰이지 않을까를 생각한다.

　희사하는 것은 선善한 행위이니, 이는 인仁이라 할 수가 있다. 이런 행위는 자신의 위치와 재력을 보아서 그 정도에 맞게 마음을 다하여 희사를 해야 한다.

勝 : 이길 승　杯 : 술잔 배　薪 : 섶 신　熄 : 꺼질 식　甚 : 심할 심

고자장구하告子章句下

100 任人이 有問屋廬子曰 禮與食이 孰重고 曰禮重
임인　유문옥려자왈　예여식　숙중　왈례중

이니라. 色與禮孰重고 曰禮重이니라. 曰以禮食이면
색여례숙중　왈례중　왈이례식

則飢而死하고 不以禮食이면 則得食이라도 必以禮
즉기이사　불이례식　즉득식　필이례

乎아 親迎이면 則不得妻하고 不親迎이면 則得妻라
호　친영　즉부득처　불친영　즉득처

도 必親迎乎아 屋廬子不能對하여 明日에 之鄒하
필친영호　옥려자불능대　명일　지추

여 以告孟子한대 孟子曰 於答是也에 何有리요.
이고맹자　맹자왈　어답시야　하유

〖해설〗 임任나라 사람이 옥려자屋廬子에게 묻기를, "예禮와 밥은 어느 것
이 더 중중重한가!" "예禮가 중중重하다."

"색色과 예禮는 어느 것이 더 중중重한가." "예禮가 중중重하다."

"예禮대로 먹으면 굶어죽고 예禮대로 먹지 않으면 밥을 얻을 수

있더라도 반드시 예禮대로 해야 하는가? 친영親迎[56]을 하면 아내를 얻지 못하고, 친영親迎을 하지 않으면 아내를 얻더라도 반드시 친영親迎을 해야 하는가?"

옥려자가 대답하지 못하고는 다음날 추鄒 땅에 가서 맹자께 아뢰자, 맹자께서 말씀하시기를, "이것을 답함에 무슨 어려움이 있겠는가.

不揣其本而齊其末이면 方寸之木을 可使高於岑
樓나라. 金重於羽者는 豈謂一鉤金與一輿羽之謂
哉리요. 取食之重者와 與禮之輕者而比之면 奚翅
食重이며 取色之重者와 與禮之輕者而比之면 奚
翅色重이리요. 往應之曰 紾兄之臂而奪之食이면
則得食하고 不紾이면 則不得食이라도 則將紾之乎
아 踰東家墻而摟其處子면 則得妻하고 不摟면 則
不得妻라도 則將摟之乎아 하라.

【해설】 그 근본을 헤아리지 않고 그 끝만을 가지런히 한다면, 한 치 되는

---

56 친영親迎 : 육례에 의해 신랑이 친히 신부집에 가서 신부를 맞아 옴.

나무를 잠루岑樓[57]보다 높게 할 수 있다. 쇠가 깃털보다 무겁다는 것은 어찌 한 갈고리의 쇠와 한 수레의 깃털을 말함이겠는가?

밥의 중重한 것과 예禮의 가벼운 것을 취하여 비교한다면, 어찌 밥이 중重할 뿐이겠으며, 색色의 중重한 것과 예禮의 가벼운 것을 취하여 비교한다면, 어찌 색色이 중重할 뿐이겠는가?

가서 대답하기를, '형의 팔을 비틀고 밥을 빼앗아 먹으면 밥을 먹을 수 있고, 형의 팔을 비틀지 않으면 밥을 먹지 못할지라도 장차 비틀겠는가? 동쪽 집의 담장을 뛰어넘어 처자處子를 끌어오면 아내를 얻고, 끌어오지 않으면 아내를 얻지 못할지라도 장차 끌어오겠는가.' 라고 하라."

에세이

본문부터는 예禮에 대한 문장이 나오니, 예禮는 사람이 꼭 갖추어야 할 덕목 중의 하나이다. 인의예지仁義禮智 중에 예는 세 번째 덕목이니, 사람이 지혜가 있어서 비록 천지운행의 비밀을 알지라도, 예禮를 모르면 금수禽獸가 되고 만다.

농부가 1년 동안 수고하여 논밭에 곡식을 심고 가꾸어놓았는데, 어느 날 갑자기 새와 산짐승이 찾아와서 그 곡식을 다 먹고 갔다. 이렇게 하고도 금수禽獸는 자기의 잘못함을 전혀 알지 못한다. 예를 모르는 금수禽獸이기에 농부는 금수를 보고 예가 없다고 말하지를 않는다.

그러나 만약 사람이 그 곡식을 다 베어갔다고 한다면, 이는 무례

---

57 잠루岑樓 : 높고 끝이 뾰족한 누각.

한 소치로 마땅히 비난을 받을 것은 물론, 법을 어긴 죄로 즉시 영어
囹圄의 몸이 되고 말 것이다.

이런 행위를 놓고 예가 있다 없다고 말하니, 예는 즉 사회의 질서
를 유지하는 하나의 법과 같은 것이다.

필자의 지인 중에 예쁜 딸이 있는데, 조폭이 끌어다가 자기의 아
내를 삼고 말았다. 그래서 이 지인은 벗과 이야기할 때에 그 예쁜 딸
의 이야기를 일체 하지 않는다.

힘이 있다고 해서 남의 예쁜 여식을 예를 갖추지 않고 끌어다 자
신의 아내로 만들었으니, 이 조폭은 예를 전혀 모르는 범죄인이다.
이런 사람을 사위라고 하는 그 지인의 마음은 어떻겠는가?

사람이 예를 무시하고 한 행위는 남에게 평생 한恨을 안길 수도
있으니, 우리가 사는 사회는 예절이 밝은 사회가 되어야 한다. 그래
야 서민이 살기가 좋은 사회가 되는 것이다. 서민이 살기 좋은 사회
가 화평한 사회인 것이다.

廬:집 려 孰:누구 숙 飢:주릴 기 鄒:추나라 추 揣:헤아릴 췌 쑥:뫼 잠 鉤:
갈구리 구 輿:수레 여 翅:뿐 시 紾:비틀 진 臂:팔뚝 비 奪:빼앗을 탈 踰:넘
을 유 墻:담 장 摟:유인할 루

101 曹交問曰 人皆可以爲堯舜이라 하니 有諸잇가 孟
조 교 문 왈　　　인 개 가 이 위 요 순　　　　　　　　유 제　　　맹

子曰然하다 交는 聞文王은 十尺이요 湯은 九尺이라
자 왈 연　　　교　　　문 문 왕　　　십 척　　　　탕　　　구 척

하니 今交는 九尺四寸以長이로되 食粟而已로니 如
　　　금 교　　　구 척 사 촌 이 장　　　　　식 속 이 이　　　　여

何則可잇가 曰奚有於是리오 亦爲之而已矣니라.
하 척 가　　　왈 해 유 어 시　　　　역 위 지 이 이 의

有人於此하니 力不能勝一匹雛면 則爲無力人矣
유 인 어 차　　　역 불 능 승 일 필 추　　　즉 위 무 력 인 의

니라. 今日擧百鈞이면 則爲有力人矣니 然則擧烏
　　　금 왈 거 백 균　　　즉 위 유 력 인 의　　　연 즉 거 오

獲之任이면 是亦爲烏獲而已矣니라. 夫人은 豈以
확 지 임　　　시 역 위 오 확 이 이 의　　　　부 인　　　기 이

不勝爲患哉리오 弗爲耳니라.
불 승 위 환 재　　　불 위 이

【해설】 조교曹交가 묻기를, "사람은 다 요순堯舜이 될 수 있다 하니 그러
한 것이 있습니까?" 맹자께서 말씀하시기를, "그렇다."
　"제가 들으니, 문왕文王은 (신장身長이) 10척이고, 탕湯임금은 9척
이라 하는데, 지금 저는 9척 4촌寸이 되지만 곡식만 먹을 뿐이니,
어찌하면 좋습니까?"
　맹자께서 말씀하시기를, "어찌 이에 상관이 있겠는가. 또한 그것
을 할 뿐이다. 여기에 어떤 사람이 있는데, 힘이 한 마리 오리 새끼
를 이길 수 없다고 한다면 힘이 없는 사람이 될 것이고, 이제 백균
百鈞을 든다고 한다면 힘이 있는 사람이 될 것이다. 그렇다면 오획
烏獲[58]이 들던 짐을 든다면 이 또한 오획烏獲이 될 뿐이니, 어찌 사

---

58 오획烏獲 : 중국 춘추 전국 시대 진秦나라 무왕武王 때의 용사勇士이다. 천균千鈞의 무
게를 들어 올릴 수 있는 장사로 무왕의 총애를 받았다. 《맹자》〈고자하告子下〉에

람이 이기지 못함을 걱정하는가. 자기가 하지 않을 뿐인 것이다.

徐行後長者를 謂之弟요 疾行先長者를 謂之不
서행후장자   위지제   질행선장자   위지부

弟니 夫徐行者는 豈人所不能哉리오 所不爲也니
제   부서행자   기인소불능재   소불위야

堯舜之道는 孝弟而已矣니라. 子服堯之服하며 誦
요순지도   효제이이의   자복요지복   송

堯之言하며 行堯之行이면 是堯而已矣요 子服桀
요지언   행요지행   시요이이의   자복걸

之服하며 誦桀之言하며 行桀之行이면 是桀而已
지복   송걸지언   행걸지행   시걸이이

矣니라. 曰交得見於鄒君이면 可以假館이니 願留
의   왈교득견어추군   가이가관   원류

而受業於門하노이다. 曰夫道若大路然하니 豈難知
이수업어문   왈부도약대로연   기난지

哉리오 人病不求耳니 子歸而求之면 有餘師리라.
재   인병불구이   자귀이구지   유여사

【해설】 천천히 걸어서 어른보다 뒤에 감을 '공손하다' 이르고, 빨리 걸어
서 어른보다 앞서 감을 '공손하지 않다.' 이르나니, 천천히 걸어
가는 것이 어찌 사람들이 능히 할 수 없는 바이겠는가. 자기가 하
지 않는 것이니, 요순堯舜의 도道는 효제孝悌일 뿐이다.
　　그대가 요堯임금이 입던 옷을 입으며, 요임금의 말씀을 외우며,

"그렇다면 오확이 들던 짐을 든다면 이 또한 오확이 될 뿐이니, 사람이 어찌 이기지
못함을 걱정하는가. 자기가 하지 않을 뿐인 것이다.(然則擧烏獲之任 是亦爲烏獲而
已矣 夫人 豈以不勝爲患哉 弗爲耳.)"라고 하였다.

요임금의 행실을 행한다면, 이는 요임금일 뿐이요, 그대가 걸왕桀王이 입던 옷을 입으며, 걸왕의 말을 외우며, 걸왕의 행실을 행한다면 이는 걸왕일 뿐이다.”

조교曹交가 말하길, “교交가 추鄒나라 군주를 뵈면 관사館舍를 빌릴 수 있을 것이니, 여기에 머물면서 문하門下에서 수업하기를 원합니다.”

맹자께서 말씀하시기를, “도道는 대로大路와 같으니, 어찌 알기 어렵겠는가? 사람들이 구하지 않는 것이 병病일 뿐이니, 그대가 돌아가 찾는다면 남은 스승이 있을 것이다.”고 하였다.

에세이

요순堯舜의 시대는 유가儒家에서 말하는 ‘태평성대’이니, 유학의 가르침은 모두 요순堯舜의 도道를 행하고, 요순의 정치를 행하며, 요순의 태평성대를 만들어서 백성들이 아무 걱정 없이 평화롭게 사는 세상을 만드는 것이다.

사람은 공손해야 하니, 어른과 같이 걸어가면 반드시 어른의 뒤에서 천천히 따라가야 하는 것이다. 만약 어른보다 앞서서 빠른 걸음으로 걸어가면, 이를 불손不遜하다고 하는 것이다. 어른과 대화를 하는 것도 공손히 조심스럽게 해야 하니, 만약 어른을 무시하고 자신의 말만 앞세우게 되면, 이를 불순不順하다 이를 것이니, 이런 행위 하나하나가 모두 예禮에 속한 것이다.

본문의 조교曹交는 추鄒의 임금의 마음을 움직일 수 있는 위치에 있는 하나의 권세가였으나, 맹자의 말씀을 듣고는 당장 '제자가 되겠으니 받아주세요.' 하였으니, 조교曹交의 배우려는 뜻을 우리는 본문에서 배워야 한다.

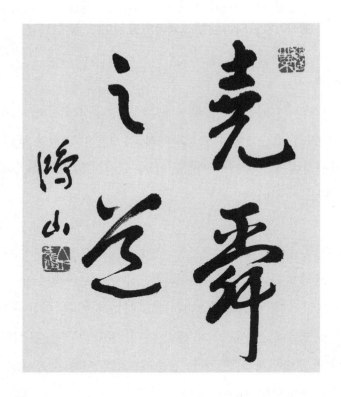

粟:곡식 속 奚:어찌해 雛:새끼 추 鈞:서른 근 균 烏:검을 오 獲:이름 확
鄒:나라 추

102 公孫丑問曰 高子曰小弁은 小人之詩也라 하더이
공손추문왈 고자왈소반 소인지시야

다. 孟子曰 何以言之오 曰怨이니이다. 曰固哉라 高
맹자왈 하이언지 왈원 왈고재 고

叟之爲詩也여 有人於此하니 越人이 關弓而射之
수지위시야 유인어차 월인 만궁이사지

어든 則已談笑而道之는 無他라 疏之也요 其兄이
칙이담소이도지 무타 소지야 기형

關弓而射之어든 則已垂涕泣而道之는 無他라 戚
만궁이사지 칙이수체읍이도지 무타 척

之也니 小弁之怨은 親親也라. 親親은 仁也니 固
지야 소반지원 친친야 친친 인야 고

矣夫라. 高叟之爲詩也여.
의부 고수지위시야

【해설】 공손추公孫丑가 묻기를, "고자高子가 말하기를, 《소반小弁》[59]의
시詩는 소인小人의 시詩이다' 고 하였습니다." 맹자께서 말씀하시
기를, "무엇을 가지고 말하는가?" "원망하기 때문입니다."
　　맹자께서 말씀하시기를, "고루하다. 고수高叟(高子의 名)의 시를 해
석함이여! 여기에 사람이 있으니, 월越나라 사람이 활을 당겨 쏘
려하거든 자기가 말하고 웃으면서 타이르는 것은 다름이 아니라
그(越人)를 멀게 여기기 때문이고, 그 형이 활을 당겨 쏘려 하거든,
자기가 눈물을 떨구며 타이름은 다름이 아니라 그(兄)를 친하게 여
기기 때문이다. 《소반小弁》의 원망은 어버이를 친히 한 것이다. 어
버이를 친히 함은 인仁이니, 고루하다. 고수高叟(高子)의 시를 해석
함이여!

---

59 《소반小弁》: 시경詩經 소아小雅의 편명이다.

曰凱風은 何以不怨이니잇고 曰凱風은 親之過小
왈 개 풍   하 이 불 원   왈 개 풍   친 지 과 소

者也요 小弁은 親之過大者也니 親之過大而不
자 야   소 반   친 지 과 대 자 야   친 지 과 대 이 불

怨이면 是는 愈疏也요 親之過小而怨이면 是는 不
원   시   유 소 야   친 지 과 소 이 원   시   불

可磯[60]也니 愈疏도 不孝也不可磯도 亦不孝也니
가 기 야   유 소   불 효 야 불 가 기   역 불 효 야

라. 孔子曰舜은 其至孝矣신저 五十而慕라 하시니라.
공 자 왈 순   기 지 효 의   오 십 이 모

【해설】 "《개풍凱風》[61]은 어찌하여 원망하지 않습니까!" 맹자께서 말씀하
시기를, "《개풍凱風》은 어버이의 과실이 적은 것이요, 《소반小弁》
은 어버이의 과실이 큰 것이니, 어버이의 과실이 큰데도 원망하지
않는다면 이는 더욱 멀어지는 것이요, 어버이의 과실이 적은데도
원망한다면 이는 기磯할 수 없는 것이니, 더욱 소원함도 불효不孝
이고, 기磯할 수 없음도 또한 불효不孝이다. 공자께서 말씀하시기
를 '순舜임금은 그 지극한 효도이실 것이다. 50세까지 사모했
다.'"고 하셨다.

---

60 불가기不可磯 : 기磯는 물가에 나와 있는 돌로, 물이 여기에 부딪치면 격激해지기 때
문에 부모가 조금만 잘못을 저질러도 자식의 성질을 격激하게 하는 바, 不可磯는 자
식이 쉽게 노하여 부모가 건드릴 수 없음을 뜻한다.

61 《개풍凱風》:《시경》〈패풍邶風〉의 편명이다. "곱디고운 황조여, 그 소리를 아름답게
내는도다. 아들 일곱 명이 있으되, 어머니 마음 위로하지 못하는가?(睍睆黃鳥, 載好
其音. 有子七人, 莫慰母心?)" 하였다.

본문은 시경詩經의 해석에 대하여 공손추와 맹자가 나눈 대화의 한 장면이다.

효도는 일백 가지 행실의 근본이라 했으니, 사람이 이 세상에 태어난 것이 부모님이 계셨기 때문이니, 부모님과 자식의 사이는 천륜天倫으로 맺어졌기 때문에, 이를 사람이 끊으려고 해도 끊을 수가 없는 것이다.

맹자께서는 '이 세상에 죄악이 3,000개나 되지만 그중에 불효不孝한 것이 제일 크다.' 고 하였으니, 왜 그런가! 하면, '뱃속에 10개월을 품었고, 낳아서 3년간을 진자리 마른자리 마다하지 않으시고 길러주시어서 현재 내가 있는 것이기 때문이다.'

자고自古로 세상이 변하면 사람의 생각도 변한다. 굴원屈原의 〈어부사漁父辭〉에 보면, "굴원이 쫓겨나 강담에서 노닐 때 한 어부와 대화를 나누었는데, '굴원이 온 세상이 모두 혼탁한데 나만 홀로 깨끗하고, 온 세상이 모두 취하였는데 나만 홀로 깨어 있어서 쫓겨났다' 고 하소연하자, 어부가 말하기를 '성인聖人은 사물에 얽매이지 않고 세상과 더불어 옮겨가니, 세상 사람들이 모두 탁하거든 어찌하여 그 진흙을 휘젓고 그 흙탕물을 일으키지 않으며, 여러 사람들이 모두 취하였거든 어찌하여 술지게미와 맑은 술을 마시지 않고 무슨 연고로 깊이 생각하고 고상하게 행동하여 스스로 추방을 당하였단

말이오?(聖人不
凝滯於物 而能與
世推移 世人皆濁
何不淈其泥而揚
其波 衆人皆醉 何
不餔其糟而歠其
醨 何故深思高擧
自令放爲.)'라고
했으니, 즉 성인聖
人께서도 세상과
더불어 추구하여
옮기어 행동하는
것이니, 효도도
어느 세상에 사느
냐에 따라 약간
달리할 수는 있으

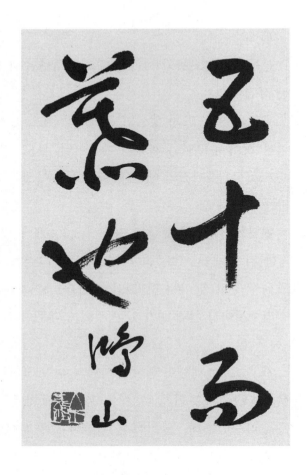

나, 그러나 부자의 사이는 천륜으로 맺어진 사이이니, 자식이 부모
님께 효도함은 변하지 않는다.

弁 : 즐거울 반　叟 : 늙은이 수　涕 : 콧물 체　泣 : 울 읍　凱 : 즐길 개　愈 : 더할 유
疏 : 성길 소　磯 : 물가 기

103 宋牼이 將之楚러니 孟子遇於石丘하시다 曰先生은
송 경　 장 지 초　 맹 자 우 어 석 구　 왈 선 생

將何之오 曰吾聞秦楚構兵이라 하니 我將見楚王
장 하 지　 왈 오 문 진 초 구 병　 아 장 견 초 왕

하여 說而罷之하되 楚王不悅이어든 我將見秦王하
세 이 파 지　 초 왕 불 열　 아 장 견 진 왕

여 說而罷之하리니 二王에 我將有所遇焉이리라. 曰
세 이 파 지　 이 왕　 아 장 유 소 우 언　 왈

軻也는 請無問其詳이요 願聞其指하나니 說之將
가 야　 청 무 문 기 상　 원 문 기 지　 세 지 장

何如오 曰我將言其不利也하리라. 曰先生之志則
하 여　 왈 아 장 언 기 불 리 야　 왈 선 생 지 지 즉

大矣어니와 先生之號則不可하다.
대 의　 선 생 지 호 즉 불 가

〔해설〕 송경宋牼[62]이 장차 초楚나라에 가려고 할 적에 맹자께서 그를 석
구石丘에서 만나셨다. 맹자께서 말씀하시기를, "선생은 장차 어디
를 가려 하십니까!"

　　송경宋牼이 말하기를, "내 들으니, 진秦과 초楚가 병란兵亂에 얽혔
다 하니, 내 장차 초왕을 만나보고 달래어 싸움을 그만두게 하되
초왕이 기뻐하지 않거든, 내 장차 진왕秦王을 만나보고 달래어 싸

---

62 송경宋牼 : '사마경'은 춘추 시대 말기 송宋나라 사람으로, 공자의 제자이다. 사마우
司馬牛라고도 한다. 《맹자》에는 '송경宋牼'으로 나온다. 《설문해자》에 "경牼은 소의
정강이뼈다 …… 《춘추전》에 이르기를, '송나라 사마경은 자가 우다.'라고 하였
다.(牼 牛䯒下骨也 …… 春秋傳曰 宋司馬牼字牛.)"라는 내용이 보이는데, 이에 따르
면 사마경의 '경耕'은 '경牼'을 가차한 것으로, 저본의 내용처럼 '경작하다'는 의미
가 아니다. '자우'의 '자子'는 남자의 미칭美稱이다. 《孟子 告子下》《說文解字 牼》
《古今韻會擧要 卷8 平聲下 八 牼》《吉常宏 · 吉發涵, 古人名字解詁, 北京 : 語文出版
社, 2003, 34쪽.》

움을 그만두게 할 것이니, 두 왕 중에 내 장차 뜻이 합하는 자가
있을 것이다."

맹자께서 말씀하시기를, "가軻(맹자)는 청컨대, 그 상세함은 묻지
않겠고, 그 취지를 듣기 원하니 달래기를 장차 어찌하시렵니까?"

"내 장차 그 불리不利함을 말하려 하네."

"선생의 뜻은 크거니와 선생의 구호口號는 불가不可합니다.

先生이 以利로 說秦楚之王이면 秦楚之王이 悅於
　선생　　　이리　　세진초지왕　　　　진초지왕　　　열어

利하여 以罷三軍之師하리니 是는 三軍之士樂罷
리　　　　이파삼군지사　　　　시　　삼군지사락파

而悅於利也라. 爲人臣者懷利以事其君하며 爲人
이열어리야　　　위인신자회리이사기군　　　위인

子者懷利以事其父하며 爲人弟者懷利以事其兄
자자회리이사기부　　　위인제자회리이사기형

이면 是는 君臣父子兄弟終去仁義하고 懷利以相
　　　시　　군신부자형제종거인의　　　회리이상

接이니 然而不亡者未之有也니라. 先生이 以仁義
접　　　연이불망자미지유야　　　선생　　　이인의

로 說秦楚之王이면 秦楚之王이 悅於仁義而罷三
　세진초지왕　　　진초지왕　　열어인의이파삼

軍之師하리니 是는 三軍之士樂罷而悅於仁義也
군지사　　　시　　삼군지사락파이열어인의야

라. 爲人臣者懷仁義以事其君하며 爲人子者懷仁
　　위인신자회인의이사기군　　　위인자자회인

義以事其父하며 爲人弟者懷仁義以事其兄이면
의이사기부　　　위인제자회인의이사기형

是는 君臣父子兄弟去利하고 懷仁義以相接也니
시　군신부자형제거리　　회인의이상접야

然而不王者未之有也니 何必曰利리오.
연이불왕자미지유야　　하필왈리

〖해설〗 선생이 이익을 가지고 진秦·초楚의 왕을 달래면 진秦·초楚의 왕
이 이익을 좋아하여 삼군三軍의 군대를 파罷할 것이니, 이것은 삼
군三軍의 군사들이 파함을 즐거워하고, 그리고 이익을 기뻐할 것
입니다. 신하된 자가 이익을 생각하여 그 군주를 섬기며, 자식된
자가 이익을 생각하여 그 부모를 섬기며, 아우된 자가 이익을 생
각하여 그 형을 섬긴다면, 군신君臣과 부자父子와 형제兄弟가 마침
내 인의仁義를 버리고 이익을 생각하여 서로 대할 것이니, 이렇게
하고서도 망하지 않는 자는 있지 않습니다.

선생이 인의仁義를 가지고 진秦·초楚의 왕을 달래면, 진秦·초楚
의 왕이 인의仁義를 좋아하여 삼군三軍의 군대를 파罷할 것이니,
이는 삼군의 군사들이 파함을 즐거워하고, 그리고 인의仁義를 기
뻐할 것입니다. 신하된 자가 인의仁義를 생각하여 그 군주를 섬기
며, 자식된 자가 인의仁義를 생각하여 그 부모를 섬기며, 아우된
자가 인의仁義를 생각하여 그 형을 섬긴다면, 이는 군신君臣과 부
자父子와 형제兄弟가 이익을 버리고 인의仁義를 생각하여 서로 대
할 것이니, 이렇게 하고도 왕王 노릇하지 못하는 자는 있지 않으
니, 하필 이익을 말씀합니까?”

● 에세이

《맹자》의 첫 페이지에 보면, 양혜왕이 말하기를, ‘어떻게 하면
우리나라에 이익이 있겠습니까?’ 하고 물으니, 맹자는 ‘왕께서는 어
찌 하필 이익을 말씀하십니까? 또한 인의仁義라는 것이 있습니다.’

고 대답하였으니, 《맹자》는 인의仁義를 강조한 학문이라 할 수 있다.

본문에서도 송경宋牼이 진秦왕과 초楚왕을 만나서 이들을 유리有利로 달래어서 전쟁을 그만두게 한다고 하니, 맹자의 말씀은 '이익을 가지고 유세를 하여 싸움을 그만두게 되면, 앞으로 신하는 왕을 섬길 적에 유익함을 보아 섬기고, 아들은 부모를 섬길 적에 유익함을 보아 섬기며, 아우는 형을 섬길 적에 유익함을 보아 섬기게 되리니, 이렇게 하고서 망하지 않는 자가 없습니다. 그러나 장차 인의仁義를 가지고 유세를 해서 싸움을 그만두게 되면, 앞으로 신하는 인의로 왕을 섬길 것이고, 자식은 인의仁義로 부모를 섬기며, 아우는 인의仁義로 형을 섬기리니, 이렇게 하면 모두 흥하게 됩니다.' 고하였다.

인仁은 봄의 훈풍과 같이 따뜻한 것이고, 의義는 가을의 서릿발과 같이 예리한 것이니, 따뜻한 인자함에 서릿발 같은 의리를 더해서 임금은 임금 같아야 하고, 아비는 아비 같아야 하며, 형은 형 같아야 하고, 아우는 아우 같아야 한다. 여기에 인의仁義가 포함되어 있는 것이다.

牼 : 소 정강이뼈 경 構 : 얽을 구 說 : 유세 세 罷 : 파할 파 師 : 군사 사

104 淳于髡이 曰先名實者는 爲人也요 後名實者는
　　　　순 우 곤　　왈선명실자　　　위인야　　　후명실자

自爲也니 夫子在三卿之中하사 名實이 未加於上
자 위 야　　부자재삼경지중　　명실　　미가어상

下而去之하시니 仁者도 固如此乎잇가 孟子曰 居
하 이 거 지　　　인자　　고여차호　　　맹자왈　거

下位하여 不以賢事不肖者는 伯夷也요 五就湯하
하 위　　　불이현사불초자　　백이야　　오취탕

며 五就桀者는 伊尹也요 不惡汙君하며 不辭小官
　오 취 걸 자　　이윤야　　불오오군　　　불사소관

者는 柳下惠也니 三子者不同道하나 其趣는 一也
자　유하혜야　　삼자자부동도　　　기추　일야

니 一者는 何也오 曰仁也라. 君子는 亦仁而已矣니
　일 자　　하야　　왈인야　　군자　　역인이이의

何必同이리오.
하 필 동

〔해설〕 순우곤淳于髡이 말하기를, "명성과 사공事功(공로)을 우선하는 자
　　　는 인민人民을 위하는 것이요, 명성과 사공事功을 뒤로하는 자는
　　　자신을 위하는 것이니, 부자夫子(맹자)께서 삼경三卿의 가운데에 계
　　　셨으나 명名과 실實이 상하에 더해지지 못하고 떠나셨으니, 인자
　　　仁者도 진실로 이와 같습니까?"
　　　맹자께서 말씀하시기를, "낮은 지위에 거居하여 어짊으로 어질지
　　　못한 이를 섬기지 않는 자는 백이伯夷였고, 다섯 번 탕湯왕을 찾아
　　　가며 다섯 번 걸왕을 찾아간 자는 이윤伊尹이었고, 더러운 군주를
　　　싫어하지 않으며 작은 관직을 사양하지 않는 자는 유하혜柳下惠
　　　였으니, 이 세 분들은 길은 같지 않았으나 그 나아감은 똑같았으
　　　니, 똑같다는 것은 무엇인가! 인仁이다. 군자君子는 또한 인仁할 뿐
　　　이니, 어찌 굳이 같을 것이 있겠는가!"

曰魯繆公之時에 公儀子爲政하고 子柳子思爲臣
이로되 魯之削也滋甚하니 若是乎賢者之無益於
國也여 曰虞不用百里奚而亡하고 秦穆公이 用之
而霸하니 不用賢則亡이니 削을 何可得與리오.

〔해설〕 순우곤이 말하기를, "노魯나라 무공繆公의 때에는 공의자公儀子가
정치를 하였고, 자유子柳와 자사子思가 신하가 되었으나 노魯나라
의 침삭侵削됨이 더욱 심하였으니, 이와 같이 현자賢者가 나라에
유익함이 없습니다."고 하니, 맹자께서 말씀하시기를, "우虞나라
는 백리해百里奚를 쓰지 않아 망하였고, 진목공秦穆公이 그를 등용
하여 패자霸者가 되었으니, 현인賢人을 쓰지 않으면 나라가 망하
니, 침삭侵削됨을 어찌 얻을 수 있겠는가!"

曰昔者에 王豹處於淇에 而河西善謳하며 緜駒處
於高唐에 而齊右善歌하고 華周杞梁之妻善哭其
夫에 而變國俗하니 有諸內면 必形諸外하나니 爲
其事而無其功者를 髡이 未嘗覩之也로니 是故로
無賢者也니 有則髡必識之니이다. 曰孔子爲魯司

寇러시니 不用하고 從而祭에 燔肉이 不至어늘 不稅
　　구　　　불용　　　종이제　　번육　　부지　　　불탈
(脫)冕而行하시니 不知者는 以爲爲肉也라 하고 其
　　면이행　　　　　불지자　　이위위육야　　　　　기
知者는 以爲爲無禮也라 하니 乃孔子則欲以微罪
　지자　　이위위무례야　　　　　내공자즉욕이미죄
行하사 不欲爲苟去하시니 君子之所爲를 衆人이
　행　　　불욕위구거　　　　　군자지소위　　　중인
固不識也니라.
고 불 식 야

〔해설〕 순우곤이 말하기를, "옛적에 왕표王豹[63]가 기수淇水 가에 처함에
하서河西지방이 동요를 잘하였고, 면구緜駒[64]가 고당高唐에 처함
에 제齊나라 서쪽지방이 노래를 잘 불렀고, 화주華周와 기량杞梁[65]
의 아내가 그 남편의 상喪에 곡哭을 잘하자, 나라의 풍속이 변했습
니다. 안에 가지고 있으면 반드시 밖에 나타나는 것이니, 그러한
일을 하고서 그 공이 없는 자를 곤髡이 일찍이 보지 못하였으니,
이러므로 이 세상에는 현자賢者가 없는 것이니, 있다면 제가 반드
시 알 것입니다."

맹자께서 말씀하시기를, "공자께서 노魯나라의 사구司寇가 되셨
는데, (그 말씀이) 쓰이지 않고, 따라서 제사 지냄에 제사 고기가
이르지 않자, 면류관을 벗지 않고 떠나시니, 공자를 알지 못하는
자들은 고기 때문에 떠났다고 하고, 공자를 아는 자들은 무례無禮
하기 때문이라고 하였다. 그러나 공자께서는 하찮은 죄로써 구실

---

63 왕표王豹 : 위衛나라 사람이니, 노래를 잘 부르는 사람이다.

64 면구緜駒 : 제齊나라 사람이니, 노래를 잘 부르는 사람이다.

65 화주華周와 기량杞梁 : 두 사람은 모두 제나라의 신하이니, 거莒와의 전투에서 죽었는
데, 그 아내가 슬피 곡하니, 나라의 풍습이 변했다.

을 삼아 떠나고자 하시고, 구차하게 떠나려고 하지 않으신 것이니, 군자君子가 하는 바를 중인衆人들은 진실로 알지 못하는 것이다.”고 하시었다.

●에세이

순우곤의 말은 '몸의 안에 들어있는 것이 반드시 밖으로 표출되는 것처럼 인자仁者가 정치를 하면 그 선정善政의 효과가 바로 나타나는 법인데, 금세今世에는 나타나지 않으니, 지금은 현자賢者가 없는 것입니다.' 라고 하니, 맹자의 대답은, '현자賢者는 오직 인仁을 행할 뿐이니, 공자께서 노魯나라의 대사구大司寇가 되었는데도 공자의 말을 써주지 않고, 이어서 교제郊祭를 지내고도 번육을 내려주지 않으므로 예복과 면류관도 벗지 않은 채 바삐 떠나시니, 그 내용을 모르는 자는 고기를 주지 않아서 떠났다고 하고, 그 내용을 아는 자는 군주가 무례하였기 때문이라고 하였다.(孔子爲魯司寇 不用 從而祭 燔肉不至 不稅冕而行 不知者 以爲爲肉也 其知者 以爲爲無禮也.)' 라고 하면서, 인자仁者가 행하는 것을 공자의 실례를 들어서 보여주었던 것이다.

본문에 옛적의 여러 사람들의 행위가 나열되었으니, 그러므로 이를 이해하려면 고사故事를 잘 알아야 한다. 고사를 잘 알려면 유가儒家의 경서經書와 사기史記, 그리고 제자백가를 모두 섭렵해야 한다. 그리고 고인古人들이 예법을 따라 행하는 절차와 사고를 잘 이해해야 본서本書를 잘 이해할 수가 있으니, 이 책을 읽는 사람은 다독多讀을 위주로 하지 말고 필히 정독精讀을 해주시기를 부탁한다.

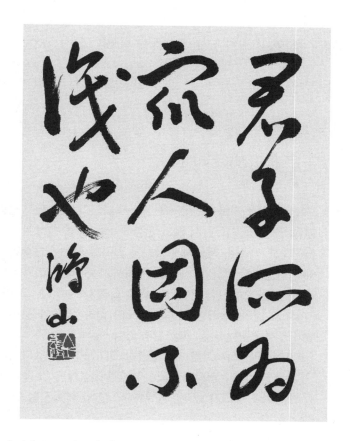

髡:머리 깎을 곤　趨:쫓을 추　繆:얽을 무　削:깎을 삭　虞:나라 우　穆:화목할
목　霸:으뜸 패　豹:범 표　淇:기수 기　謳:노래 구　駒:망아지 구　杞:구기자
기　覩:볼 도　寇:법 구　燔:구을 번　稅:벗을 탈　冕:면류관 면

105 魯欲使愼子로 爲將軍이러니 孟子曰 不敎民而用
노 욕 사 신 자　위 장 군　　맹 자 왈 불 교 민 이 용

之를 謂之殃民이니 殃民者는 不容於堯舜之世니
지　위 지 앙 민　　앙 민 자　불 용 어 요 순 지 세

라. 一戰勝齊하여 遂有南陽이라도 然且不可하니라
일 전 승 제　　수 유 남 양　　연 차 불 가

愼子勃然不悅曰 此則滑釐所不識也로이다. 曰吾
신 자 발 연 불 열 왈 차 칙 활 리 소 불 식 야　　왈 오

明告子하리라 天子之地方千里니 不千里면 不足
명 고 자　　천 자 지 지 방 천 리　불 천 리　불 족

以待諸侯요 諸侯之地方百里니 不百里면 不足
이 대 제 후　제 후 지 지 방 백 리　불 백 리　불 족

以守宗廟之典籍이니라.
이 수 종 묘 지 전 적

〖해설〗노魯나라가 신자愼子로 장군을 삼고자 하였다. 맹자께서 말씀하시
　　　기를, "백성을 가르치지 않고 전쟁에 쓰는 것을 백성에게 재앙을
　　　입힌다고 이르니, 백성에게 재앙을 입히는 자는 요순堯舜의 세상
　　　에는 용납되지 못하였다. 한 번 싸워서 제齊나라를 이겨서 마침내
　　　남양南陽을 소유한다 하더라도 이것도 불가不可하다." 고 하니, 신
　　　자愼子가 발연勃然히 기뻐하지 않으며 말하기를, "이것은 활리滑
　　　釐가 알지 못하는 바입니다." 고 하였다.
　　　　맹자께서 말씀하시기를, "내 분명히 그대에게 말하겠다. 천자天子
　　　의 땅은 천리이니, 천리가 못되면 제후를 대접할 수 없고, 제후의 땅
　　　은 백리이니, 백리가 못되면 종묘宗廟의 전적典籍을 지킬 수 없다.

周公之封於魯에 爲方百里也니 地非不足이로되
주 공 지 봉 어 로　위 방 백 리 야　　지 비 부 족

而儉於百里_{하며} 太公之封於齊也_에 亦爲方百里
<small>이 검 어 백 리　　　태 공 지 봉 어 제 야　　　역 위 방 백 리</small>

也_니 地非不足也_{로되} 而儉於百里_{하니라.} 今魯_는
<small>야　　지 비 부 족 야　　　이 검 어 백 리　　　금 로</small>

方百里者五_니 子以爲有王者作_{인댄} 則魯在所損
<small>방 백 리 자 오　　자 이 위 유 왕 자 작　　　즉 로 재 소 손</small>

乎_아 在所益乎_아 徒取諸彼_{하여} 以與此_{라도} 然且
<small>호　재 소 익 호　　도 취 제 피　　　이 여 차　　　연 차</small>

仁者不爲_{어든} 况於殺人以求之乎_아 君子之事君
<small>인 자 불 위　　　황 어 살 인 이 구 지 호　　　군 자 지 사 군</small>

也_는 務引其君以當道_{하여} 志於仁而已_{니라.}
<small>야　무 인 기 군 이 당 도　　　지 어 인 이 이</small>

〖해설〗 주공周公을 노魯나라에 봉할 적에 지방 백리였으니, 땅이 부족하
지 않았으되 백리에 제한하였고, 태공太公을 제齊나라에 봉할 적
에 또한 지방 백리였으니, 땅이 부족하지 않았으되 백리에 제한하
였다. 지금 노魯나라는 지방 백리 되는 것이 다섯이니, 그대가 생
각하건대, 왕자王者가 나온다면 노魯나라는 덜어내야 할 쪽에 있
겠는가? 보태주어야 할 쪽에 있겠는가? 다만 저기에서 취하여 여
기에 준다 하더라도 이것도 인자仁者는 하지 않는데, 하물며 사람
을 죽이면서 구한단 말인가? 군자가 군주를 섬김은 그 군주를 이
끌어 도道에 합하게 하여 인仁에 뜻하게 하기를 힘쓸 뿐이다."고
하였다.

● 에세이

옛적 봉건왕조封建王朝에서는 전쟁에 공로가 있는 자에게 지방
백리의 나라를 주어 제후諸侯에 봉하였으니, 주周나라가 천자의 나

라가 될 적에 공이 지대至大한 주공周公에게는 노魯나라를 주어서
봉했고, 태공太公에게는 제齊나라를 주어서 봉하였으니, 그러므로
노魯나라는 희姬씨의 나라이고, 제齊나라는 강태공에게 봉한 나라
이므로, 성은 강姜씨이다.

맹자가 있을 당시에 노魯나라에서는 신자愼子를 장군으로 삼아서

제나라를 침공하여 남양南陽을 취하려고 한 듯하다. 이에 맹자께서는 '불가不可하다.'고 하였으니, 이는 전쟁을 하면 많은 군사들이 죽고, 그리고 민간인도 죽기 때문에 많은 사람을 죽이면서 작은 고을 하나를 취하는 것은 불가하다고 한 것이다.

오늘날도 옛날과 똑같으니, 북한의 김정은은 굶어죽는 인민들이 수없이 많은데, 오직 무기를 만들기에 혈안이 되어서 핵폭탄도 만들고 미사일도 만들어서 수없이 쏘아대니, 이는 이웃나라를 위협하는 행위로 결코 옳은 행위로 볼 수가 없다.

더구나 북한은 자유가 없는 나라이고, 모든 인민을 감시하면서 체제를 유지하는 나라이므로, 인민들이 하고 싶은 말 한 마디 하지 못하고 사는 나라인 듯하다. 북한을 탈출하여 우리 남한에 온 사람의 수가 3만 명을 넘는다고 하며, 이들의 이야기를 '모란봉 클럽'이나 '이제 만나러 갑니다.' 등의 TV 프로에서 볼 것 같으면, 북한에서 사는 인민은 정말로 개나 돼지만도 못한 대접을 받으며 산다고 한다. 이러한 폭정은 예부터 오래가지를 못하였으니, 아마도 북한의 생명도 오래가지 못하리라 필자는 생각한다.

殃 : 재앙 앙 遂 : 드디어 수 勃 : 갑자기 발 滑 : 미끄러울 활 釐 : 다스릴 리 典 : 맡을 전 籍 : 호적 적 儉 : 제한할 검 封 : 봉할 봉 務 : 힘쓸 무

106 孟子曰 今之事君者曰 我能爲君하여 辟土地하며
充府庫라 하면 今之所謂良臣이요 古之所謂民賊
也라. 君不鄕(向)道하여 不志於仁이어든 而求富之
하니 是는 富桀也니라. 我能爲君하여 約與國하여 戰
必克이라 하나니 今之所謂良臣이요 古之所謂民賊
也라. 君不鄕道하여 不志於仁이어든 而求爲之强
戰하니 是는 輔桀也니라 由今之道하여 無變今之
俗이면 雖與之天下라도 不能一朝居也니라.

〖해설〗 맹자께서 말씀하시기를, "지금 군주를 섬기는 자들이 말하기를,
'내 능히 군주를 위하여 토지를 개척하며, 창고를 충실하게 할 수
있다.' 고 하니, 지금의 이른바 훌륭한 신하요. 옛날의 이른바 백성
의 적賊이라는 것이다. 군주가 도道를 향하지 않아 인仁에 뜻을 두
지 않는데도 그를 부하게 하기를 구하니, 이것은 걸왕桀王을 부富
하게 하는 것이다. 그리고 '내 능히 군주를 위하여 여국與國(동맹국)
과 맹약盟約하여 전쟁을 하면 반드시 승리한다.' 고 하니, 지금의 이
른바 훌륭한 신하이고, 옛날의 이른바 백성의 적賊이라는 것이다.
군주가 도道를 향하지 않아 인仁에 뜻을 두지 않는데도, 그를 위하
여 억지로 전쟁하기를 구하니, 이것은 걸왕을 도와주는 것이다.
지금의 도道를 따라 지금의 풍속을 바꿈이 없다면, 비록 천하를
준다 하더라도 하루아침도 차지할 수 없을 것이다." 고 하였다.

맹자께서는 '인仁에 뜻을 두지 않은 군주를 도와서 땅을 넓히고
창고를 채우는 것은 그 임금에게는 양신良臣이 될지언정, 실상 백성
의 적賊이 되는 것이고, 또한 다른 나라와 동맹을 하여 전쟁을 해서
승리하더라도 인仁에 뜻을 두지 않은 군주라면 이는 걸주桀紂를 돕
는 것과 다름이 없다.' 라고 한다.

실상 전제국가에서는 군주의 1인 독재체제이므로, 이런 불선不善
한 군주를 도와서 부국강병을 해도 결국에 왕에게는 도움이 될지언
정 그 나라 백성들에게는 적賊이 되니, 이는 왜인가? 백성을 차출하
여 남의 나라를 쳐서 빼앗아야 하므로 결국 그 나라 인민들은 전쟁
터에 끌려가서 죽도록 싸워야 하므로 적賊이 되는 것이다.

인仁에 뜻을 둔 군주는 어떤 군주인가? 인仁은 봄바람처럼 세상
을 따뜻하게 해주고 산천초목이 살아나게 한다. 결국 생명이 숨 쉬
는 세상과 같은 군주를 말하니, 인민을 전쟁에 보내지 않을 것은 물
론, 사람이 사람답게 살 수 있는 그런 세상을 만드는데 모든 힘을 보
태는 그런 군주를 말하는 것 아닌가?

辟 : 열 벽 鄕 : 향할 향 桀 : 왕 이름 걸 輔 : 도울 보

107 白圭曰 吾欲二十而取一하노니 何如잇고 孟子曰
백규왈 오욕이십이취일 하여 맹자왈

子之道는 貉道也로다. 萬室之國에 一人陶면 則可
자지도 맥도야 만실지국 일인도 즉가

乎아 曰不可하니 器不足用也니이다. 曰夫貉은 五
호 왈불가 기불족용야 왈부맥 오

穀이 不生하고 惟黍生之하나니 無城郭宮室宗廟
곡 불생 유서생지 무성곽궁실종묘

祭祀之禮하며 無諸侯幣帛饔飱하며 無百官有司
제사지례 무제후폐백옹손 무백관유사

라 故로 二十에 取一而足也니라.
고 이십 취일이족야

〖해설〗 백규白圭가 말하기를, "나는 (조세租稅로) 20에 1을 취하려 하는데 어떻습니까?"고 하니, 맹자 말씀하시기를, "그대의 방법은 오랑 캐의 도道이다. 만실萬室의 나라에 한 사람이 질그릇을 구우면 되 겠는가?"

"불가하니 그릇을 충분히 쓸 수 없습니다."

맹자 말씀하기를, "맥국貉國은 오곡五穀이 자라지 않고, 오직 기장 만 자라니, 성곽城郭과 궁실宮室과 종묘宗廟와 제사祭祀의 예禮가 없 으며, 제후들이 폐백을 교환하고 음식을 대접하는 일이 없으며, 백 관과 유사有司가 없다. 그러므로 20분의 1만 취해도 족한 것이다.

今에 居中國하여 去人倫하며 無君子면 如之何其
금 거중국 거인륜 무군자 여지하기

可也리오 陶以寡라도 且不可以爲國이온 況無君
가야 도이과 차불가이위국 황무군

子乎아 欲輕之於堯舜之道者는 大貉에 小貉也요
자 호   욕 경 지 어 요 순 지 도 자   대 맥   소 맥 야

欲重之於堯舜之道者는 大桀에 小桀也니라.
욕 중 지 어 요 순 지 도 자   대 걸   소 걸 야

〖해설〗 지금 중국에 거거居하면서 인륜人倫을 버리며 군자君子가 없다면 어찌 가可하겠는가? 질그릇이 너무 적더라도 나라를 다스릴 수 없는데, 하물며 군자가 없음에랴? (세금을) 요순堯舜의 도道보다 경감하고자 하는 자는 큰 맥국貉國에 작은 맥국貉國이고, 요순의 도道보다 무겁게 하고자 하는 자는 큰 걸왕桀王에 작은 걸왕桀王이다.”고 하였다.

●에세이

공자가 제자들과 태산泰山을 지나가다가 어떤 아낙네가 묘墓 옆에서 통곡하고 있는 것을 보고는 어찌 된 영문인지 물었더니, 예전에 시아버지와 남편을 호랑이가 잡아먹었는데, 이제는 아들까지 잡아먹었다고 하므로, 공자가 그렇다면 왜 이곳을 떠나지 않느냐고 묻자, 여기는 가혹한 정사가 없어서 그렇다고 대답하니, 공자가 제자들에게 “너희들은 기억해 두어라. 가혹한 정사는 맹호보다도 사나운 것이니라.(小子聽之 苛政猛於虎.)”라고 하였다는 기록이 《예기》〈단궁 하檀弓下〉에 보인다.

세금은 국가를 운영하는 가장 중요한 요소이다. 국가가 있어야 내가 있는 것이니, 국가가 없는 나는 존재하지 않는다. 국가가 없던

일제시대에는 우리 민족은 갖은 학대를 받으며 일제日帝의 명령에 따라야만 했으니, 만약 이를 거역하면 곧바로 죽음이 기다렸다고 봐야 한다. 그러므로 국가는 나를 보호하고 살게 하는 하나의 보호막이니, 이러므로 국가가 운영될 수 있도록 세금을 충실히 내야 하는 것이다.

우리나라는 현재 물건을 살 때에 10분의 1을 세금으로 낸다. 이 세금은 국가를 운영하는데 아주 요긴하게 쓰인다.

본문의 맹자의 말씀은 요순堯舜의 시대를 표본으로 삼아서 그보다 더 낼 필요도 없고 덜 낼 이유도 없다고 하면서 20분의 1을 내는 세금은 국가를 운영할 수가 없음을 백규白圭에게 말하면서 세금은 너무 많이 거둬도 안 되고, 너무 작게 거두면 국가가 운영되지 않음을 지적하였다.

貉 : 오랑캐 맥 陶 : 질그릇 도 黍 : 기장 서 幣 : 폐백 폐 饔 : 아침밥 옹 飧 : 저녁밥 손

108 白圭曰 丹之治水也 愈於禹호이다. 孟子曰 子過
矣로다 禹之治水는 水之道也니라. 是故로 禹는 以
四海爲壑이어시늘 今에 吾子는 以隣國爲壑이로다
水逆行을 謂之洚水니 洚水者는 洪水也니 仁人
之所惡也니 吾子過矣로다.

【해설】 백규白圭[66]가 말하기를, "제〈丹〉가 물을 다스림이 우왕禹王보다
낫습니다." 맹자 말씀하시기를, "그대는 지나치다. 우왕禹王이 물
을 다스림은 물의 길을 따르신 것이다. 이러므로 우왕禹王은 사해
四海를 골로 삼으셨는데, 지금 그대는 이웃나라를 골로 삼았도다.
물이 역행逆行함을 홍수洚水라 이르나니, 홍수洚水는 홍수洪水인지
라 인인仁人이 미워하는 바니, 그대가 지나치다." 고 하였다.

●에세이

전국시대 당시 제후의 나라에 작은 홍수가 있었는데, 백규白圭가
이 홍수를 다스리기 위하여 제방을 쌓아서 타국으로 주입注入시켰
다는 설이 있으니, 백규白圭는 이 일을 하고서, 맹자를 보고 '자기가
우왕禹王보다 물을 더 잘 다스렸다.' 고 하니, 맹자께서 한마디로

---

66 백규白圭:《맹자孟子》고자告子 상下에 백규白圭가 말하기를 "나는 소득의 20분의 1
을 받았으면 한다." 하니, 맹자가 말하기를 "자네의 방법은 맥에서 사용하는 방법이
네." 하였는데, 주에 "맥은 북방 오랑캐의 나라 이름이다."라고 하였음.

'지나친 말이다.'고 말씀하였다.

요堯임금 시대에 9년의 홍수를 만났으니, 이의 책임자를 우禹로 정하니, 우禹가 중국 천하를 돌아다니면서 물을 터서 바다로 내려보내고 치수治水를 성공시켰다고 한다. 《맹자》등문공 상滕文公上에 보면, 하우夏禹가 치산치수治山治水를 하며 범람하는 홍수를 막으려고 8년 동안 분주히 돌아다니다가 '세 차례나 자기 집 문 앞을 지나갔지만 들어가지 않았다.(三過其門而不入.)'라는 말이 나온다.

예부터 정치를 잘 하려면 우선 치산치수治山治水를 잘해야 한다고 한다. 그러므로 필자가 어렸을 때에, 당시 박정희 정부(제3공화국)에서는 황폐한 산에 사방공사砂防工事를 실시하였으니, 오늘날 우리나라의 산이 푸르게 된 것은 이 사방공사砂防工事의 덕이 클 것이다.

산이 푸르게 되니 자연히 홍수가 나지 않고, 산이 붕괴하지 않는다. 또한 가물어도 푸른 산에서 많은 물이 나오므로, 내는 마르지 않고 제방은 붕괴하지 않으니, 이 물을 가지고 도회지는 식수로 삼고, 농촌은 농업용수로 쓰기 때문에 일석삼조一石三鳥의 효과를 보는 것이다.

愈:나을 유 過:지나칠 과 壑:구렁 학 洚:큰물 홍

109 魯欲使樂正子로 爲政이러니 孟子曰 吾聞之하고
노 욕 사 악 정 자　위 정　　　맹 자 왈 오 문 지

喜而不寐호라. 公孫丑曰 樂正子는 强乎잇가 曰否
희 이 불 매　　　공 손 축 왈 악 정 자　강 호　　　왈 부

라 有知慮乎잇가 曰否라 多聞識乎잇가 曰否라 然
　유 지 려 호　　　왈 부　다 문 식 호　　　왈 부　연

則奚爲喜而不寐시니잇고 曰其爲人也好善이니라.
칙 해 위 희 이 불 매　　　　왈 기 위 인 야 호 선

好善이 足乎잇가 曰好善이 優於天下어든 而况魯
호 선　족 호　　　왈 호 선　우 어 천 하　　　이 황 로

國乎아.
국 호

〖해설〗 노魯나라에서 악정자樂正子[67]로 하여금 정사를 다스리게 하려고
하였다. 맹자께서 말씀하시기를, "나는 이 말을 듣고 기뻐서 잠을
이루지 못했노라."

공손추公孫丑가 말하기를, "악정자樂正子는 강합니까?" "아니다."
"지식과 생각이 있습니까?" "아니다." "견문과 식견識見이 많습
니까?" "아니다." "그렇다면 어찌하여 기뻐서 잠을 이루지 못하
셨습니까!" "그의 사람됨이 선善을 좋아한다." "선善을 좋아함이
족합니까?" "선善을 좋아함은 천하를 다스리는데도 충분하거늘,
하물며 노魯나라에 있어서이랴?

---

67 악정자樂正子 : 맹자의 제자이니, 호생불해浩生不害가 맹자에게 악정자樂正子의 사람됨
을 물었을 때, 맹자가 악정자를 두고 선인善人이며, 신인信人이라고 하고, 그 다음 차례
로 '선善', '신信', '미美', '대大', '성聖'의 단계를 말한 것이 있다.《孟子 盡心下》

夫苟好善이면 則四海之內가 皆將輕千里而來하
부구호선   즉사해지내   개장경천리이래

여 告之以善하고 夫苟不好善이면 則人將曰 訑訑
  고지이선   부구불호선   칙인장왈 이이

를 予旣已知之矣로라 하리니 訑訑之聲音顏色이
  여기이지지의   이이지성음안색

距人於千里之外하나니 士止於千里之外하면 則
거인어천리지외   사지어천리지외   즉

讒諂面諛之人이 至矣리니 與讒諂面諛之人居면
참첨면유지인   지의   여참첨면유지인거

國欲治인들 可得乎아.
국욕치   가득호

【해설】 만일 선善을 좋아하면 사해四海의 안에서 장차 천리를 가벼이 여기고 찾아와 선善을 말해주고, 만일 선善을 좋아하지 않으면 사람들이 장차 말하기를, '자만해함을 내 이미 안다.' 할 것이니, 자만해하는 음성과 얼굴빛이 사람을 천리 밖에서 막는다. 그리하여 선비가 천리 밖에서 발걸음을 멈춘다면 아첨하고 비위맞추는 사람들이 올 것이니, 아첨하고 비위맞추는 사람들과 더불어 거처한다면 나라가 다스려지기를 바란들 될 수 있겠는가!"

● 에세이

예부터 '유유상종類類相從'이라 했으니, 선인善人은 선인善人을 좋아하고, 악인은 악인을 좋아하며, 노름꾼은 노름꾼을 좋아하고, 주정꾼은 주정꾼을 좋아하는 것이다.

노魯나라에서 장차 악정자樂正子로 하여금 정사政事를 맡기려 한다는 소식을 들은 맹자는 '기뻐서 잠을 이루지 못했다.'고 하였으니, 이에 공손추가 왜 잠을 이루지 못하십니까? '악정자가 강해서 입니까? 지려智慮가 있어서 입니까? 다문박식多聞博識해서입니까?' 고 물으니, 맹자께서는 '아니다.' '그는 착함을 좋아하기 때문이다.' 고 하였으니, 이는 왜인가?

착함을 좋아하면 천하의 선인善人들이 찾아와서 조언을 하므로 정치를 잘 할 수 있다는 것이고, 착하지 않은 사람이 정치를 하면 아첨배가 찾아와서 온갖 못된 짓을 하므로, 이런 정부에는 선인善人은 찾아오지 않으니 정치를 잘할 수가 없다는 것이다.

비근한 예로, 박○○ 대통령은 장관과 수석비서관들의 대면보고를 받지 않고 서면보고만 받았다고 하니, 이는 사람이 찾아오는 것을 미리 막은 것이니, 아첨하는 무리들이 그 안에서 얼마나 많은 활개를 쳤겠는가? 그러므로 아무런 직책이 없는 최○○ 같은 사람이 권력을 쥐고 흔들지 않았겠는가? 만약 박○○ 정부의 비서실장과 비서관들, 그리고 장관들이 이를 알고도 간諫하지 않았다면, 이들은 모두 아첨배이고 기회주의자들이다. 이러고도 망하지 않는 정부는 없는 것이다.

寐 : 잘 매 優 : 넉넉할 우

110 陳子曰 古之君子何如則仕니잇고 孟子曰 所就
三이요 所去三이니라. 迎之致敬以有禮하며 言將行
其言也면 則就之하고 禮貌未衰나 言弗行也면 則
去之니라. 其次는 雖未能行其言也나 迎之致敬以
有禮면 則就之하고 禮貌衰면 則去之니라. 其下는
朝不食하고 夕不食하여 飢餓不能出門戶어든 君
聞之하고 曰吾大者론 不能行其道하고 又不能從
其言也하여 使飢餓於我土地를 吾恥之라 하고 周
之인댄 亦可受也어니와 免死而已矣니라.

〖해설〗 진자陳子가 말하기를, "옛날 군자君子들은 어찌하면 벼슬하였습
니까?" 맹자께서 말씀하시기를, "나아간 것이 셋이고, 떠난 것이
세 가지였다. 맞이하기를, 공경을 지극히 하고, 예禮가 있게 하며,
말하기를, 장차 그 말씀을 행한다고 하면 나아가고, 예모禮貌가 쇠
하지 않았더라도 말이 시행되지 않으면 떠나는 것이다. 그 다음은
비록 그 말씀을 시행하지 않으나 맞이하기를, 공경을 지극히 하고
예가 있게 하면 나아가고, 예모禮貌가 쇠하면 떠나는 것이다. 그
아래는 아침도 먹지 못하고, 저녁도 먹지 못하여 굶주려 문호門戶
를 나갈 수 없거든, 군주가 이 말을 듣고 말하기를, '내 크게는 그
도道를 행하지 못하고, 또 그 말을 따르지 못해서 내 땅에서 굶주
리게 하는 것을 나는 부끄러워한다.' 고 하고 구원해준다면 또한

그것을 받을 수 있거니와 죽음을 면할 뿐이다." 고 하였다.

●에세이

본 장은 옛날의 군자들이 벼슬길에 나아가고 떠나는 것을 진자陳子가 물으니, 맹자는 나아가는 것이 셋이고, 떠나는 것이 셋이라고 하면서 이야기한 내용이다.

경우에 따라 각기 다르겠으나 군자는 우선 당당한 선비로, 임금이 예를 다하여 맞고 장차 조언한 것을 행한다고 하면 나가는 것이고, 대하는 예모禮貌가 쇠하면 떠나는 것이다.

요즘은 취직할 곳이 많아서 마음에 맞지 않으면 비교적 쉽게 떠날 수 있지만, 옛적에는 취직할 곳이 오직 관청뿐이므로 여간하여 떠나기도 어려웠다. 부모님을 모시고 처자를 부양하기 위해 벼슬한 자는 떠날 수가 없는 것이다. 이런 선비를 자신의 이상을 잠시 접고 관가에 머물러야만 처자를 부양하고 부모님을 봉양하니, 이도 또한 중요한 것으로 함부로 해서는 안 되는 것이다.

일전에 박○○ 정부에서 모 대학교 교수들이 비서관으로 들어간 자들이 많은데, 이런 자들은 마음 놓고 떠날 수가 있는데 끝까지 자리를 보전하다가 결국에는 영어의 몸이 되어서 현재 재판을 받고 있으니 참으로 안타까운 일이 아닐 수 없다. 이들이 일찍이《맹자孟

子》를 배웠더라면 이러한 우愚는 범하지 않았을 것이다.

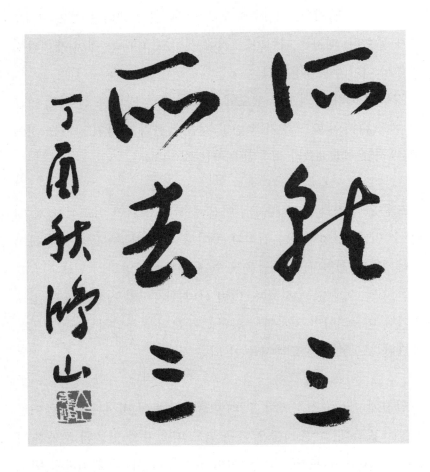

飢：주릴 기　餓：주릴 아

111 孟子曰舜은 發於畎畝之中하시고 傅說은 擧於版築之間하고 膠鬲은 擧於魚鹽之中하고 管夷吾는 擧於士하고 孫叔敖는 擧於海하고 百里奚는 擧於市하니 故로 天將降大任於是人也신댄 必先苦其心志하며 勞其筋骨하며 餓其體膚하며 空乏其身하여 行拂亂其所爲하나니 所以動心忍性하여 曾(增)益其所不能이니라.

【해설】 맹자 말씀하시기를, "순舜은 견묘畎畝의 가운데서 발신發身하셨고, 부열傅說은 판축版築의 사이에서 등용되었고, 교격膠鬲은 어물과 소금을 파는데서 등용되었고, 관이오管夷吾(관중)는 사관士官에게 갇히었다가 등용되었고, 손숙오孫叔敖는 바닷가에서 등용되었고, 백리해百里奚는 시장에서 등용되었다. 그러므로 하늘이 어떤 사람에게 큰 사명을 내리려 할 때에는, 반드시 먼저 그의 마음과 뜻을 고통스럽게 하고, 그의 힘줄과 뼈를 수고롭게 하고, 그의 육체를 굶주리게 하고, 그의 몸을 궁핍하게 하여 그가 행하는 일마다 어긋나서 이루지 못하게 하나니, 이는 그의 마음을 격동시키고 그의 성질을 굳게 참고 버티도록 하여, 그가 잘하지 못했던 일을 더욱 잘할 수 있게 해 주기 위함이다."

人恒過然後에 能改하나니 困於心하며 衡(橫)於慮
인 항 과 연 후　　　능 개　　　　곤 어 심　　　횡　　어 려

而後에 作하며 徵於色하며 發於聲而後에 喩니라. 入
이 후　 작　　 징 어 색　　　발 어 성 이 후　 유　　 입

則無法家拂(弼)士하고 出則無敵國外患者는 國
즉 무 법 가 필　 사　　 출 즉 무 적 국 외 환 자　 국

恒亡이니라. 然後에 知生於憂患而死於安樂也니라.
항 망　　　　　연 후　 지 생 어 우 환 이 사 어 안 악 야

〖해설〗 사람은 항상 과실이 있은 뒤에 고치나니, 마음에 곤困하고 생각이
　　　　순탄치 않은 뒤에 분발하며, 얼굴빛에 징험이 되고 음성에 나타난
　　　　뒤에 깨닫는 것이다. 들어가면 법도 있는 집안과 보필하는 선비가
　　　　없고, 나오면 적국과 외환이 없는 자는 나라가 멸망한다. 그런 뒤
　　　　에야 사람은 우환에서 살고 안락安樂에서 죽음을 알 수 있는 것이
　　　　다.

●에세이

　이 말씀은 필자가 정말로 좋아하는 말씀 중의 하나이다. 맹자께
서 말씀하신 상대는 국가의 중요한 직책을 맡아서 일을 함을 이른
말씀이나, 그러나 요즘의 세상에서는 꼭 벼슬을 하여 영향력을 끼
치는 사람이 있는가 하면, 발명이나 기업을 운영하는 것이나 체육
이나 교육, 예술 등 다양한 장르에서 사람들에게 기쁨을 주는 경우
도 많다.

　필자가 맹자의 이 말씀에 전적으로 동의하는 것은, 필자 역시 하

늘에서 무언중에 좌절과 실의에 빠지지 않고, 그리고 주색에 빠지지 않게 인도하면서 지금까지 살아왔다는 것을 뼈저리게 느꼈다는 것을 말하려고 한다.

하늘은 아무것도 없는 허공이지만, 적절한 시기에 바람과 비를 주어서 만물을 키우는 것과 같이, 이 세상에 필요한 사람은 하나하나 잘도 챙긴다는 것을 살아가면서 알게 되니, 그러므로 필자는 대과大過가 없이 지금 예술과 번역, 그리고 저술활동을 한다고 확신한다.

수박은 여름에 맛있는 음식이고, 사과는 가을을 풍성하게 하는 과일이며, 곡식은 저장하여 두고 추운 겨울을 날 수 있는 음식이라 한다면, 사람도 각 분야分野마다 꼭 필요한 사람이 있으니, 자신이 처한 곳에서 최선을 다해 착하게 살아가면 되는 것이다. 혹 악한 자도 필요악으로 쓸 수가 있어서 하늘이 놓아두고 있는 것이니, 그가 필요치 않으면 거둬들일 것이다.

畎 : 두둑 견 畝 : 밭이랑 무 傅 : 스승 부 說 : 기쁠 열 版 : 널 판 築 : 쌓을 축 膠 : 아교 교 鬲 : 솥 격 鹽 : 소금 염 筋 : 힘줄 근 餓 : 주릴 아 膚 : 살 부 拂 : 떨칠 불 衡 : 걸릴 횡 徵 : 징험할 징 喩 : 깨달을 유

112 孟子曰 敎亦多術矣니 予不屑之敎誨也者는 是
　　　 맹 자 왈　교 역 다 술 의　　여 불 설 지 교 회 야 자　　시

亦敎誨之而已矣니라.
역 교 회 지 이 이 의

〖해설〗 맹자께서 말씀하시기를, "가르침이 또한 방법이 많으니, 내가 좋
　　　 게 여기지 않아서 거절함으로서 가르침은 이 또한 가르치는 것일
　　　 뿐이다."고 하였다.

●에세이

　부연 설명하면, 나를 찾은 사람을 내가 옳은 사람으로 여기지 않
아서 거절하는 경우도 있는데, 거절을 당한 그 사람은 돌아가서 스
스로 자신의 과오를 대오각성한 뒤에 몸을 닦고 성찰한다면 이 또
한 내가 가르치는 것이라는 말씀이다.

　필자는 책을 많이 펴내었는데, 전국 각지에서 이따금 전화가 와
서 '지금 제가 선생님의 책을 읽었는데, 내용이 너무 좋아서 전화를
올린다.'고 한다. 책을 펴낸 사람으로 이런 전화를 받으면 정말로
기분이 좋다.

　오늘 맹자의 본문을 읽으면서, 문득 정말로 가르치는 것이 다양
하구나! 필자의 책이 전국의 서점에 꽂혀 이를 사서 보는 사람들이
많으니, 이것도 또한 가르치는 일 중에 하나구나! 하고 생각하니, 전
국에 나의 제자가 수없이 많은 것 같다.

보고, 듣고, 체험하는 것이 모두 배우는 것이다. 필자는 오랜 세월을 거쳐서 서예를 한 사람으로, 이제는 남의 글씨를 보는 것을 취미로 삼고 전국을 돌아다니며 고인古人들이 쓴 편액이나 비 등을 보기도 하고, 또한 중국으로 나가서 옛적 중국의 다

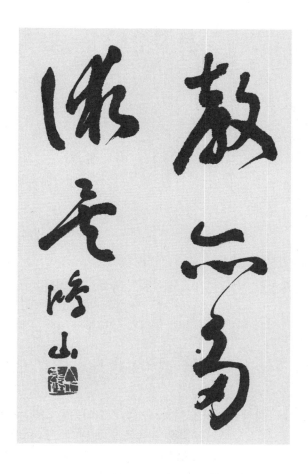

양한 글씨를 많이 구경하였다. 올해도 8월 달에 백두산에 올라가 천지를 구경하고 길림성에서 발해 고적을 답사할 계획이다. 이런 유의 여행은 그야말로 공부를 목적으로 한 여행이라 할 만하다.

術 : 재주 술 屑 : 깨끗할 설 誨 : 가르칠 회

진심장구상盡心章句上

113 孟子曰 盡其心者는 知其性也니 知其性이면 則
맹자왈 진기심자 지기성야 지기성 즉

知天矣니라. 存其心하여 養其性은 所以事天也요
지천의 존기심 양기성 소이사천야

殀壽에 不貳하여 脩身以俟之는 所以立命也니라.
요수 불이 수신이사지 소이립명야

〔해설〕 맹자 말씀하시기를, "그 마음을 다하는 자는 그 성性을 아니, 그
성性을 알면 하늘을 알게 된다. 그 마음을 보존하여 그 성性을 기
름은 하늘을 기르는 것이요. 요절하거나 장수함에 의심하지 않아
몸을 닦고 천명天命을 기다림은 명命을 세우는 것이다."고 하였다.

●에세이

정자程子의 말씀을 보면, '심心과 성性과 천天은 똑같은 이理이다.
이理의 입장에서 말하면 천天이라 이르고, 품수稟受한 입장에서 말

하면 성性이라 이르고, 사람에게 보존된 입장에서 말하면 심心이라 이른다.' 고 하였고,

장자張子의 말씀을 보면, '태허太虛로 말미암아 천天이라는 명칭이 있고, 기화氣化(陰陽二氣의 조화)로 말미암아 도道라는 명칭이 있고, 허虛와 기氣를 합하여 성性이란 명칭이 있고, 성性과 지각知覺을 합하여 심心이라는 명칭이 있는 것이다.' 라고 하였다.

주자朱子의 설說을 보면, '심心을 다하고 성性을 알아서 천天을 앎은 그 이理에 나아감이요, 심心을 보존하고 성性을 길러서 천天을 섬김은 그 일을 실천하는 것이니, 그 이理를 알지 못하면 진실로 그 일을 실천할 수가 없다. 그러나 다만 그 이理에 나아가기만 하고 그 일을 실천하지 않는다면, 또한 자기 몸에 이것을 소유할 수가 없다. 천天을 알아 요수天壽로서 그 마음을 의심하지 않음은 지智가 극진함이요, 천天을 섬겨 몸을 닦고 죽음을 기다림은 인仁이 지극함이다. 지智가 지극하지 못하면 진실로 인仁을 함을 알지 못한다. 그러나 지智만 하고 인仁을 하지 못한다면, 또한 장차 방탕한 데로 흐르고 법도가 없어서 족히 지智가 될 수 없을 것이다.' 고 하였다.

殀 : 요사할 요 壽 : 목숨 수 貳 : 의심할 이 俟 : 기다릴 사

114 孟子曰 莫非命也나 順受其正이니라. 是故로 知命
맹 자 왈 막 비 명 야　　순 수 기 정　　　　시 고　　지 명

者는 不立乎巖牆之下하나니라. 盡其道而死者는
자　　불 립 호 암 장 지 하　　　　진 기 도 이 사 자

正命也요 桎梏死者는 非正命也니라.
정 명 야　질 곡 사 자　　비 정 명 야

〖해설〗 맹자께서 말씀하시기를, "명命 아님이 없으나 그 정명正命을 순순
히 받아야 한다. 이러므로 정명正命을 아는 자는 위험한 담장 아래
에 서지 않는다. 그 도道를 다하고 죽는 자는 정명正命이고, 질곡桎
梏[68]으로 죽는 자는 정명正命이 아니다." 고 하였다.

●에세이

이 장은 사람이 죽을 때에 정명正命으로 죽느냐, 아니면 비명非命
으로 죽느냐의 문제를 다룬 말씀이다. 정명正命이라는 것은 죽을 때
가 되어서 죽는 것을 말하고, 비명非命은 소위 비명횡사非命橫死함
을 말한다.

지명知命이라는 말이 있으니, 공자께서 말씀한 '50살이 되면 천
명天命을 안다.' 는 말씀을 인용한 말씀이니, 사람이 50살이 되면 하
늘에서 나를 이 세상에 태어나게 하고, 또한 어떻게 살아가야 하는
것을 알만한 때가 되었다는 것이다.

---

68 질곡桎梏 : 죄에 얽힌 자를 말한다.

　필자는 50세에 처음으로 책 한 권을 출간하고 기념으로 '출판기념회'를 열면서 한 말이 있으니, '제가 지금 나이가 50이고, 공자께서는 50살이 되면 천명天命을 안다고 하였으니, 저는 앞으로 많을 책을 저술하겠습니다.'고 하였는데, 지금 계산해보면 책 60권은 족히 출판한 것 같아서 감개가 무량하다.

　여하튼 사람이 이 세상을 살아가면서 무너지는 담장 아래에서 압사하거나 수인囚人이 되어서 감옥에서 죽는 일은 있어서는 안 된다. 이런 것을 알고 피할 줄 아는 것도 비명횡사를 막는 길이니, 이 세상은 조심조심 살아가야 하는 것이다.

牆 : 담 장　桎 : 형틀 질　梏 : 형틀 곡

115 孟子曰 萬物이 皆備於我矣니 反身而誠이면 樂
　　　맹자왈 만물　　개비어아의　　　반신이성　　　　락

莫大焉이요 强恕而行하면 求仁이 莫近焉이니라.
막 대 언　　　강 서 이 행　　　구 인　　　막 근 언

〖해설〗 맹자께서 말씀하시기를, "만물이 모두 나에게 갖추어져 있으니,
몸을 돌이켜보아 성실히 하면 즐거움이 이보다 더 클 수가 없고,
용서함을 힘써서 행하면 인仁을 구함이 이보다 가까울 수가 없
다."고 하였다.

● 에세이

　만물이 모두 천리天理에 따라 생멸生滅하니, 사람도 우주를 구성
하는 하나의 인자이다. 그러므로 만물이 사람에게 모두 갖추어져
있다는 말씀이고, 몸을 돌이켜보아 성실하게 한다면 천지가 내 안
에 있기에 즐거움이 이보다 더 큰 것이 없다는 말씀이다. 그리고 내
몸을 사랑함 같이 남을 사랑한다면 인仁을 구함이 이보다 더 가까울
수가 없다는 것이다.

　침針에는 이침耳針이라는 것이 있고, 수지침手指針이라는 것이 있
으며, 족침足針이라는 것이 있으니, 무슨 말인고 하니, 인체의 병을
귀에 침을 놓아 낫게 하는 것을 이침耳針이라고 하고, 손과 손가락
에 놓는 침을 수지침手指針이라고 하며, 발과 발바닥에 놓아 병을 낫
게 하는 것을 족침足針이라고 하는 것이니, 그렇다면 왜 위가 병이

났는데 귀에 침을 놓는가! 이는 인체는 모두 연결되어 있어서 귀에 침을 놓아도 위병을 낫게 할 수 있다는 이론이다.

필자의 사무실 옆에 '씨앗도사'라는 사무실이 있는데, 이 사람은 귀에 씨앗을 붙여서 병을 낫게 하는 행위를 한다. 실제로 필자가 잘 아는 사람이 그곳에 가서 귀에 씨앗을 붙이고 병이 나았으니, 이 사람은 한의원이나 양의원에서 고치지 못한 고질병을 이곳에서 고쳤다고 한다.

사람은 성실해야 한다. 천리天理는 위계를 써서 남을 속이거나 억지를 써서 비를 내리는 등의 일을 하지 않고 천지를 운영하니, 이는 즉 성실함으로 운영하는 것으로 봐야 한다. 그러므로 인仁을 구함을 성실함으로 하면 인仁에 가장 가까이 간다는 맹자의 말씀이다.

備 : 갖출 비 强 : 힘쓸 강

116 孟子曰 行之而不著焉하며 習矣而不察焉이라. 終
　　　　맹 자 왈 행 지 이 불 저 언　　　　습 의 이 불 찰 언　　　종

身由之而不知其道者衆也니라.
신 유 지 이 불 지 기 도 자 중 야

〖해설〗 맹자 말씀하시기를, "행하면서도 밝게 알지 못하며, 익히면서도
살피지 못한다. 그러므로 종신토록 행하면서도 그 도道를 알지 못
하는 자가 많은 것이다." 고 하였다.

● 에세이

'이미 행하면서도 밝게 알지를 못한다.' 라는 말씀은 중인衆人을
보고 말씀한 것이니, 쉽게 이야기해서 해가 뜨면 일어나서 일을 하
고, 해가 져서 어두워지면 잠을 자는 것은 누구나 다 아는 사실이고
이미 실천하고 있으나, 그러나 왜 이렇게 해야 하는 가를 알지 못하
면서도 또한 알려고도 하지 않는다는 것이다.

이 세상은 양면으로 이루어져 있으니 낮에는 일을 하고 밤에는
자면서 쉬어야하는 것이다. 사람만 그런 것이 아니고 무지한 식물
들도 매한가지이니 일례로, 식물을 심었는데 그곳에 가로등이 있어
서 매일 밤에 불을 비춰고 있으면, 그 식물은 잎은 무성하게 자라는
데 열매를 맺지 않는다.

필자가 올해 전등이 있는 전봇대 밑에 오이를 심었는데, 잎은 정
말 무성하나, 그러나 열매를 맺지 않아서 오이를 따지 못하였다. 이
는 초목도 천리를 따라 낮에는 햇빛을 받아 성장하고, 밤에는 잠을

자고 쉬어야 하는데, 전등이 밤새 켜져 있어서 정상적으로 낮과 밤이 있는 삶을 살아가지 못하기 때문에 그런 것이다. 사람도 매일반이니, 성년이 되어서 남녀가 결혼을 하면 반드시 결혼을 하고 아기를 갖는 것이 정상적인 삶인데 그렇지 못한 사람들이 너무나 많은 것을 요즘 세상에는 많다.

예수께서 제자들과 같이 행하다가 무화과나무 밑에 가서 무화과를 따서 먹으려고 하니, 무화과가 하나도 열지 않은 것을 보고 저주를 하니, 곧바로 그 무화과나무가 시들었다는 내용이 성경에 있으니, 이를 보아도 천리를 어기며 사는 것은 시들어 죽는다는 것을 암시해 주지 않는가! 그러므로 중인衆人은 종신토록 도道를 알지 못하는 자가 많다고 한 것이다.

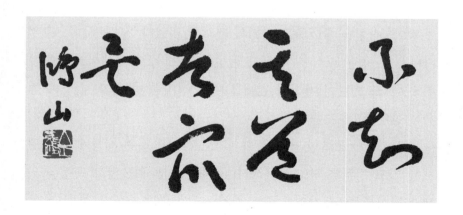

著 : 밝게 알 저 習 : 익힐 습 察 : 살필 찰 衆 : 무리 중

117 孟子曰 古之賢王이 好善而忘勢하더니 古之賢士
맹 자 왈 고 지 현 왕   호 선 이 망 세   고 지 현 사

何獨不然이리요 樂其道而忘人之勢라. 故로 王公
하 독 불 연   낙 기 도 이 망 인 지 세   고   왕 공

이 不致敬盡禮면 則不得亟見之하니 見且猶不得
불 치 경 진 례   즉 불 득 극 견 지   견 차 유 불 득

亟이어든 而況得而臣之乎아.
극   이 황 득 이 신 지 호

〖해설〗 맹자께서 말씀하시기를, "옛날 어진 군왕君王들은 착함을 좋아하
고 권세를 잊었더니, 옛 현사賢士가 어찌 홀로 그렇지 않겠는가?
그 도道를 즐거워하고 사람의 세력을 잊은지라. 그러므로 왕공王
公이 경敬을 지극히 하고 예를 다하지 않으면 자주 그를 만나볼 수
없었다. 만나보는 것도 오히려 자주할 수 없는데, 하물며 그를 신
하로 삼음에 있어서이랴!"고 하였다.

● 에세이

왕이 '착함을 좋아하고 자기의 권세를 잊었다.' 라고 하니, 이 얼
마나 듣기 좋은 소식인가! 왕이 권세를 잊으니, 그 밑에서 벼슬하는
현사賢士도 똑같이 자신의 권세를 잊고 정치를 하니, 이 얼마나 좋
은 세상인가!

중소기업의 조그만 세력을 가지고도 갑질을 하는 세상에 왕이 권
세를 잊고 정치를 하고, 현사賢士도 자신의 권세를 잊고 백성을 위
해서 정치를 하니, 자연히 좋은 정치가 구현되는 것이다.

古之賢士

　왕이 혼자 정치를 하는 것이 아니고, 많은 현사賢士를 초빙하여 각 분야를 맡겨서 정치를 하는 것이니, 그러므로 현사를 초빙하기가 그렇게 쉬운 일이 아니라는 맹자의 말씀이다. 공경을 다하고 예절을 다하지 않으면 현사를 볼 수도 없는데, 하물며 현사賢士를 자신의 신하로 삼는데 얼마나 공경을 다하고 예를 다하여 초빙하겠는가! 그래야만 현사가 들어와서 좋은 정치를 하는 것이다.

　요즘 문재인 정부에서 장관을 임명하고 국회에서 청문회를 하는데, 그 임명된 자들이 거의가 많은 법을 어기고 세상을 산 사람들이었다. 이런 사람이 높은 자리에 앉으면 자연히 자신의 과거의 버릇이 나와서 법을 우습게 보는 경향이 있다. 정말로 맹자께서 말씀하는 현사賢士는 오늘에는 없는 것인가! 있다면 그를 초빙해야 하지 않겠는가!

致 : 부를 치　亟 : 빠를 극　況 : 하물며 황

118 孟子謂宋句踐曰 子好遊乎아 吾語子遊하리라 人
맹자위송구천왈　자호유호　　오어자유　　　　인

知之라도 亦囂囂하며 人不知라도 亦囂囂니라. 曰何
지지　　역효효　　인불지　　　역효효　　왈하

如라야 斯可以囂囂矣니잇고 曰尊德樂義면 則可以
여　　사가이효효의　　　　왈존덕락의　　즉가이

囂囂矣니라. 故로 士는 窮不失義하며 達不離道니라.
효효의　　　고　　사　궁불실의　　　달불리도

〖해설〗 맹자께서 송구천宋句踐에게 일러 말씀하시기를, "그대는 유세遊說
하기를 좋아하는가? 내 그대에게 유세遊說하는 것을 말해주겠다.
남이 알아주더라도 효효囂囂[69]하며, 남이 알아주지 않더라도 또한
효효囂囂하여야 한다."
"어떻게 하여야 효효囂囂하다고 할 수 있습니까?"
맹자께서 대답하시기를, "덕德을 높이고 의義를 즐거워하면 효효
囂囂할 수 있다. 그러므로 선비는 궁해도 의義를 잃지 않으며, 영
달하여도 도道를 떠나지 않는 것이다.

窮不失義라 故로 士得已焉하고 達不離道라 故로
궁불실의　　고　　사득기언　　　달불리도　　　고

民不失望焉이니라. 古之人이 得志하얀 澤加於民하
민불실망언　　　　　고지인　　득지　　　택가어민

고 不得志하얀 修身見於世하니 窮則獨善其身하고
　부득지　　　수신현어세　　　궁즉독선기신

69 효효囂囂 : 자득自得하여 욕심이 없는 모양.

達則兼善天下니라.
달 즉 겸 선 천 하

〖해설〗 궁窮하여도 의義를 잃지 않기 때문에 선비가 자신의 지조를 지키
며, 영달榮達하여도 도道를 떠나지 않기 때문에 백성들이 실망하
지 않는 것이다. 옛사람들은 뜻을 얻으면 은택이 백성에게 가加해
지고, 뜻을 얻지 못하면 몸을 닦아 세상에 드러나니, 궁窮하면 그
몸을 홀로 선하게 하고, 영달榮達하면 천하를 겸하여 선善하게 하
는 것이다."고 하였다.

에세이

전국시대에 유세가遊說家는 제후를 찾아다니며 왕에게 '여차여
차하면 반드시 부국강병富國强兵이 되어서 패왕覇王이 될 수 있다.'
고 하여 왕을 설득하였으니, 이에 맹자께서 송구천에게 유세遊說의
정석을 말씀해주신 것이다.

유가儒家의 성인聖人들은 말씀을 할 때에 언제나 인의仁義를 말씀
하시고, 그리고 선善을 말씀하신다. 왜 그런가 하면, 선행을 해야 남
은 경사餘慶가 있기 때문이다.

'선비는 궁해도 의義를 잃지 않으며, 영달하여도 도道를 떠나지
않는다.' 라고 말씀하셨는데, 이는 선비가 가야할 길인 것이다. 선비
는 궁窮하여도 의義를 잃지 않기 때문에 자신의 지조를 지킬 수 있
으며, 영달榮達하여도 도道를 떠나지 않기 때문에 백성들이 실망하

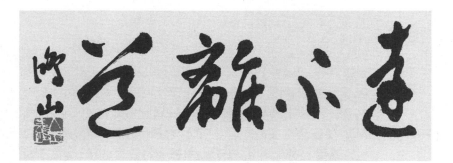

지 않고 그를 믿어주는 것이다.

　선비가 영달하면 은택이 백성에게 돌아가는 것이고, 혹 뜻을 얻지 못하면 자신을 수양하여 세상에서 알아주는 사람이 되는 것이니, 이는 의義를 잡고 살아야 세상 사람들이 그의 의義로운 삶을 칭송하는 것이다. 혹 궁하다고 해서 불의와 영합하면 잠깐 돈은 벌지언정, 훗날을 기약하지 못하게 되는 것이니, 이런 일은 선비는 하지 않는 것이다.

踐 : 밟을 천　遊 : 유세할 유　囂 : 만족할 효　離 : 떠날 리　窮 : 궁할 궁　澤 : 은택 택
修 : 수양할 수

119 孟子曰 待文王而後興者는 凡民也니 若夫豪傑
之士는 雖無文王이라도 猶興이니라.

〖해설〗 맹자 말씀하시기를, "문왕文王을 기다린 후에 흥기興起하는 자는
일반 백성이니, 호걸의 선비로 말하면, 비록 문왕 같은 성군聖君이
없더라도 오히려 흥기興起한다."고 하였다.

● 에세이

우매한 일반 백성들은 문왕 같은 성군聖君이 나타나서 정치를 잘
하면 그 은택에 힘입어서 함께 잘살 수가 있는 것이다. 그러나 호걸
豪傑의 선비는 남보다 뛰어난 재질을 타고난 사람들이니, 이들은 성
군聖君이 정치를 잘하여 이끌어주지 않아도 그 뛰어난 재주를 가지
고 얼마든지 잘살 수가 있는 것이다.

본문을 보면서 필자는 박정희 대통령을 생각한다. 1961년에 5월
16일에 박정희 장군을 필두로 하여 군사혁명이 일어났으니, 이때
우리나라는 초근목피草根木皮로 연명을 하던 시기라 해도 과언이
아닐 정도로 아주 못살 때이다.

당시 우리나라는 농업이 95%가 넘었는데, 집집마다 자식을 많이
낳아서 보통 한 집의 식구가 10명 이상씩 되었다. 그러므로 소작농
은 농사를 지어서 식구들 건사하기도 어려운 실정이었으니, 당시

우리 동리에서 자식을 중·고등학교에 진학시키는 집은 100호 마을에 겨우 네댓 집뿐이었다고 해도 과언이 아니었다.

이때에 박정희는 군사혁명을 일으킨 뒤에 새마을 운동으로 국민들에게 '우리도 잘살 수 있다.'는 신념을 심어주었고, 그리고 독일에 광부와 간호사를 파견하고, 뒤이어 월남에 군대를 파견하여 외화를 벌어들인 뒤에 중화학공업을 발전시켜서 오늘날 세계에서 10위권 안에 드는 부자의 나라를 만들었으니, 이 얼마나 경이로운 일인가?

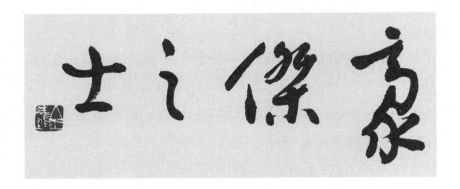

興 : 일 흥   豪 : 호걸 호   傑 : 호걸 걸

120 孟子曰 霸者之民은 驩虞如也요 王者之民은 皞
皞如也니라. 殺之而不怨하며 利之而不庸이라. 民
曰遷善而不知爲之者니라. 夫君子는 所過者化하
며 所存者神이라. 上下與天地同流하나니 豈曰小
補之哉리오.

〖해설〗 맹자 말씀하시기를, "패자霸者의 백성들은 매우 즐거워하고, 왕자
王者의 백성들은 호호皞皞[70]하다. 죽여도 원망하지 않으며, 이롭게
하여도 공功으로 여기지 않는다. 그러므로 백성들이 날로 개과천
선改過遷善을 하면서도 누가 그렇게 만든 줄을 알지 못한다. 군자
君子(聖人)는 지나는 곳에 교화敎化가 되며, 마음에 두고 있으면 신
묘神妙해진다. 그러므로 상하가 천지와 더불어 흐르나니, 어찌 조
금 보탬이 있다고 하겠는가." 고 하였다.

● 에세이

이 문장은 패자霸者[71]와 왕자王者를 구별할 수 있어야 한다. 패자
는 춘추 전국 시대에 제후들 중에 힘이 제일 센 제후이고, 왕자王者[72]
는 봉건국가의 제왕을 뜻한다.

70 호호皞皞 : 광대廣大함을 스스로 얻은 모습이다.
71 패자霸者 : 1.[역사] 중국 춘추 전국 시대, 제후의 우두머리. 2. 무력이나 권력을 이용
하여 천하를 다스리는 사람.
72 왕자王者 : 왕도王道로써 천하를 다스리는 사람.

패자覇者를 말하면, 사냥을 하면서 포수를 시켜서 먼저 목을 지키게 한 다음 뒤에서 사슴을 몰아서 잡는 것을 말하는 것이고, 왕자王者를 말하면, 사냥을 하면서 오직 사슴의 뒤를 따라가면서 활을 쏘아서 잡히는 사슴은 잡고, 달아나는 사슴은 그냥 살려주는 것을 말한다.

왕자王者가 정치를 하면, 백성들은 '내 밭을 갈고 내 우물을 파서 먹으니, 임금의 힘이 나에게 무엇이 있겠는가!'고 하니, 이는 정치를 너무 잘해서 누가 왕으로 앉아있는지를 모르고, 백성들은 오직 자기의 일을 하여 부모를 봉양하고 처자妻子를 양육하는 것이다.

이러한 정치는 요순堯舜시대와 우禹임금, 탕湯임금, 문왕과 무왕의 시대를 말하는 것이다. 그러므로 공자 같은 성인聖人도 이런 시대를 동경하고 사모하여 항상 이런 사회를 만들려고 노력하였던 것이다.

覇 : 으뜸 패 驩 : 기쁠 환 虞 : 기쁠 우 皥 : 흴 호

121 孟子曰 仁言이 不如仁聲之入人深也니라. 善政이
맹 자 왈 인 언　　　불 여 인 성 지 입 인 심 야　　　　선 정

不如善教之得民也니라 善政은 民畏之하고 善教
불 여 선 교 지 득 민 야　　　선 정　　民 외 지　　　　선 교

는 民愛之하나니 善政은 得民財하고 善教는 得民
　민 애 지　　　　선 정　　득 민 재　　　선 교　　득 민

心이니라.
심

〖해설〗 맹자 말씀하시기를, "인仁한 말이 인仁한 소리가 사람에게 깊이
들어가는 것만 못하니라. 선정善政은 선교善教가 민심을 얻는 것
만 못하니, 선정善政은 백성들이 두려워하고, 선교善教는 백성들
이 사랑하니, 선정善政은 백성의 재물을 얻고, 선교善教는 백성들
의 마음을 얻는다."고 하였다.

● 에세이

정자程子의 말씀은 '인언仁言은 인후仁厚한 말로 백성에 더해짐
을 이른다. 인성仁聲은 인문仁聞을 이르니, 인仁한 실체가 있어서 여
러 사람에게 칭송을 받는 것을 이르니, 이는 더욱 인덕仁德이 밝게
드러남을 볼 수가 있다. 그러므로 사람을 감동시킴이 더욱 깊은 것
이다.'고 하였다.

선정善政은 백성들이 두려워하고, 선교善教는 백성들이 사랑하
니, 선정善政은 백성들의 재물을 얻고, 선교善教는 백성의 마음을 얻
는다.

선정善政은 국가에서 시행하는 법이 국민 누구에게나 평등하게 시행이 되는 것을 말한다. 만약 돈과 권력을 가진 자에게는 면제가 되고, 단지 돈 없는 일반 백성들에게만 엄격한 법이 시행되는 것은 선정이 아닌 것이다.

우리가 잘 아는 '전관예우' 같은 것이 모두 법을 평등하게 쓰지 않고 전직 판사나 검사가 변호를 맡으면, 현직 판사는 그들과 막역한 사이이므로 그들의 편에 서서 판결을 하는 것을 전관을 예우하는 것이라고 하니, 이런 용어 자체가 국민화합에 크게 저해가 되는 용어들이다.

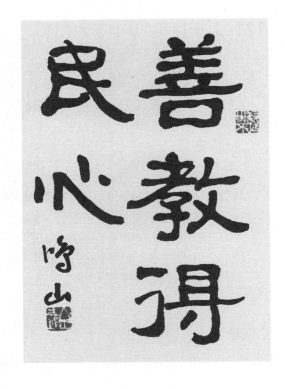

深 : 깊을 심　政 : 정사 정　畏 : 두려울 외　財 : 재물 재

122 孟子曰 人之所不學而能者는 其良能也요 所不
맹 자 왈 인 지 소 불 학 이 능 자 기 량 능 야 소 불

慮而知者는 其良知也니라. 孩提之童이 無不知愛
려 이 지 자 기 량 지 야 해 제 지 동 무 부 지 애

其親也며 及其長也하야는 無不知敬其兄也니라.
기 친 야 급 기 장 야 무 부 지 경 기 형 야

親親은 仁也요 敬長은 義也니 無他라 達之天下
친 친 인 야 경 장 의 야 무 타 달 지 천 하

也니라.
야

〖해설〗 맹자 말씀하시기를, "사람이 배우지 않고도 능한 자는 양능良能이
요, 생각하지 않고도 아는 것은 양지良知이다. 어려서 손을 잡고
가는 아이가 그 어버이를 사랑할 줄 모르는 아이가 없으며, 그 성
장함에 미쳐서는 그 형을 존경할 줄 모르는 이가 없다. 어버이를
친애함은 인仁이고, 어른을 공경함은 의義니, 이는 다름이 아니라
온 천하에 공통되기 때문이다."고 하였다.

●에세이

세상에는 재주가 많은 사람들이 많다. 소위 신동神童들이 있으니,
음악을 배우지 않은 어린아이가 음계를 알고 이해하는 아이도 있
고, 또한 어린 아이가 물속에 들어가서 수영을 잘하는 아이도 있다.

옛적에 매월당 김시습 선생은 3살 때에 유가儒家의 경서를 통했
다고 한다. 얼마나 잘 했으면 왕실에까지 소문이 나서 세종대왕께
서 직접 접견하시고 응대應對했겠는가. 그러나 그렇게 재주가 뛰어
난 사람도 세상을 잘못 만나서 나중에는 벼슬을 버리고 외롭게 지

냈으니, 사람의 팔자가 꼭 공부를 잘 한다고 해서 잘 사는 것은 아닌 모양이다.

어린아이는 자연적으로 그 부모를 사랑할 줄 알고, 그가 성장함에 미쳐서는 자신의 형을 공경할 줄 모르는 이가 없는 것이니, 이런 것은 자연히 성장하면서 알게 되는 것이다. 그러나 사람은 형제 간에도 부자 간에도 그 행위가 좋아야 한다. 행위가 좋지 못하면 이것이 상처가 되어서 혹 가정의 불화를 초래할 수가 있다.

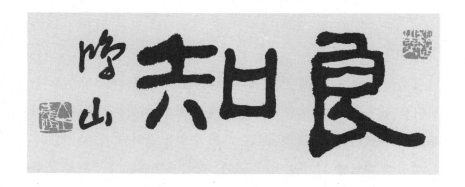

孩 : 어릴 해   提 : 끌 제

123 孟子曰 舜之居深山之中에 與木石居하시며 與鹿
맹자왈 순지거심산지중 여목석거 여록

豕遊하시니 其所以異於深山之野人者幾希러시니
시유 기소이이어심산지야인자기희

及其聞一善言하시며 見一善行하사는 若決江河하
급기문일선언 견일선행 약결강하

여 沛然莫之能禦也러시다.
패연막지능어야

〔해설〕 맹자 말씀하시기를, "순舜임금이 깊은 산중에 거처할 적에 나무와
돌과 함께 거처하시며, 사슴과 멧돼지와 함께 노시니, 깊은 산속
의 야인野人과 다른 것이 별로 없으셨는데, 한 선언善言을 들으시
며, 한 선행善行을 봄에 미쳐서는 마치 강하江河를 터놓은 듯이 패
연沛然하여 능히 막을 수가 없었다." 고 하였다.

● 에세이

깊은 산속에 거居했다는 것은 역산歷山에서 밭을 갈 때를 말한다.
성인의 마음은 지극히 허虛하고 지극히 밝아서 혼연渾然한 가운데
에 온갖 이치가 갖추어져 있다. 그러므로 한번 감촉感觸이 있으면
그 응함이 매우 신속하여 통하지 않는 바가 없다. 이러므로 도道에
나가기를 깊이 한 맹자가 아니라면 형용함이 이에 이르지 못한다고
주註에서 말했다.

필자가 성균관대학교 대학원에서 원생으로 중국에 갔을 적에, 꼭
짚어 어느 마을이라고 말할 수는 없지만, 순임금이 모셔진 서원書院

의 옆에 있는 '황금빈관' 에서 저녁을 먹었는데, 가이드가 말하기를, '저쪽에 순임금을 모신 서원書院이 있다.' 고 하였다.

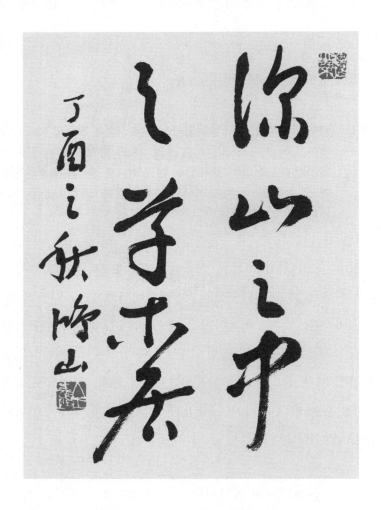

鹿:사슴 록 豕:돼지 시 希:바랄 희 沛:성할 패 禦:막을 어

124 孟子曰 有事君人者하니 事是君이면 則爲容悅者
　　　　맹자왈 유사군인자　　사시군　　즉위용열자

也니라. 有安社稷臣者하니 以安社稷爲悅者也니라.
야　　　유안사직신자　　이안사직위열자야

有天民者하니 達可行於天下而後에 行之者也니
유천민자　　달가행어천하이후　　행지자야

라. 有大人者하니 正已而物正者也니라.
　　유대인자　　정이이물정자야

【해설】 맹자 말씀하시기를, "인군人君을 섬기는 자가 있으니, 인군을 섬
기면 용납되고 기뻐하게 하는 자이다.

사직社稷을 편안하게 하려는 신하가 있으니, 사직社稷을 편안히
함을 기쁨으로 삼는 자이다.

천민天民인 자가 있으니, 영달하여 온 천하에 행할 수 있은 뒤에
야 행하는 자이다.

대인大人인 자가 있으니, 자기 몸을 바르게 함에 남이 바르게 되
는 자이다."고 하였다.

● 에세이

이 장章은 인품人品의 같지 않음이 대략 네 등급이 있음을 말씀하
였으니, 용납되고 기뻐하는 영신佞臣은 족히 말할 것이 없고, 사직
을 편안히 하는 신하는 충성스러우나 아직 일국一國의 선비이고, 천
민天民은 일국一國의 선비는 아니나 아직도 의식意識이 있으니, 의
식意識도 없고 기필期必함도 없어서 오직 그 있는 곳에는 교화되지
않음이 없는 것은 오직 성인聖人만이 가능한 것이다.

이 네 부류의 사람 중에 첫 번째의 용납되고 기뻐하는 신하는 아첨함만 아는 사람이고, 사직社稷(국가)을 편안히 함을 기쁨으로 삼는 자는 이순신 장군과 같은 신하이며, 영달하여 온 천하에 행할 수 있은 뒤에야 행하는 자는 이윤伊尹과 여상呂尙 같은 사람이고, 자기 몸을 바르게 함에 남이 바르게 되는 자는 공자 같은 성인聖人만이 가능한 것이다.

悅 : 기쁠 열 稷 : 사직 직

125 孟子曰 君子有三樂而王天下不與存焉이니라. 父
母俱存하며 兄弟無故가 一樂也요 仰不愧於天하며
俯不怍於人이 二樂也요 得天下英才而敎育之가
三樂也니 君子有三樂而王天下不與存焉이니라.

〖해설〗 맹자 말씀하시기를, "군자君子가 세 가지 즐거움이 있으니, 천하
에 왕이 됨은 여기에 들어있지 않다.
　　　부모님께서 모두 생존해 계시며, 형제가 무고無故한 것이 첫 번째
즐거움이고,
　　　위로는 하늘에 부끄러움이 없고, 아래로는 사람에게 부끄럽지 않
은 것이 두 번째 즐거움이며,
　　　천하의 영재를 얻어서 교육하는 것이 세 번째 즐거움이다. 군자
가 세 가지 즐거움이 있는데, 천하에 왕이 됨은 여기에 들어있지
않다." 고 하였다.

● 에세이

　이는 소위 맹자의 '군자삼락君子三樂' 이라 하여 많은 인구에 회
자되는 말씀이다. 첫째가 부모님께서 모두 장수하여 살아계시고,
형제들이 아무런 사고 없이 잘 살아가는 것이 첫 번째의 즐거움이
니, 부모님께서 모두 장수하시는 것은 자식의 마음대로 될 수 있는
것이 아니다. 이는 선대에 음덕을 많이 쌓아서 그 음덕이 대대로 내
려오는 사람이어야 가능한 것이고, 형제들이 모두 아무런 사고 없

이 잘 살아가는 것도 또한 조상의 음덕의 문제로, 내가 어찌할 수 있는 것이 아니다.

둘째는 '위로는 하늘에 부끄러움이 없고, 아래로는 사람에게 부끄럽지 않은 것이니' 이는 자신의 행위에 해당하는 것이다. 행여 욕심을 많이 부리면 남을 속이기도 하고, 남에게 아부하기도 하며, 남과 같이 위계를 꾸미기도 한다. 이런 행위를 일체 하지 않은 생활을 말하니, 이도 쉽게 될 수 있는 것은 아니나 이는 자신이 마음을 굳게 먹고 실행에 옮기면 할 수가 있는 사항이다.

셋째는 '천하의 영재를 얻어서 교육하는 것이니' 이도 쉬운 것은 아니나 노력하면 될 수도 있는 사항이다. 당대의 수재를 교육하는 것을 말하니, 퇴계 선생이나 율곡 선생 같은 분이나 할 수 있는 것이 아닌가 하고 생각한다.

필자도 서예 한문 학원을 운영하면서 많은 사람을 가르쳐봤지만 인재를 만나서 교육한다는 것은 쉬운 사항이 아니다. 그리고 내가 만나고 싶어서 만나는 것이 아니고 국가에서 인정하는 제일의 교육자가 되어야 가능한 사항이다.

俱 : 함께 구 愧 : 부끄러울 괴 怍 : 부끄러울 작

126 孟子曰 廣土衆民을 君子欲之나 所樂은 不存焉
맹자왈 광토중민 군자욕지 소락 부존언
이니라. 中天下而立하여 定四海之民을 君子樂之나
중천하이립 정사해지민 군자낙지
所性은 不存焉이니라. 君子所性은 雖大行이나 不
소성 부존언 군자소성 수대행 불
加焉이며 雖窮居나 不損焉이니 分定故也니라. 君
가언 수궁거 불손언 분정고야 군
子所性은 仁義禮智根於心하여 其生色也晬然見
자소성 인의예지근어심 기생색야수연견
於面하며 盎於背하며 施於四體하여 四體不言而
어면 앙어배 시어사체 사체불언이
喩니라.
유

【해설】 맹자 말씀하시기를, "토지를 넓히고 백성을 많게 함을 군자君子가
하고자 하나 즐거워함은 여기에 있지 않다.

천하의 가운데에 서서 왕자王者가 되어 사해四海의 백성을 안정시
킴을 군자君子가 즐거워하나 본성本性은 여기에 있지 않다.

군자君子의 본성本性은 비록 크게 행해지더라도 더 보태지 않으
며, 비록 궁窮하게 살더라도 줄어들지 않으니 분수分數가 정해져
있기 때문이다.

군자君子의 본성本性은 인의예지仁義禮智가 마음속에 근본하여 그
얼굴빛에 나타남이 수연晬然[73]히 얼굴에 드러나며, 등에 가득하
며, 사체四體에 베풀어져서 사체四體가 굳이 말하지 않아도 저절
로 깨달아 행해진다." 고 하였다.

73 수연晬然 : 청화淸和하고 윤택한 모습.

본장本章은 군자君子의 본성本性을 말씀하였으니, 첫째 '군자는 토지를 넓히고 백성을 많게 함을 하고자 하나 즐거워함은 여기에 있지 않다.'고 하였고,

둘째는 '천하의 가운데에 서서 왕자王者가 되어 사해四海의 백성을 안정시킴을 군자君子가 즐거워하나 본성本性은 여기에 있지 않다.'고 하였으며,

셋째 '군자君子의 본성本性은 비록 크게 행해지더라도 더 보태지 않으며, 비록 궁窮하게 살더라도 줄어들지 않으니 분수分數가 정해져 있기 때문이다.'고 하여 군자의 본성本性이 왕이 되는 것보다 더 높은 곳에 있음을 말씀하였다.

그러므로 군자君子의 본성本性은 인의예지仁義禮智를 마음에 근본하고 그 빛은 항상 수연睟然히 안면에 나타나며, 등에 가득하여 넘치고, 사체四體에 베풀어져서 사체四體가 굳이 말하지 않아도 저절로 깨달아 행해진다고 하였다.

사람은 내면에 있는 것이 외부에 나타나는 것이니, 일례로 선생은 선생으로 보이고, 스님은 스님으로 나타나 보이며, 주정꾼은 주정꾼으로 나타나 보이고, 아첨꾼은 아첨하는 야비한 사람으로 나타나 보이는 것이니, 이러므로 군자는 안면에 청화淸和하고 윤택한 모습이 나타나고, 등에는 풍후豊厚함이 차고 넘치게 보이며 사체四體

는 말을 듣지 않아도 자연히 깨달아 시행한다는 것이다.

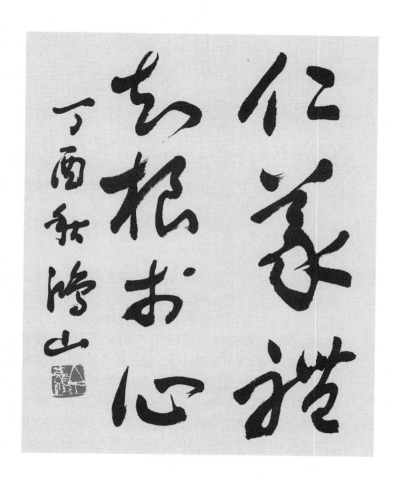

衆 : 무리 중 損 : 줄어들 손 睟 : 깨끗할 수 盎 : 가득할 앙 喩 : 깨달을 유

127 孟子曰 伯夷辟紂하여 居北海之濱이러니 聞文王
맹 자 왈　백 이 피 주　　거 북 해 지 빈　　　문 문 왕

作하고 興曰 盍歸乎來리오. 吾聞西伯은 善養老者
작　　흥 왈 합 귀 호 래　　오 문 서 백　　선 양 노 자

라 하고 太公辟紂하여 居東海之濱이러니 聞文王作
태 공 피 주　　거 동 해 지 빈　　　문 문 왕 작

하고 興曰盍歸乎來리오. 吾聞西伯은 善養老者라
흥 왈 합 귀 호 래　　오 문 서 백　　선 양 노 자

하니 二老者는 天下之大老也而歸之하니 是天下
이 로 자　　천 하 지 대 로 야 이 귀 지　　시 천 하

之父歸之也라. 天下之父歸之하니 其子焉往이리오.
지 부 귀 지 야　　천 하 지 부 귀 지　　기 자 언 왕

諸侯가 有行文王之政者는 七年之內에 必爲政於
제 후　　유 행 문 왕 지 정 자　　칠 년 지 내　　필 위 정 어

天下矣리라.
천 하 의

【해설】 맹자 말씀하시기를, "백이伯夷가 주왕紂王을 피하여 북해의 물가
에 살더니, 문왕文王이 일어났다는 말을 듣고 분발하여 말하기를,
'내 어찌 돌아가지 않겠는가! 내 들으니 서백西伯(문왕)은 늙은이를
잘 봉양한다.' 하였으며, 태공太公이 주왕紂王을 피하여 동해의 가
에 살더니, 문왕文王이 일어났다는 말을 듣고 분발하여 말하기를,
'어찌 돌아가지 않겠는가! 내 들으니, 서백西伯은 늙은이를 잘 봉
양한다.' 하였으니, 두 늙은이는 천하의 큰 어른이되 그에게 돌아
가니, 천하의 아버지가 돌아간 것이다. 천하의 아버지가 돌아가니
그 아들이 어디로 가리요. 제후로 문왕의 정치를 행하는 자는 7년
안에 반드시 천하의 정치를 하리라." 고 하였다.

에세이

본장本章은 정치를 잘하면 천하의 민심이 그에게로 돌아간다는 말씀이다. 백이伯夷는 천하의 청백淸白한 사람이니, 공자께서도 인정한 청백인의 표상인 사람이다. 그는 은殷나라 말기 주왕紂王의 시대에 고죽국의 왕자이니, 주왕의 학정을 피하여 북해北海의 가에 살았고, 태공太公은 무왕의 선생으로, 역시 같은 시대에 살던 사람인데 120살을 살았다고 전하는 전설적인 사람이다.

태공이 노나라 위수渭水에서 낚시질을 하고 있는데, 문왕이 찾아와서 국사國師로 모셔갔으니, 결국 무왕武王을 도와서 은殷의 주왕을 정벌하고 주周나라의 시대를 여는데 지대한 공을 세운 사람이다.

이 두 현인이 모두 은殷의 주왕을 피하여 주周의 문왕에게 돌아갔다는 말은 천하의 민심이 주周나라에 돌아갔다는 말이다.

문왕과 무왕과 주공은 모두 성인聖人의 반열에 있는 사람들로, 이들이 은殷의 시대를 마감하고 비로소 주周의 시대를 열었으니, 이에 세상이 안정되고 문물文物이 제대로 흘러서 성대盛代를 열었다고 봐야 한다.

끝으로 전국시대의 제후가 문왕의 정치를 한다면, 7년 안에 민심이 그에게로 돌아가서 천하의 정치를 하리라는 맹자의 말씀이다.

辟 : 피할 피　紂 : 임금 이름 주　濱 : 물가 빈　盍 : 어찌 않을 합

128 孟子曰 易其田疇하며 薄其稅斂이면 民可使富也
맹자왈 이기전주 박기세렴 민가사부야

니라. 食之以時하며 用之以禮면 財不可勝用也니라.
식지이시 용지이례 재불가승용야

民非水火면 不生活이로되 昏暮에 叩人之門戶하여
민비수화 불생활 혼모 고인지문호

求水火어든 無弗與者는 至足矣일새니 聖人이 治
구수화 무불여자 지족의 성인 치

天下에 使有菽粟을 如水火니 菽粟이 如水火면 而
천하 사유숙속 여수화 숙속 여수화 이

民이 焉有不仁者乎리오.
민 언유불인자호

〖해설〗 맹자 말씀하시기를, "그 전주를 잘 다스리며, 세금 거두기를 적게
한다면 백성들을 부유하게 할 수 있다. 먹기를 제때에 하며, 쓰기
를 예禮대로 하면 재물을 다 쓸 수 없을 것이다.
백성들이 물과 불이 아니면 생활할 수가 없으나 어둔 저녁에 남
의 문호門戶를 두드리면서 물과 불을 구하면 주지 않는 자가 없는
것은 지극히 풍족하기 때문이다. 성인聖人이 천하를 다스림에 백
성들로 하여금 콩과 곡식을 물과 불처럼 흔하게 소유하게 하니,
콩과 곡식이 물과 불처럼 흔하다면 백성들이 어찌 인仁하지 못한
자가 있겠는가!"고 하였다.

● 에세이

본문의 말씀은 마치 오늘의 대한민국의 생활상을 말씀하는 듯한
느낌이 든다.

예전에는 불을 한번 지피면 꺼뜨리지 않았다고 한다. 왜냐면 지

금처럼 성냥이 없던 시대이니, 집에 불이 꺼지면 이웃집에 가서 불을 지펴 와서 밥을 짓고 불을 땠던 것이다. 물은 언제나 흔한 물건이니, 수화水火는 언제나 따라다니는 용어로, 맹자께서는 불만 쓰지 않고 수화水火로 썼던 것 같다.

올해 봄에 한발이 와서 저수지가 바싹 마르고 밭의 곡식이 습기가 없어서 타죽는 지경에 이르렀으니, 사실 이 세상에서 가장 긴요하게 쓰이는 것 하나를 꼽으라 하면 아마도 물을 꼽을 것이니, 물은 이처럼 귀중한 물건이지만, 너무 많고 흔하므로 사람들이 그 귀중함을 모르고 사는 것이다.

성인聖人이 정치를 잘하면 콩과 곡식을 수화水火를 흔하게 쓰듯이 쓸 것이라고 하였는데, 요즘 우리가 사는 세상이 먹을 음식이 너무 많아서 많이 먹고 뚱뚱해지는 것을 걱정하는 시대에 살고 있으니, 이는 분명 맹자께서 말씀한 성인께서 정치를 해서인가! 그렇다 박정희라는 대통령이 혼신을 다하여 백성들이 굶주리지 않고 사는 세상을 만들기 위하여 다년간 노력을 하였기에 가능한 일이었다고 필자는 생각한다. 그러므로 박정희 대통령은 분명히 성인聖人의 정치를 한 사람이다.

易 : 다스릴 이 疇 : 두둑 주 薄 : 엷을 박 斂 : 거둘 렴 菽 : 콩 숙 粟 : 곡식 속

129 孟子曰 孔子登東山而小魯하시고 登太山而小天
맹자왈 공자등동산이소로 　 　 등태산이소천

下하시니 故로 觀於海者엔 難爲水요 遊於聖人之
하 　 고 　 관어해자 난위수 유어성인지

門者엔 難爲言이니라. 觀水有術하니 必觀其瀾이니
문자 난위언 　 관수유술 필관기란

라. 日月有明하니 容光에 必照焉이니라. 水之爲物
일월유명 용광 필조언 　 수지위물

也不盈科면 不行하나니 君子之志於道也에도 不
야불영과 불행 군자지지어도야 불

成章이면 不達이니라.
성장 불달

〔해설〕 맹자 말씀하시기를, "공자께서 노魯나라 동산에 오르시어 노魯나라를 작게 여기셨고, 태산太山에 올라가시어 천하를 작게 여기셨다. 그러므로 바다를 구경한 자에게는 큰 물 되기가 어렵고, 성인聖人의 문하에 유학遊學한 자에게는 훌륭한 말하기가 어려운 것이다. 물을 구경하는데 방법이 있으니, 반드시 여울목을 보아야 한다. 해와 달이 밝음이 있으니, 빛을 용납하는 곳에는 반드시 비취는 것이다. 흐르는 물의 물체 됨이 웅덩이가 차지 않으면 흘러가지 않는다. 군자가 도道를 뜻함에도 문장을 이루지 않으면 통달하지 못한다."고 하였다.

●에세이

필자는 중국의 태산太山을 두 번 올라갔다. 그때마다 맹자의 이 말씀을 기억하였으니, 이 태산의 천가天街에 오르면 멀리 오吳나라가 보인다. 오吳나라는 옛적에 손권의 나라로, 지금의 상해를 말한다.

중국은 대체적으로 평야지대가 많은데, 특히 이쪽 동쪽지역은 평야로 이루어져 있어서 오월吳越이 보인다고 한다.

흐르는 물이 웅덩이를 만나면 다 채우고 난 뒤에 흐르는 것이고, 군자君子가 도道에 뜻을 두고 나감에도 문장文章을 이루지 않으면 통달하지 못하는 것이다.

학문이나 예술도 매한가지로, 배워서 올라가는 단계가 있으니, 한 단계를 넘으면 다시 엄청난 수련을 닦아야 다시 한 단계를 올라가는 것이다. 그러므로 추사秋史가 귀양길에 해남 대흥사에 들려서 '무량수전' 의 현판(이광사의 글씨)을 떼어내라고 한 뒤에, 제주도에서 적거생활을 끝내고 돌아오면서 대흥사에 들려서는, 전에 떼어냈던 이광사의 '무량수전' 의 현판을 다시 걸라고 했다고 하니, 이것이 필자가 말한 한 단계 한 단계 올라가는 과정을 실제로 보여준 사건이 아닌가 하고 생각한다.

물을 봄에는 그 여울지는 모습을 보아야 하고, 해와 달은 밝게 비취는데, 그 빛은 반드시 쥐구멍까지 비취는 것이니, 군자君子의 비침도 이와 같아서 세상의 모든 사람에게 고르게 비취는 것이다.

術 : 재주 술　瀾 : 여울 란　盈 : 찰 영　科 : 구덩이 과　章 : 문채 장

357

130 孟子曰 雞鳴而起하여 孶孶爲善者는 舜之徒也요
맹 자 왈 계 명 이 기   자 자 위 선 자   순 지 도 야

雞鳴而起하여 孶孶爲利者는 蹠之徒也니 欲知舜
계 명 이 기   자 자 위 리 자   척 지 도 야   욕 지 순

與蹠之分인댄 無他라 利與善之間也니라.
여 척 지 분   무 타   이 여 선 지 간 야

【해설】 맹자 말씀하시기를, "닭이 울면 일어나서 부지런히 선행善行을 하
는 자는 순舜임금의 무리이고, 닭이 울면 일어나서 부지런히 이익
을 위한 행위를 하는 자는 도척盜蹠의 무리이니, 순舜임금과 도척
盜蹠[74]의 분별을 알려 한다면 다른 것이 없다. 이利와 선善의 사이
인 것이다." 고 하였다.

● 에세이

도척盜拓은 도둑의 대명사처럼 알려져 있는 중국의 춘추 전국 시
대에 실존했던 도둑이다. 공자의 친구 유하혜柳下惠의 아우이며,
9,000여 명의 부하를 이끌고 천하를 누비며 남의 재산만 약탈한 게
아니라 사람의 생명마저 빼앗은 데다 죽은 자의 간肝을 회 쳐 먹기
도 했다고 한다.

이 도척의 부하들이 두목에게 '도둑질에도 도道가 필요합니까?'
라고 물었다. 이에 도척은 '물론이다. 무엇을 하든 사람에겐 도가
필요한 것이다. 물건이 어디에 있는가를 꿰뚫어 보는 것이 성聖이

---

74 도척盜蹠 : 중국 춘추시대春秋時代에 있었던 몹시 악한 사람의 이름. 유하혜柳下惠의
아우로 9천 명의 부하를 거느리고 천하를 횡행하였다고 함.

고, 맨 먼저 침입하는 것이 용勇이며, 맨 뒤를 지켜 철수하는 것이 순順이다. 훔친 물건의 좋고 나쁨을 아는 것이 지知이며, 이를 고루 나눠 갖는 것이 인仁이다.' 이 다섯 가지를 갖추지 못하고 큰 도둑이 된 자는 아직 없다.

도척이란 큰 도둑이 있다는 얘기를 들은 공자는 어느 날 자신의 예교禮敎로써 교화敎化하기 위해 도척을 찾아갔다. 그러자 도척은 공자에게 '당신은 그 유려하고 위선적인 말솜씨만으로 일도 하지 않고 천하를 미혹시켜 부귀와 공명을 자신의 것으로 만드니, 도둑 치고는 당신보다 더 큰 도둑이 어디 있느냐? 그런데 세상의 사람들은 당신을 도둑이라 하지 않고 나를 도둑이라 하는가?' 라고 반문했다 한다.

양씨楊氏가 말하기를, '순舜임금과 도척盜蹠의 상거相去가 멀되, 그 분별은 바로 이利와 선善의 사이에 있을 뿐이니, 이 어찌 삼가지 않겠는가? 그러나 강론講論하기를 익숙히 하지 않으며, 보기를 분명히 하지 못한다면, 이利를 의義라고 여기지 않을 자가 없으니, 이는 또한 배우는 자들이 마땅히 깊이 살펴야 할 것이다.' 고 하였다.

雞:닭 계 鳴:울 명 孳:부지런할 자 蹠:밟을 척

131 孟子曰 楊子는 取爲我하니 拔一毛而利天下라도
不爲也하니라. 墨子는 兼愛하니 摩頂放踵이라도 利
天下인댄 爲之하니라. 子莫은 執中하니 執中이 爲近
之나 執中無權이 猶執一也니라. 所惡執一者는 爲
其賊道也니 擧一而廢百也니라.

〖해설〗 맹자 말씀하시기를, "양자楊子[75]는 자신을 위함을 취하였으니, 하나의 털을 뽑아서 천하가 이롭더라도 하지 않았다. 묵자墨子[76]는 겸하여 사랑하였으니, 이마를 갈아 발꿈치에 이르더라도 천하에 이로우면 하였다. 자막子莫[77]은 이 중간을 잡았으니, 중간을 잡는 것이 도道에 가까우나 중간을 잡고 저울질함이 없는 것은 한쪽을 잡는 것과 같다. 한쪽을 잡는 것을 미워하는 까닭은 도道를 해치기 때문이니, 하나를 들고 백가지를 폐廢하는 것이다."고 하였다.

에세이

양씨楊氏가 말하기를, '우禹와 직稷이 세 번 자기 집을 지나면서

---

75 양자楊子 : 1. [인명] 중국 전국 시대의 학자(?B.C. 440~?B.C. 360). 2. 노자 사상의 일단을 이은 염세적 인생관으로 자기중심적인 쾌락주의를 주장하였다.

76 묵자墨子 : 1. [인명] 중국 춘추 전국 시대 노나라의 사상가·철학자(B.C. 480~B.C. 390). 2. 성은 묵墨, 이름은 적翟이다. 3. 묵가墨家의 시조로, 유가儒家에게 배웠으나 무차별적 박애의 겸애兼愛를 설파하고 평화론을 주장하여 유가와 견줄 만한 학파를 이루었다.

77 자막子莫 : 노魯나라의 현자賢者이다.

도 들어가지 않았으니, 만일 그 가可함에 마땅하지 않았다면 묵자墨子와 다를 것이 없고, 안자顔子가 누추한 골목에 있으면서도 그 즐거움을 변치 않았으니, 만일 그 가可함에 마땅하지 않았다면 양자楊子와 다를 것이 없다. 자막子莫은 위아爲我와 겸애兼愛의 중간을 잡고 저울질함이 없었으니, 향리鄕里와 이웃에 싸우는 사람이 있어도 문을 닫을 줄을 모르며, 한 방에 있는 사람이 싸우더라도 말릴 줄을 모를 것이니, 이 또한 한 쪽을 잡은 것과 같을 뿐이다. 우禹·직稷·안회顔回가 처지를 바꾸면 모두 그렇게 함은 권도權道가 있기 때문이니, 그렇지 않다면 이 또한 양주楊朱와 묵적墨翟일 뿐이다.' 라고 하였다.

맹자가 살 당시에는 양묵楊墨의 설說이 성성盛하여 유가儒家의 학설을 위협함으로, 맹자는 유가儒家의 중용中庸의 설을 지키기 위하여 고군분투하여 이를 지켰으므로, 맹자의 공이 우禹의 공에 비하여 결코 적지 않다고 하는 것이다.

摩 : 갈 마 頂 : 이마 정 踵 : 발꿈치 종 廢 : 폐할 폐

132 孟子曰 堯舜은 性之也요 湯武는 身之也요 五覇는
　　　맹 자 왈 요 순　성 지 야　탕 무　신 지 야　오 패

假之也니라. 久假而不歸하니 惡知其非有也리오.
가 지 야　　　구 가 이 불 귀　　　오 지 기 비 유 야

〖해설〗 맹자 말씀하시기를, "요堯·순舜은 본성本性대로 하신 것이고, 탕
湯·무武는 실천한 것이고, 오패五覇[78]는 (인의仁義를) 빌린 것이
다. 오래도록 빌리고 돌아가지 않으니, 어찌 그 자신이 가지고 있
는 것이 아님을 알겠는가!"고 하였다.

● 에세이

유가儒家에서는 요순堯舜의 정치를 최고의 정치로 생각하고, 이
렇게 정치를 하여 백성들이 편안하게 살 수 있는 세상을 만들기 위
하여 유가儒家의 성인聖人들이 노력하였으니, 공자와 맹자가 춘추春
秋시대와 전국시대에 살면서 자신을 써주는 제후를 만나서 좋은 정
치를 하려고 무척이나 노력하였지만, 써주는 제후가 없어서 뜻을
이루지 못하고, 말년에는 후학을 가르치는 일로 돌아왔다.

탕湯은 은殷나라의 탕湯임금이고, 무武는 주周나라의 무왕武王이
니, 이들은 하夏나라의 걸왕桀王과 은殷나라의 주왕紂王이 폭정暴政
을 일삼으므로 이들을 쳐서 물리치고 각기 은殷과 주周를 창시創始

---

78 오패五覇 : 춘추 시대의 다섯 제후를 이르는 말. 오패五霸라고도 한다. 《맹자孟子》〈고
자 하告子下〉 주에는 "제환공齊桓公, 진문공晉文公, 진목공秦穆公, 송양공宋襄公, 초장
왕楚莊王이다." 라고 하였음.

했으니, 모두 인의仁義를 실천에 옮긴 사람들이다.

오패五覇는 제齊의 환공桓公을 으뜸으로 삼으니, 이들은 인의仁義
의 이름을 빌려서 패왕覇王이 되었는데, 끝내 인의仁義에 돌아가지
않고 자신의 사리私利를 쫓다가 끝내었다고 한다.

윤씨尹氏는 말하기를, '성지性之는 도道와 더불어 하나가 되는 것
이고, 신지身之는 도道를 실천하는 것이니, 그 성공에 있어서는 똑같
다. 오패五覇는 빌렸을 뿐이니, 이 때문에 공렬功烈이 저와 같이 낮
은 것이다.' 라고 하였다.

覇 : 으뜸 패 假 : 빌릴 가 歸 : 돌아갈 귀

133 公孫丑曰 詩曰 不素餐兮라 하니 君子之不耕而
食은 何也잇고 孟子曰 君子居是國也에 其君用
之하면 則安富尊榮하고 其子弟從之하면 則孝弟
忠信하나니 不素餐兮가 孰大於是리오.

〔해설〕 공손추公孫丑가 말하기를, "《시경詩經》에 이르기를 '공밥을 먹지
않는다.' 하였으니, 군자君子가 밭을 갈지 않고 먹는 것은 어째서
입니까?" 맹자께서 말씀하시기를, "군자君子가 이 나라에 거居함
에 그 군주君主가 등용하면 나라가 편안하고, 부유해지고, 높아지
고, 영화로우며, 자제子弟들이 따르면 자제들이 효도하고, 공손하
고, 충성하고 믿을 수 있으니, 공밥을 먹지 않는 것이 이보다 더
크겠는가?"

에세이

사람이 놀고 먹는 사람은 식충食蟲에 불과하다. 이 세상에 살아가
려면 무엇인가 보탬이 되는 삶을 살아야 한다.

이런 이유로 공손추가 맹자께 문의하였다.

실상 일을 하며 사는 사람의 눈으로 보면, 일을 하지 않고 사는
사람이 있으니, 이런 사람을 보면 짜증이 난다. 왜냐면 '나는 매일
시時와 초秒를 다투어서 일을 해야 겨우 먹고 사는데, 왜 그대는 일
도 하지 않는데, 잘도 먹고 사는가?' 이다.

그러나 맹자의 말씀대로, 선비는 "군자君子가 이 나라에 거居함에 그 군주君主가 등용하면 나라가 편안하고, 부유해지고, 높아지고, 영화로우며, 자제子弟들이 따르면 자제들이 효도하고, 공손하고, 충성하고, 믿을 수 있으니, 공밥을 먹지 않는 것이 이보다 더 크겠는가?"이니, 사실 일을 열심히 해서는 백성을 풍요롭게 먹여 살릴 수는 없는 것이고, 계획을 잘 수립하여 매년 잘 이행하여야 어느새 부국강병이 되는 것이니, 이는 선비가 하는 일이고, 일하는 노동자가 하는 일은 아닌 것이다.

그리고 교육을 잘하여 우리의 자제들이 효도하고, 공손하고, 충성하고, 믿을 수 있는 사람이 되면, 앞으로 이런 사람들이 정치를 한다면, 그 나라는 부모님께 효도하고 어른께 공손하며, 친구 간에 믿음이 있는 사회가 될 것이니, 이런 사회가 우리가 바라는 요순堯舜의 사회가 되는 것이다.

素 : 흴 소　餐 : 밥 찬　尊 : 높을 존　榮 : 영화 영　孰 : 누구 숙

134 王子墊이 問曰士는 何事잇고 孟子曰 尙志니라. 曰
　　　왕 자 점　 문 왈 사 　하 사 　　　 맹 자 왈　 상 지 　　　왈

何謂尙志잇고 曰仁義而已矣니 殺一無罪非仁也
하 위 상 지 　　 왈 인 의 이 이 의 　　살 일 무 죄 비 인 야

며 非其有而取之非義也라. 居惡在오 仁是也요 路
　　비 기 유 이 취 지 비 의 야 　　거 오 재　　 인 시 야　　 로

惡在오 義是也니 居仁由義면 大人之事備矣니라.
오 재 　　의 시 야 　　거 인 유 의 　　대 인 지 사 비 의

〖해설〗 왕자점王子墊[79]이 묻기를, "선비는 무엇을 일삼습니까?" 맹자께서
말씀하시기를, "뜻을 고상하게 한다." "무엇이 뜻을 고상하게 한
다고 하십니까?" 맹자께서 말씀하시기를, "인의仁義일 뿐이니, 한
사람이라도 무죄한 사람을 죽임은 인仁이 아니며, 자기의 소유가
아닌데 취하는 것은 의義가 아니다. 거居하는 것은 어디에 있어야
하는가? 인仁이 이것이요, 길은 어디에 있어야 하는가? 의義가 이
것이다. 인仁에 거居하고 의義를 따른다면 대인大人의 일이 구비된
것이다."고 하였다.

●에세이

이는 인仁의 마음을 가지고 의義의 길을 걸어가는 선비의 상을 그
린 말씀이다.

일제日帝시대는 암흑의 시대이었다. 우리나라 백성들은 모두 식
민지의 노예로 전락하여 하고 싶은 일이 있어도 일제의 눈치를 살
피며 일을 해야 했고, 그리고 일인日人의 횡포에 말 한 마디 제대로

---

79 왕자점 : 제齊나라 왕의 아들이다.

못하고 그냥 당해야 했다.

이때에 의사義士들이 대거 일어났으니, 독립투사로는 윤봉길, 안중근 이봉창, 김구 등 수많은 사람들이 대한의 독립을 위해 목숨을 걸고 뛰었고, 이들의 활동을 돕기 위하여 국내에서 독립자금을 조달한 사람들이 있었으니, 백산상회의 사장인 안휘재가 그 선봉에 서서 일을 했다고 한다.

일례로, 안휘재가 독립자금을 마련하기 위해 경주의 최부자에게 가서 독립자금을 내라고 하니, 전에도 여러 번 독립자금을 낸 바 있는 최부자는 '이번에는 낼 수가 없다.'고 하니, 안휘재는 알았다고 하고 돌아가서 그날 밤에 복면을 하고 최부자 집에 침입하여 자고 있는 최부자를 깨어 돈을 내놓으라고 하여 거액의 어음을 받아낸 뒤에, 안휘재는 복면을 풀고 '나 안휘재다.'고 하고 돌아갔다고 한다. 그 뒤에 우리나라가 독립이 되고, 김구 선생이 돌아와서 독립자금을 댄 최부자를 오라고 해서 상면하였는데, 최부자가 낸 독립자금을 대조해보니, 전에 안휘재가 복면을 하고 강탈해간 그 돈이 한 푼도 오차가 없이 기록되어 있었다는 일화가 전한다.

이런 행위가 인仁한 마음이고 의義의 행동인 것이니, 이런 행위로 인하여 현재 우리들은 잘살고 있지 않은가?

塾:팔 점　尙:높을 상　備:갖출 비

135 桃應이 問曰 舜爲天子요 皐陶爲士어든 瞽瞍殺
　　　도응　문왈　순위천자　고요위사　　　고수살

人이면 則如之何잇고 孟子曰 執之而已矣니라. 然
인　　즉여지하　　맹자왈　집지이이의　　　연

則舜은 不禁與잇가 曰夫舜이 惡得而禁之리오 夫
즉순　불금여　　왈부순　오득이금지　　　부

有所受之也니라. 然則舜은 如之何잇고 曰舜이 視
유소수지야　　연즉순　여지하　　왈순　시

棄天下하시되 猶棄敝蹝也하사 竊負而逃하사 遵海
기천하　　유기폐사야　　절부이도　　준해

濱而處하사 終身訢然樂而忘天下하시리라.
빈이처　종신흔연악이망천하

〖해설〗 도응桃應[80]이 묻기를, "순임금이 천자가 되시고 고요皐陶가 사士가
되었는데, 고수瞽瞍가 사람을 죽였다면 어떻게 하겠습니까?" 맹
자께서 말씀하시기를, "법을 집행할 뿐이다."
　"그렇다면 순舜임금은 금지하지 않습니까?"
　"순임금이 어떻게 금지할 수 있겠는가. 전수받은 바가 있는 것이
다."
　"그렇다면 순舜임금은 어떻게 하시겠습니까?"
　"순舜임금은 천하를 버림을 마치 헌신짝을 버리듯이 하여 몰래
업고 도망하여 바닷가를 따라 거처하면서 종신토록 흔쾌히 즐거
워하면서 천하를 잊으셨을 것이다."

●에세이

　도응桃應은 순舜임금이 왕이 되었을 당시에 고요皐陶를 검찰관으

────────
80 도응桃應 : 맹자의 제자이다.

로 앉혔는데, 만약 순의 아버지 고수瞽瞍가 사람을 죽이는 죄를 지었다면, 순舜은 이를 어떻게 다스리겠냐고 문의하니, 맹자께서는 '법을 집행할 뿐이다.' 라고 말씀하면서, 그러나 순임금께서는 천하를 초개같이 버리고 몰래 아버지를 업고 도망하여 숨어살면서 아버지를 정성으로 봉양하며 즐겁게 살 것이라는 말씀이다.

이 장章은 사士가 된 자는 다만 법이 있음을 알고, 천자의 아버지가 높다는 것을 알지 못하며, 자식이 된 자는 다만 아버지가 있음을 알고 천하가 큼을 알지 못함을 말씀한 것이니, 그 마음을 씀이 천리天理의 지극함과 인륜人倫의 지극함 아님이 없다. 배우는 자는 이를 살펴서 터득함이 있다면 계획하고, 의논하고, 헤아리기를 기다리지 않아도 천하에 처리하기 어려운 일이 없을 것이다.

순舜은 대효大孝를 한 사람인데, 도응桃應이 가상하여 물은 것이고, 맹자께서도 가상하여 말씀한 것이니, 순임금 같은 효자는 천하도 헌신짝처럼 버리고 아버지를 모시고 몰래 도망가서 평생 아버지를 모시는 것을 즐거움으로 삼고 기쁘게 살아갈 것이라는 말씀이다.

桃:복사 도　皐:언덕 고　陶:즐길 요　瞽:소경 고　瞍:소경 수　棄:버릴 기　敝:해질 폐　蹝:신 사　竊:도적 절　逃:도망 도　遵:따를 준　訢:기쁠 흔

136 孟子曰 形色은 天性也니 惟聖人然後에 可以踐
맹 자 왈 형 색　　천 성 야　　유 성 인 연 후　　가 이 천

形이니라.
형

〔해설〕 맹자께서 말씀하시기를, "형색形色은 천성天性이니, 오직 성인聖
人인 뒤에야 형색形色을 실천할 수 있다."고 하였다.

●에세이

사람의 형체와 색色은 각기 자연의 이치 아님이 없으니, 이것이
이른바 천성天性이다. 중인衆人은 형체를 가지고 있으나 그 이치를
다하지 못한다. 그러므로 그 형체를 실천할 수 없는 것이고, 오직 성
인聖人은 이 형체를 가지고 있고, 또 능히 그 이치를 다하니, 그런 뒤
에야 그 형체를 실천하여 부족함이 없는 것이다.

정자程子의 말씀은 '이는 성인聖人이 인도人道를 다 얻어 능히 그
형체를 충만하게 함을 말씀한 것이다. 사람은 천지의 정기正氣를 얻
고 태어나 만물萬物과 같지 않으니, 이미 사람이 되었다면 모름지기
사람의 도리를 다 얻은 뒤에야 그 명칭에 맞는 것이다. 중인衆人은
이것을 가지고 있으되 알지 못하고, 현인賢人은 실천하되 다하지 못
하니, 능히 그 형체를 채우는 것은 오직 성인聖人뿐이다.' 라고 하였
다.

양씨楊氏는 말하기를, '하늘이 뭇 백성을 냄에 물物(사물)이 있으면 칙則(법)이 있으니, 물物은 형색이고, 칙則은 성性이다. 각기 그 법을 다한다면 형체를 실천할 수 있을 것이다.' 라고 하였다.

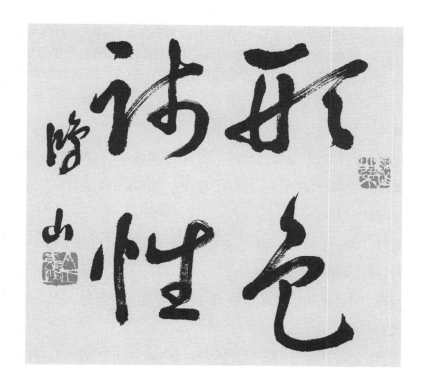

踐 : 밟을 천, 실천할 천

137 孟子曰 君子之所以敎者五이니 有如時雨化之
者하며 有成德者하며 有達財者하며 有答問者하며
有私淑艾者하니 此五者는 君子之所以敎也니라.

【해설】 맹자께서 말씀하시기를, "군자君子가 가르치는 것이 다섯 가지이니, 시우時雨(단비)에 변화하듯이 하는 경우가 있으며, 덕德을 이루게 한 경우가 있으며, 재질材質을 통달하게 한 경우가 있으며, 물음에 답한 경우가 있으며, 사사로이 선善으로 다스린 경우가 있으니, 이 다섯 가지는 군자君子가 가르치는 것이다."라고 하였다.

● 에세이

군자君子의 다섯 가지 가르치는 것 중에 첫째의 '시우時雨(단비)에 변화하듯이 하는 경우'는 공자의 제자인 안자顔子와 증자曾子 같은 경우이고,

둘째 '덕德을 이루게 한 경우'는 공자의 제자인 염백우冉伯牛와 민자건閔子騫이며,

셋째 '재질을 통달하게 하는 경우'는 공자의 제자인 자로子路와 자공子貢이고,

넷째 '물음에 답한 경우'는 공자와 맹자의 제자인 번지樊遲와 만장萬章이며,

다섯째 '사사로이 선善으로 다스린 경우'는 진항陳亢[81]과 이지夷

之이다.

　사숙私淑은 그 문하門下에서 수업하지 못하고, 다만 군자君子의
도道를 남에게 들어서 남몰래 선善으로써 그 몸을 다스리니, 이 또
한 군자君子의 가르침이 미친 것이다. 예를 들면, 공자와 맹자가 진
항陳亢과 이지夷之에 대해서가 이것이다. 맹자께서도 또한 말씀하
시기를, '나는 공자孔子의 문도門徒가 되지는 못했으나, 나는 남에
게서 얻어들어 몸을 선하게 하였다.' 고 하였다.

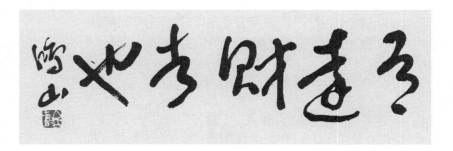

81　진항陳亢 : 공자孔子의 제자 진항陳亢이 어느 날, 공자의 아들 백어伯魚에게 "선생님
　　의 아들인 만큼 특별히 배우는 게 있느냐?"라고 묻자, 백어는 "특별히 배우는 것은
　　없으나 요전에 아버님이 뜰에서 '《시경詩經》과 《예기禮記》를 배우지 않으면 남과 대
　　화를 나눌 수 없다' 라고 하셔서 요즈음 《시경》을 읽고 있다."라고 대답했다고 함.
　　《논어論語》〈계씨季氏〉.

진심장구하盡心章句下

138 孟子曰 不仁哉라. 梁惠王也이여 仁者는 以其所
맹자왈 불인재   양혜왕야   인자 이기소

愛로 及其所不愛하고 不仁者는 以其所不愛로 及
애 급기소불애   불인자 이기소불애 급

其所愛니라 公孫丑曰 何謂也잇고 梁惠王이 以土
기소애   공손축왈 하위야   양혜왕 이토

地之故로 糜爛其民而戰之라가 大敗하고 將復之
지지고 미란기민이전지   대패   장부지

호되 恐不能勝이라. 故로 驅其所愛子弟하여 以殉
공불능승   고 구기소애자제   이순

之하니 是之謂以其所不愛로 及其所愛也니라.
지   시지위이기소불애 급기소애야

〖해설〗 맹자 말씀하시기를, "인仁하지 못하다. 양혜왕梁惠王이여! 인자仁
者는 그 사랑하는 바로써 사랑하지 않는 바에 미치고, 인仁하지 못
한 자는 사랑하지 않는 바로써 사랑하는 바에 미친다." 고하니, 공
손추公孫丑가 말하기를, "무슨 말씀입니까?"

맹자 말씀하시기를, "양혜왕이 토지의 연고 때문에 그 백성을 미란麋爛[82]시켜 싸우게 하였다가 대패大敗하고는 다시 장차 싸우려 하며, 이기지 못할까 두려우므로 그 사랑하는 자제子弟를 내몰아서 여기에 희생시켰으니, 이것을 사랑하지 않는 바로써 사랑하는 바에 미친다고 하는 것이다."

에세이

이 장은 양혜왕이 전투를 하면서 자신의 사랑하는 자제를 내몰아서 죽게 만들었으므로, 이를 불인不仁하다고 한 것이다.

전쟁은 하나의 유희遊戲와 같은 것이니, 사람이 이성을 잃고 광인狂人이 되어서 만들어내는 유희에 불과한 것이다.

6.25사변 때에 현 문 대통령의 부모님이 '흥남철수작전' 때에 미군이 철수하는 배에 편승하여 남쪽으로 내려왔기에 대한민국의 국민이 되었다고 한다.

흥남철수작전은 중공군이 한국 전쟁에 개입하니, 아군의 전세가 불리해져서 1950년 12월 15일에서 12월 24일까지 열흘간 동부전선의 미국 10(X) 군단과 대한민국 1군단을 흥남항에서 피난민과 함께 선박편으로 안전하게 철수시킨 작전이다.

앞서 대한민국 국군과 국제연합군이 38선을 넘기 시작하자 조선

---

82 미란麋爛 : 피폐하게 함.

민주주의인민공화국이 미리 평양에서 철수하고 일부가 중공군 국가 안으로 들어가 중공군에 도움을 요청하였고, 중공군이 드디어 11월 27일 제2차 청천강 전투와 장진호 전투를 일으켜 국제 연합 사령부는 중공군의 공세로 인해서 전세가 불리해지자, 1950년 12월 8일 흥남 철수 지시를 내렸다.

이어 12월 15일 미국 1해병사단을 시작으로 12월 24일까지 열흘간 철수가 이뤄졌다. 장진에 머물렀던 미국 1해병사단도 12월 24일에 마지막으로 흥남에서 철수하였다.

이러한 전투는 많은 인명의 손실을 가져오는데, 양혜왕이 승리를 확신할 수 없는 무리한 전투를 일으켜서 자제子弟를 잃었기에 불인不仁하다 말씀한 것이다.

麋:깨질 미 爛:터질 란 驅:몰 구 殉:따라 죽을 순

139 孟子曰 春秋에 無義戰하니 彼善於此는 則有之
　　　맹자왈　춘추　　무의전　　　피선어차　　　즉유지

矣니라. 征者는 上伐下也니 敵國은 不相征也니라.
의　　　　정자　　상벌하야　　적국　　불상정야

〔해설〕 맹자 말씀하시기를, "《춘추春秋》에 의義로운 전쟁이 없었으니, 그
　　　중에 저것이 이것보다 나은 것은 있다. 정벌하는 것은 강국이 약
　　　소국을 정벌하는 것이니, 대등한 나라끼리는 서로 정벌하지 못하
　　　는 것이다."고 하였다.

● 에세이

　전쟁이라는 것은 강국이 약소국을 정벌하는 것으로, 모두 자국自
國의 이익을 위해서 일으키는 전쟁인 것이다.

　공자가 계실 당시를 춘추시대라 하는데, 맹자는 《춘추春秋》를 통
해서 본 전쟁은 의義로운 전쟁은 없었다는 것이다. 모름지기 전쟁
은 전쟁을 할 수 밖에 없는 하나의 인자가 있어야 한다. 일례로, 극
악무도하여 도저히 그냥 놔둘 수 없는 지경에 이르러야 정벌하는
것이니, 은殷의 탕湯임금이 걸왕桀王을 친 것과 주周의 무왕武王이
주왕紂王을 친 것이 아주 좋은 예이다.

　우리나라의 6.25전쟁은 하나의 이데올로기의 전쟁이니, 즉 공산
주의와 민주주의의 싸움이었다. 당시 소련과 중공을 위시한 공산국
가와 미국을 위시한 서방의 민주국가 간에 일어난 전쟁이니, 하필

우리나라에서 일어나서 수많은 전사자와 인명피해를 냈는데, 이런
전쟁이 모두 위정자의 욕심에서 비롯되었다고 봐야 한다.

　아직도 우리는 남과 북이 휴전상태에 놓여있고, 휴전선에는 남의
군대와 북의 군대가 서로 총부리를 겨누고 있다. 하필 왜 이런 비극
이 우리나라에서 일어나야 하는지는 알지 못한다.

征 : 칠 정　伐 : 칠 벌　敵 : 대등할 적, 대적할 적

140 孟子曰 盡信書면 不如無書니라. 吾於武成에 取
　　　맹자왈　진신서　　불여무서　　　오어무성　　취
二三策而已矣로라. 仁人은 無敵於天下니 以至仁
이삼책이이의　　　　인인　　무적어천하　　이지인
으로 伐至不仁이어니 而何其血之流杵也리오.
　　벌지불인　　　　　이하기혈지류저야

〔해설〕 맹자께서 말씀하시기를, "《서경書經》의 내용을 모두 믿는다면《서
경書經》이 없는 것만 못할 것이다. 나는 〈무성편武成篇〉에 대해서
두서너 쪽을 취할 뿐이다. 인인仁人은 천하에 대적할 사람이 없다.
지극한 인仁으로 지극히 불인不仁한 사람을 정벌하였으니, 어찌
그 피가 절굿공이를 표류하게 하는 일이 있었겠는가!"고 하였다.

●에세이

《서경》 무성武成에 이르기를, '무왕이 주紂를 정벌함에 주紂의 군
대 앞에 있던 무리들이 창을 거꾸로 들고서 뒤를 공격하여 패배시
켜서 피가 흘러 절굿공이가 표류했다고 하였으니, 맹자께서 이를
믿을 수 없다'고 한 것이다.

중국 사람들은 대체로 과장법을 많이 쓰니, 동방삭을 '삼천갑자
동방삭'이라 하니, 18만 년을 살았다고 하는 이야기이고, 이는 오래
살았다는 하나의 과장법이다.

우리의 '《조선상고사》를 쓴 신채호 선생은 중국의《춘추春秋》나
《사기史記》는 자신들에게 유리하도록 과장법을 많이 썼으며, 그리

고 자신들에게 불리한 것은 빼버리고 탈락시켰다' 고 한다. 일례로, 고구려와 당唐의 전쟁에서 을지문덕이 장수로 활동할 당시에는 당의 태종이 패주하여 달아나는 것을 을지문덕이 뒤따라가서 쳐서 적군 100만이 넘는 군사가 나중에 중국으로 돌아간 군사는 겨우 3,000명밖에 안 되었다고 한다. 그리고 을지문덕은 지금의 북경 부근까지 쳐들어가서 그곳을 점령하고 그곳에 고구려의 백성을 이주시켜 살게 했다는 기록도 있다.

　이런 것을 봤을 때에 중국의 역사기록이 자신들에게 불리한 부분은 과감하게 삭제했다는 것을 알 수가 있는 것이다.

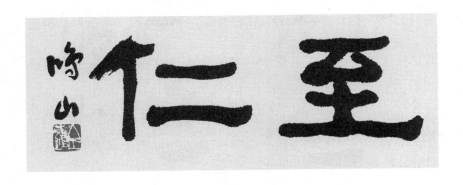

杵 : 절굿공이 저

141 孟子曰 有人曰 我善爲陳하며 我善爲戰이라 하면
<small>맹 자 왈 유 인 왈 아 선 위 진 아 선 위 전</small>

大罪也니라. 國君이 好仁이면 天下에 無敵焉이니 南
<small>대 죄 야 국 군 호 인 천 하 무 적 언 남</small>

面而征에 北狄怨하며 東面而征에 西夷怨하여 曰
<small>면 이 정 북 적 원 동 면 이 정 서 이 원 왈</small>

奚爲後我오 하니라. 武王之伐殷也에 革車三百兩
<small>해 위 후 아 무 왕 지 벌 은 야 혁 차 삼 백 량</small>

이요 虎賁이 三千人이러니라. 王曰無畏하라 寧爾也요
<small>호 분 삼 천 인 왕 왈 무 외 녕 이 야</small>

非敵百姓也라 하신대 若崩厥角하여 稽首하니라. 征
<small>비 적 백 성 야 약 붕 궐 각 계 수 정</small>

之爲言은 正也라 各欲正己也니 焉用戰이리오.
<small>지 위 언 정 야 각 욕 정 기 야 언 용 전</small>

〖해설〗 맹자께서 말씀하시기를, "어떤 사람이 말하기를, '내가 진陳을 잘
치며, 내가 전쟁을 잘한다.' 고 하면 그는 큰 죄인이다. 국군國君이
인仁을 좋아하면 천하에 대적할 자가 없는 것이다. (탕湯왕이) 남쪽
을 향하여 정벌함에 북쪽에 있는 오랑캐가 원망하며, 동쪽을 향하
여 정벌함에 서쪽에 있는 오랑캐가 원망하여 '어찌하여 우리를 뒤
에 정벌하는가.' 고 하였다.

무왕武王이 은殷나라를 정벌할 때에 혁거革車가 300량輛이었고, 호
분虎賁[83]이 3천 명이었다. 왕王께서 말하기를, '두려워 말라. 너희
들을 편안히 하려는 것이요, 백성들을 대적하려는 것이 아니다.'
하시자, (상商나라 사람들이) 마치 짐승이 그 뿔을 땅에 대듯이 머
리를 조아렸다. 정征이라는 말은 바로잡는다는 뜻이다. 각기 자기
를 바로잡아주기를 바라니, 어찌 전투를 쓰겠는가." 고 하였다.

---

83 호분虎賁 : 천자天子를 호위하는 군사.

에세이

본 장은 서경書經의 태서편泰誓篇의 말씀이니, 은殷나라의 탕왕湯
王은 인仁한 왕으로 당시 하夏의 걸왕桀王이 많은 학정虐政을 하였으
니, 이에 제후국인 탕왕이 걸왕을 치는데, '남쪽을 향하여 정벌함에
북쪽에 있는 오랑캐가 원망하며, 동쪽을 향하여 정벌함에 서쪽에
있는 오랑캐가 원망하여 '어찌하여 우리를 뒤에 정벌하는가.' 하였
다는 것이고,

주周의 무왕武王도 당시 제후국의 왕인데, 천자국인 은殷의 주왕
紂王이 극악무도하였으니,《논어》미자편에서 말하기를, '미자微子
는 떠나고, 기자箕子는 종이 되었으며, 비간比干은 간諫하다가 죽었
다.' 하니, 공자께서는 '은나라에 인자仁者 셋이 있었다고 말씀하셨
다.' 라고 하였으니, 은나라의 진정한 지도자 셋으로 손꼽은 사람 중
에 미자는 은나라 마지막 임금인 주紂의 이복형이고 기자와 비간比
干은 숙부인데, 이렇게 모진 정치를 하므로 주周의 무왕이 정벌하여
백성들을 편안하게 하였다는 것이다.

陳 : 진칠 진 敵 : 대적할 적 狄 : 오랑캐 적 怨 : 원망 원 賁 : 클 분 稽 : 조아릴 계

142 孟子曰 周于利者는 凶年이 不能殺하고 周于德
者는 邪世不能亂이니라.

〖해설〗 맹자 말씀하시기를, "이利에 완벽한 자는 흉년이 그를 죽이지 못
하고, 덕德에 완벽한 자는 혼란한 세상이 그를 어지럽히지 못한
다."고 하였다.

● 에세이

본문의 주周자는 잘한다는 뜻이다.

옛날에는 흉년이 가장 무서운 해이었으니, 모든 백성이 거의 농
사를 지어서 먹고 살았으므로, 가뭄이 오면 곡식을 키울 수가 없으
니, 이는 곧 흉년으로 귀결된다.

금년(2017)에도 상반기에는 가뭄이 와서 밭은 씨앗을 심어도 싹
이 트지 않았고, 설사 싹이 나왔다 하더라도 땅에 습기가 없으므로
크지 못하고 그대로 정지되어 있었다. 냇물은 마르고 저수지도 말
라서 바닥을 드러냈었으니, 참으로 목불견인의 시절이었다.

그래도 6월 하순이 되어서 장맛비가 내리기 시작하면서 많은 비
가 내려서 개인적으로나 국가적으로나 모두 한발의 걱정에서 벗어
났으니, 한시름을 놓았다고 해야 좋을 듯싶다.

오늘날처럼 저수지를 많이 만들고 관개수로를 사통팔달로 잘 만

들었어도 저수지에 물이 없으면 물을 댈 수가 없고, 더구나 밭에는 물을 댈 수가 없으므로 비가 10일에 한 번은 와야 한다. 그런데 몇 달을 가물었으니, 봄밭의 작물은 습기의 부족으로 인하여 흉년으로 귀결되었다.

이런 흉년에 이익을 잘 챙기는 자는 흉년을 잘 넘길 수가 있고, 덕德을 많이 쌓은 자는 혼란한 세상이 와도 그 혼란이 이 덕인德人을 어지럽히지 못한다는 것이다.

6.25 전란 때에 북한의 공산주의자들이 남으로 쳐내려왔으니, 이들은 부르주아를 싫어하므로, 땅이 많은 부호들을 잡아다 죽이는 것이 그들의 일이었는데, 어떤 지주가 공산군에 잡혀가서 즉결재판을 받는데, 그 재판의 재판관이 이 지주의 머슴이었다고 한다. 그런데 이 지주는 평소에 착한 일을 많이 하여 덕을 많이 쌓은 사람이었으므로, 자신의 머슴들에게도 잘해 주었음 물론이다.

재판관이 붙잡혀 온 사람을 보니, 과거 자기의 주인이었으므로 방면하여 무사히 집으로 돌아갔다고 한다. 6.25 당시는 이런 일이 비일비재했다고 한다. 본문의 맹자의 말씀이 옳지 않은가?

周:잘할 주 殺:죽일 살 邪:간사할 사 亂:어지러울 란

143 孟子曰 不信仁賢이면 則國空虛하고 無禮義면 則
맹 자 왈 불 신 인 현　　　즉 국 공 허　　　무 례 의　　즉

上下亂하고 無政事면 則財用不足이니라.
상 하 란　　　무 정 사　　즉 재 용 불 족

〖해설〗 맹자 말씀하시기를, "인현仁賢을 믿지 않으면 나라가 텅 비고, 예
　　　　의禮義가 없으면 상하가 혼란하고, 정사政事가 없으면 재용財用이
　　　　넉넉하지 못하다."고 하였다.

●에세이

　인현仁賢은 정말로 국가를 위해서, 그리고 국민을 위해서 온 몸을
던지는 사람을 뜻하니, 이 사람은 사사롭게 자신의 이익을 구하지
않고 단지 국가의 이익을 위해서 일을 하는 사람을 말한다. 그러므
로 인현仁賢이 없으면 국가가 텅 빈다고 했다.

　예의禮義는 염치廉恥를 말하니, 요즘의 말로 말하면 법과 같은 것
이니, 온 국민이 꼭 지켜야 하는 그런 예의禮義이다. 일례로, 아랫사
람은 상관을 존경하며 대해야 하는 것이고, 윗사람은 아랫사람을
사랑으로 대해야 질서가 유지되는 것이다. 가정에서도 자식은 부모
님을 존경해야 하고, 부모는 자식을 사랑으로 감싸야 그 집안이 편
안한 것이다. 만약 자식이 부모를 공경하지 않고 무시하거나 윗사
람으로 대하지 않으면 집안이 풍비박산이 나고 만다.

정사政事는 어진 정사政事를 말하니, 현대의 정사政事는 외국과의 외교관계와 무역관계 같은 것에 있어서 계획을 잘 세우고 상호 국제관계의 상대를 인정하고 호혜적으로 일을 해야 하고, 국내적으로는 각 부처의 장관을 정말로 그 처소에 알맞은 인재를 선정해서 앉혀놓고 일을 맡겨야 한다.

은殷나라의 재상 이윤伊尹은 왕이 될 태갑이 방종하니, 태갑을 동桐이라는 감옥에 가두었고, 다음에 태갑이 뉘우치고 어진 사람으로 돌아오니, 다시 왕으로 등용하여 훌륭한 정치를 하게 하였다. 그리고 이윤은 사적으로 자신의 이익을 한 푼도 챙기지 않았고, 오직 국가의 안녕과 행복을 위해서 일을 하였다.

요즘의 정치도 이에서 배울 것이 있으니, 장관에 임명했으면 그가 소신 껏 일할 수 있게 믿어주어야 한다. 믿음과 시간을 충분히 주고 기다려봐야 한다. 일을 잘 하면 더욱 잘할 수 있도록 격려하고, 못하면 그 원인을 찾아서 해결을 보아야 한다.

144 孟子曰 民爲貴하고 社稷次之하고 君爲輕이니라.
맹 자 왈　민 위 귀　　　사 직 차 지　　　군 위 경

是故로 得乎丘民이 而爲天子요 得乎天子 爲諸
시 고　　득 호 구 민　　　이 위 천 자　　득 호 천 자　위 제

侯요 得乎諸侯 爲大夫니라. 諸侯危社稷이면 則變
후　　득 호 제 후　위 대 부　　　제 후 위 사 직　　　즉 변

置하나니라. 犧牲旣成하며 粢盛旣潔하여 祭祀以時
치　　　　　　희 생 기 성　　　자 성 기 결　　　제 사 이 시

로되 然而旱乾水溢이면 則變置社稷하나니라.
　　　연 이 한 건 수 일　　　즉 변 치 사 직

〖해설〗 맹자 말씀하시기를, "백성이 가장 귀중하고, 사직社稷이 그 다음
이고, 군주君主는 가벼운 것이다. 이러므로 구민丘民[84]의 마음을
얻은 이는 천자天子가 되고, 천자에게 신임을 얻은 이는 제후諸侯
가 되고, 제후에게 신임을 얻은 이는 대부大夫가 된다.
제후가 사직을 위태롭게 하면 바꾸어 앉힌다. 희생犧牲이 이미 이
루어지며 자성粢盛(祭需)이 이미 정결하여 제사를 제때에 지내되,
그런데도 가뭄이 들고 홍수가 넘치면 사직을 바꾸어 앉힌다."고
하였다.

●에세이

한 국가를 구성하는데 있어서, 맹자는 '백성이 제일 귀하고 다음
은 사직社稷이고, 다음은 군주君主이다.' 라고 하였으니, 군주君主가
가장 가벼운 것이다.

또한 제물인 소와 양을 잡고 제물을 정결하게 하여 제사를 올리

---

84 구민丘民 : 전야田野에 사는 백성이니, 지극히 천한 사람이다.

되, 그러나 한발이 들고 홍수가 나면 사직社稷도 바꾸어서 설치한다. 군주보다 귀중한 사직도 바꾸어서 설치하는데, 황차 그보다 가벼운 군주君主가 정치를 잘못하면 바꾼다고 하였다.

맹자의 이런 학설로 인하여 《맹자孟子》가 유학의 경전으로 오르지 못하다가 송宋나라의 육군자가 나온 뒤에 드디어 맹자가 사서四書에 오르게 되었다고 한다.

근래에 민주정치에서도 현자賢者를 선택하여 정치를 맡기는 제도인데, 박○○ 정부처럼 아무런 직책이 없는 일개 아녀자에게 국정을 주무르게 한 우愚를 범했으므로, 민초들은 촛불을 들고 일어난 것이니, 그러므로 박○○ 대통령은 법으로 탄핵이 되어서 권좌에서 물러나게 된 것이다. 이처럼 군주君主나 대통령 모두 정치를 잘못하면 바꾸는 것이다.

稷:피 직 變:변할 변 置:둘 치 犧:희생 희 牲:희생 생 粢:곡식 자 투:가물 한 溢:넘칠 일

145 孟子曰 聖人은 百世之師也니 伯夷柳下惠是也라.
맹자왈 성인 백세지사야 백이유하혜시야

故로 聞伯夷之風者는 頑夫廉하며 懦夫有立志하고
고 문백이지풍자 완부렴 나부유립지

聞柳下惠之風者는 薄夫敦하며 鄙夫寬하나니 奮乎
문유하혜지풍자 박부돈 비부관 분호

百世之上이어든 百世之下에 聞者莫不興起也하니
백세지상 백세지하 문자막불흥기야

非聖人而能若是乎아 而況於親炙之者乎아.
비성인이능약시호 이황어친자지자호

【해설】 맹자 말씀하시기를, "성인聖人은 백세百世의 스승이니, 백이伯夷
와 유하혜柳下惠가 이런 사람이다. 그러므로 백이伯夷의 풍도風度
를 들은 자는 완악한 자가 청렴해지고, 나약한 자가 입지立志하게
되며, 유하혜의 풍도를 들은 자는 경박한 자가 돈후敦厚해지고 비
루鄙陋한 자가 너그러워진다. 백세百世의 위에서 분발하면 백세의
아래에서 그 풍도를 들은 자가 흥기興起하지 않는 이가 없으니, 성
인聖人이 아니고서 이와 같이 할 수가 있겠는가! 더구나 그들을 직
접 가까이하여 배운 자에 있어서이랴!"고 하였다.

●에세이

　백세百世라는 말은 영원이라는 말과 통한다. 그러므로 성인聖人
은 영원히 우리 국민들의 스승이 된다는 말씀이다.

　백이伯夷는 은殷나라 말엽의 고죽군의 아들로 태어난 사람이고,
그리고 동이족東夷族의 한 사람이니, 한마디로 '청렴함'의 대명사
가 된 사람이다. 그러므로 백이의 풍도를 들은 자는 완악한 자가 청

럼해지고 나약한 자가 자신의 뜻을 세우게 된다는 말씀이다.

유하혜는 공자가 계실 때의 사람이니, 도적의 대명사인 도척盜蹠의 친형이라고 한다. 유하혜는 너그럽고 부끄러움이 없는 사람으로, 이의 풍도를 들은 자는 경박한 자가 도타워지고 비루鄙陋한 자가 너그러운 사람이 된다는 것이다.

백세의 뒤에 태어난 자가 이렇게 성인聖人의 말씀과 풍도를 듣고 그를 따르게 되는 것은, 그의 행위가 그만큼 본받을 만한 커다란 것이 있기 때문이다. 그런데 친히 성인聖人에게 배운 자이겠는가! 라고 하여 맹자는 평생 공자를 사모하면서 사숙私淑한 사람으로, 공자께 직접 배우지 못한 것을 매우 안타깝게 생각하여 이런 말씀을 한 것이다.

頑 : 완악할 완 儒 : 나약할 나 鄙 : 더러울 비 奮 : 떨칠 분 炙 : 구을 자

146 孟子曰 賢者는 以其昭昭로 使人昭昭어늘 今엔
　　　　맹자왈　현자　　이 기 소 소　　사 인 소 소　　　금
以其昏昏으로 使人昭昭로다.
이 기 혼 혼　　　사 인 소 소

〖해설〗 맹자 말씀하시기를, "현자賢者는 그 (자신의) 밝음으로써 사람을
　　　　밝게 하는데, 지금에는 그 (자신의) 어둠으로써 사람을 밝게 하려
　　　　고 하는구나!"고 하였다.

● 에세이

《주역周易》에 "선善을 쌓은 집안에는 반드시 남은 경사가 있고,
불선不善을 쌓은 집안은 반드시 남은 재앙이 있다.(積善之家 必有餘
慶 積不善之家 必有餘殃.)"라고 하였고, 《서경書經》에서는 "하늘의
도道는 선한 자에게 복을 주고, 음란한 자에게 화를 내린다.(天道福
善禍淫.)"라고 하였고, 또 "상제上帝는 일정하지 않아서 선행을 하
면 온갖 상서를 내려주고, 불선을 행하면 온갖 재앙을 내려준다.(惟
上帝不常 作善 降之百祥 作不善 降之百殃.)"라고 하였다.

　현자賢者의 말씀은, 반드시 세상을 이롭게 하고 사람이 복을 받게
하는 것이니, 위에 언급한 공자의 말씀처럼, '선善한 행위를 하면 복
을 받고 불선不善을 하면 화를 받는다.' 그러므로 착한 일을 해서 세
상이 이롭게 돌아가도록 해야 하니, 이러한 말로 우매한 사람들을
가르치는 것은 복 받는 길을 알려주는 것이고, 반대로 사특한 마음

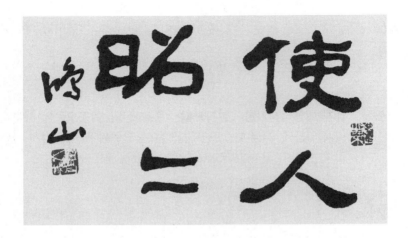

을 가지고 남을 속이면서 나의 이익을 낼 수 있는 길을 가르쳐주는
자는 어리석음으로 남을 밝히려는 것과 같은 것이다.

우리나라 고조선의 국가이념이 '홍익인간弘益人間' 이니, 이를 풀
이하면, '널리 사람이 사는 세상을 이롭게 한다.' 이니, 이 얼마나 아
름답고 훌륭한 말씀인가!

사람은 누구나 복을 받기를 바란다. 그런데 당장 이익을 내기 위
해서, 남을 속여서 돈을 버는 길을 알려준다면, 이는 결국 불선不善
한 일로 나의 이익을 챙기는 것이니, 결국 악을 쌓는 것이다. 이는
결국 재앙을 초래하는 행위에 불과한 것이다. 그러므로 당장 이익
이 오지 않아도 선善을 쌓고 기다리면 반드시 복이 찾아온다는 것이
다. 만약 내가 복을 받지 못하면 그 자손에게라도 반드시 상서로운
일이 찾아온다는 것이다.

147 孟子曰 口之於味也와 目之於色也와 耳之於聲
맹자왈 구지어미야 목지어색야 이지어성

也와 鼻之於臭也와 四肢之於安佚也에 性也나
야 비지어취야 사지지어안일야 성야

有命焉이라. 君子不謂性也니라. 仁之於父子也와
유명언 군자불위성야 인지어부자야

義之於君臣也와 禮之於賓主也와 知之於賢者
의지어군신야 례지어빈주야 지지어현자

也와 聖人之於天道也에 命也나 有性焉이라. 君子
야 성인지어천도야 명야 유성언 군자

不謂命也니라.
불위명야

〖해설〗 맹자 말씀하시기를, "입이 맛에 있어서와 눈이 색깔에 있어서와
귀가 음악에 있어서와 코가 냄새에 있어서와 사지四肢가 안일安佚
에 있어서는 본성本性이나 명命에 달려있다. 그러므로 군자는 이
것을 성性이라 이르지 않는다. 인仁이 부자 간에 있어서와 의義가
군신 간에 있어서와 예禮가 빈주賓主 간에 있어서와 지智가 현자賢
者에 있어서와 성인聖人이 천도天道에 있어서는 명命이나 본성本性
에 있다. 그러므로 군자는 명命이라 이르지 않는다." 고 하였다.

● 에세이

　정자程子께서 말하기를, '다섯 가지의 하고자 함은 본성本性이나
분수分數가 있어서 그 소원과 같이 할 수가 없으니, 그렇다면 이는
명命인 것이다. 이를 내 본성本性에 있는 것이라고 해서 구하여 반
드시 얻으려고 해서는 안 된다.' 고 하였고, 또 '인仁·의義·예禮·
지智와 천도天道가 사람에게 있어서는 명命에서 받은 것이나, 받은

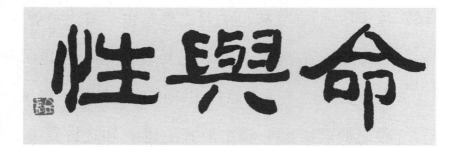

것이 후박厚薄과 청탁淸濁이 있다. 그러나 본성本性이 선善하여 배워서 다할 수 없으므로 명命이라 이르지 않는다.' 고 하였다.

　주자朱子가 스승께 들은 말씀은, '위 두 조항은 다 본성本性에 있는 것으로서 하늘에서 명命을 받은 것이다. 그러나 세상의 사람들은 앞의 다섯 가지를 본성本性이라 여겨서 비록 얻지 못함이 있더라도 반드시 구하고자 하고, 뒤의 다섯 가지를 명命이라고 여겨서 한 번이라도 이르지 못함이 있으면 다시 힘을 다하지 않는다. 그러므로 맹자께서 각기 그 중요한 부분을 가지고 말씀하시어, 이것을 펴고 저것을 억제하려 하신 것이다.' 고 하였다.

鼻 : 코 비　臭 : 냄새 취　佚 : 편안 일

148 浩生不害問曰 樂正子는 何人也잇고 孟子曰 善
人也며 信人也니라. 何謂善이며 何謂信이닛고 曰可
欲之謂善이요 有諸己之謂信이요 充實之謂美요
充實而有光輝之謂大요 大而化之之謂聖이요 聖
而不可知之之謂神이니 樂正子는 二之中이요 四
之下也니라.

〔해설〕 호생불해浩生不害가 묻기를, "악정자樂正子는 어떠한 사람입니까?" 맹자께서 말씀하시기를, "선인善人이며 신인信人이다."
"무엇을 선인善人이라 부르며, 무엇을 신인信人이라 이릅니까?"
"(선자善者)가 하려고 함을 선인善人이라 이르고, 선善을 자기 몸에 소유함을 신인信人이라 이르고, (선행이) 충실함을 미인美人이라 이르고, 충실하여 빛남이 있음을 대인大人이라 이르고, 대인大人이면서 저절로 화化함을 성인聖人이라 이르고, 성聖스러워서 알수 없는 것을 신인神人이라 부르니, 악정자樂正子는 두 가지의 중간이고, 네 가지의 아래이다." 고 하였다.

●에세이

장자張子가 말하기를 '안연顔淵과 악정자樂正子가 모두 인仁을 좋아할 줄 알았으나, 악정자는 인仁에 뜻하여 악함이 없었을 뿐이고, 학문學問에 힘을 다하지 않았다. 이 때문에 다만 선인善人과 신인信

人이 되었을 뿐이고, 안자顔子는 학문을 좋아하고 게을리하지 않아서 인仁과 지智를 합하여 성인聖人의 체體를 갖추었으니, 다만 성인聖人으로써의 그치는 곳에 이르지 못했을 뿐이시다.' 고 하였다.

정자程子는 말하기를, '선비가 하기 어려운 것은 선善을 자기 몸에 소유함에 있을 뿐이다. 능히 선善을 자기 몸에 소유하면 거居함이 편안하고 이용함이 깊어서 미인美人과 대인大人에 점점 이를 수 있거니와, 다만 가욕可欲의 선善만을 알고, 있는 듯 없는 듯 할뿐이라면 세속에 변화를 받지 않을 자가 드물다.' 고 하였다.

본문은 선인善人과 신인信人, 미인美人과 대인大人, 성인聖人과 신인神人 등의 여섯 단계를 하나하나 설명하여 그 유가儒家의 수양의 단계를 말씀한 내용이다.

輝 : 빛날 휘

149 孟子曰 有布縷之征과 粟米之征과 力役之征하니
_{맹 자 왈 유 포 루 지 정   속 미 지 정   력 역 지 정}

君子는 用其一이요 緩其二니 用其二면 而民有殍
_{군 자   용 기 일   완 기 이   용 기 이   이 민 유 표}

하고 用其三이면 而父子離니라.
_{용 기 삼   이 부 자 리}

〖해설〗 맹자께서 말씀하시기를, "삼베와 실에 대한 세稅와 곡식에 대한
세稅와 힘으로 일하는 세稅가 있으니, 군자君子는 이 중에 한 가지
만 쓰고, 두 가지는 늦춘다. 두 가지를 함께 쓰면 백성들이 굶어죽
고, 세 가지를 함께 쓰면 부자 간도 이산離散될 것이다." 고 하였다.

● 에세이

백성에게 세금을 거두어서 국가를 운영하니, 세금은 즉 국가의
생명 줄과 같은 것이다. 그러므로 세금정책을 잘 운용해야 나라도
부강하고 백성들도 잘 살 수가 있는 것이다. 이에 맹자는 백성이 세
금을 내는 종류가 3가지가 있는데, 군자君子는 이 중에서 한 가지만
쓴다고 하면서, 만약 두 가지를 쓰면 백성들이 굶어죽고, 세 가지를
다 쓰면 부자 간도 이산離散한다고 하였는데, 지금 북한의 실정을
보고 들건대, 세금이 너무 무거워서 가정이 깨지고 부자가 이산離散
한다고 한다.

공자가 제자들과 태산泰山을 지나가다가 어떤 아낙네가 묘墓 옆
에서 통곡하고 있는 것을 보고는 어찌 된 영문인지 물었다. 그러자

그 아낙네가 예전에 시아버지와 남편을 호랑이가 잡아먹었는데, 이제는 아들까지 잡아먹었다고 하였으므로, 공자가 그렇다면 왜 이곳을 떠나지 않느냐고 묻자, 여기는 가혹한 정사政事(세금)가 없어서 그렇다고 대답하였다. 그 말을 듣고 공자가 제자들에게 "너희들은 기억해 두어라. 가혹한 정사는 맹호보다도 사나운 것이니라.(小子聽之 苛政猛於虎.)"라고 하였다는 기록이 있다.《禮記 檀弓下》

필자는 세금에 대하여 밝지 못하지만, 우리나라의 10분의 1을 걷는 부가세는 참으로 잘 설계된 세법이고, 그리고 잘 운용되는 제도이다.

세금은 돈을 많이 버는 사람들에게는 민감한 사항이지만, 필자같은 사람은 인세印稅를 받으면 세금을 내고, 국가기관의 일을 하면 세금을 낸다. 그리고 수입이 많지 않으므로 세금에 대하여 민감하게 대하지 않는데, 오늘 맹자의 이 말씀을 읽으니, 과연 맹자다운 말씀이다. 라고 생각했다. 국가를 경영하려면 학문만 해서는 안 되는 것이고, 국가경영에 대한 전반적인 것을 알아야 되겠구나! 하고 생각했다.

縷:실 루 征:세금 정 緩:늦을 완 殍:굶어 죽을 표 離:떠날 리

150 孟子曰 諸侯之寶三이니 土地와 人民과 政事니
寶珠玉者는 殃必及身이니라.

〖해설〗 맹자께서 말씀하시기를, "제후諸侯의 보배가 세 가지이니, 토지土地와 인민人民과 정사政事이니, 주옥珠玉을 보배로 여기는 자는 재앙이 반드시 몸에 미친다."고 하였다.

● 에세이

한 나라를 운영하는 제후(왕)에게 보배가 셋이 있으니, '토지와 백성과 정사政事' 등인데, 이 나라의 정사를 보면서 많은 돈을 벌려고 하는 자는 반드시 재앙이 그 몸에 미친다는 것이다.

박ㅇㅇ 정부에서 최ㅇㅇ이라는 아줌마가 대통령을 등에 업고 많은 돈을 벌려고 하였다고 한다. 그가 점찍은 사람은 장관도 되었다는 기사가 신문에 난 것을 보면 그 외에 무슨 일인들 못하겠는가!

돈 많은 재벌들을 불러들여 이런저런 이유를 대고 돈을 내라고 한 모양으로, 대한민국의 유수한 재벌들이 돈은 돈대로 내고, 지금 현재 뇌물을 주었다는 명목으로 재판을 받고 있는 중이다.

최ㅇㅇ도 여러 가지 죄목으로 구속되어서 현재 재판을 받고 있고, 박ㅇㅇ 전 대통령도 구속되어서 재판을 받고 있는 중이며, 그리고 청와대의 비서실장을 지낸 김ㅇ춘도 구속 중이고, 수석비서관

안ㅇ범도 현재 구속되어서 재판 중이다.

　이는 맹자의 본문의 말씀이 적중하였다고 할 수가 있으니, 국가의 녹을 먹고 있으면 국민들을 위해 봉사하려고 노력해야 하는데, 모두 개인의 영달과 재물을 벌려고 노력했으니, 이런 결과를 초래한 것은 아주 자연스러운 것이다.

寶:보배 보　珠:구슬 주　殃:재앙 앙

151 盆成括이 仕於齊러니 孟子曰 死矣로다 盆成括이
여 盆成括이 見殺이어늘 門人이 問曰 夫子何以知
其將見殺이시니잇고 曰其爲人也小有才요 未聞君
子之大道也하니 則足以殺其軀而已矣니라.

〖해설〗 분성괄盆成括이 제齊나라에 벼슬하였는데, 맹자께서 "죽겠구나, 분성괄盆成括이여!" 하셨다. 분성괄이 죽임을 당하자, 문인門人이 물었다, "부자夫子께서는 어찌하여 그가 장차 죽임을 당할 것을 아셨습니까!" 맹자께서 대답하시기를, "그의 사람됨이 재주가 조금 있고, 군자君子의 대도大道를 듣지 못했으니, 족히 그 몸을 죽일 것이다."고 하였다.

● 에세이

분성괄은 작은 재주를 가지고 벼슬을 하였는데, 군자君子의 대도大道를 배우지 못한 사람이므로, 맹자께서는 그가 제齊의 조정에서 장차 죽임을 당할 것을 아신 것이다.

군자君子는 수양을 많이 한 사람이고 욕심을 뺀 사람이므로, 조정의 돌아가는 것을 보면, 자신이 그곳에 몸을 담고 있어야 하는지 아닌지를 아는데, 분성괄은 그만한 식견을 갖추지 못하였고, 또한 얕은 재주를 믿고 사는 사람이므로, 제齊의 조정에서 능수능란하게 나가고 물러갈 줄을 알지 못하므로, 맹자께서는 이를 미리 간파하시

고 '죽임을 당한다.' 고 말씀하신 것이다.

요즘의 학자들은 대선大選이 있게 되면 모두 유망한 후보의 선거 캠프에 가서 이름을 올리고, 그가 당선을 하면 자신의 인물 됨됨이는 따지지 않고 우선 큰 자리 하나 얻으려고 야단들이다. 그리고 대통령이 된 사람도 그 사람의 됨됨이는 둘째이고 오직 자기편에서 자기를 도왔다는 이유로, 우리가 보아도 미

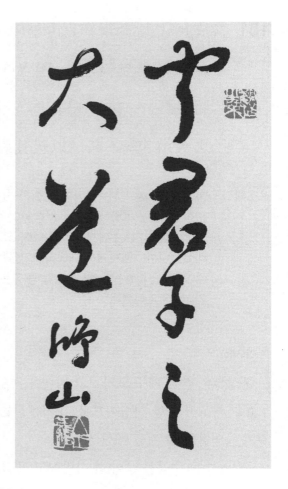

치지 못하는 사람을 높은 자리에 앉히는 경우를 종종 보았는데, 이런 유들이 분성괄처럼 말썽을 일으키고 만다.

盆 : 동이 분 括 : 맺을 괄 軀 : 몸 구

152 孟子曰 堯舜은 性者也요 湯武는 反之也시니라. 動
容周旋이 中禮者는 盛德之至也니 哭死而哀가
非爲生者也며 經德不回가 非以干祿也며 言語
必信이 非以正行也니라. 君子는 行法하여 以俟命
而已矣니라.

〔해설〕 맹자께서 말씀하시기를, "요堯임금과 순舜임금은 성性 그대로 하셨고, 탕왕湯王과 무왕武王은 성性을 회복하셨다.
동작動作하고 주선함이 예禮에 맞는 것은 성덕盛德이 지극한 것이니, 죽은 자를 곡哭하여 슬퍼함이 산 자를 위해서가 아니요, 떳떳한 덕德을 지키고 간사하지 않음이 녹祿을 구해서가 아니며, 말을 반드시 미덥게 하는 것이 행실을 바르게 하려고 해서가 아니다. 군자君子는 예법을 행하여 명命을 기다릴 뿐이다."고 하였다.

● 에세이

요순堯舜은 타고난 성품 그대로 산 임금이시고, 탕무湯武는 잃어버린 본성本性을 회복한 임금이라는 뜻이니, 요순과 탕무湯武 모두 본성本性을 온전히 간직하였으니, 본성을 온전히 간직한 자는 천리天理를 어기지 않고 오직 천리天理를 따라서 행하는 사람들이다.

모든 행동이 예禮에 맞는 자는 성덕盛德이 지극한 것이니, 이런 사람은 죽은 자를 곡哭하고 슬퍼하는 것이 살아있는 자를 위해서 하는 짓이 아니고, 떳떳한 덕德을 지키고 간사하지 않음이 녹祿을 구해서가 아니며, 말을 반드시 미덥게 하는 것이 행실을 바르게 하려고 해서가 아니니, 그렇다면 무엇을 위해서 그렇게 하는 것인가! 이는 천리를 따라 그렇게 행위를 할 뿐이라는 것이다.

봄에 훈풍이 불면 겨울에 언 땅이 어느덧 녹는다. 이에 농부는 밭을 갈고 씨를 뿌리는데, 이런 행위가 천리天理를 따르는 매우 자연스런 행위이다. 만일 봄이 되었는데, 씨는 뿌리지 않고 매일 방종하고 주색만 잡는다면 이는 천리를 어기는 행위가 되므로, 이런 자는 이 땅에서 오래 살지 못하는 것이다. 즉 역천逆天하는 행위를 하는 것이니, 죽을 수밖에 없는 것이다.

旋 : 돌 선 經 : 떳떳할 경 回 : 간사할 회 祿 : 녹 록 俟 : 기다릴 사

153 孟子曰 說大人이어든 則藐之하여 勿視其巍巍然
이니라. 堂高數仞과 榱題數尺을 我得志라도 弗爲
也하며 食前方丈과 侍妾數百人을 我得志라도 弗
爲也하며 般樂飮酒와 驅騁田獵과 後車千乘을 我
得志라도 弗爲也니 在彼者는 皆我所不爲也요 在
我者는 皆古之制也니 吾何畏彼哉리오.

【해설】 맹자 말씀하시기를, "대인大人에게 유세遊說할 때에는 하찮게 여기고 그 드높음을 보지 말아야 한다.

당堂의 높이가 몇 길 되는 것과 서까래 머리가 몇 자 되는 것을 나는 뜻을 얻더라도 하지 않으며, 밥상 앞에 음식이 한 길이 진열됨과 시첩侍妾이 수백 명인 것을 나는 뜻을 얻더라도 하지 않으며, 즐기고 술을 마시며 말을 달려 사냥하며 뒤에 따르는 수레가 천 대인 것을 나는 뜻을 얻더라도 하지 않을 것이니, 저에게 있는 것은 모두 내가 하지 않는 것이고, 나에게 있는 것은 모두 옛 법이니, 내 어찌 저들을 두려워하겠는가!"고 하였다.

● 에세이

이 문장은 맹자의 기상을 볼 수 있으니, 전국시대 당시는 유세遊說하는 사람들이 제후들을 찾아다니면서, 만약 왕이 나를 써 준다면 '나는 여차여차히 정치를 하여 반드시 왕 당신을 패왕霸王으로 만들어드릴 것이오.' 하였으니, 소진蘇秦과 장의張儀가 유명한 유세가이다.

맹자는 본문에서 만약 존귀한 자에게 유세를 할 것 같으면, 그 자를 얕잡아 보면서 그 사람의 높음을 보지 말아야 한다고 하였고, 그리고 으리으리한 높은 집을 짓고, 밥상에는 산해진미의 반찬이 가득하고, 사냥을 하러 가면 뒤따르는 수레가 천 대가 되는 귀인이 되더라도 맹자는 이렇게 살지는 않겠다고 하였다.

필자가 성균관대학교 유학대학원에 다니면서 학교의 행사를 할 때에 신라호텔에서 하였는데, 저녁 식사비가 30만원이었다. 필자는 태어나서 저녁 한 끼에 30만원을 지불하기는 처음이었다. 이곳 인사동에서는 비싼 음식은 3만원에서 5만원 정도이고 그냥 간단히 먹을 때는 보통 6000원짜리 먹는다.

출세한 사람들은 한 끼의 값이 30만원은 아마도 약과일 것이다. 그러나 그렇다고 해서 그 음식이 나의 몸에 들어가서 그만한 영양이 있냐하면 그렇지는 않고, 이렇게 많은 돈을 지불하는 곳을 선택하는 이유는 허세를 부리는 것 외에 아무것도 없다. 이를 맹자는 하지 않겠다는 것이다.

說 : 유세할 세 藐 : 작을 묘 巍 : 높을 외 仞 : 길 인 榱 : 서까래 최 般 : 즐길 반
騁 : 달릴 빙 獵 : 사냥 렵

154 萬章問曰 孔子在陳하사 曰盍歸乎來리오. 吾黨之
만 장 문 왈 공 자 재 진   왈 합 귀 호 래   오 당 지

士狂簡하여 進取하되 不忘其初라 하시니 孔子在陳
사 광 간   진 취   불 망 기 초   공 자 재 진

하사 何思魯之狂士시니잇고 孟子曰 孔子不得中
하 사 로 지 광 사   맹 자 왈 공 자 불 득 중

道而與之인댄 必也狂獧乎인저 狂者는 進取요 獧
도 이 여 지   필 야 광 견 호   광 자   진 취   견

者는 有所不爲也라 하시니 孔子豈不欲中道哉시리
자   유 소 불 위 야   공 자 기 불 욕 중 도 재

오마는 不可必得이라 故로 思其次也시니라.
          불 가 필 득   고   사 기 차 야

〖해설〗 만장萬章이 묻기를, "공자께서 진陳나라에 계시면서 말씀하시기
를, '어찌 돌아가지 않겠는가. 오당吾黨의 선비가 광간狂簡하여 진
취적이되, 그 처음을 버리지 못한다.'[85]고 하셨으니, 공자께서는
진陳나라에 계시면서 어찌하여 노魯나라의 광사狂士들을 생각하
셨습니까?"

맹자께서 말씀하시기를, "공자는 '중도中道의 인물人物을 얻어 함
께하지 못할진댄 반드시 광견狂獧을 할진저! 광자狂者는 진취적이
요, 견자獧者는 (불선不善을) 하지 않는 바가 있다.' 하셨으니, 공자
께서 어찌 중도中道의 인물 얻기를 원하지 않으셨겠는가! 마는 반
드시 얻을 수 없기 때문에 그 다음의 인물을 생각하신 것이다."

85 처음을 버리지 못한다 : 능히 그 옛 것을 고치지 않는다.

敢問何如라야 斯可謂狂矣이닛고 曰如琴張曾皙
감 문 하 여   사 가 위 광 의   왈 여 금 장 중 석

牧皮者 孔子之所謂狂矣니라. 何以謂之狂也이닛
목 피 자 공 자 지 소 위 광 의   하 이 위 지 광 야

고 曰其志嘐嘐然曰 古之人古之人이여 하되 夷考
   왈 기 지 효 효 연 왈 고 지 인 고 지 인   이 고

其行而不掩焉者也니라. 狂者를 又不可得이어든
기 행 이 불 엄 언 자 야   광 자   우 불 가 득

欲得不屑不潔之士而與之하시니 是獧也니 是又
욕 득 불 설 불 결 지 사 이 여 지   시 견 야   시 우

其次也니라.
기 차 야

【해설】 "감히 묻겠습니다. 어떻게 하여야 광狂이라 이를 수 있습니까?"

"금장琴張[86]과 증석曾皙(증자의 父)과 목피牧皮[87]와 같은 자가 공자의 이른바 광狂이라는 것이다." "어찌하여 광狂이라 이릅니까?"

"그 뜻이 높고 커서 말하기를, '옛사람이여, 옛사람이여!' 하되, 평소에 그의 행실을 살펴보면 행실이 말을 가리지 못하는 자이기 때문이다. 광자狂者를 또 얻지 못하거든, 불결不潔한 것을 좋게 여기지 않는 선비를 얻어서 함께하고자 하셨으니, 이가 견獧이니, 이는 또 그 다음인 것이다."

---

86 금장琴張 : 명名은 뇌牢이고 자字는 자장子張이니, 자상호子桑戶가 죽자, 금장琴張이 그 喪에 임하여 노래를 불렀다고 장자莊子에 보인다.

87 목피牧皮 : 미상未詳의 인물이다.

孔子曰 過我門而不入我室이라도 我不憾焉者는
공자왈　과아문이불입아실　　아불감언자

其惟鄕原乎인저. 鄕原은 德之賊也라 하시니 曰何
기유향원호　　향원　　덕지적야　　　　　왈하

如면 斯可謂之鄕原矣이닛고 曰何以是嘐嘐也하여
여　사가위지향원의　　왈하이시효효야

言不顧行하며 行不顧言이요 則曰 古之人古之人
언불고행　　행불고언　　즉왈　고지인고지인

이여야 하며 行何爲踽踽涼涼이리오. 生斯世也라 爲
행하위우우량량　　　생사세야　　위

斯世也하여 善斯可矣라 하며 閹然媚於世也者是
사세야　　선사가의　　엄연미어세야자시

鄕原也니라.
향원야

〖해설〗 (만장이 물었다.) "공자께서 말씀하시기를, '내 문 앞을 지나면서
　　　내 집에 들어오지 않더라도 내 유감으로 여기지 않을 자는 오직
　　　그 향원鄕原일 것이다. 향원鄕原은 덕德의 적賊이다.' 하셨으니, 어
　　　찌하여야 향원鄕原이라 이를 수 있습니까?"
　　　(맹자께서 말씀하셨다.) "어찌하여 이처럼 말과 뜻이 커서 말은 행
　　　실을 돌아보지 않으며, 행실은 말을 돌아보지 않고 말하기를,「옛
　　　사람이여, 옛사람이여!」하며, 행실을 어찌하여 이처럼 외롭고 쓸
　　　쓸하게 하는고. 이 세상에 태어났으면 이 세상을 위하여 남들이
　　　선善하다고 하면 가可하다고 하여 엄연閹然히 세상에 아첨하는 자
　　　가 향원鄕原이다."고 하였다.

萬章曰一鄕이 皆稱原人焉이면 無所往而不爲原
만장왈일향　　개칭원인언　　　무소왕이불위원

人이어늘 孔子以爲德之賊은 何哉잇고 曰非之無
　　　　　공자이위덕지적　　　하재　　　　왈비지무

擧也하며 刺之無刺也하고 同乎流俗하며 合乎汙
거야　　　자지무자야　　　동호류속　　　합호오

世하여 居之似忠信하며 行之似廉潔하여 衆皆悅
세　　　거지사충신　　　행지사렴결　　　중개열

之어든 自以爲是而不可與入堯舜之道라. 故로 曰
지　　　자이위시이불가여입요순지도　　　고　　왈

德之賊也라 하시니라.
덕지적야

【해설】 만장이 말하기를, "한 지방이 모두 원인原人이라고 이른다면 가는
곳마다 원인原人이 되지 않음이 없거늘, 공자께서 '덕德의 적賊이
다.' 하심은 어째서입니까?" (맹자께서 말씀하였다.) "비난하려
해도 들 것이 없으며, 비방하려 해도 비방할 것이 없어서, 유속流
俗과 동화하며 더러운 세상에 영합하여, 거居함에 충신忠信과 같
으며 행함에 청렴결백과 같아서, 여러 사람들이 다 좋아하거든,
스스로 옳다 여기되, 요순堯舜의 도道에 들어갈 수 없다. 그러므로
'덕德의 적賊'이라고 하신 것이다.

孔子曰 惡似而非者하노니 惡莠는 恐其亂苗也요.
공자왈　오사이비자　　　　오유　　공기란묘야

惡佞은 恐其亂義也요. 惡利口는 恐其亂信也요.
오녕　　공기란의야　　　오리구　　공기란신야

惡鄭聲은 恐其亂樂也요. 惡紫는 恐其亂朱也요.
오정성　　공기란악야　　　오자　　공기란주야

惡鄕原은 恐其亂德也라 하시니라. 君子는 反經而
오향원　　공기란덕야　　　　　　　　군자　　반경이

已矣니 經正이면 則庶民興하고 庶民興이면 斯無
이 의　　경 정　　　　즉 서 민 흥　　　서 민 흥　　　　사 무

邪慝矣니라.
사 특 의

【해설】 공자께서 말씀하시기를, '같으면서도 아닌 것(似而非)을 미워하노
　　　니, 가라지를 미워함은 벼의 싹을 어지럽힐까를 두려워해서요. 말
　　　재주가 있는 자를 미워함은 의義를 어지럽힐까를 두려워해서요.
　　　말 잘하는 입을 가진 자를 미워함은 신信을 어지럽힐까 두려워해
　　　서요. 정鄭나라 음악을 미워함은 정악正樂을 어지럽힐까를 두려워
　　　해서요. 자주색을 미워함은 붉은색을 어지럽힐까 두려워해서요.
　　　향원鄕原을 미워함은 덕德을 어지럽힐까 두려워해서이다.' 하셨
　　　다. 군자君子는 떳떳한 도道를 회복할 뿐이니, 경도經道가 바루어
　　　지면 서민이 (선善에) 흥기하고, 서민이 흥기하면 사특邪慝함이 없
　　　어질 것이다." 고 하였다.

● 에세이

　　이는 만장이 묻고, 맹자가 대답한 내용이다.

　　공자께서 진陳나라에 계시면서 노魯나라에 돌아가려고 한 것은
진陳에서 도道를 폄이 신통하지 않자, 이럴 바엔 차라리 고국인 노魯
에 돌아가서 광자狂者와 견자獧者로 더불어 있기를 원하신 것이다.

　　그리고 공자께서는 사이비似而非한 것 여섯 가지를 미워한다고
하였으니, 첫째, 가라지를 미워함은 벼의 싹을 어지럽힐까를 두려
워해서이고, 둘째, 말 잘함을 미워함은 의義를 어지럽힐까를 두려워

해서요. 셋째, 말 잘하는 입을 가진 자를 미워함은 신信을 어지럽힐까 두려워해서요. 넷째, 정鄭나라 음악을 미워함은 정악正樂을 어지럽힐까를 두려워해서요. 다섯째, 자주색을 미워함은 붉은색을 어지럽힐까 두려워해서요. 여섯째, 향원鄕原을 미워함은 덕德을 어지럽힐까 두려워해서이니, 성인聖人께서 이렇게 미워한 것은, 떳떳한 도道를 회복하려고 한 것뿐이니, 경도經道가 바루어지면 서민이 (선善에) 흥기하고, 서민이 흥기하면 사특邪慝한 것이 없어질 것을 믿었기 때문이다.

성인聖人께서는 항상 세상이 바르게 돌아감을 원했으니, 천지의 사이에 사는 모든 사물과 인간까지도 모두 바르게 살아서 이 세상이 바른 토대 위에 세워지기를 바랐기 때문이다. 그러므로 자식이 바르게살기를 원하는 자는 반드시 유학儒學의 경서經書를 가르쳐야 한다.

簡:간략할 간　獧:고집스러울 견　嘐:큰소리할 효　夷:평소 이　掩:가릴 엄　屑
:깨끗할 설　原:공손할 원　踽:홀로 걸을 우　媚:아첨할 미　刺:찌를 자　莠:가라지 유　慝:간악할 특

155 孟子曰 由堯舜至於湯이 五百有餘歲니 若禹皐
陶則見而知之하시고 若湯則聞而知之하시니라. 由
湯至於文王이 五百有餘歲니 若伊尹萊朱則見
而知之하시고 若文王則聞而知之하시니라.

〖해설〗 맹자께서 말씀하시기를, "요순堯舜으로부터 탕왕湯王에 이르기까
지가 5백여 년이니, 우왕禹王과 고요皐陶는 직접 보고서 알았고,
탕왕湯王은 들어서 알았다. 탕왕湯王으로부터 문왕文王에 이르기
까지가 5백여 년이니, 이윤伊尹과 내주萊朱는 직접 보고서 알았고,
문왕文王은 들어서 알았다.

由文王至於孔子가 五百有餘歲니 若太公望散
宜生則見而知之하시고 若孔子則聞而知之하시니
라. 由孔子而來로 至於今이 百有餘歲니 去聖人
之世가 若此其未遠也며 近聖人之居가 若此其
甚也로되 然而無有乎爾니 則亦無有乎爾로다.

〖해설〗 문왕文王으로부터 공자孔子에 이르기까지가 5백여 년이니, 태공

망太公望과 산의생散宜生[88]은 직접 보고서 알았고, 공자孔子는 들어서 아셨다. 공자로부터 이래로 오늘에 이르기까지가 백여 년이니, 성인聖人의 세대와의 거리가 이와 같이 멀지 않으며, 성인聖人이 거주하신 곳과 가까움이 이와 같이 심하되, 그런데도 아무것도 없으니, 그렇다면 또한 아무것도 없겠구나!"고 하였다.

● 에세이

이 장은 요순堯舜으로부터 500년 간격으로 성인聖人께서 나오셔서 공자에까지 이르렀고, 공자에서 맹자까지는 100여 세에 불과함을 말하고, 성인聖人의 도道가 앞으로도 계속되어서 세상을 밝힐 것을 말씀한 《맹자》의 마지막 장章이다.

송宋나라 원풍元豊 8년에 하남河南 정호程顥가 죽자, 노공潞公 문언박文彦博[89]이 그 묘墓에 쓰기를, '명도明道선생'이라 하였다. 이에 그의 아우인 이頤가 다름과 같이 서序하였다. '주공周公이 별세함에 성인聖人의 도道가 행해지지 못하였고, 맹가孟軻가 죽음에 성인聖人

---

88 산의생散宜生 : 산散은 씨氏이고 의생宜生은 명名이니, 문왕文王의 현신賢臣이다.

89 문언박文彦博 : 북송 분주汾州 개휴介休 사람. 자는 관부寬夫다. 인종仁宗 천성天聖 5년 (1027) 진사에 급제하고, 전중시어사殿中侍御史가 되었다. 경력經曆 7년(1047) 추밀부사樞密副使와 참지정사參知政事를 역임했다. 지현知縣과 통판通判 등의 지방관을 역임했다. 패주貝州 왕칙王則의 반란을 진압하고 동중서문하평장사同中書門下平章事에 올랐다. 황우皇祐 3년(1051) 탄핵을 받아 재상에서 파직되고 외직으로 나가 허주許州와 청주青州, 영흥군永興軍 등지의 지주知州를 지냈다. 지화至和 2년(1055) 다시 재상이 되었다.

의 학문이 전해지지 못하였다. 도道가 행해지지 못하여 백세百世에 선善한 정치가 없었고, 학문이 전해지지 못하여 천년에 진유眞儒가 없었으니, 선善한 정치가 없더라도 선비는 오히려 선치善治의 도道를 밝혀서 남에게 사숙私淑하여 후세에 전할 수 있거니와, 진유眞儒가 없으면 천하가 무무貿貿(어둠)하여 갈 곳을 알지 못해서, 인욕人慾이 함부로 퍼지고 천리天理가 멸할 것이다. 선생은 천 4백 년 뒤에 태어나서 전해지지 않던 학문을 유경遺經에서 얻어 사문斯文(道學)을 흥기시킴을 자기의 책임으로 삼아 이단異端을 분별하고, 사설邪說을 막아서 성인聖人의 도道로 하여금 환하게 다시 세상에 밝혀지게 하셨으니, 맹자 이후로 한 사람일 뿐이다. 그러나 배우는 자가 도道에 대해서 향할 바를 알지 못한다면, 그분의 공로를 누가 알겠으며, 그의 경지를 알지 못한다면 명도明道라는 명칭이 실정에 걸맞음을 누가 알겠는가!'고 하였다.

에세이 **맹자**孟子

초판 인쇄 2017년 12월 6일
초판 발행 2017년 12월 12일

편   역 | 전규호
발행자 | 김동구
디자인 | 이명숙·양철민
발행처 | 명문당(1923. 10. 1 창립)
주   소 | 서울시 종로구 윤보선길 61(안국동)
          우체국 010579-01-000682
전   화 | 02)733-3039, 734-4798(영), 733-4748(편)
팩   스 | 02)734-9209
Homepage | www.myungmundang.net
E-mail | mmdbook1@hanmail.net
등   록 | 1977. 11. 19. 제1~148호

ISBN 979-11-88020-32-4 (03810)
15,000원